KB048370

분노와 애정

여성 작가 16인의 엄마됨에 관한 이야기

분노와 애정

초판 1쇄 2018년 12월 10일 발행
초판 3쇄 2022년 1월 28일 발행

엮은이 모이라 데이비
지은이 도리스 레싱·엘리자베스 스마트·실비아 플라스·마거릿 미드·수전 그리핀·제인 라자르·에이드리언 리치·틸리 올슨·앨리스 워커·앨리샤 오스트리커·어슐러 르 귄·사라 러딕·낸시 휴스턴·엘런 맥마흔·조이 윌리엄스·메리 겟스킬
옮긴이 김하현
펴낸이 김성실
책임편집 김태현
표지 디자인 이경란
본문 디자인 채은아
제작처 한영문화사

펴낸곳 시대의창 **등록** 제10－1756호(1999. 5. 11)
주소 03985 서울시 마포구 연희로 19－1
전화 02)335－6121 **팩스** 02)325－5607
전자우편 sidaebooks@daum.net
페이스북 www.facebook.com/sidaebooks
트위터 @sidaebooks

ISBN 978－89－5940－682－1 (03840)

잘못된 책은 구입하신 곳에서 바꾸어드립니다.

이 도서의 국립중앙도서관 출판시도서목록(CIP)은
서지정보유통지원시스템 홈페이지(http://seoji.nl.go.kr)와
국가자료공동목록시스템(http://www.nl.go.kr/kolisnet)에서 이용하실 수 있습니다.
(CIP제어번호: CIP2018035513)

분노와 애정

여성 작가 16인의 엄마됨에 관한 이야기

도리스 레싱·에이드리언 리치 외 지음
모이라 데이비 엮음 — 김하현 옮김

일러두기

1. 이 책은 2001년에 출간된 《*Mother Reader: Essential Writings on Motherhood*》(ed. Moyra Davey)에서 16편의 일기, 자서전, 에세이를 골라 수록한 것입니다. 이 책에 실리지 않은 9편의 소설과 3편의 에세이는 《이등 시민: 엄마를 위한 페미니즘 소설 선집》(2019)에 수록되어 있습니다.
2. 원서 엮은이의 말(Introduction) 중 개별 작품에 대한 해설은 해당하는 글의 저자 소개 부분 두 번째 문단에 옮겨 수록하였습니다.
3. 본문 중 *이탤릭체*, 밑줄, 대괄호[]는 원서의 형식을 따랐습니다.
4. 이 책의 미주는 원서의 "NOTES"에 해당합니다.

감사의 말

다음 분들께 감사를 전합니다.

제게 이 책의 아이디어를 주고 자신의 작품을 통해 늘 영감을 주는 바버라 시먼Barbara Seaman, 집필 초기에 물심양면으로 도와주시고 제가 책을 잘 편집할 거라 믿어 의심치 않으셨던 댄 사이먼Dan Simon. 바버라와 댄 덕분에 시작한 이 일이 제 삶에서 가장 보람 큰 창작 작업이 되었습니다.

너그러이 작품을 실을 수 있도록 허락해주신 모든 작가님과 에이전트께 감사드립니다.

27년 동안 저에게 책을 빌려준 앨리슨 스트레이어Alison Strayer, 이 책에 헤아릴 수 없을 만큼 큰 도움을 주셨습니다.

도움 주시고 지지해주신 세븐스토리스프레스에 계신 모든 분들, 특히 저작권을 담당해주신 마이클 마네킨Michael Manekin, 편집 작업에 귀중한 도움을 주신 질 스쿨먼Jill Schoolman과 타니아 키튼

지언Tania Ketenjian, 책 제작 과정에서 친절히 전문 지식을 나누어주신 아스텔라 소우Astella Saw, 너무나도 멋진 표지를 디자인해주신 스튜어트 콜리Stewart Cauley께 감사를 전합니다.

존 애트우드John Atwood, 그레그 보르도위츠Gregg Bordowitz, 마리사 보Marisa Bowe, 제인 데이비Jane Davey, 스티브 페이긴Steve Fagin, 앤드리아 프레이저Andrea Fraser, 주자네드 로트미니에르하우드Susanne de Lotbinière-Harwood, 빌 호리건Bill Horrigan, 권미원Miwon Kwon, 권소원Sowon Kwon, 헬렌 몰스워스Helen Molesworth, 제니퍼 몽고메리Jennifer Montgomery, 클레어 펜트코스트Claire Pentecost, 아드리아나 스코피노Adriana Scopino, 마사 타운젠드Martha Townsend, 리사 윈델스Lisa Wyndels, 린 지아빈Lynne Zeavin 등 이 책을 더욱 훌륭하게 만들어주신 친구 분들께 감사드립니다.

아이디어를 제공해주시고 여러 제안을 해주신 앤 차니Ann Charney, 메리 겟스킬Mary Gaitskill, 제인 라자르Jane Lazarre, 린다 쇼어Lynda Schor.

언제나 다정하게 아낌없는 지지를 보내준 조세핀Josephine과 모리스 시몬Morris Simon.

늘 사랑과 지지를 보내준 퍼트리샤 데이비Patricia Davey.

프로젝트가 시작할 때부터 쭉 흥미로워해주고 그 흥분을 주변에 퍼뜨려주신, 제가 스스로 이 프로젝트를 마칠 수 있을 거라 여기기 훨씬 전부터 저를 믿어준 제이슨 시몬Jason Simon, 감사합니다.

그리고 언제나 활기찬 바니 시몬-데이비Barney Simon-Davey, 변함없이 늘 같은 모습을 보여주어 고맙습니다.

들어가는 글

모이라 데이비

나는 책 읽기를 정말 좋아한다. 하지만 무언가 다른 일, 더 생산적인 일을 해야 한다는 불편함이 언제나 독서의 즐거움을 해친다. 나는 독서의 이유를 쉬이 대지 못하는 사진작가다. 이러한 의심에서 자유로웠던 몇 안 되는 시기 중 하나가 바로 만삭일 때였다. 내 몸이 일을 하고 있다는 확신 덕분에 나는 죄책감 없이 마음껏 책을 읽을 수 있었다.

서른여덟 살에 첫 아이를 낳았다. 아이는 결장이 있었고 밤에 잠을 자지 못했다. "건강한" 아기를 키우는 어려움에도 준비되지 않았던 나는 위기에 봉착했다. 지금 이 책에 실려 있는 작품들을 찾아 읽었던 것이 바로 그때였다. 나는 고립감에서 벗어나기 위해, 또 앞으로 나아가면서 더 잘 해낼 수 있도록 자극받기 위해, 책 속에서 내가 겪는 경험과 꼭 같은 것을 발견하는 희열을 느끼기 위해, 죄책감 없이 탁월한 문학 작품을 감상하는 즐거움을 만끽하기 위해 책을 읽었다. 나는 아기에게 젖을 물릴 때 읽으려고 전략적으로 책을 챙겼다. 한 손으로 들 수 있는 페이퍼백이나 마음씨 좋은 친구가 보내준 책 복사본이었다. 이들은 내게 생명줄이었다.

그때의 느낌에 비추어보면 지금 《분노와 애정》에 실려 있는 작품들을 모으면서 내가 얻은 가장 큰 즐거움과 특권 중 하나는 책을 마음껏 읽을 수 있었던 것이다. 이 과정을 통해 결국 한 권의 책이 탄생하리라는 것을 알고 있었기 때문이다. 독서 덕분에 나는 아이의 유아기를 버텨낼 수 있었고 훌륭한 여성 작가들이 남긴 유산에 조예가 더욱 깊어졌다. 편집은 사진 작업보다 더욱 순조롭게 엄마됨motherhood이라는 이 책의 주제를 가로지르는 창조적인 프로젝트가 되었다.

《분노와 애정》은 지난 60년간 엄마됨을 주제로 한 글들 중 훌륭한 것을 선별해 모은 책이다. 여기에는 작가들이 직접 겪은 엄마로서의 경험이 담겨 있다. 모아두었다가 다른 사람과 함께 읽었던 텍스트 목록에서 가장 중심이 되었던 작품은 제인 라자르Jane Lazarre의 《아이와의 끈*The Mother Knot*》으로, 처음으로 내게 아이를 키우는 여성 작가가 겪는 양가감정과 고난을 생생하게 보여주었던 책이다. 《아이와의 끈》뿐만 아니라 에이드리언 리치Adrienne Rich와 틸리 올슨Tillie Olsen, 앨리스 워커Alice Walker, 도리스 레싱Doris Lessing, 수전 루빈 술레이만Susan Rubin Suleiman의 글도 엄마들의 목소리를 담은 전기, 소설, 문학 에세이 등 다양한 장르를 넘나들며 《분노와 애정》의 시금석이 되어주었다.

엄마들이 자신의 경험을 기록할 시간이 없기 때문에 엄마됨을 다룬 문학 작품이 부족하다는 이야기는 그동안 거듭 되풀이되었다. 수전 그리핀Susan Griffin은 에세이 〈페미니즘과 엄마됨Feminism and Motherhood〉에서 엄마됨에 대한 자신의 기록을 레지스탕스의 일기에 비유한다. "잠깐의 깨달음만이 허락되며, 이것마저 방해받지 않는 짧은 틈을 타 빨리 기록해야" 할 정도로 시간이 없다. 또한 제인 라자르에 따르면 엄마가 주체가 되어 직접 서술한 글보다 "아이들의 시각에서 바라본 엄마"에 대한 글이 더 많다. "하지만 아이들은 우리에게 이야기의 절반만 들려줄 뿐이다." 시와 소설에서도 엄마로서의 "나"는 거의 찾아볼 수 없다.[1] 엄마들의 목소리가 이토록 부족하기에 《분노와 애정》에 실린 작품들은 마치 미지의 영역에서 온 편지처럼 시급하게 그동안 알려지지 않았던 것들을 드러내준다.

《분노와 애정》에 실린 많은 글들은 인용을 하거나 각주를 달고 직접 오마주를 하는 방식으로 서로를 언급한다. 이 책에 실을 글들을 모을 때도 하나의 텍스트가 다른 텍스트로 나를 이끌었고, 마치 보물찾기처럼 감사의 말과 참고문헌에 단서가 숨어 있었다. 그리고 이 글들은 돌고 돌았다. 책을 거의 완성할 무렵 어슐러 르 귄Ursula K. Le Guin의 〈지금 이모랑 낚시하러 가도 돼?The Fisherwoman's Daughter〉에 다다랐을 때, 나는 르 귄이 올슨의 《침묵*Silences*》에는 위트 있는 찬양을, 술레이만의 〈글쓰기와 엄마됨〉에는 아낌없는 찬사를 바치면서 오스트리커의 〈거친 추측〉를 길게 인용한 것을 보고 무척 기뻤다. 이 모든 글들이 이 책에 들어 있기 때문이다. 실제로 이 네 작품은 워커와 휴스턴의 에세이와 더불어 '엄마-작가'를 주제로 한 문학 비평 챕터를 매우 다채롭고 풍성하게 만들어주었다.

여러 글들을 모아놓은 이 책 안에서 작가들의 이름은 놀라울 정도로 자주 나타나고, 교차되고, 반복된다. 여기서 서로에게, 또 서로에 대해 이야기하는 작가들의 공동체 의식이 생겨나고, 이전에는 그 어디서도 찾아볼 수 없었던 작가와 텍스트의 가상 계보가 만들어진다.

작품은 연대순으로 정리했는데,[2] 논의가 전개되는 양상을 나타내고 싶었기 때문이기도 하지만 많은 작품들이 하이브리드적 특성을 갖고 있기 때문이기도 했다. 소설/비소설의 구분 외에 장르나 주제에 따른 분류는 대부분의 글에 적합해 보이지 않았다.

《분노와 애정》에 실린 글들은 주로 자서전과 전기, 소설에서 발췌했다. 짧은 기록들은 일기에서, 에세이와 단편소설은 모음집과 선집, 정기 간행물에서 가져왔다. 이 프로젝트의 목표는 엄마됨에 대해 "마음이 잘 맞는" 글들을 모아 요약서 또는 견본을 만드는 것이었다. 그래서 독자들이, 특히 언제나 시간이 부족한 엄마들이 이 한 권을 통해 엄마됨에 관한 최고의 문학작품들을 만날 수 있게, 또 다음에는 어떤 작품을 읽으면 좋을지 알 수 있게 하고 싶었다.

여기에 실린 글들은 단호하고, 날카롭고, 감동적이다. 큰 대가를 감수한 결과다. 엄마들뿐만 아니라 엄마로서의 경험에 관심이 있고 그 경험에 영향을 받은 사람들 모두가 반드시 읽어야 할 책이다.

목차

수전 킬리Susan Kealey를 기억하며

도리스 레싱

나의 속마음

《나의 속마음: 1949년까지의 이야기를 담은 첫 번째 자서전*Under My Skin: Volume One of My Autobiography, to 1949*》에서 발췌(1994)

도리스 레싱Doris Lessing은 1919년 이란에서 영국인 부모 밑에서 태어났으며 남로디지아에서 성장했다. 1949년 영국으로 이주해 그곳에서 살았다. 장편과 단편소설, 르포르타주, 시, 희곡 등 다양한 장르의 책을 서른 권 이상 출간했다. 소설로는《풀잎은 노래한다*The Grass is Singing*》,《폭력의 아이들*The Children of Violence*》 시리즈,《황금 노트북*The Golden Notebook*》이 있으며, 1985년《선한 테러리스트*The Good Terrorist*》로 부커상 후보에 올랐다. 자서전 속편인《그림자 속에서 걷다*Walking in the Shade*》는 1997년 출간되었다. 2007년 노벨문학상을 수상했다. 2013년 11월 17일 94세의 나이로 영면했다.

이 글에서 도리스 레싱은 식민지 남아프리카에 거주하는 어린 엄마인 자기 자신의 삶을 생생하게 묘사하면서 인류학적 관점으로 객관적인 상황을 평가한다. 그녀는 매일 반복되는 티타임의 역할을 지적한다. 어린 엄마들이 다시는 아이를 낳지 않겠다고 맹세했다가도 티타임에서 다른 여성이 낳은 갓난아이를 보면 안고 싶어 안달을 내고, 결국 다시 임신하고 싶어진다는 것이다.

또 이사를 했다. 우리는 끊임없이 이사했다. 별일도 아니다! 우리는 옷과 침구, 의자 한 개와 최고급 식탁, 책, 엄청나게 많은 책을 갖고 있었다. 작은 밴 한 대가 우리를 줄줄이 늘어서 있는 작은 집들 앞에 내려주었다. 집들은 전부 똑같았다. 대부분의 농가가 여전히 대충 만든 가구와 동물 가죽으로 된 깔개, 밀가루 포대로 만든 커튼, 휘발유 박스로 만든 선반을 사용하고 있었던 반면, 시내에서는 "가게"에서 파는 가구를 썼다. 이미 동물 가죽으로 만든 깔개 하나가 조국에 감사를 표하고 있었다. 풀을 엮어 만든, 등받이가 조절되는 의자들도 있었다. 자카란다 나무와 일몰, 작은 언덕, 사자, 원주민, 코끼리, 고개를 들고 정면을 응시하는 무수한 사슴 떼가 그려진 그림들도 있었다. 하지만 전부 중요치 않았다. 계속 이렇게 살지는 않을 거야. 스스로에게 그렇게 말했다. 절망적이고, 덫에 걸린 것 같지만 우아하게 행동하고 주어진 일을 전부 해내야 하는 삶. 아이 때문에 완전히 지쳤는데도 말이다.

아이는 우렁찬 울음소리로 멋진 새날에 인사를 건네며 일어난 때부터 밤이 되어 마지못해 잠들 때까지 단 한순간도 가만히 있지를 않았다. 심지어 지금도 나는 유순한 아기가 가만히 누워 옹알이를 하는 걸 보면 존이 그 나이에 어땠는지를 떠올리고는 깜짝 놀란다. 말 그대로, 나는 존을 붙들고 있지 못했다. 안겨 있는 건 존의 천성이 아니었다. 존은 사람들이 자기를 무릎 위에 올려놓고 어르는 걸 좋아하지 않았다. 어떤 사람은 존이 사람들의 기대에 부응하느라 안겨 있는 걸 그냥 참고 있는 것 같다고 느끼기도 했다. 존은 바닥에 누워 있는 걸 좋아했는데, 그럴 때면 꼭 자전거를 타는 사람처럼 다리를 내저었다. 프랭크가 버둥거리는 존의 팔다리를 버거워하긴 했지만 존은 프랭크에게 붙들려 있거나 내 품 안에 서서 내 허벅지를 마구 밟아대는 것도 좋아했다. 식사 시간은 매번 고난이었다. 존은 숟가락을 직접 들고 싶어 했는데 그렇게 할 수 없으니 짜증을 냈다. 물병을 잡으려고 했고 물병이 손에서 미끄러지면 소리를 질렀다. 다른 여자들이 낳은 아기들은 아침과 오후 시간에 잠을 잤는데, 존은 그렇지 않았다. 프랭크가 아침 일곱 시 반에 출근하기 전 내가 이미 존을 데리고 거리를 산책하고 있을 때도 있었다. 움직이면 존이 좀 얌전해졌기 때문이다. 열 시 즈음에는 내가 경멸하는 티타임에 갈 준비를 했다. 젊은 여자들은 아기와 어린애들을 데리고 한 집에 모였다. 나는 프랭크 동료의 아내들과 친구가 되어야 했다. 티타임에 오는 여성들은 대략 열 명 정도였다. 아침에 차 마시는 의례에 대해서는 《좋은 결혼*A Proper Marriage*》에서 묘사한 적이 있지만 지금 그 사회를 다시 그린다면 그때보다 더욱 강조할 것인데, 이런 모임은 확실하게 새 아기들이 태어나게 만드는 역할을 하기 때문이다. 한 명이 아기를 낳으면 그 작은 것을 모임에 데려오고 아기는 머리를 가누지도 못한 채 엄마의 어깨에 안겨 있다. 갑자기 내 아이가 거대해 보이고, 심지어 징그럽기까지 하다. 갓 태어난 아기와 나누던 달콤한 친밀감이 떠오른다. 원래는 "다시는 아이를 *낳지 않을 거야*. 절대로 안 낳아"라고 말했던 사람이, 아기를 안으면, 갑자기 "아기를 낳고 싶어 견디지 못할 지경"이 된다. "너무해, 다시 애 낳고 싶어지잖아." 그러고는 급하게 그 위험한 생명체를 다시 제 엄마에게 넘긴다. 아기 엄마는 세상에서 가장 선망받는 사람처럼 보인다. 출산과 모유 수유로 몸이 상했는데도 말이다. 하지만 때는 이미 늦었다. 호르몬은 이미 나오기 시작했고, 이제는 손쓸 도리가 없다. 당신은 곧 아침 티타임에서 "나 임신했어!"라고 말하게 될 것이다. "말도 안 돼! 원래 안 낳겠다고…. 어머, 나 질투하나 봐. 예정일은 언제야?"

당신이 이 여자들을 좋아하는지, 또는 이 여자들이 당신을 좋아하는지는 중요치 않다. "우린 공통점이 하나도 없는데요!" 웃기지 마시라. 당신은 이들과 생물학적 토대를 공유한다. 그저 젊은 여성들이 함께 있는 것으로 충분하다. 만남을 지속하는 여성들의 생리 주기가 같아진다는 건 요즘 모두가 아는 사실이다. 이건 시작일 뿐이다. 이제 우리는 어떤 집단이건 간에 사람들이 모이면 얼마 지나지 않아 이들의 뇌파가 같아진다는 걸 알고 있다(《삶의 춤 *The Dance of Life*》). 오, 정말로 우리는 함께 어울리는 이들을 주의해야 한다. 하지만 새끼를 낳고 기르는 젊은 여성들은 서로 함께 시간을 보낸다. 출산율이 낮아서 문제인 나라에서는 반드시 생식력이 있는 젊은 여성들이 매일 두어 시간씩 만나게 해야 한다. 나는 지루했다. 반항했다. 아침의 티 파티가 정말 싫었다. 난 그 여자들을 갈망했고, 그들을 갈망하는 나 자신이 싫었다. 나는 집으로 돌아와 프랭크에게 다시 티타임에 가느니 차라리 죽겠다고 말하곤 했다. 하지만 다음 날에는 다시 갔다. 우선, 태어났을 때부터 사람들과 어울리기를 좋아했던 존이 그 여자들을 좋아했기 때문이다. 존은 파티에 흥미를 보였고, 무슨 일이 벌어지고 있는지 봐야만 했다. "존, 존 좀 봐. 조금 있으면 기어 다니겠어."

우리 집에는 "사내애", 그러니까 하인 한 명이 있었다. 모두가 하인을 갖고 있었다. 그 애는 아침 여덟 시가 되면 방 두세 개를 청소한 다음 뒤쪽에서 친구들과 잡담을 했다. 점심 식사도 만들었다. 프랭크는 점심시간에 동료들을 집으로 데려왔다. 우리는 함께 밥을 먹었고, 이게 더 중요한데, 함께 술을 마셨다. 점심을 먹은 후 나는 존을 유모차에 태우고 공원과 거리를 끝없이, 끝없이 걸었다. 늦은 오후에 우리는 존을 데리고 클럽이나 친구네 집에 갔다. 거기서 이 작은 남자 아기는 아무것도 놓치지 않으려는 마음으로 주위를 둘러보았고, 항상 혼자서 일어서려고 하거나 자기를 붙잡고 있는 사람이라면 그게 누구든 기어오르려고 했다. "이봐, 티거(도리스 레싱의 별명-옮긴이). 얘 좀 보게, 당신 엄청 지치겠는데요." "아니에요. 괜찮아요." 난 지쳐 있었지만 조신하게 대답했다. (드물었지만) 밖에 나가지 않고 집에 머무는 날에는 친구들이 집에 놀러왔고 하인이 식사를 준비했다. 식사를 차려야 할 경우를 대비해 고용주가 퇴근 후 술을 한잔한 다음 돌아올 때까지 기다리는 것이 하인들의 관례였다. 즉 하인은 아침 여섯 시에 차를 준비한 후 아침과 오후 내내 할 일이 없어도 밤 아홉 시나 열 시까지 대기하고 있었다는 뜻이다. 당시에는 법정 근로시간 같은 것이 없었다. 프랭크와 나는 이웃들의 분노를 무릅쓰고 어디에서나 하인들에게 관례보다 더 많은 금액을 지불했다. "버릇을 나쁘게 들이는 거예요. 제멋대로 굴게 내버려두면 안 된다고요." 어린 아기를 두고 하는 말과 꼭 같다. "누구 말을 들어야 하는지 알게 해야 한다니까요."

프랭크가 집에 데려오는 남자들은 전부 나보다 최소 열 살 이상 많았다. 나는 프랭크의 예쁘고 영리한 새 아내였고 프랭크는 그런 나를 자랑스러워했다. 나 또한 사람들이 나와 활기 넘치는 내 아기를 보고 감탄하는 것이 좋았다. 그중 가장 기억에 남는 사람은 작고 연한 갈색 머리카락을 가진, 마르고 빈정대기를 좋아하는 스코틀랜드인 증권 중개인 소니 제임슨이다. 그가 이 작은 시골 마을에 대해 하는 말들은 백인 문명 보호Preserving White Civilization나 원주민 지위 향상Uplifting the Natives 같은, 여전히 《로디지아 헤럴드*Rhodesia Herald*》와 동네 사람 대부분에게 영향을 미치던 틀에 박힌 사고방식과는 관점이 전연 달랐다. 그는 책을 읽었다. 내게서 랜덤하우스의 에브리맨 시리즈 책을 빌려갔고, 내게 로마서를 가져다주었다. 남로디지아에 대해 더 잘 알고 싶으면 로마서를 읽으라는 것이었다. 우리 행정관들의 태도는 남아프리카나 동아프리카 식민지를 통치하던 로마 속주 총독의 태도와 별반 다르지 않아요. 공무원의 아내인 나는 머리가 띵해졌다. 그는 사람들 앞에서는 이런 말을 하지 않았다.

"시골에서는 입 다물고 있는 법을 배워야 해요."

또 하나 인상적이었던 건 그가 술을 마신다는 거였다. 사람들은 그가 스카치위스키를 매일 한 병씩 마신다고 했다. 분명히 그는 밥을 거의 먹지 않았다. 수년 동안 나는 그가 오래전에 죽었을

게 틀림없다고 생각했는데, 그러다 그가 원기 왕성하게 살아 있다는 이야기를 들었다. 아마 영양학자들은 이 이야기를 좋아하지 않으리라.

스탕달(《적과 흑》의 그 스탕달)은 내 친구이자 동지였다. 시골에 갇혔다고 느끼는 사람이라면 모두 스탕달을 읽어야 한다.

"시골에서는…." 그는 이런 말로 범인들을 지독히 혐오하기 시작했을지 모른다. 나는 마음속으로 그의 목록에 다음과 같이 덧붙이곤 했다. 경멸의 기미를 가득 담아서.

"시골에선 영어 외의 다른 언어는 거칠어서 귀에 거슬린다." 나는 이 말을 1992년 하라레에서 또 한 번 들었다. *"독일어는 거칠어서 듣기가 싫어요."*

"시골에선 활기 있는 여자는 섹스에 미친 것이다."

"시골에선 여성이 자기 생각을 가졌다는 건 고집이 세다는 뜻이다."

"시골에선 음식은 영국 음식 빼고 전부 너무 기름지다." 이 말은 확실히 바람과 함께 사라졌다.

'시골에선 여자에게 즉시 달달한 와인이나 달달한 셰리가 제공된다. 귀여운 소녀들은 단 것을 좋아한다.'

존이 태어난 지 9개월이 되어 곧 두 발로 서려고 했을 때, 우리는 둘째를 낳기로 결정했다. 하지만 한편으로 나는 내가 이러한 삶에 머물지 않으리라는 것을 알고 있었다. 진지한 계획이 있는 건 아니었다. 그저 파리나 런던에서의 자유로운 삶을 꿈꿀 뿐이었다. 난 이곳에 속해 있지 않았다. 하지만 사람들은 몰랐을 것이다. 나는 누가 봐도 모든 걸 잘 해내고 있었기 때문이다. 그 여성은 누구였는가? 티거는, 밝고, 저돌적이고, 재미있고, 유능하고,

매력적인 젊은 여성이었다. "영리한 티거의 지혜"가 있었다면 불편한 웃음을 짓게 만드는 말을 던지거나 "이봐요, 좀 너그러워지라구요. 이건 불공평해요!"라고 말했을지 모른다. 하지만 그녀는 마치 이러한 삶을 위해 태어난 사람처럼 살아가고 있었다. 처음 둘째를 낳기로 결정한 사람이 나였는가? 아마도. 하지만 당시에 둘째를 낳는 건 *시대정신*이었다. 우리 주위에 있는 젊은 부부들은 하나같이 이렇게 말했다. "아이 하나 더 낳자. 젊을 때 다 끝내버리는 거야." 삼사 년 전에는 "이런 세상에서는 아이를 낳지 않을 거야, 절대로!"였다. 하지만 프랭크와 나는 둘째 문제를 의논하는 동안에도 어떻게 하면 두 아이를 모두 안아 들고 남프랑스를 돌아다닐 수 있을지, 또는 파리에서 살 수 있을지에 대해 이야기하고 있었다.

나는 더치 캡Dutch cap이라는 피임 기구를 제거한 바로 그 주에 임신했다. 오늘날 이런 피임법은 그리 아름답지 않은 것으로 여겨지지만, 효과는 좋았다. 중요한 건 항시 착용해야 한다는 것이다. 결혼 생활에서는 쉽지만 불륜이나 모험을 할 때에는 그리 쉽지 않은 일이다. 얼마 안 가 입덧이 시작되었고 소화가 잘 되지 않았다. 하지만 곧 지나가리라는 것을 알고 있었다. 그리고 존이 있었다. 존은 기어 다니는 중간 단계 없이 바로 두 발로 섰다. 여기저기를 뛰어다녔고, 그러다 (오래전에 생긴) 근처의 바싹 마른 습지에 뛰어들었다. 나는 꽤 잘 뛰는 사람이었는데도 얼마 안 가 시야에서 존을 놓치고 말았다. 패닉에 빠져 집집마다 돌아다니면서 하인들을 보내 존을 좀 찾아봐달라고 부탁했다. 약 한 시간 정도 지났을 때 한 무리의 흑인 남자들이 와서 품에 안고 있던 존을 넘겨주며 이 터프하고 작은 남자아이를 칭찬했다. 존은 다시 뛰어

다니게 내려놓으라고 벌써 싸움을 걸고 있었다. 나는 존을 어떻게 해야 할지 몰랐다. 끈이나 띠를 매면 존은 기분 나빠 했다. 붙잡고 있으려고 존에게 끈 달린 멜빵을 채우면 존은 이렇게 말하는 것 같은 표정으로 나를 쳐다보았다. “엄마는 내 친구 아니었어요? 어떻게 나한테 이럴 수 있어요?” 격렬한 분노와 불신, 비난, 분에 찬 외침 그리고 눈물. 나는 존을 붙잡고 달래려 했다. 강렬한 감정으로 몸이 굳어버린 존은 내 무릎 위에 서서 훌쩍훌쩍 울면서 이해할 수 없다는 듯한 책망의 표정으로 나를 바라보았다. 그래서 우리는 공원에 가야만 했다. 공원에서 존은 꽃밭 사이를 자유롭게 뛰어다니며 기쁨에 차서 소리를 질러댔다. 나는 존이 공원 밖으로 뛰쳐나갈까 봐 무서워서 존을 붙잡고 유모차에 앉혔다. 그러면 존은 어디로 가는지 보려고 나를 등지고 발딱 일어섰다.

나는 유모차에 존을 태우고 몇 시간이나, 몇 시간이나 걸었다. 그런 느낌이었다. 총명한 젊은 여성이 하루 종일 작은 아이와 시간을 보내는 것만큼 지루한 일은 없다. 나는 유모차를 밀면서 머릿속으로 시를 썼다.

비

윗마을 나뭇가지에 비구름이 걸려 있다
비가 녹슨 깡통을 쓸어내고
때운 덧문 위로 떨어지고
처마 위를 두드린다

빗물이 홈통을 씻겨 내리고
바나나 껍질과 지푸라기, 도로의 쓰레기,
오물과 더러운 넝마를 휩쓸어가고
깨진 병 사이로 솟아 나오고
울퉁불퉁한 바닥 아래를 천천히 흐른다

벽에는 이미 얼룩이 퍼졌다

아이들의 야윈 얼굴이
자기들의 놀이터인 거리를
갈라진 틈 사이로 들여다본다
곧 가로등이 빛을 뿌리면
금빛이, 붉고 파란 빛이
아스팔트를 적시리라

하지만 지금은, 회색 비와
거리에 흐르는 잿빛 물줄기를 뚫고
작고 검은 아이가 몸을 떨며
해진 걸레와 우유병을 움켜쥐고
나무로 둘러싸인 부잣집을 향해 뛰어간다
그곳에선 암탉 같은 목소리의 성질 나쁜 여자
소년의 백인 여주인이 기다리고 있다

극히 평범한 이 시 때문에 프랭크와의 갈등이 시작되었다. 프랭크는 분개하며 내게 부당하다고 말했다. 그리고 이 시를 오누

이인 메리에게 보여주었고, 메리도 내가 부당하다고 말했다. 하지만 프랭크의 분노는 일부러 꾸민 것 같은 데가 있었다. 프랭크는 비난조의 표정을 지었고, 억울해하는 열띤 두 눈으로 나를 빤히 바라보았다. 바로 이때부터 거짓과 허위의 분위기가 퍼지기 시작했다. 처음에는 그저 가끔이었다. 남자는 자기 여자가 일을 하거나 결혼 생활 바깥에 흥미를 가지면 위협을 느낀다. 그리고 그 느낌을 간접적으로 표현한다. 프랭크는 가능하면 언제나 내가 일자리를 얻어야 한다고, 할 수 있으면 글을 써야 한다고 말했다. 하지만 나는 매우 빠른 속도로 프랭크에게서 멀어졌고, 프랭크도 그걸 느꼈다. 내가 그 어느 때보다도 상냥하고, 고분고분하고, 기꺼이 비위를 맞추었는데도. 남편을 기쁘게 하려는 여성의 본능은 남자뿐만 아니라 여자도 혼란스럽게 한다. 나는 왜 갑자기 프랭크가 골이 나서 *"나에게 어떻게 그렇게 부당할 수 있어?"* 라고 말하는지 정말로 몰랐다. "우리는 그 정도로 나쁜 사람은 아니라고!" 프랭크는 이렇게 불평했다. 하지만 사실 프랭크는 우리가 그 정도로 나쁜 사람이라고 생각했고(특히 잔소리가 심한 백인 가정주부 부분에서), 백인의 "거만함"을 끊임없이 비판했다. 그리고 만년에는 이 문제로 괴로워했다. 이때부터 결혼 생활이 끝날 때까지 프랭크는 때때로, 가끔은 며칠 동안이나, 골을 내고, 화를 내고, 자기 연민에 빠지고, 비난을 퍼부었다. 종잡을 수 없었고 위태로웠다. 우리 둘 다 문제의 요점은 다른 데 있다는 것을 알고 있었다. 그리고 그동안 나는 밝았고, 거짓이었고, "이성적", 그러니까 위선적이었다.

프랭크는 오로지 나 때문에 분노한 것이 아니었다. 아마도 친구들과 함께 북부에 있는 사막에 가지 못한 것이 더 큰 이유였을 것이다. 프랭크는 퇴근하자마자 스포츠클럽에 가고 싶어 했다. 술도 많이 마셨다. 새로울 것도 없다. 이제 와서 지난날들을 되돌아볼 때면 우리가 그렇게 술을 많이 마셨다는 사실을 믿을 수가 없다. 하지만 당연하게도 그건 중요한 문제다. 1920년대, 즉 제1차 세계대전이 끝난 이후 과음은 아무 문제가 되지 않았을 뿐만 아니라 영리하고 현명하기까지 한 행동이었으며, 유행이었다. 이 모든 것이 소설과 전기, 당시의 역사에 들어 있다. 외국인 거주지에서만 모두 과음을 하는 건 아니었다. 남로디지아는 술 마시는 문화를 빼면 남는 것이 없었다. 지금 우리는 모두 음식에 집착하며, 음식을 먹고, 음식에 관한 글을 읽고, 이것도 먹고 저것도 먹고, 그러다 여러 날 동안 아무것도 먹지 않기도 한다. 당시 우리는 술을 마셨다가, 금주를 했다가, 증류주를 끊고 맥주만 마셨다가, 맥주를 끊고 증류주만 마셨다가, 오후 여섯 시나 해질 무렵까지는 술을 먹지 않겠다고 결심하곤 했다. 이 술친구들을 어디론가 보내서 술을 끊게 만들어야 했던 걸지도 모른다. 하지만 이들이 영원히 술을 "끊기로" 하고 베란다에서 청량음료를 마시더라도 몇 달 지나지 않아 다시 술독에 빠지리라는 것을 모두가 알고 있었다. 스포츠클럽은 나에게 점점 더 견딜 수 없는 장소가 되어갔지만 프랭크는 나와 함께 클럽에 가기를 원했고, 자기 아들도 데려가고 싶어 했다. 그래서 노력했다. 진이 다 빠질 정도였다. 내 삶에서 그보다 더 피곤했던 적은 없었다.

하지만 피곤함을 견디는 건 내 계획에 없었다. 내가 왜 피곤해야 하는가?

농장에 있던 엄마가 우리 집으로 달려 들어와서는 그렇게 빨리 둘째를 갖다니 참으로 무책임하다고 말했을 때, 나는 이런 말로 나 자신을 변호했다. "강인한 젊은 여성이 연달아서 아기를 가지는 게 왜 문제죠? 흑인 여성들은 다 그렇게 한다고요. 안 그런가요?" *"아이구, 얘야…."* 엄마는 바로 아빠에게 달려가서 불평을 했지만 당시 아빠는 몸이 너무 아파서 엄마 말을 듣지 못했다.

나는 또다시 작은 드레스와 위아래가 붙은 아기 옷을 만들었고, 기저귀로 서랍을 채웠다. 존은 이미 기저귀를 뗀 상태였다. 존은 아랫도리가 축축한 것을 참고 견디는 성격이 아니었다. 내 쪽에서 별달리 노력하지 않았는데도 존은 "대소변을 가렸다". 즉 "깨끗해졌다".

몇 달이 지루하게 지나갔다. 이제 1941년이 되었다. 가짜 전쟁Phoney War이 끝나고, 진짜 전쟁이 유럽 전역에 들끓었다. 독일군이 러시아를 침략했고, 모두들 러시아는 이제 끝장났다고 말했다. 러시아 탱크는 모두 마분지로 만들어졌다는 것이다. 연합군은 잘 되는 일이 없었다. 아무도 히틀러를 멈추지 못할 것처럼 보였다.

딸아이가 태어나기 직전에 대서양 헌장Atlantic Charter이 발표되었다. 냉소주의라는 측면에서는 역사상 따라올 것이 없는 일종의 정치적 쇼였다. 루스벨트는 전쟁 중 가장 최악의 시기에 대서양 한복판에서 처칠을 만났다. 독일군이 러시아와 지중해 동부를 쓸어버리고 로멜Rommel이 계속해서 북아프리카에서 승리를 거두고 있을 때였다. 통치자가 자신이 통치하는 자들을 얼마나 무시할 수 있는지에 관심이 있는 사람이라면 반드시 대서양 헌장을 연구해야만 한다. 누구나 인류의 이익이라고 생각할 만한 것들이 전부 대서양 헌장에 들어 있다. 평화. 노동할 권리. 전 세계로의 자유로운 이동. 배고픔과 공포로부터의 자유. 민주주의적 권리. 대서양 헌장은 우리 모두에게 낙원을 약속했다. 그 모체는 미국 독립선언문이었다. "우리는 다음과 같은 사실을 자명한 진리로 받아들인다. 모든 사람은 평등하게 태어났다. 조물주는 우리에게 양도할 수 없는 권리를 몇 가지 부여했다. 그 권리 중에는 생명과 자유와 행복의 추구가 있다." 나는 대서양 헌장의 냉소주의가 처칠이 전쟁 이후 총선에서 패배한 이유 중 하나라고 생각한다. 영국 공군은 대서양 헌장을 조롱할 수만 가지 방법을 찾아냈다. 이들은 오로지 전쟁 때문에 1930년대 영국의 더럽고 지독한 가난에서 빠져나와 남로디지아로 유배된 사람들이었다. 이들은 대서양 헌장이 재미있지 않았다. 나도 마찬가지였다. 내 감정은 단호했다. *뭘 기대할 수 있겠어?* 소니 제임슨은 이를 두고 농담을 했다. 권위를 쉽게 존경하는 프랭크는 이를 변호했다. 이제 나는 웬만한 정치적 부패에는 놀라지 않지만, 지금도 대서양 헌장만은 실패 없이 나를 놀라게 한다.

어쩌면 궁금할 수도 있겠다. 지상 낙원을 약속한 자들을 그렇게 경멸했는데, 어떻게 그로부터 몇 년 지나지 않아 공산주의자가 되어 같은 약속을 할 수 있었는지를. 대답하자면 우리 '빨갱이들the Reds'은 우리의 비전을 믿었다. 처칠과 루스벨트는 대서양 헌장을 믿지 않았을 것이다. 처칠과 루스벨트는 냉소적이었고, 우리는 어리석었다.

두 번째 출산은 예상과 달랐다. 이 점을 분명히 해두고 싶은 이유는 분만 과정은 마음가짐에 달렸다는 주장 때문이다. 첫 해산 전에(해산lying-in이라는 이름이 정확히 의미하는 것처럼 수 주 동안 침대에 누워 있을 때) 나는 그 어떤 도움도 받지 않았다. 고통스럽거나 어려움이 있으리라고 예상하지도 않았다. 젊고 건강하다는 오만에서였다. 하지만 출산은 상당히 고통스러웠고, 아기는 나를 완전히 지치게 했다. 아마도 내게서 물려받은 원기 왕성함 때문이었을 것이다. 그래서 두 번째 출산 전에는 분만이 고통스러울 것이며 싸우기 좋아하는 아이가 또 한 명 나올 것이라고 마음의 준비를 했다. 나는 이번에도 레이디 챈슬러 요양원으로 갔다. 멍청하고 으스대기 좋아하는 수간호사와 발랄한 간호사들은 엄마와 아기가 만나지 못하게 최대한 노력했다. 나는 입구 반대편에 있는 방에 머물렀는데, 지난번에 왔을 때 묵었던 방과 쌍둥이처럼 똑같았다. 작은 마을에서의 삶은 대도시 거주자들이 상상할 수 없는 지속성을 제공한다. 지난번처럼 나는 저녁에 요양원에 갔다. 만삭 때 느끼는 자극과 압박, 찌르르한 통증, 갑작스러운 아픔과는 구별되는 틀림없는 고통을 느꼈기 때문에, 또 대자연이 사려 깊게 내 안에 갖춰놓은 어떤 에너지가 의심의 여지없이 밀려들었기 때문이었다. 나는 혼자서 방을 성큼성큼 걸어 다녔다. 목욕을 하고 (당연히) 털을 민 상태였다. 언제나처럼 요양원은 과도했다. 간호사들은 웃는 얼굴을 문틈으로 불쑥 들이밀며 "얌전히 계세요"라고 외쳤다.

혼자 있고 싶었다. 밤새 걷고 또 걸었다. 방을 돌고 또 돌았다. 잠들어 있는 아기들을 보러 갔다가 수유가 몇 시간 남지 않았을 때 아기들이 소리를 지르며 울기 시작하면 다시 돌아왔다. 그리고 창문을 통해 별들을 바라보았다. 프랭크가 존을 잘 데리고 있는지 궁금했다. 아침 열 시가 되자 날카로운 고통이 찾아왔고, 의사와 간호사들이 온 지 삼십 분 만에 아기가 나왔다. 나는 여전히 진통이 시작되길 기다리고 있었다. 마취약을 맞기 전에도 고통은 거의 없었다. 간호사가 내게 자그마한 딸아이를 보여주었다. 제

오빠보다 작았고, 보는 즉시 오빠와는 다르다는 걸 알 수 있었다. 이 작고 예쁜 것은 얌전히 안길 준비가 되어 있었다. 하지만 간호사는 이렇게 말했다. "곧 따님과 충분히 함께 계실 수 있을 거예요." "제발요, 아이를 데려가지 말아주세요." "이런, 그럼 일 분만이에요." 아기는 그 작은 입술로 내 젖꼭지를 앙 물었다. 다시 기적이 시작된 것이다. 이 생명은 자기가 해야 할 일을 정확하게 알고 있었다. 간호사는 선 채로 이마를 찡그리며 나를 바라보았다. "아직 젖이 나올 때가 아니에요. 아시잖아요. 내일에나 나올 거라고요." 간호사는 의기양양하게 아기를 데려갔다. 나는 침대에 홀로 남아 눈물을 쏟았다. 요양원이 강제하는 것이 또 하나 있었다. 수간호사는 감염을 우려해 아기의 형제자매가 방문하는 것을 금지했다. 아빠와 함께 찾아온 존은 창문 밖 자갈 위에 서 있었다. 나는 아기를 안고 존에게 손을 흔들었다. 비참했다. 존도 비참해했다. 첫째가 둘째를 질투하게 만들고 엄마의 불안감을 조장하는 데 이보다 더 좋은 방법은 없다. 이것이 두 번째 출산에서 제일 나쁜 점이었다.

저녁이 되자 프랭크가 다른 아빠들과 함께 찾아왔다. 면회 시간이 끝나면 단 일 분도 늦지 않고 수간호사가 출입구에 모습을 드러냈다. "자, 아버님들." 수간호사는 경박하지만 엄격한 목소리로 고함을 쳤다. "이제 됐습니다. 벨을 울릴 거예요. 가엾은 아내 분들이 좀 쉬게 해주세요."

땡그랑거리는 종소리가 온 건물에 울렸고, 아기들이 소리를 질러댔다.

이렇게 물을 수도 있다. 그 요양원이 그토록 끔찍하다면, 왜 다시 그곳으로 돌아갔는가? 좋은 질문이다. 글쎄, 나는 그 요양원이 얼마나 끔찍한지를 나중에서야 알았다. 그리고 "모두"가 그 요양원을 이용했다. 달리 갈 데가 없었다. 가정 분만은 기억에 없다. 물론 지금 나는 백인 여성 이야기를 하고 있는 것이다. 여성 특유의 수동성에 대해서는(당시 내 행동 대부분이 수동적이었다), 사람은 의사와 관련된 일이라면 수동적이지 않기가 힘들다고 생각한다.

나는 다소 어두운 방에 앉아 진에게 젖을 먹였다. 그러는 동안 존은 내가 진을 버리고 자기를 선택하게 하려고 나를 계속 잡아당겼다. 이런 생각을 했던 것이 기억난다. 존이 나를 조금은 사랑하는구나. 존이 악을 쓰고 날뛰어서 나는 아기를 내려놓고 존을 달래보려고 했다. 이런 상황이 쉬지 않고 계속되었다. 너무나도 피곤했다. 내가 어떻게 그 시기를 버텼는지 놀라울 정도다. 내 장담하는데, 젊은 엄마들에게 어떤 분비액이나 호르몬이 나와서 참을성이 많아지는 게 분명하다.

엘리자베스 스마트

천사들의 편에서

《천사들의 편에서: 엘리자베스 스마트의 일기 제2권*On the Side of the Angels: The Second Volume of the Journals of Elizabeth Smart*》에서 발췌(1944~1945)

♦

엘리자베스 스마트Elizabeth Smart는 1913년 캐나다에서 태어났다. 시인 조지 바커George Barker와의 열정적이었으나 다사다난했던 연애 사건에서 영감을 얻어 《그랜드 센트럴역에서 나는 앉아 울었네*Grand Central station I sat down and wept*》를 썼다. 조지 바커와 결혼도 동거도 하지 않았으나 그와 함께 네 아이를 낳았다. 두 번째 작품으로 책 한 권 분량의 산문 《사기꾼과 악당에 대한 추정*The Assumption of Rogues and Rascals*》을 발표했고 시집 세 권과 두 권 분량의 일기를 출간했다. 1986년 제2의 고향이었던 영국에서 사망했다.

조금 별나긴 하지만 많은 면에서 엄마 노릇과 밀접하게 엮여 있는 주제가 바로 청소다. 청소와 더러움, 카오스, 어수선함은 서서히 엄마와 여성 작가들의 삶을 장악하며, 때로는 삶을 강박한다. 여기에 실린 글에 포함된 엘리자베스 스마트가 다급하게 휘갈겨 쓴 목록에는 "일기를 쓸 것", "아이를 가질 것"과 함께 "모든 것을 깨끗하게 유지할 것"이라는 말이 적혀 있다.

1944년 6월 28일~7월 4일

조지는 그 당시에 내내 부루퉁해서는 나를 미워했다. 프램튼에게 쓴 편지의 답장을 받았기 때문이다.[3] 조지가 아이를 더 낳고 싶어하기 전까지는 아무것도 나아지지 않을 거다. 아이가 있다는 사실 자체로 반드시 그렇다기보다는 사랑의 속성이, 그 속성 때문에 그렇다는 것이다. 나도 안다, 안다, 알고 있다, 조지는 그저 자신의 그릇된 설명(그러니까 거짓말)이 제대로 굴러갈 수 있게끔 제시카를 위한 공간을 열어두려 애쓰고 있다는 걸. 지옥이다. 천국이다. 공포다. 조지는 내가 이 상황을 참고 기다리기를, 이걸 사랑이라고 부르고 기꺼이 받아들이기를 원한다. 물론 난 이 공책에 있는 그대로의 사실을 쓸 수 없다. 조지가 공책을 읽고 내가 "조지를 떠날 것이다"라고 썼다는 사실을 계속 다시 들춰내며 화를 내기 때문이다. 나는 내가 현명한 여자가 아니라는 걸 안다.

현명하게 조지를 기다리거나, 가만히 입 다물고 있거나, 조지의 편지를, 조지가 편지를 쓰는 상대를, 조지가 런던에서 하는 일을, 조지가 J에게 갖는 마음을 절대로 궁금해하지 않을 수 있는 그런 사람이 아니다. 오늘로 우리가 만난 지 4년이 되었다. 우리의 관계는 최악은 아니더라도 여전히 엉망진창이다. 문제는 언제나 희망이 있다는 것이다. J가 멋진 여성인지(이 경우 답이 끔찍해질 가능성이 있다) 아닌지를, 결국 조지가 알게 될 거라는 희망. 내 얘기를 하자면, 나는 멋진 여성에서 점점 더 멀어지고 있는 느낌이다. 분명 나는 이보다 더 품위 있게 뒤로 빠져 있을 수는, 더 이상의 궤변을 참아줄 수는, 그가 자신의 헌신적 사랑을 되찾기 위해 갖은 노력을 다하는 동안 그저 가만히 앉아만 있을 수는 없을 것이다. 이 제한된 시간 동안만이라도 조지가 온전히 나에게 몰두하고 나를 사랑해줄 수 있다면. 그가 이 상황을 잘 숨길 수 있을지 없을지를 항상 궁금해하지 않아도 된다면!

1945년의 새해 결심

1) 매일 일기 쓰기.

2) 가계부 쓰기. 한 달 생활(불완전한 생활)(엘리엇의 시극 《대성당의 살인*Murder in the Cathedral*》에 나오는 한 구절인 living and partly living을 인용한 것-옮긴이)에 절대로 20파운드 넘게 쓰지 않기.

3) 언제나 애들 옷 예쁘게 입히기.

4) 모든 것을 깨끗하게 유지하기.

5) 편지는 전부 3일 안에 답장하기.

6) 배변 활동 잘하기.

7) 아기 갖기. 〔체크됨〕 1945년 4월 16일 서배스천 출산.
8) 체스 배우기.
9) 캐나다 역사책 쓰기.
10) 음악을 듣기 위해 라디오, 피아노, 덜시톤, 하프시코드, 클라비코드, 축음기, 비올라를 구하고 아이들에게 음악 감상 가르치기.
11) 캐나다 민요 번역하기. 관련 책과 정보 모두 습득하기.
12) 조지가 내 문제를 결정하지 않는다면 내가 그에 관한 최종 결정을 내리고 그것을 고수하기. 시간은 흐르고 바람은 살을 에는 듯 차다.

1945년 1월 1일

상태: 숨 쉴 구멍이 거의 막힌 채로 디디의 침대에 누워 있음. 눈과 코와 관자놀이 뒤를 엄지손가락이 꾹 누르고 있는 것 같다.

하얗고 호화로운 침대에 파묻혀 있음. 춥다. 바깥 풍경이 사랑스러움. 독서. 조지는 런던에 있다.

1945년 1월 5일

G에게서 편지 옴.

1945년 1월 6일

디디의 침대에서 나와 이비인후과 전문의인 바커 씨를 만나러 모튼에 감. 바커 씨가 국소마취를 하고 부비동염(축농증) 수술을 해 주었다. 한결 시원하다.

1945년 1월 8일

지피가 빅 걸과 함께 당밀 과자와 잡지 《여성세계*Woman's World*》를 가져옴. 이 글이 어떻게 진짜 일기나 조금이라도 쓸모 있는 게 될 수 있겠어. 내가 이렇게나 겁이 많고 게으른데.

1945년 1월 11일

진이 회청색 임부복과 바지를 가져다주었다. 열정을 전부 소진해 버렸고 신나거나 할 만한 가치가 있는 일이 머릿속에 하나도 떠오르지 않는다.

1945년 1월 12일

〔식별 불가능〕에게서 먹을 것 꾸러미가, 빅 마마[4]에게서 조지나를 위한 인형이, 조지에게서 편지가 왔다. 조지는 지난 5년간 해온 말을 반복할 뿐이다. 희망이 없다. 명확한 것이 하나도 없다. 새 총리는 멍청하고 〔식별 불가능〕이 있다. 조지나는 매우 활기차다.

1945년 1월 14일

조지나는 수두가 잔뜩 났다. 조지나의 침대를 내 방으로 끌어와서 지금 우리는 벽난로를 사이에 두고 나란히 있다. 조지나는 다소 창백하고 징징거리고 잠들지 못한다. 밤늦도록 종일 여기서 조지나를 토닥인다. 포스터 가족과 저녁 식사. 아이의 옷과 기저귀에 이름표를 달아줌.

1945년 1월 15일

조지나가(나 또한) 거의 밤새 깨어 있었다. 이마가 뜨겁고 안색이 창백하다. 계속해서 조지나와 놀아준다. 점심 식사 후 디디가 아이들을 데리고 잠시 들렀고, 나는 지피를 데리고 편지를 부치러 갔다가 필커톤 부인과 강아지들을 보았다. 지피와 빅 걸이 집으로 와서 조지나와 함께 차를 마셨다. 비비안에게서 스웨터가 왔다. 조지나가 자는 동안 옆에 앉아 이름표를 달았다.

1945년 1월 18일

밤에 비가 옴. 바람, 비, 우박. 계속 꾸물거린다. 기분이 가라앉고 짜증이 솟구친다. 지피의 잠옷을 다시 만들었고 어젯밤 지피에게 해준 것처럼 조지나의 푸른색 트위드 옷을 수선해주었다. 조지나에게 잠자기 30분 전에 돌아오라고 했지만 오지 않았다. 조지나는 하루 종일 발랄했는데 밤이 되자 약간 우울한지 눈을 휘둥그렇게 뜬 채 어딘가 이상했다. 그리고 나에게 폭탄과 쥐, 유아원이 두렵다고 말했다. 그 두려움이 정말 조지나의 것인지, 아니면 르

네나 포스터 가족 같은 다른 사람에게서 주입된 것인지 파악할 수 없었다. 조지나는 애너벨이 쥐를 무서워한다고 말했다. (내 생각에 조지나는 쥐가 뭘 의미하는지 모른다. 그러므로 이것은 분명 다른 사람의 의견일 것이다.) 짙푸른 색 트위드 치마를 입은 모습이 귀엽다(조지나는 치마를 "티마"라고 말한다).

1945년 1월 26일

조지에게 전화함. 조지는 불편해했다. 주말에 런던에 가겠다고 했으나 조지는 내가 오는 것을 전혀 원치 않았다. 빅 마마에게 이야기함. 디디가 옴. 오후 여덟 시에 디디의 집에 가서 밤새 머물렀다.

1945년 1월 27일

런던에 가려고 모튼에 갔지만 결국 런던에 가지 않았다. 마음이 영 내키지 않았음.

1945년 1월 31일

여섯 시쯤 조지가 옴.

1945년 2월 4일

조지는 화가 났고 나는 디디의 집으로 갔다. 조지는 런던으로 돌아감.

1945년 2월 10일

P 부인, 조지나와 산부인과에 감. 아무 문제없음.

1945년 2월 13일

조지가 목욕 시간에 전화함.

1945년 2월 20일

모두가 오전 7시 20분 기차를 타고 옥스퍼드로 감. 디디와 애너벨은 내리고 G.와 나는 기차를 타고 더 갔다. 실수로 런던 직행 열차를 탄 바람에 얼리 역에서 갈아타야 했다. 그리고 〔식별 불가능〕. 10시 30분경 레딩에 도착해서 11시 15분에 롱타운 로드로 가는 버스를 탔다. 진을 만났고 우리는 제인 미첼("대령의 아내")과 함께 버드인핸드Bird in Hand라는 이름의 펍에서 술을 마셨다. 사람들이 GEB도 펍에 들여보내주었다. 펍의 여주인인 더들리 부인은 반다나를 두르고 화장을 했다. 숲속 언덕 꼭대기에 있는 진의 집은 창문이 많은 팔각형 모양으로, 바람이 많이 불고 햇볕도 좋았다.

1945년 2월 23일

1시 20분에 버스를 타고 레딩으로 가서 2시 35분 기차를 타고 집으로 돌아옴. 디디의 집에서 잠. G에게서 편지. 르네에게서 소포. (G에게서) 책.

1945년 2월 26일

조지의 생일.

1945년 3월 4일

구름이 끼고 음산하고 비가 옴. 조지는 담배를 얻으러 저녁에 펍에 갔다. 내 마음에도 구름이 꼈다. 목이 아프다. 조지가 준 상처.

1945년 3월 13일

아주 지독한 독감과 지독한 추위.

1945년 3월 15일

조지에게서 편지. 바닥 청소. 여행 가방을 거의 다 쌌다.

1945년 3월 23일

조지가 옴.

1945년 3월 27일

일요일에 몸무게를 쟀는데 13스톤(약 82킬로그램)이었다. 평소보다 58파운드(약 26킬로그램)나 더 나간다. 사랑스러운 봄 날씨. 지금 나는 곧 터질 것처럼 무겁고 통통하다.

1945년 4월 4일~4월 12일

봄날의 스콜

나는 천박한 무리를 "증오"하고 "기피"한다.
싫다 싫다 하나님 맙소사 비명을 지르고 싶다.

1945년 4월 16일

오후 11시 30분(영국 더블 서머타임). 모든 병원에서 서배스천을 낳았다.

1945년 4월 26일

조지를 사랑하는 것이 너무나도 힘겹다. 조지가 내게 오지 못한다는(않는다는) 걸 잘 알고 있지만 항상 조지가 오기를 기다린다. 조지가 올 리 없다고 스스로에게 아무리 말해봐도 미친 것처럼 초조해하며 조지가 오기를 고대하는 것이다. 내가 과연 뭘 할 수 있을까? 정말로 참을 수가 없다. 상황은 좋아지지 않고 갈수록 나빠진다. 조지는 내가 떠나게 놔두지 않을 것이다. 하지만 그렇다고 내 곁에 머물지도 않을 것이다. 조지는 내가 겪는 어려움을 해결해주지 않을 것이다. 그렇다고 내가 스스로 문제를 해결하게 놔두지도 않을 것이다. 나는 조지를 지독하게 사랑하지만 조지는 행복한 결혼 생활을 할 수 있으리라는 나의 희망을 줄곧 깨부순다. 이번에는 정말로 그렇게 될 수 있으리라고 매번 믿지만 언제나 같은 실망과 좌절만이 찾아온다. 조지는 오겠다고 말한 때에 절대 오지 않는다. 조지는 자기가 돌아오겠다고 말한 때보다 두세 배는 늦게 돌아온다. 조지는 언제나 사라져버린다. 그리고 나는 가장 좋은 옷을 차려입고 조지가 올 시간을 손꼽아 기다린다. 제발 조지, 내가 좌절과 고독의 반복일 뿐인 이런 삶을 참지 못한다는 걸 모르겠어? 어느 날 갑자기 부서지고 무너져 내려 사라지게 될 거라고.

실비아 플라스

실비아 플라스의 일기

《실비아 플라스의 일기*The Unabridged Journals of Sylvia Plath*》에서 발췌(1957~1962)

실비아 플라스Sylvia Plath는 1932년 보스턴에서 태어나 스미스 대학을 졸업하고 풀브라이트 장학생으로 케임브리지 대학에 입학했다. 전 세계적으로 인정받은 시인이자 소설가로 시집 《콜로서스*The Colossus and Other Poems*》, 《에어리얼*Ariel*》과 소설 《벨자*The Bell Jar*》를 출간했다. 테드 휴즈가 편찬한 《시 전집*Collected Poems*》으로 1981년 퓰리처 상을 수상했다. 1962년 플라스가 스스로 목숨을 끊은 이후 발표되지 않았던 내용까지 포함한 플라스의 일기가 삭제된 부분 없이 2000년 4월 출간되었다.

실비아 플라스는 일기에 밑줄을 그으며 (《분노와 애정》의 핵심적 모순에 해당하는) '아이를 낳느냐 마느냐'라는 문제에 대한 고뇌를 드러낸다. "그때까지 아이는 낳지 않겠다." 하지만 나중에는 이렇게 쓴다. "중요한 건 아이를 언제 낳느냐가 아니라 내가 아이를 낳을 수 있느냐는 거예요."

케이프코드, 1957년 7월 17일 수요일

거의 열 시다. 아직 온전한, 그러므로 아직 망가지지 않은 아침이다. 앞질러서 하루를 시작하려면 점점 더 일찍 일어나야 할 것 같은 기분이 든다. 한 시면 모든 것이 결정된다. 지난밤에는 《파도 *The Waves*》를 읽었다. 끝없이 이어지는 태양과 파도와 새, 이상할 정도로 고르지 못한 묘사 때문에 심란함을 넘어 거의 화가 났다. 유려하고 꾸밈없이 흘러가는 문장 다음에 나오는, 따분하고 볼품없는 거친 문장. 하지만 마지막 50쪽에는 전율이 일어날 정도로 아름다운 문장들이 나타난다. 버나드가 인생과 인생에서의 문제를 요약한 한 편의 에세이. 아무 일도 일어나지 않는 사람의, 더 이상 절망에 맞서 창조하고 또 창조하지 못하는 자의 무감각. 계시와 융합, 창조의 순간. 우리가 이걸 만들었다, 전부 허물어져 부서지는 것에 맞서서. 다시 돌아와 끝없는 변화 앞에서 만들고 또 만들어낸다. 영속하는 어떤 것의 순간을. 그건 평생을 바쳐야 하는 일이다. 나는 밑줄을 치고 또 쳤다. 그리고 계속해서 읽었다. 나는 울프보다 더 잘할 것이다. 그때까지 아이는 낳지 않겠다. 나의 몸 상태는 경험에서 우러나오는 이야기와 시, 소설들을 만들어낸다. 마치 지옥에 온 것처럼 고통스러웠던 경험이 나쁘지 않은 이유다. 모든 지옥을 다 맛본 건 아니지만. 나는 삶 자체를 위해서는 살 수 없다. 내 삶은 끝없는 흐름을 버텨낼 글을 위한 것이다. 시간 속에서 삶을 영원히 되살려줄 책과 이야기들이 없다면 삶을 살아낼 수 없을 것 같은 기분이다. 나는 과거를 너무 쉽게 잊고, 과거와 미래 없이 지금 여기에서 오는 공포에 움츠러든다. 글쓰기는 죽은 자들의 무덤을 부수고 미래를 예언하는 천사들이 숨어 있는 하늘을 활짝 열어준다. 내 마음은 무언가를 만들어내고 또 만들어내며 그렇게 거미줄을 쳐 나간다.

1959년

6월 13일 토요일

RB에게: 중요한 건 아이를 언제 낳느냐가 아니라 내가 아이를 낳을 수 있냐는 거예요. 그것도 여러 명을. 나에겐 그게 가장 중요해요. 내가 너무나도 좋아하는 죽음의 정의는 이거예요. 경험의 단절. 철학자 윌리엄 제임스가 했을 법한 말이지만, 상당히 훌륭하지요. 여성에게 있어 자신의 신체가 겪고 품을 수 있는 위대한 경험을 빼앗기는 것은 자신의 삶을 허비하는 심각한 죽음이에요. 어쨌든 남성은 아버지가 되기 위해 평소처럼 성행위를 하는 것 외에 육체적으로 할 일이 없지요. 하지만 여성은 자신이 아닌 다른 것이 되기 위해, 이 다름otherness과 분리되고, 그것을 먹이고, 그것을 위한 젖과 꿀을 만들어내기 위해 9개월을 필요로 해요. 이런 경험을 빼앗기는 것은 실로 하나의 죽음이에요. 사랑하는 사람의 아이를 가짐으로써 사랑을 완성하는 일은 그 어떤 오르가즘이나 지적인 관계보다 훨씬 심오해요.

6월 20일 토요일

모든 것이 황폐해졌다. 나는 세상의 재다. 나에게선 그 어떤 것도 자라날 수 없고, 어떤 것도 꽃피우거나 열매 맺을 수 없다. 훌륭한 20세기의 의학 용어로 말하자면, 나는 배란을 못한다. 아니, 안 한다. 이번 달에도 안 했고 저번 달에도 안 했다. 지난 10년 동안 생리통을 겪었는데, 그게 다 무엇이었나. 여태껏 힘들게 노력하고 피 흘리고 머리를 벽에 찧어가면서 길을 내어 여기까지 왔다. 내게 꼭 맞는 남자, 내가 사랑하는 남자도 내 곁에 있다. 가능만 하다면 갱년기가 되기 전에 아이들을 낳고 싶다. 우리 아이들과 함께 살며 작은 동물과 꽃, 채소, 과일을 기를 수 있는 집을 갖고 싶다. 가장 깊고 풍요로운 의미에서 대지의 어머니가 되고 싶다. 지적인 커리어 우먼이 되는 건 이제 그만두었다. 그 모든 게 나에겐 그저 재일 뿐이다. 그런데 지금 내가 내 안에서 보는 건 무엇인가? 재. 재, 더 많은 재.

이제 성관계를 할 때마다 기록을 하는 끔찍한 치료의 굴레로 들어갈 것이다. 생리를 하거나 성관계를 가질 때마다 달려가서 분석을 받아야 한다. 호르몬 주사, 갑상선 주사, 이런저런 주사들을 맞는다. 내가 아닌 다른 무언가가 되기 위해, 인공적인 것이 되기 위해. 내 신체는 시험관이다. "6개월 안에 임신하지 못하는 사람에게는 문제가 있는 겁니다." 의사가 말했다. 그리고 내 자궁 경부 끝에서 솜으로 된 면봉을 꺼내 간호사에게 넘겨준다. "아주 새카맣군요." 배란을 했다면 초록색이어야 한다. 아이러니하게도 당뇨를 진단할 때도 같은 방법을 사용한다. 초록, 생명과 난자와 혈당의 색. "선생님은 제 배란일을 정확하게 찾아내셨어요." 간호사가 내게 말했다. "좋은 검사예요. 안 비싸고, 간편하고요." 하. 갑자기 내 존재의 저 깊은 토대가 무너져 내린다. 나는 엄청난 고통과 노력을 통해 겨우, 내 욕망과 감정과 생각이 평범한 여성과 비슷한 지점에 다다른 것이다. 그런데 내가 발견한 것은? 불임.

갑자기 모든 것이 불길하고, 아이러니하고, 위험해 보인다. 만약 아이를 가질 수 없다면-배란을 하지 않는데 어떻게 아이를 가질 수 있단 말인가-사람들은 어떻게 내가 아이를 가질 수 있게 만든단 말인가-난 죽은 것과 다름없다. 여성 신체로서의 죽음. 성관계도 막다른 벽을 만나 죽게 되겠지. 나의 즐거움은 진짜가 아닌 가짜가 될 것이다. 내 글은 즐거운 여분, 특별히 주어지는 꽃과 열매가 아닌, 진정한 삶과 진정한 감정을 나타내는 데 실패한 수준 낮은 대체물이자 공허가 될 것이다. 테드는 가장이 되어야 한다. 나는 엄마가 되어야 한다. 테드를 향한 나의 사랑, 우리의 사랑, 우리를 내 신체, 내 신체의 문을 통해 표현하려던 희망은 무참히 짓밟혔다. 내가 이 문제에 대해 지나치게 비관적이라고 말하는 건 모든 여성이 배란을 못 해도 아무렇지 않게 웃을 수 있어야 된다고 말하는 것과 같다. 아니면 "유머 감각"을 가져야 한다거나. 하, 말도 안 되는 소리.

집배원이 보이지 않는다. 아름답고 화창한 아침. 나는 울고 또 울었다. 지난밤에도, 오늘도. 어떻게 테드를 불임인 여성과의 결혼 생활에 묶어둘 수 있단 말인가? 불임, 불임. 테드가 최근에 쓴 시, 책의 대표 시는 불임 여성이 다시 아이를 가질 수 있게 하기 위한 의식을 노래한다. "살아 있는 것의 사슬에서 내던져져, 그녀의 안에서 과거는 목숨을 잃고, 미래는 뜯겨져 나간다." "이 얼어버린 몸을 만져보아라." 맙소사. 그리고 테드가 쓴 어린이 책. 내가 병원에 간 날이기도 한 어제, T. S. 엘리엇에게서 이 책을 칭찬하는 긴 편지가 왔다. "우리 가족을 만나봐요 Meet My Folks!"라는 제목의 책. 하지만 아이는 없다. 시작조차 못했다. 이 책을 바칠 아이를 희망할 수조차 없다. 그리고 내가 쓴 《침대 책 *The Bed Book*》. 아직 출판사가 받아들인 건 아니지만, 침울한 매클라우드가 책을 거절하든 아니든 책은 결국 나오게 될 것이다. 나는 이 책을 마티가 입양한 쌍둥이 아이들에게 바치게 되겠지. 세상에. 그건 내가 세상에서 견딜 수 없는 유일한 일이다. 끔찍한 질병보다도 더 지독하다. 에스더는 다발성 경화증이 있지만, 그래도 아이들이 있다. 잰은 미쳤고 강간당했지만 그래도 아이들이 있다. 캐럴은 미혼에 몸이 아프지만 그래도 아이가 있다. 그리고 나, 아이가 왕관이자 큰 축복이 될 위대한 사랑의 때를 맞이했지만, 여기 앉아 그저 손톱을 물어뜯고 있다. 무얼 해야 할지 전혀 모르겠다. 모든 기쁨과 희망이 사라져버렸다.

1962년

5월 7일

산파 위니프레드 데이비스.

지난 가을 웨브 선생님의 진료소에서 첫 번째 검진을 받을 때 위니프레드 데이비스 씨를 처음 만났다. 작고 동글동글하지만 전혀 뚱뚱하지는 않은, 유능해 보이고 회색 머리카락을 가진, 얼굴에서 현명함과 도덕성이 느껴지는 여성으로, 테가 둥근 푸른색 모자를 쓰고 푸른 유니폼을 입고 있었다. 친절하지만 그리 자비롭지는 않게 나를 판단할 것 같았다. 그녀로서는 우리 집에 방문해 새로 이사 온 사람들이 어떻게 해놓고 살고 있으며 어떤 습관을 가졌는지 관찰할 수 있는 좋은 기회였다. 착실한 영국 시골 여자가 내게 증명 가능하거나 눈에 보이거나 분명한 일이 없는, 의심스러운 예술가라는 편견을 가질 수 있다는 걸 너무나도 잘 알고 있었다. 게다가 나는 미국인(제멋대로인 부자의 전형)이니까. 진료소에 처음 갔던 날, 내가 집에서 아기, 그러니까 프리다에게 열 달 동안 모유를 먹였고 테드가 내 "도우미"라고 말하자 그녀는 처음으로 나를 좋게 본 것 같았다. 우리에게도 희망은 있었다!

D 간호사는 해밀턴 부인의 조카로, 그 뜻밖의 관계에 대해서는 아직 파악한 바가 없다. D 간호사와 해밀턴 부인은 두 개의 대들보다. 이들은 모든 걸, 아니면 거의 모든 걸 알고 있는 게 틀림없다. D 간호사가 찾아올 때마다 나는 둘의 관계를 본능적으로 의심하게 되었는데, 공부를 시작하느라 그동안 집안일에 소홀했기 때문이다. 테드가 무슨 말을 해도 D 간호사를 막을 수는 없다. 그녀는 꿋꿋하게 계단을 올라온다. 테드가 내게 기척을 주려고 기를 쓰고 먼저 뛰어 올라오긴 하지만, 결국 나는 공부방 문 앞에

선 테드의 어깨 뒤로 웃고 있는 그녀의 하얀 얼굴을 보게 된다. 나는 복슬복슬한 분홍색 목욕 가운(보온을 위해 여러 겹의 임부복 위에 걸쳐 입은 것이다)을 입고 있다. D 간호사는 "예술가다운 복장이네요"라고 말하고 침실로 들어가 정돈 안 된 침대를 발견한다. 나는 지독하게 노란 오줌이 들어 있는 분홍색 플라스틱 통 위에 허둥지둥 신문을 올려놓는다. 모든 집안일은 정오 이후에 한다는 원칙에 따라 비우지 않고 내버려둔 것이다. D 간호사는 우리 집이 어떤 꼴인지, 어떤 장식을 했는지 보는 걸 즐거워했던 게 틀림없다. 침실에 있는 인디언식 러그를 보고 "우리 집에 있는 것과 매우 비슷하다"고 했다(최고의 인정). 어느 날 아침 D 간호사는 말할 게 있다는 듯 눈을 반짝거리더니, 더는 참지 못하고 "우리 아들 학교 친구가 당신 남편 팬이래요"라고 말했다. 믿기 힘든 우연으로, D 간호사의 외아들 가넷(북쪽 지방의 성)이 런던에 있는 머천트 테일러(Tailor가 아니고 Taylor인가?) 학교에 친구가 하나 있는데, 그 친구가 테드에게 책에 관해 편지를 썼었고, 답장에 "노스 터턴" 소인이 찍힌 것을 보고 가넷에게 테드 휴즈를 아냐고 물었던 것이다. 누군가가 테드와 나를 "알아보았다". 몹시 기뻤다.

D 간호사의 남편은 미스터리에 싸여 있다. 전쟁에서 사망했을까? 가넷이 거의 열아홉이니, D 간호사의 결혼은 "전쟁 결혼"이었다. 그녀는 아들을 혼자 힘으로 키워야 했다. 가넷은 그리 똑똑하지가 않아서(마저리 T.가 해준 이야기다) D 간호사는 아들을 좋은 학교에 보내는 데 상당히 애를 먹었다. D 간호사는 페키니즈종 강아지들도 키운다. 그중 한 마리는 D 간호사가 정말 애지중지 키웠는데 실수로 밟아서 죽이고 말았다. 어디든 데리고 다니던 강아지였는데. 끔찍한 이야기다. 아기 나올 때가 다가올수록

D 간호사의 태도는 더 다정하고, 온화하고, 상냥해졌다. 그녀가 내 산파여서 기뻤다. 아기가 D 간호사의 휴일에 태어나지 않고, D 간호사가 사우스 터턴에 있는 아픈 아버지(여든이 넘은 나이로 폐렴이 두 번이나 도졌다고 한다. 집을 새로 짓는 동안 아내와 함께 호텔에 머물고 있었다)를 돌보기 위해 "휴가"를 가기 직전에 나와서 정말 다행이다.

1월 17일

니컬러스가 태어나던 날 아침, 배에 통증을 느끼며 잠에서 깼다. D 간호사가 시킨 대로 그녀에게 전화를 했지만 미안한 마음이 들었다. 통증이 대단치 않아 보였기 때문이다. 금세 달려온 D 간호사는 산처럼 커진 내 배에서 아기의 심장 소리가 들리는 지점에 X 표시를 했다. 그리고 오후 내내 집에 있겠다고 말했다. 나는 꽤 차분했고 들떴고 간절했지만 출산의 리듬과 순서가 프리다를 낳을 때와는 꽤 달라서 놀랐다. 프리다를 낳을 때는 4월 1일 새벽 1시에 매우 극적으로 양수가 터져서 잠에서 깼고, 시간당 5분 간격으로 진통이 오다가 해가 떠오르던 5시 45분에 아기가 태어났다. 분만에 총 4시간 45분이 걸린 셈이다. 이번에는 하루 종일 대략 30분마다 통증이 나타났다가 사라지고는 다시 나타났다. 담요를 두르고 의자에 앉아 어중간한 기분으로 진짜 진통이 시작되길 초조하게 기다렸다. 빵도 좀 구웠다. 그때, 프리다가 잠든 순간 진통이 본격적으로 시작되었다. 두 시간 정도 기다리자 통증의 주기가 일정해졌다. 진통이 꽤 심해져서 이제 진통제와 간호사가 필요하겠다는 생각이 들었다. D 간호사는 내게 "데이비스 간호사가 와줬으면 좋겠다는 생각이 들자마자" 전화하라고 했었다.

D 간호사는 오후 9시에 도착했다. 그녀의 작은 파란색 자동차가 안뜰로 들어오는 소리가 들렸고, 테드가 무거운 기구 나르는 걸 도와주러 나갔다. 곧 D 간호사가 내 침대 옆에 의자를 두고 마취용 가스가 든 실린더를 달았다. 검은 서류가방처럼 생긴 상자에 가스와 공기가 들어 있는 붉은색 실린더, 튜브, 마스크가 고정되어 있었다. D 간호사가 진통이 오면 마스크를 쓰고 검지로 꾹 눌러 호흡하면 된다고 사용 방법을 알려주었다. 그녀는 하얀 치마를 두르고 하얀 머릿수건을 쓴 다음 침대 오른쪽에 앉았다. 테드는 왼쪽에 앉았고, 나는 마스크를 썼다. 우리는 수다를 떨기 시작했다. 놀랍도록 기분이 좋았다. 진통이 올 때마다 테드와 D 간호사가 하는 이야기를 들으며 마스크에 대고 숨을 쉬었다. D 간호사는 진통이 끝날 때까지 내 손을 잡아주었다. 방은 따뜻했고, 붉은 빛의 난로 돌아가는 소리가 났고, 밤은 고요하고 차가웠고, 분홍색과 하얀색 체크무늬 커튼이 차가운 창문을 가려주었다. D 간호사는 나와 테드를 좋아하는 것 같았고, 나도 그녀와 함께라서 더할 나위 없이 기뻤다. 프리다를 낳을 때는 통증이 너무 극심해서 정신을 놓고 바닥을 기어 다니다 벽에 머리를 쿵쿵 찧었는데, 이번에는 내가 나를 완벽하게 통제하고 있고 나를 위해 무언가를 할 수 있을 것 같다는 기분이 들었다. 그러다 갑자기 심한 진통이 찾아왔고, 끝없이 계속되었다.

D 간호사는 랭커셔(요크셔가 아니라 랭커셔 같다)의 놀랄 만큼 큰 대가족(7명?) 출신으로, 그녀의 어머니는 주위의 도움을 많이 받았다. 그녀의 말에 따르면 그녀는 좋은 어린 시절을 보냈고, 유모가 한 명 있었다. 아아, 난 D 간호사가 들려준 이야기를 대부분

까먹었다. D 간호사의 형제자매들은 사방으로 흩어져서 살고 있다. 남자 형제 한 명은 이 지역에 있는 명문 남자 사립학교의 교장이었다가 지금은 호주에 있는 학교의 교장을 맡고 있다. 내가 알기로 자매 한 명은 캐나다에 있다. D 간호사는 개를 열 마리 정도 키우는데, 그중 세 마리는 교대로 집에 들어오게 해준다. D 간호사는 정원도 가꾼다. 땅도 1~2에이커 정도 있는데 거기서 거위를 키우고 싶어 한다. 그다음 거위를 팔아서 양을 사고, 그다음에는 양을 팔아서 소를 사고 싶다고 했다.

시간이 계속 흐르고, 진통도 계속되었다. D 간호사는 풀이 웃자란 들판의 풀을 베주는 남자를 소개해주었다. 우리는 코트 그린(실비아 플라스와 테드 휴즈가 1961년부터 살기 시작한 집. 1962년에 실비아 플라스가 집을 떠난 이후에도 테드 휴즈는 계속 이 집을 오가며 살았다-옮긴이)에 정원과 잔디를 가꾸고 싶다는 우리의 희망에 대해 이야기했다. 그때 D 간호사가 이제 배에 힘줄 준비가 되었냐고 물어보았다. 준비가 되었길 바랐다. 하지만 아니었다. D 간호사는 살펴보더니 마침내 나를 보고 마음이 내킨다면 힘을 줄 수 있을 거라고 했다. 나는 배에 힘을 주기 시작했다. 마취용 마스크는 내려놓았다. 마스크 없이도 할 수 있을 것 같았다. 눈앞에 보이는 내 배가 산처럼 거대했다. 미신 같지만 나는 배 속을 느끼고 볼 수 있도록 두 눈을 감았다. 내 눈에는 아기가 실제로 보였다. 테드가 평범한 일이라고 말해주기 전까지는 아이가 보이는 게 무서웠다. 배에 힘을 주었다. "정말 잘하네요. 내가 그동안 본 사람 중에 제일 잘해요." 자랑스러웠다. 하지만 잠시 후 D 간호사는 상태를 살펴보고는 잠시 동안 힘을 주지 않는 게 좋겠다고 말했다. 아기의 머리가 충분히 내려오지 않아서 아직 양수가 터지지 않았다는 것이다. 나는 몽롱한 상태에서 양수가 터지기를 바랐다. 왜 양수가 터지지 않는 건지 점점 더 걱정되었고, 그 안에서 아기가 질식해 죽는 모습이 머릿속에 떠올랐다. 힘주기를 멈춘 순간 진통이 느껴졌다. 온몸을 휘감는 지독한 고통이었다. 바로 그때 다시 쓴 마스크 안에 공기만 있다는 걸 깨달았다. 마취용 가스는 다 떨어져 더 이상 남아 있지 않았다. 가스를 더 충전할 수도 없었다. 그다음 날인 목요일이 D 간호사가 새 가스를 받는 날이었기 때문이다. 나는 당황하기 시작했다. 테드와 D 간호사가 내 발을 잡았다. 그때부터 시간 감각을 잃었다. D 간호사가 테드에게 웨브 선생님한테 전화하라고 말했다. 지금 와달라고, 양수가 안 터졌으니 웨브 선생님이 주사를 놔줘야 한다고. 왼쪽 배에서 쥐어뜯는 것 같은 고통이 느껴졌다. 그동안의 진통과는 차원이 달랐다. 오롯이 고통에 사로잡혀 멍하고 느린 목소리로 테드와 D 간호사에게 말을 했다. 아주 짧은 순간 잠시 열렸던 눈꺼풀 사이로 내 배가 보였다. 겁이 날 정도로 여전히 거대했다. 지난 몇 시간 동안 하나도 변하지 않은 것 같았다. D 간호사는 심각해 보였다. 그녀의 얼굴이 나를 내려다보고 있었다. 어디래요? D 간호사가 걱정하는 걸 알 수 있었다. 테드가 웨브 선생님한테 전화를 걸었다. D 간호사가 뭔가를 하는 것 같았다. 아마 양수를 싸고 있는 막을 직접 터뜨린 것 같다. 그러자 양수가 어마어마하게 쏟아져 나왔다. 오, 오, 오, 나도 모르게 소리를 냈다. 엄청나게 큰 압력이 사라지면서 양수가 흘러나와 내 등을 적셨다. D 간호사는 내가 처음 고통을 호소한 후 내 몸에서 2온스의 오줌을 빼냈었다. 거대하고 포악하고 둥글고 무거운 물체가 마치 대포나 쇠지레의 머리처럼 내 다리 사이에서 앞으로 밀고 나오는 것이 느껴졌다. 두 눈을 질끈 감고 이 포악한 힘이 뇌를 집어삼켜 나를 휘감는 것을 느꼈다. 그 힘이 나를 둘로 쪼개며 폭발해 몸이 피투성이가 된 채 갈기갈기 찢어질까 봐 끔찍하게 두려웠지만, 할 수 있는 것이 아무것도 없었다. 그 힘은 내가 상대하기엔 너무 거대했다. "너무 커요, 너무 커요." 혼이 나간 채 중얼거렸다. "편하게 숨 쉬어요, 잠들 때처럼." D 간호사가 말했다. 일종의 복수로, 나는 손톱을 세워 D 간호사의 머리를 꼭 잡았다. 마치 이렇게 하면 이 끔찍한 고통이 나를 찢어발기지 않을 것처럼. 숨을 쉬며 힘을 주지 않으려고 애썼다. 아니, 그 힘이 그냥 밀고 나오게 두었다. 하지만 압박이 줄어들거나 고통이 사라지지는 않았다.

D 간호사는 굳은 내 손가락을 살살 폈다. 그 포악한 힘은 부지불식간에 점점 커졌다. 나는 공황 상태에 빠졌다. 내가 어찌할 수 있는 게 아니었다. 그 힘이 나를 통제했다. "어떻게 할 수가 없어요." 울부짖었다. 아니면 겨우 내뱉었거나. 그때 갑작스러운 힘의 폭발이 세 번 있었다. 그 포악한 것이 내 안에서 돌진해 나오기 시작했다, 하나 둘, 셋, 그때마다 새된 비명이 끌려나왔다. 오, 오, 오. 물이 파도처럼 쏟아져 나오는 것 같았다. "나왔어요!" 테드의 말이 들렸다. 끝이 난 것이다. 곧 거대한 것이 빠져나간 게 느껴졌다. 가벼워진 느낌이었다. 마치 공기처럼, 마치 하늘을 떠다닐 수 있을 것처럼. 정신도 말짱해졌다. 고개를 들어 앞을 바라봤다. "몸이 찢어졌나요?" 그 강력한 힘이 나를 뚫고 나왔으니 내 몸은 분명 뜯겨져 피투성이가 되었을 것 같았다. D 간호사가 말했다. "긁힌 데조차 없는 걸요." 믿을 수가 없었다. 고개를 들어 내 첫째 아들, 니컬러스 패러 휴즈를 바라보았다. 내게서 한 발짝

정도 떨어진 침대 위에 파랗고 번들거리는 아기가 있었다. 잔뜩 젖은 채로, X자로 얼굴을 잔뜩 찡그리고는, 이상하게 푹 꺼져 화가 난 듯한 이마를 하고 나를 올려다보고 있었다. 눈 사이가 쭈글쭈글했고 마치 원주민들이 숭배하는 상에 조각해놓은 것마냥 파란 음낭과 역시 파랗고 큰 페니스가 있었다. 테드가 젖은 침대보를 걷었고 D 간호사가 아기와 함께 쏟아진 어마어마한 양의 액체를 걸레로 훔쳤다.

D 간호사가 아기를 둘둘 말아 내 팔에 안겨주었다. 그리고 웨브 선생님이 도착했다. 자정이 되기 5분 전이었다. 12시에 자명종이 울렸다. 아기가 꿈틀거리며 울었다. 품에 안은 아이는 따뜻했다. 웨브 선생님은 자기 손가락을 내 몸 안에 넣고 나한테 기침을 하라고 했다. 태반이 받쳐놓은 유리그릇 안으로 흘러나왔고, 유리그릇이 피로 시뻘게졌다. 그게 다였다. 우리에게 아들이 생겼다. 사랑이 솟구치지는 않았다. 그 아이가 좋은지도 알 수 없었다. 아이의 머리, 푹 꺼진 이마가 신경 쓰였다. 후에 웨브 선생님은 아마 아이의 이마가 골반에 걸리거나 부딪쳐서 밖으로 나오지 못했을 거라고 했다. 아기는 9파운드 11온스(약 4.1킬로그램-옮긴이)였다. 그래서 나오는 데 그렇게 오래 걸린 것이다. 프리다는 겨우 7파운드 4온스(약 3.2킬로그램-옮긴이)였다. 무척 자랑스러웠다. D 간호사는 우리 아기를 좋아했다. 그리고 웨브 선생님이 떠난 후 방을 정리해주었다. 침대보를 갈고, 더러워진 린넨 천을 모아 그중 피가 묻은 것은 욕조에 차가운 물을 받아 소금을 섞어 담가놓았다. 모든 것이 아름답고 깔끔했고 차분했다. 아기 몸을 씻기고 옷을 입힌 다음 아기 침대에 뉘였다. 아기가 얼마나 조용했는지 테드한테 아기가 숨을 쉬고 있는지 확인해보라고 했을 정도

였다. D 간호사가 안녕히 주무세요, 하고 말했다. 마치 올바름과 밝은 미래로 가득 찬 크리스마스이브 같았다.

1월 18일

D 간호사가 도착했다. 우린 헝클어진 머리에 비몽사몽이었다. 일어나서 씻고 립스틱을 발랐다. 기분이 무척 좋았다. D 간호사는 내가 아기를 씻기기 전에 인디언들이 출전할 때 하듯 얼굴에 "물감"을 바른 거라고 생각했다. 니컬러스가 자랑스럽고, 또 좋았다. 내가 아기를 사랑한다는 확신이 드는 데 하룻밤이 걸렸다. 아기의 머리통은 다시 예쁘게 차올랐다. 뼈로 막힌 문을 통과하느라 서로 겹쳐졌던 두개골은 다시 동그래졌고, 뒤통수가 톡 튀어나온 잘생긴 수컷의 머리가 되었다. 진한 검푸른색 눈, 빽빽한 가시금작화 덤불 같은, 방금 머리를 민 학생 같은 머리칼. D 간호사는 아기를 물에 푹 담그지는 않았다. 날씨가 너무 추웠다. D 간호사가 물로 아이를 씻겼다. 프리다도 "남자 아기"와 인사를 했다. 프리다는 호기심에 차서 들뜬 작은 동물처럼 몸을 배배 꼬았다. D 간호사의 목소리가 프리다를 고분고분하게 만드는 것 같았다. 프리다는 D 간호사를 위해 핀을 들어주었고, 침대에 앉아 자랑스러운 듯 아기를 안았다. 그다음 D 간호사가 한쪽 팔에 아기를 안고 다른 쪽 팔에 프리다를 안았다. 그리고 "너희가 엄마의 두 아가들이구나"라고 말했다. 지혜가 느껴졌고, 놀라울 정도로 차분하게 아이들을 다루는 모습에 감탄했다. 그날이 D 간호사가 온 마지막 날이었다. 그녀가 너무나도 보고 싶다. 10일 동안 고통에 시달렸다. 젖은 1주일 동안 나오지 않았고, 아기는 굶주려서 밤새 울

어댔고, 결국 39도가 넘는 젖몸살이 이틀 밤 이어졌고, 나는 산파 두 명 그리고 웨브 선생님과 다투었다. 그러다 모든 것이 다시 정리되었고, 잔잔해졌다. 젖은 잘 흘러나왔다. 페니실린을 먹으니 열이 가라앉았다. D 간호사가 아기 포경수술을 위해 돌아왔다. 그 수술은 내게 트라우마로 남았다. 웨브 선생님이 "외과 수술"을 했는데, 아기는 울부짖으며 피를 흘렸고 열이 나서 땀을 흘리던 나는 의자에 눈물을 흘리며 거의 기절하다시피 했다. D 간호사와 웨브 선생님은 내가 보지 못하게 몸으로 아기를 가렸다. 2주 동안 아픈 아버지를 간호하고 막 돌아온 D 간호사는(아버지는 전날 다시 병원으로 들어가셨다 한다) 머리가 곱슬곱슬해져 있었다. D 간호사가 돌아오자 모든 것이 정상으로 돌아갔다. 암울한 사건들은 끝났다. 의자와 탁자도 제자리를 찾아 다시 제 역할을 하기 시작했다.

마거릿 미드

할머니가 되어

《마거릿 미드 자서전*Blackberry Winter: My Earlier Years*》에서 발췌(1972)

마거릿 미드Margaret Mead는 1901년 필라델피아에서 태어났다. 컬럼비아 대학에서 인류학 박사 학위를 받았으며 해당 분야에서 선구자적 업적을 남겼다. 성격 형성에 유전보다 문화가 더 큰 영향을 미친다는 사실을 증명한 《사모아의 청소년*Coming of Age in Samoa*》이 베스트셀러가 되었고 다양한 언어로 번역 출간되었다. 그 밖의 다른 저서들은 어린아이 및 자녀 양육과 성인 문화의 관계를 다루었다. 28개의 명예 학위를 받았으며 40권이 넘는 책을 출간했다. 1978년 세상을 떠났다.

그녀는 이 글에서 인류학자로서 자연계를 관찰한 경험을 통해 엄마됨을 새로운 시각으로 바라본다. 독특하게도 미드에게 손주의 탄생은 "나 자신의 행동이 아니라 내 자식의 행동을 통해 내가 변화한다는 기이한 느낌"에 대해 숙고하는 경험이었다. 이후 딸이 힘들게 양육법을 배우고 실천하는 모습을 지켜본 미드는 결국 모방 행동이 단단히 각인된 새끼 오리와 딸을 비교한다. 미드는 다음과 같은 사실을 관찰한다. "기존에 아기에 대해서 얼마나 많이 알고 있었던 간에, 아기를 낳으면 엄마들에 대해서 정말로 많은 것을 알게 된다."

시간이 흐를수록 나는 손주를 원하지 않으려고 신중을 기했다. 딸 캐서린이 아이를 낳기 전에 이미 내가 증조할머니여도 이상하지 않을 만큼 나이를 먹었다는 걸 알고 있었기 때문이다. 사람들은 증조할머니를 인간이 도달할 가능성이 별로 없는 상태로 여긴다. 그건 증조할머니가 점점 더 흔해지는 오늘날에도 마찬가지다.

세반 마거릿이 태어났다는 소식을 들었을 때 나는 내가 아무 행위도 하지 않고 갓 태어난 인간과 생물학적으로 연결되었다는 사실을 돌연 깨달았다. 이건 조부모에 대한 논의에서 한 번도 언급되지 않았고 내가 한 번도 겪어보지 않았던 일이었다. 많은 원시사회에서 조부모와 손주는 함께 어울린다. 극도의 존경심을 갖고 아버지를 대해야 하는 아이도 할아버지에게는 농담을 던질 수 있으며 역시 농담으로 할머니를 "아내"라고 부르기도 한다. 공동의 적이 있기 때문에 조부모와 손주가 그렇게 잘 어울릴 수 있다는 이야기를 많은 사회에서 공공연하게 받아들인다. 우리 사회에서 으레 하는 주장은 조부모의 경우 손주를 책임질 필요가 없으므로 손주와의 시간을 즐길 수 있다는 것이다. 즉 조부모는 손주를 훈육시킬 필요가 없어 부모가 느끼는 죄책감과 불안감을 갖지 않는다는 뜻이다. 이 이야기들은 나도 익히 알고 있었다. 하지만 멀리 떨어져서 생물학적 후손의 탄생에 관여하는 것이 이렇게 낯설 줄은 전혀 생각지 못했다.

나는 언제나 한 삶이 다른 삶에 가닿는 방식을 예리하게 인식하고 있었다. 내 삶은 나의 책《사모아의 청소년*Coming of Age in Samoa*》을 읽고 인류학자가 되겠다고 결정한, 내가 한 번도 만나보지 못한 사람의 삶과 연결되었다. 나는 어린 시절부터 나와 내 선조 간의 관계를 상상할 수 있었다. 나에게 유전자를 물려준 선조, 내가 이름도 알지 못하는 선조뿐만 아니라 나를 길러준 선조까지. 특히 친할머니를 많이 떠올렸다. 하지만 친할머니는 멀리 떨어져 있었다는 점, 수 마일이나 떨어진 곳에서 발생한 일련의 사건들이 누군가의 지위를 영원히 바꿔놓았다는 점에 대해서는 한 번도 생각해본 적이 없었고 매우 기이하다고 느꼈다.

내가 느낀 충격은 자신이 태어난 나라의 시민으로 평생 걱정 없이 살다가 독재 정부의 독단적인 결정으로 갑자기 시민권을 박탈당한 사람, 예를 들면 혁명 이후의 러시아 귀족이나 1930년대 독일의 유대인 또는 터키의 아르메니아인이 받은 충격과 비슷한 것이었다. 물론 나에게 일어난 일은 절대로 바뀌지 않을 거라고 믿었던 무언가를 멋대로 거부당한 것이라기보다는 아무런 행동도 취하지 않았는데 나의 지위가 멋대로 정해진 것이었지만 말이다. 여러 과학자와 철학자들은 자신이 미래의 삶과 연결되어 있다는 인간의 믿음, 이보다 드물게는 자신이 지구에 태어나기 전에 존재했던 삶과 연결되어 있다는 믿음의 근원이 무엇인지 소상히 탐구했다. 그 답은 오로지 추측할 수밖에 없겠지만, 나는 이미 존재하는 여러 추측에 더 친숙한 나만의 추측을 덧붙이고자 한다. 바로, 나 자신의 행위가 아닌 내 자녀의 행위에 따라 나의 지위가 완전히 바뀌어버리는 기묘한 느낌이다.

신입 할머니가 된 나는 내 딸아이의 유아 시절을 다시 떠올리기 시작했다. 그리고 바니라는 이름의 자그마한 생명체에서 자기만의 기질이 나타나는 것을 관찰했다. 바니는 목수들이 집 공사를 마무리하면서 내는 소음은 무시할 줄 알았지만 인간 목소리의 변화에는 몹시 예민했기 때문에 아이 엄마는 누군가가 전화를 받을 때 목소리가 변하는 걸 감추기 위해 언제나 배경 음악을 잔잔히 틀어놔야 했다. 나는 바니가 화사한 꽃무늬 천의 패턴과 모빌에 반응하는 방식을 알아차렸다. 캐서린의 탄생과 유아 시절을 담은 동영상을 보여주었더니, 캐서린은 이렇게 말했다. “내가 보기엔 엄마 아기보다 내 아기가 더 발랄하고 예쁘고 생기 넘치는 것 같아!”

하지만 나는 그동안 조부모가 마땅히 느껴야 한다고 들어왔던 책임으로부터의 자랑스러운 자유를 전혀 느끼지 못했다. 사실 도움을 제공할 의무는 있지만 간섭은 하면 안 되는 상황은 자기 자식한테 주의를 기울이는 것만큼 힘이 든다. 내 생각에 우리는 조부모에게 부과되는 의무를 충분히 고려하지 않는다. 조부모들은 사진에서 빠져 있어야 한다. 개입하면 안 되고, 아이를 오냐오냐해서도 안 되고, 주장도 하면 안 되고, 밀어붙여서도 안 된다. 그러다 늙고 약해지면 멀리 떨어진 양로원(이 공간을 어떤 이름으로 부르든 간에)에 살면서 어쩌다 한 번 자신들이 손주들을 데리고 놀러 갔을 때 행복하다고 말해야 한다.

미국의 조부모 대부분은 자식들에게 골칫거리가 되지 않으려고 무진 애를 쓴다. 자신 또한 젊었을 때 부모를 귀찮아했고, 부모와 조부모의 간섭에 격하게 분노했기 때문이다. 하지만 난 그런 걸 몰랐다. 할머니를 사랑했고, 엄마가 자식들을 돌보고 사랑했던 방식을 높이 평가했다. 내가 아기 캐시를 집에 데려갔을 때 가졌던 유일한 불만은 엄마가 유용한 정보들을 내가 원하는 만큼 기억하지 못한다는 것이었다. 나는 캐시를 키울 때 기쁜 마음으로 엄마와 친한 친구들의 도움을 받았다.

이번에도 헬렌 버로스가 와서 캐서린의 아기를 돌봐주기를 바랐지만 버로스는 몸이 아팠다. 그 대신 내 대자godsun의 아이티 출신 유모 툴리아 샘퍼가 케임브리지로 와서 노련하고 솜씨 좋게 아기를 봐주었다. 캐서린은 샘퍼를 보면서 신입 엄마가 갖는 광대한 피암시성suggestibility(타인이나 주변 환경이 암시한 정보를 받아들이는 정도-옮긴이)의 세계를 탐험할 수 있었다. 신입 엄마는 출산 직후부터 눈앞에 보이는 양육 방법을 똑같이 따라하면서 배우게 되는데, 이상하게도 그 모습이 움직이는 물체가 보이면 그게 뭐든 간에 따라다니도록 각인된 새끼 오리를 떠올리게 한다. 캐서린 역시 내가 그랬던 것처럼, 기존에 아기에 대해서 얼마나 많이 알고 있었던 간에 아기를 낳으면 엄마들에 대해서 정말로 많은 것을 알게 된다는 사실을 배웠다.

캐서린은 잘 웃고, 명랑하고, 상상력이 풍부한 엄마이며, 자기가 받았던 만큼 아기에게 온 관심을 쏟는다. 일란성 쌍둥이 중 한 명은 관대하고 생글거리는 엄마에게, 다른 한 명은 엄하고 무뚝뚝한 엄마에게 입양될 경우 아기들은 두 엄마의 전혀 다른 태도에 따라 다른 반응을 보일 것이다. 하지만 더 잘 웃는 아기가 엄한 엄마를 웃음 짓게 만들고, 반응 없이 칭얼거리기만 하는 아기가 생글거리는 엄마를 짜증나고 불안하게 만들었을 가능성 또한 존재한다.

바니를 보고 있으면 여러 가지 면에서 캐서린의 어린 시절이 더욱 강화된 모습으로 나타나는 걸 알 수 있다. 바니는 매우 대담하지만 한편으론 매우 신중하다. 캐서린이 키 큰 나무를 기어오를 때 나뭇가지 하나하나를 전부 확인해봤던 것처럼, 걷는 법을 배우고 있는 바니도 탁자와 의자 사이의 거리를 조심스럽게 측정한다. 만약 거리가 너무 멀면 의자에서 뛰어내려서 기어가지만 할 수 있을 것 같으면 탁자와 의자 사이를 그냥 넘어간다. 바니는 자기 엄마처럼 합리적이다. 무언가를 부탁할 때 이유를 충분히 설명하면, 특히 할 일을 주면 부탁에 응한다. "도와줘"와 "내가"("나 혼자서 할 거야"라는 뜻이다)는 바니의 어휘에서 가장 중요한 단어다. 아무에게도 말하지 않고 몽상에 빠지는 것 또한 엄마를 닮았다. 같이 있는 어른이 자기도 모르게 바니가 원하지 않는 길로 가거나 마지막이 아니라 가장 먼저 문에 들어가 버리면 바니는 와앙 하고 눈물을 터뜨린다. 자기 아빠에게서 물려받은 짙은 색 눈동자는 나보다 훨씬 강렬했던 우리 할머니의 눈동자처럼 활활 타오른다. 내가 바니에게 보이는 반응은 내가 내 동생들과 딸, 그동안 돌보았던 모든 아기들, 그동안 관찰하고 연구했던 모든 아기들에게 보였던 개개의 반응을 모두 합쳐놓은 것과 같다.

직접 아기를 낳았을 때 나는 내가 편견을 갖고 어린 아이들을 관찰하게 되었다는 사실을 깨달았다. 다정하면서도 객관적인 시각으로 아이들을 바라보는 대신, 나는 아이들 하나하나가 내 아이보다 나이가 많은지 적은지, 몸집이 더 큰지 작은지, 더 얌전한지, 똑똑한지, 능숙한지를 판단했다. 곤란했다. 아이를 낳음으로써 엄마에 대해 상당히 많이 배웠다고 느꼈지만 어떤 면에서는 덜 객관적인 관찰자가 된 것 같았기 때문이다. 나는 스스로를 엄밀한 관찰자라고 생각하지만, 그럼에도 불구하고 다음과 같은 말은 사실이라고 생각한다. 엄마 또는 할머니가 되면 자신이 매일 가장 많이 보는 아이와 같은 나이대의 아이들을 묘사할 때 뚜렷한 관찰 편향을 갖게 된다.

하지만 나 자신을 아동기를 연구하는 전문가가 아닌 그저 한 명의 인간이라고 생각하면, 내 딸과 손녀가 어린이(그리고 세계)를 바라보는 나의 시각에 미친 영향은 상당히 달리 묘사되어야 한다. 나는 상쇄해야 할 편견이 아니라, 특별하고 아마도 언젠가는 사라질 민감함을 얻었다. 그건 마치 내가 더 많이 알고 있고 사랑이라는 특수성으로 매여 있는 한 아이에게 환한 빛이 비춰지고, 그 아이가 모든 어린이 집단에 후광을 일으키는 것과 같다. 바니가 있으면 나는 바니 주위에 있는 아이들을 훨씬 더 선명하게 바라본다. 바니가 없을 때도 나는 새로 알게 된 지식을 이용해 두 살배기(내가 아는 모든 두 살배기)들을 머릿속에 떠올린다. 아이들의 얼굴이 전보다 더 명확하게 보인다. 나는 아이들이 처음 말을 하는 방식을 다시 한 번, 또는 새롭게 이해한다. 찡그린 눈썹과 긴장한 손, 또는 혀를 살짝 튕기는 것이 어떤 의미인지 온전히 파악한다. 사랑하는 나의 아이는 내가 모든 아이들을 더욱 잘 이해하도록, 이들에게 더욱 마음을 쓰도록 한다.

문두구모르족 사회는 아이들을 신경 쓰지 않고, 나이 든 사람들이 아이들과 의미 있는 접촉을 하지 못하게 막고, 남녀가 아이를 낳거나 돌보지 못하게 막는 방식으로 남성과 여성을 분리시킨다. 문두구모르족 사회가 상당히 큰 위험에 처해 있다는 것을, 나는 막 그곳에서 나왔을 때보다 지금 훨씬 더 분명하게 인식하고 있다. 내가 보기에 이건 오늘날 뉴기니에 있는 가톨릭 선교단 내에서 신부와 평수사들은 믿음이 흔들리는 반면 어린 아이들을 돌보고 아이들과 가까이 붙어 있는 수녀님들은 꿋꿋이 자기 일을 계속할 수 있는 이유 중 하나다. 관념적으로만 아이들을 사랑하고, 자신을 온전히 다음 세대에게 바치고, 눈앞의 아이들에게 확신에 가득 차 "미국의 소년 소녀 여러분, 여러분은 세계의 희망입니다"(1917년 고등학교 수업 시간에 들었던 이야기로, 이 말을 한 사람의 눈은 길을 잃은 듯 아이들의 머리 위를 돌아다녔다)라고 말하는 것은 엄청나게 어려운 일이다. 우리는 오직 특정 아이에 대한 정확하고 애정 어린 지식을 통해서만 모든 아이들의 요구를 지지할 수 있고, 아직 태어나지 않은 아이들이 좋은 세상에 태어날 권리를 열정적으로 변호할 수 있다(그리고 반드시 변호해야 한다).

올해 초에는 나를 반가워하는 여동생의 집에서 한 달간 머물렀다. 캐서린과 사위가 근처에 있는 사위의 본가에서 지내면서 이란에서 있을 2년간의 연구를 준비하는 동안 이들에게 짐이 아닌 도움이 되기 위해서였다. 정신없이 지나간 이 한 달 동안 나는 24시간 내내 바니의 할머니 노릇을 했고, 이 경험은 내가 평생 주장해왔던 것을 더욱 깊이 있게 이해할 수 있도록 해주었다. 그건 바로 완전한 인간이 되려면 모두가 한자리에서 조부모와 손주를 만나야 한다는 것이다.

조부모와 손주가 함께 있을 때 과거와 미래는 현재 안에서 어우러진다. 그 누구도 사랑하는 아이를 보면서 "다음 세대를 위해 이번 세대를 희생해야 해. 지금 많은 사람이 죽어야 나중 사람들이 살 수 있어"라고 말하지 못한다. 이건 어린아이에게서 단절된 늙은 세대가 젊은 사람들을 전쟁에서 죽게 만들 때 하는 말이다. 이런 말도 할 수 없다. "우리가 지구를 파괴한 결과로 미래 세대가 어떻게 되든 간에 우리 아이만 잘 살면 돼." 한 명의 아이를 누군가의 손주로 바라볼 때 우리는 바로 그 아이가 조부모가 되는 모습도 상상할 수 있게 된다. 그렇게 다른 세대의 눈을 통해서 보면 발걸음이 날아갈 듯 생기가 넘치는, 간절하게 이 세계를 배우고 알고 껴안고 싶어 하는 다른 아이들을 볼 수 있다. 우리는 바로 지금, 반드시 이 아이들을 고려해야 한다. 나의 친구 랠프 블룸은 인간의 시간 단위를 할아버지의 어린 시절 기억과 할아버지에게 이야기를 전해들은 손주가 그 기억에 대해 알고 있는 지식 사이의 공간이라고 정의했다. 사람들은 인간에게 적합한 공간 척도에 대해서만 말이 많은데, 우리에게는 시간에 대해 생각해볼 수 있는 인간적 단위 역시 필요하다.

수전 그리핀

페미니즘과 엄마됨

〈페미니즘과 엄마됨Feminism and Motherhood〉
《모마*Momma*》, 《이 지구에서 만들어진*Made from This Earth: An Anthology of Writings*》에서 발췌(1974)

♦ ———

수전 그리핀Susan Griffin은 유명한 작가이자 시인이다. 에코 페미니즘에 영감을 준 고전 《여성과 자연*Woman and Nature*》이 2001년 시에라북스클럽 출판사에서 개정판으로 출간되었다. 2000년 현대 사회가 질병에 대처하는 방식에 대한 탐구이자 한 사회의 자서전이라고 할 수 있는 방대한 작업인 《그녀 몸의 생각*What Her Body Thought*》을 출판했다. 이 작업의 전편인 《돌들의 합창*A Chorus of Stones*》은 퓰리처 상 최종 후보에 올랐으며 1992년 바브라 어워드를 수상했다. 젠더와 사회에 관해 쓴 에세이들은 《일상생활에서의 에로스*The Eros of Everyday Life*》(1994)에 있다. 국립예술기금과 맥아더 기금을 수여했고, 희극 〈목소리들Voices〉로 에미 상을 수상했다. 브로드웨이북스 출판사에서 《코르티잔, 매혹의 여인들*The Book of the Courtesans, a Catalogue of Their Virtues*》을 2001년 출간했다. 연작시 《칸토*Canto*》와 소설을 집필했다. 캘리포니아 버클리에 살고 있다.

수전 그리핀의 이 글은 사회적으로 용납되지 않는 분노와 좌절을 인정해준다. 그리핀은 자기 아이가 "귀찮고", "방해"가 된다고 말하며 분노를 누그러뜨리려 애쓰지 않는다. 그리핀의 묘사는 현실적이며 엄마라면 분명 동의할 수 있는 것이지만, 이러한 표현은 여전히 터부시된다. 자기 아이에 대해 이렇게 적나라한 발언을 지면에 싣는 것은 여전히 용기가 필요한 일이다.

이 글은 싱글맘을 위한 신문인 《모마Momma》의 부탁을 받고 엄마됨에 관한 페미니스트 이론을 주제로 쓴 글이다. 이 글은 통찰의 모음, 이론의 시작, 내 삶의 조각들의 기록이다. 이 글을 쓸 당시 나는 이혼한 지 6년이 지나고 있었다. 딸아이는 여덟 살이었다. 이 글에 공식적인 이론은 없다. 미완성이며, 시간을 훨씬 더 많이 들여 덧붙여야 한다. 그러므로 미래의 작업에 속한 이 글들을 〈페미니즘과 엄마됨이라는 주제에 관한 기록〉이라는 이름으로 부르고자 한다.

이 주제(페미니즘과 엄마됨)에 관한 글은 거의 쓰인 적이 없다.

주저하며 어디에서도 시작하지 못하고 있다. 나의 말들은 좌절에서 나온다. 불쑥 입 밖으로 튀어나오는 일이 잦다. 그래도 그 말들을 기록하지 않는다. 튀어나온 말은 분명 아주 옳다. 죄책감이 나를 에워싼다. 나를 보살펴주지 않은 엄마에게 화가 난다. 자, 또 튀어나왔다. 이건 더 하기 힘든 말인데, 항상 나를 방해하는 딸에게 화가 난다. 대대손손 반복되는 똑같은 이야기다. 어느 날 밤 딸애가 내게 이렇게 말한다. "엄마는 나를 안 좋아해. 내가 맨날 엄마를 귀찮게 하니까." 나는 이 말을 짊어지고 다닌다. 이 말들, 너무 깊어서 입 밖에 내면 산산이 부서질 슬픔.

이런 질문을 받았다. 다시 선택할 수 있다면 아이를 낳을 건가요? 터무니없는 질문이다. 지금의 나는 아이를 낳기 전의 내가 아니다. 그 젊은 여자는 날 이해하지 못할 것이다.

아이를 낳고 무엇을 배웠나요?

취약함을 배웠다. 너무나도 단순하다. 정말로, 그 단순함에 놀랐다. 눈물, 딸애의 눈물, 딸애의 고통, 딸애의 두려움, 나는 딸애를 위로할 수 있었고, 딸애는 자기 몸을 내게 기대어 긴장을 풀었고, 딸애는 내게 웃는 법을 배웠고, 딸애는 자신의 갈망과 성질머리를 아주 조금도 부끄러워하지 않았고, 기쁨과 슬픔 사이에는 설명이 단 한 줄도 없었고 오직 경험만이 있었다. 딸애가 태어난 지 얼마 되지 않았던 어느 날 아침, 나는 침대 위에 누워 울었다. 언젠가는 아이에게 죽음을 설명해줘야 한다는 걸 깨달았기 때문이었다. 오로지 천진난만할 뿐인 딸아이에게 죽음은 가당치 않았다.

"너 설사병에 걸린 것 같은데." 친구 한 명이 딸애한테 말했다. 베키는 겁에 질린 것처럼 울기 시작했다. "아냐, 아냐." 베키가 말했다. "나 설사병 없어. 그건 늙은 사람들만 걸리는 거야." 베키는 현관으로 달려가서 숨었다. 나는 친구와 다투었다. 친구는 내가 베키를 너무 오냐오냐한다고, 베키의 눈물에 너무 쉽게 넘어간다고 생각했다. 대체로 맞는 말이었다. 하지만 대체로 틀린 말이었다. 어른이 두 명 있다면, 베키 편을 드는 사람은 언제나 나다.

베키에게로 달려가서, 무릎을 꿇고, 두 손으로 베키를 붙잡았다.

"베키야." (그저 내 생각이 틀렸을 거라고 추측하며) 이렇게 말했다.

"설사는 죽는 거랑 아무 상관도 없어. 누구나 설사를 해. 설사는 그냥 응가 같은 거야." 베키는 점차 내 말을 이해했다. 그리고 점차 그 두 단어를 머릿속에서 떼어놓았다. 친구의 별것 아닌 장난 하나도 그토록 극심한 두려움을 일으킬 수 있었다!

아이를 키우면서 매일 해야 하는 일들을 아무도 도와주지 않아서일까? 자문해본다. 아니면 내가 변했나? 할 일이 너무 많고 시간은 너무 적어서인가? 아니면 내가 사랑받지 못한다고 느껴서? 아니면 피곤해서. 지금 나는 나 자신과 말다툼을 벌이고 있다. 딸애를 오냐오냐 키웠다고 스스로를 비난하는 건 아니다. 자신에게 이렇게 말한다. 너는 말을 잘 들어주지 않아. 나는 딸애와 시간을 많이 보내지 않는다. 나와의 다툼은 전화를 할 때, 빨래를 할 때, 청구서를 쓸 때, 시험지에 성적을 매길 때, 시나 편지를 쓸 때 일어난다. 딸애는 뛰어다니면서 방을 나갔다 들어왔다 한다. 그리고 그 사이사이 여러 질문과 요구가 이어진다. 나는 그걸 방해라고 부른다.

엄마됨이라는 주제에 관한 글은 거의 쓰인 적이 없다.

아이를 낳고 무엇을 배웠나요?

나는 하루 종일 집에서 아기와 단 둘이 있었다. 낮에 텔레비전을 보기 시작했다. 드라마를 봤다. 낮에 하는 텔레비전 프로그램에서 여성은 언제나 수술을 받는다. 나는 그 여자들과 나를 동일시하기 시작했다. 마치 내가 전두엽 절제술을 받았던 것처럼 느끼기 시작했다. 전에는 꼭 잠을 오래 자야 했다. 이제는 딸이 세 시간마다 한 번씩 나를 깨운다. 전에는 대화를 좋아했다. 이제는 대부분의 시간 동안 어린 아기와 단 둘이 집에 머무른다. 외출은 언제나 아이와 남편과 함께였다(이들 없이 나는 존재하지 않았다). 내가 말을 잃었다는 걸 깨달았다. 내 생각을 제대로 전달하지 못했다. 사람들이 나를 멍청하다고 생각하리라 믿었다. 멍했고, 바보가 된 것 같았다. 하지만 무언가 말하고 싶었던 게 있었다. 무언가 심오한 것.

나는 말하지 못하는 게 어떤 건지를 배웠다.

딸을 낳고 어린아이가 될 때까지 키운 일은 무언가에 대해 알아가는 매우 고된 과정이자 우리 둘 모두에게 부과된 일종의 신체적 고난이었으며, 그 결과 우리는 생존에 관한 지식, 그러니까 먹고 자는 것 같은 극도로 단순한 일과 존재하기 위한 몸부림에 관한 지식을 갖추게 되었다. 내 주위에는 온통 전형적인 엄마, 이탈리아의 성모마리아, 이 여성들의 젖가슴을 둘러싸고 있는, 이들의 미소만큼이나 때 묻지 않은 붉은 벨벳 천, 들판을 슬로모션으로 뛰어가서 천사 같은 아이들을 어루만지려고 달려드는 젊고 근심 걱정 없어 보이는 여자, 깨끗한 담요에 싸인 깨끗한 아기들을 내려다보며 활짝 웃고 있는 참을 수 없이 보드라운 모델들만이 떠다녔다. 나는 이들을 이해하지 못했다. 나의 경험은 눈멀고 입 다문 채 말해지지 못한 뭔가로 남았다.

나에게는 엄마됨에 관한 페미니스트 이론이랄 게 없다. 그저 이 기록과, 이 단락과, 얼마간의 통찰이 있을 뿐이다. 이상하게도 이 글은 엄마됨에 대한 또 다른 여성의 글과 형태가 같다. 그 글은 바로 어린 아이가 둘 있는, 알타Alta라는 여성의 책 《모마*Momma*》다. 또한 이 글은 르네 클레르René Clair가 프랑스 레지스탕스 운동 당시 썼던 일기, 〈히프노스의 잎사귀Leaves of Hypnos〉와도 형태가 같다. 우리는 어느 정도 레지스탕스다. 해야 할 일이 끊이질 않아서 생각을 분석할 시간이 없기 때문이다. 우리에게는 잠깐의 깨달음만이 허락되며, 이것마저 방해받지 않는 짧은 틈을 타 빨리 기록해야 한다. 그렇게 줄줄이 적어둔다. 언젠가는 이해할 수 있기를 바라며.

철저한 감시는 고통스럽다. 사회가 유발하는 죄책감이 수반된다. 너무 많은 억압. 너무 많은 모순. 그 결과 여성은 마침내 아이의 요구에서 자유로워졌을 때 모든 것을 잊고 싶어 한다. 그녀는 자신의 격렬한 분노를 마주하거나 표현하기를 원치 않는다. 그리고 분노는 반드시 분석에 앞선다. 심지어 나는 지금도 도망가고 싶다고 느낀다. 이 상태는 이렇게 표현된다. "지금 아이들에 대해 생각하고 싶지 않아."

사람들이 가난, 또는 질병, 또는 죽음에 대해 생각하고 싶어 하지 않는 상태. 또는, 어머니와 아이들이 언제나 보호받는 건 아니라는 것. 여성과 아이들에게 지붕과 입을 옷, 음식을 제공받을 자격은 타고난 권리가 아니다. 여성이 필수품을 얻으려면 아이들의 아버지와 결혼해야만 하고, 아이 아버지에게 이들을 부양할 수 있는 능력과 의지가 있어야만 한다. 아버지가 없는 아이들은 '후레자식'이라고 불리고 대부분 가난하게 살아간다. 여성과 아이를 보호하는 것에 관해 말할 때, 어떤 여성과 아이들이 보호되는지 그리고 그 이유는 무엇인지를 우리는 반드시 물어야 한다.

> 7월 16일… 아이들에게 빵이 없다고, 밍밍한 커피를 마셔야 한다고 말했다. … 쓰레기장에서 찾아내는 것은 전부 판다. … 불안하고 지친 상태로 집, 아니 그보다는 판잣집에 돌아왔다. 나의 이 걱정스러운 삶에 대해 생각했다. 종이를 모으고, 아이들을 위해 옷을 빨고, 하루 종일 거리에서 보내는 삶. 그런데도 언제나 필수품들이 부족하다. 베라는 신발이 없고 맨발로 다니고 싶어 하지 않는다.
>
> **카롤리나 마리아 지제주스, 《어둠의 아이들》**

그리고 사회가 개입해 아버지 자리를 대신할 때 사회의 도움을 받는 여성은 반드시 비천해야만 한다. 복지 제도의 모든 측면이 작정한 것처럼 인간의 존엄을 빼앗아간다. 가난한 여성이 혼자서 아이를 키우는 것만으로는 부족하다는 듯이.

> 내 정신은 그 모욕 이후 전혀 회복되지 않았다. 남편이 나와 아이를 버리고 도망간 후 내 마음이 전혀 회복되지 않았던 것처럼. 거의 굶어죽을 뻔했던 이후 내 몸이 전혀 회복되지 않았던 것처럼. 그해 겨울부터

> 나는 시들어가기 시작했고, 해가 지날수록 전보다 더 지치고 소모되어 갔다.
>
> 앨리스 워커, 〈한나 캠후프의 복수〉

가난 속에서 아이를 키우는 어머니들을 그린 문학작품에서는 이들의 정신과 신체가 파괴되는 모습이 되풀이된다.

> 돈, 그녀는 생각 중이다. 질병. 거리. 오물. 아이들, 내 아이들. 애들에게 무슨 일이 일어날 것인가, 어떻게 될 것인가? 내 아가들, 내 아이들. 바깥에는 답이 없다. 오직 땅 냄새, 비가 올 것 같은 기운, 모든 것에 내려앉아 있는 신비한 푸른 빛, 하늘을 뒤로 하고 사지가 마비된 것처럼 가지를 흔들어대는 나무들, 화물열차가 움직이기 시작하는, 귀에 거슬리는, 껄끄러운, 깨지는 것 같은 소리. 내 아이들, 그 아이들. 너무 힘든 일이다. 다시 가난한 엄마로 살아가는 건.
>
> 틸리 올슨, 《요논디오》

미켈란젤로의 〈피에타〉가 훼손되었다는 이야기를 들었을 때를 기억한다. 나는 불쾌하지 않았다. 그 평화롭고, 주름 없는, 젊은 마돈나의 얼굴이 영영 사라지기를, 아니면 적어도 금이라도 가기를 어느 정도 바랐다. 그렇게 그녀가 쉽지 않은 삶을 살았다는 흔적이 드러나기를 바랐다.

왜냐하면, 엄마의 삶은 가난하지 않다 하더라도 결코 쉽지 않기 때문이다. 어떤 환경에서나 아이들은 엄청난 양의 시간과 보살핌, 엄마의 삶 대부분을 필요로 한다. 우리 문화에서의 엄마됨의 정의에 따르면, 엄마는 아이를 위해 자신을 희생한다. 엄마는 자기 자신을 희생한다. 그녀 자신은 사라져버린다. 아이가 엄마 삶의 중심이 된다. 아이의 필요는 엄마의 필요보다 앞선다. 그러다가 엄마는 아이 안에서, 아이를 통해서 살아가게 된다. 자신의 정신을 아이의 신체에 둔다. 그렇게 엄마의 자아와 아이의 자아는 완벽하게 하나가 된다.

> 한 젊은 남자가 자기 어머니에게 심장을 내어달라고 간청한다. 약혼녀가 선물로 어머니의 심장을 달라고 요구했기 때문이다. 어머니는 가슴을 내밀어주었고, 남자는 어머니의 가슴에서 심장을 잡아 뜯어 달아난다. 그때 남자가 발을 헛디디자 어머니의 심장이 땅으로 떨어져 구른다. 남자는 걱정스러워하는 목소리를 듣는다. "아들아, 어디 다치진 않았니?"
>
> **유대교의 민간 설화. 《성차별 사회의 여성》에 수록된**
> **폴린 바르트의 〈포트노이 어머니의 불평〉에서 인용**

엄마가 아이를 위해 자신을 희생했다면 아이가 다 커서 집을 떠날 때 엄마는 자신의 전부를 잃게 된다. 엄마가 자기 자신을 줬던 사람은 이제 그녀를 버린다. 그 무엇과도 비교할 수 없는 상실이다.

> 그녀가 자신의 아기를, 자신의 아이들을 사랑하지 않았던 건 아니었다. 사랑—아이들을 돌보려는 열정—은 필요와 함께 마치 급류처럼 차올랐다. 그리고 마치 휘몰아치는 급류처럼 그 외의 모든 것을 죽여버렸다. … 그 급류 안에서 그녀는 아이들을 낳았다. 지금 강바닥은 오

랫동안 메말라 있다. 그녀는 그곳에 머물지 않을 것이다. 추억뿐인 유령….

틸리 올슨, 《수수께끼 내주세요》

그리고 우리는 엄마들의 이 수년간의 희생이 아이의 이익을 위한 것이라고 생각한다. 하지만 누가 이익을 보는가? 아이들 대부분은 다 크고 나면 가족들을 낯선 사람 보듯 한다. 이들에게 가족은 기껏해야 의무감에 찾는 사람이거나, 최악의 경우에는 해로울 정도로 증오하고 두려워하는 사람이다. 우리는 어른이 된 아이와 부모 사이의 이런 관계를 받아들인다. 그리고 이러한 멀어짐을 자연스러운 것으로 여긴다.

엄마됨에 관한 페미니즘 분석에 걸맞은 또 다른 통찰은 아이의 이익을 가져와야 할 어머니의 희생이 아이를 파괴할 수 있다는 것이다. 엄마가 자신의 자아를 희생하면 아이도 자아를 희생한다. 엄마의 사랑은 아이를 집어삼킨다. 엄마의 평가는 억압이 되고, 엄마의 보호는 지배가 된다.

왜 여성에 관해서 우리는 언제나 사회구조가 아닌 개인을 비난하는 것인가. 왜 우리는 실패를 개별적인 삶 속에서 찾고 "이러한 상황 자체"에는 의문을 제기하지 않는가.

한 여성으로서 나의 삶을 바라보면 볼수록, 깜짝 놀란 인류학자 같은 태도를 취하게 된다. 강간은 왜 그렇게 자주 발생하는가? 남자는 왜 여성을 강간하며, 왜 여성은 남자를 강간하지 않는가? 왜 남자가 아니라 여성이 아이를 키우는가? 왜 아이들과 엄마는 불행한가? 마지막으로, 왜 이 불행의 책임을 여성에게 지우는가?

역사상 양육권 관련법은 언제나 인습적 도덕을 반영했다. 19세기, 기혼 여성은 애인이 있으면 남편에게 아이를 빼앗겼지만 남편에게 애인이 있다는 사실은 이혼 사유조차 되지 못했다. 오늘날 미국의 몇몇 주에서 여성은 "난교"를 사유로 아이의 양육권을 박탈당할 수 있다. 아직까지도 터부시되는 동성애는 거의 모든 사회에서 여성의 양육권을 빼앗는 근거가 된다.

분석을 해보려 자꾸 조각을 맞춰본다. 모범적인 어머니인 "성모 마리아"는 숫처녀였다. 모성은 일종의 무성애無性愛을 함축한다. 엄마는 순수의 상징이다. 나는 다음과 같은 하나의 결론에 도달한다. 엄마들이 강요받는 희생이 또 하나 있다. 엄마는 반드시 자신의 섹슈얼리티를 희생해야 한다. (그리고 이 같은 자기 부정은 아마 가장 가혹하고 해로운 희생 중 하나일 것이다. 섹슈얼리티를 통해 느낄 수 있는 신체적 쾌락 때문만이 아니다. 이 사회에서 섹슈얼리티는 우리가 언어 바깥에서 다른 존재에게 가닿을 수 있는 방법이자 자신의 신체적 자아를 사랑할 수 있는 유일한 방식이며, 우리는 섹슈얼리티를 통해서 자아를 가장 깊이 느낄 수 있기 때문이다.)

다시 묻는다. 섹슈얼리티 억압의 책임은 누구에게 있으며 여기서 이익을 보는 사람은 누구인가? 〈딕시에서의 일기Diary from Dixie〉의 한 구절이 떠오른다. 백인인 노예 소유주의 아내가 쓴 이 일기에서 그녀는 소설을 읽었다는 이유로 두 딸에게 벌을 주면서 농장에서 노예로 일하는 여성을 주기적으로 강간할 권리가 있다고 생각하는 남편의 모순을 이야기한다.

나는 주디 그랜Judy Grahn의 《한 여성이 죽음에게 말을 건다*A Woman Is Talking to Death*》에 나오는 다음 구절을 떠올린다.

이걸 어디에선가 읽었다, 나는 거기 없었다.
봉건사회였던 유럽에서는 여성이 간통을 저지르면
남편이 그녀를 묶고, 쥐를 한 마리 잡아 컵에 가두고
컵을 맨살이 드러난 그녀의 배에 올려두었다.
쥐가 그녀의 배를 갉아먹고 탈출할 때까지.
이제는 쥐가 무서운가?

하지만 기너트Ginott와 스폭Spock 같은 자녀 양육 전문가들은 언제나 이 폐쇄적인 시스템이 아이들에게 어떤 피해를 끼치는지에만 관심을 쏟았다. 그 누구도 엄마의 무관심과 분노, 부당함에 대해 설명한 적이 없다. 이들의 설명에 따르면 그건 그저 엄마의 기술이나 인간에 대한 이해가 부족한 것이다. 기너트 박사는 아들에게 화를 터뜨리고 만 엄마가 "자신의 화를 한 문장으로 제한했어야 한다"고 말한다. "제한하다"라는 단어를 읽고 생각한다. 제한된 분노, 제한된 섹슈얼리티, 제한된 이동성, 제한된 사고. 그리고 기너트 박사의 칼럼에는 오직 아이들의 이름만 나온다는 것.

아이의 편에서도 생각한다. 길들지 않는 아이. 어렸을 때 나에게 가해진 여러 제약에 격분했었던 것을 떠올린다. 딸아이의 얼굴에 나타나는 천진한 표정을, 아이의 삶이 완벽하기를 얼마나 바랐는지, 내가 겪은 고통을 아이가 절대로 겪지 않기를 얼마나 바랐는지를 떠올린다…. 나는 여자아이를 낳았다는 걸 알게 되었을 때 나 자신에게 마음을 열었고, 그때부터 여성이 겪는 그 모든 고난이 불합리해 보이기 시작했다.

딸아이는 내가 엄마로서 희생하는 것을 원치 않는다. 어느 날 밤 아이가 내게 이렇게 말했다. "날 봐줄 사람을 구해놓고 영화 보러 가는 건 어때요?"

집에서
딸아이가 기다린다
이 죄수에게는 아무 잘못이 없다
우리는 함께
점점 창백해지고
설거지를 하고
걸려온 전화를 받는다

만약 아이가 여성의 희생과 고난에서 이익을 얻는다면, 그건 그저 우연히 그렇게 된 것이지 인과관계에 의한 것은 아니다. 희생과 고난은 우리 문화가 정의한 여자다움의 의미다.

캘리포니아의 법이 바뀌기 전이었던 스무 살 때 나는 낙태를 했다. 의사는 수술을 빨리 마쳐야 했기에 마취를 하지 않았다. 적발될 것이 두려웠기 때문이다. 나는 임신 4개월이었고 수술은 45분 동안 이어졌다. 첫 30분 동안에는 비명을 질렀다. 결국 너무 지쳐 고함조차 지르지 못하게 되자 나는 노래를 부르기 시작했다. 수술이 끝난 후 내 모습에 깊이 감명 받은 의사는 나에게 이렇게 말했다. "이제 진짜 여자가 되었군요."

내 생각에 남자는 어린이나 유아와 아무 관계도 맺지 않으며, 어린이라는 개념과 엄마됨이라는 개념만 안다. 이들은 출산할 때 쏟아져 나오는 피나 어린아이의 몸을 만지고 싶어 하지 않는다.

> 그들은 모두 약한 여성이 아니었나? 스커트를 볼록하게 띄우면 그 사실을 더 잘 감출 수 있다. 그 위대한 사실을. 그 유일한 사실을. 그럼에도, 개탄을 금할 수 없는 사실을. 겸손한 여성이라면 더 이상 부인할 수 없을 때까지 있는 힘껏 그 사실을 부인한다. 곧 아이를 낳을 거라는 사실을 말이다.
>
> **버지니아 울프, 《올랜도》**

어디에서나 엄마됨을 신비화한다. 임신, 임신한 신체, 생리, 생리혈, 태아를 살찌울 자궁 내벽은 모두 은폐된다. 심지어 출산을 막는 피임조차 부정하고 억압한다.

> 비좁은 방 세 개짜리 아파트는 꼴이 말이 아니었다. 트럭 운전사이며 아내보다 나이가 그리 많지 않은 제이크 색스Jake Sachs가 집에 돌아왔을 때 세 아이는 울고 있었고 아내는 홀로 낙태를 한 채 의식을 잃은 상태였다. … 의사와 나는 패혈증과의 싸움에 돌입했다. … 집은 난방이 불가능해 보였고 먹을 것과 얼음, 약물 하나하나를 일일이 계단으로 날라야 했다. … 약 3주가 지나자 나는 이 허약한 환자가 지난한 삶으로 다시 돌아갈 수 있도록 떠날 준비를 했다. 그때 환자가 나에게 두려움

을 표했다. "아기를 또 한 번 가지면 그땐 정말 끝이겠죠?"

"그건 아직 알 수 없어요." 나는 대답을 피했다.

하지만 의사가 마지막으로 들렀을 때 나는 의사를 구석으로 데리고 가서 물어보았다. "색스 부인이 아기를 또 가지게 될까 봐 크게 걱정하고 있어요."

"그렇겠지." 의사는 이렇게 대답하고는 색스 부인에게로 갔다. "아가씨, 또 다시 이렇게 무분별한 행동을 하면 그때는 나도 할 수 있는 게 없을 겁니다."

"저도 알아요, 선생님." 색스 부인이 주뼛거리며 대답했다. "하지만…." 그녀는 말을 머뭇거렸다. 마치 말을 꺼내기 위해 용기를 남김없이 집어 짜고 있는 것 같았다. "어떻게 하면 임신을 안 할 수 있나요…?"

의사는 성격 좋은 사람처럼 웃었다. "두 마리 토끼를 다 잡고 싶은 거군요, 맞죠? 글쎄요, 그렇게 할 순 없어요."

그러더니 의사는 모자와 가방을 집어 들고 말했다. "제이크한테 지붕 위에서 자라고 하세요."

나는 재빨리 색스 부인을 쳐다보았다. 갑자기 눈물이 터져 나왔지만 부인의 얼굴이 절망으로 뒤덮인 것은 볼 수 있었다. 우리는 의사가 나갈 때까지 말없이 서로를 바라보았다. 그때 색스 부인이 애원하듯 두 손을 움켜쥐며 말했다. 푸른 정맥이 보이는, 가냘픈 손이었다. "제이크는 이해 못 해요. 그저 한 명의 남자라고요. 하지만 선생님은, 선생님은 이해하시죠? 제발 비밀을 알려주세요. 아무에게도 말하지 않을게요. 제발요!"

그로부터 세 달이 지났을 때 전화벨이 울렸다. 제이크 색스가 떨리는 목소리로 당장 와달라고 말했다. 색스 부인이 또 아프다는 거였다. 지

> 난번과 같은 이유였다…. 색스 부인은 혼수상태에 빠졌고 10분도 버티지 못하고 죽었다….
>
> 마거릿 생어, 《자서전》

아이들조차 눈에 띄지 않을 때가 많다. 아이들은 법정에 거의 모습을 드러내지 않는다. 아이들의 욕구는 법적 증거로 간주되지 않는다. 법정에는 오직 자기를 변호하는 엄마만 있을 뿐이다. 이 여성의 죄목은 탐욕과 악의다.

그리고 여전히 엄마들의 노동에는 보수가 주어지지 않는다.

어디선가 읽은 바에 따르면 이혼 가정의 아빠 대부분은 부양의 책임을 절반도 지지 않으며 이들에게서 이혼 수당과 양육비를 받아내는 것 또한 쉽지 않다.

그는 아기에게 나처럼 반응하지 않았다. 남자들은 대개 아기를 좋아하지 않는다고들 한다. 한밤중에 딸아이가 울면 나는 혼자 자리에서 일어나 아기에게 젖을 주고 기저귀를 갈아주었다. 내가 도와달라고 하면 애 아빠는 그냥 울게 두라고 했다. 그리고 이렇게 말했다. 나도 일하고 있어. 아이가 기저귀를 입지 않고 돌아다니게 두자 애 아빠는 자기는 절대 청소를 하지 않을 거라고 했다. 난 아이가 울게 내버려둘 수 없었다. 나는 아이가 아무것도 입지 않고 집 안을 돌아다니는 걸 보는 게 좋았고, 아이가 맨몸으로 기뻐하는 게 좋았다. 내가 들은 대로다. *남자들은 아기를 좋아하지 않는다.*

친구와 돈 얘기를 한다. 정서장애 아동을 위한 학교에서 아이들을 가르치고 있는 친구는 내게 이렇게 말한다. "완전히 똑같아. 애 있는 여자는 복지 수당을 제일 적게 받아. 아이 돌보는 사람은 월급이 제일 적지. 우리 학교도 언제나 돈을 구걸한다니까."

엄마됨에 관한 페미니즘 이론과 관련 있는 질문이 더 있다. 이 나라의 가난한 사람 중 제일 규모가 큰 두 집단은 왜 가장 어린 사람들과 가장 늙은 사람들인가? 극빈층의 삶을 사는 가족 대부분은 왜 여성이 가장 역할을 하는가? 세계에서 가장 부유한 국가가 왜 학교에 돈 대는 것을 어려워하는가? 가족을 통해 이익을 보는 사람은 누구인가? 남자인가, 여자인가, 아니면 아이들인가? 후레자식이라는 말은 누가 만들었는가? 남자인가? 여자인가? 아이인가? *왜 남자들은 아기를 좋아하지 않는가?*

그동안 잘 지켜진 비밀 하나. 탯줄은 엄마와 아이를 이어주지 않는다. 우리 엄마와 나는 그걸 배웠다. 따로 떨어져 산 지 수년이 지나자 우리는 서로를 낯선 사람이라고 느꼈다.

딸을 향한 나의 사랑에는 신비할 게 전혀 없다. 우리는 한패다. 딸아이와 나는 약간의 애정을 얻기 위해, 신체의 생존을 위해 함께 싸운다.

어느 날 딸아이는 자기에게 발가락이 있다는 걸 발견했다. 어느 날은 자기 목소리에 숨겨진 미스터리를 풀었다. 언어를 발견했다. 스스로 숟가락 사용하는 방법을 터득했다. 물건이 언제나 땅으로 떨어진다는 걸 깨달았다. 바나나도, 베개도, 접시도. 나는 아이 옆에 있었다. 아이의 깨달음을 목격했다.

아이와 부모의 관계는 핏줄로 이어진 되돌릴 수 없는 운명이 아니다. 이혼 후 딸애와 애 아빠는 둘이서 많은 시간을 보냈다. 둘은 가까워졌다. 애 아빠는 점점 더 아이를 민감하게 이해하고 있다. 아이를 보살핀다.

아이들의 욕구를 이해하지도, 이에 반응하지도 않는 자들, 피부의 연약함을 모르는 자들, 또는 그 연약함을 두려워하지 않는 자들의 손에 모든 결정을 맡기는 것. 그건 분명 위험한 일이다.

> 우리는 전쟁(세계의 유일한 위생법)과 군국주의, 애국주의, 자유를 구하는 자들의 파괴적 몸짓, 목숨을 바칠 수 있을 만큼 아름다운 이념들, 여성을 향한 경멸을 찬양한다.
>
> F. T. 마리네티, 〈미래주의 선언〉

나는 어렸을 때 이미 아기를 사랑할 줄 알았다. 아기를 만지고 안을 수 있었기 때문이다. 아기를 웃게 할 수도 있었다. 아기들은 쉽게 사랑을 주었고 쉽게 사랑을 받아들였다. 나도 아기를 갖고 싶었다. 나도 엄마가 되고 싶었다. 내가 바랐던 그런 엄마가.

아이들을 돌보지 못하는 남자들에게 화가 난다는 걸, 남자들이 여자들에게 다정하게 굴지 못한다는 데 화가 난다는 걸 알았다.

> 그리고 아무도 나를 사랑해주지 않았던 그 오랜 시간들
> 하지만 딸은 날 사랑했다 그리고 나는 그 애에게 소리를 질렀다 그리고 때렸다

그 애의 엉덩이를
그리고 그 애를 침대로 던졌다 그리고 방문을
쾅 닫았다 그때
나는 화가 났다 그리고 절박하게 바랐다
애 아빠의 사랑을,
그리고 나는 없앨 수 없다 그 애를 겁먹게 했던 그 모든 시간들을
그리고 그 애는 나를 사랑한다, 나를 여전히 사랑한다,
나는 없앨 수 없다 나의 욕구를 그리고
외로움으로 인한 괴로움을
그래서 그 애한테 소리를 질렀다,
나의 궁색한 외로움에도 나를 사랑해주는 그 애에게. 그리고 어떻게
엄마들이, 사랑받지 못하는 엄마들이 자신의 아이를 사랑할 수 있는
가?
놀랍다 우리가, 우리가
그 작은 여자아이를 떠나지 않는다는 게, 우리가
죽이지 않는다는 게
우리는 두려움에 휩싸여 울부짖는다 우리는 사랑한다
우리의 작은 여자아이를
분명 더 나은 삶을 살아야 할 그 아이를…

알타, 〈전치태반〉, 《모마: 말하지 못한 이야기의 시작》

딸아이가 집에 돌아왔고 아이가 문을 열고 들어올 때 나는 전화를 하고 있다. 아이는 나에게 말을 걸고 싶어 하지만 나는 그 애에게 조용히 하라고 말한다. 결국 아이는 목욕을 하러 간다. 나와 전화를 하던 친구가 집으로 찾아온다. 나는 누군가에게 말을 해

야만 한다. 아이는 아직 어려서 내 말을 이해할 수 없다. 목욕을 마친 아이가 1층으로 내려와서 오렌지 주스를 달라고 "치대기" 시작한다. 나는 안다. 아이가 정말 원하는 것은 오렌지 주스가 아니라는 걸. 하지만 나는 아이가 정말 원하는 것을 줄 수 없으므로 친구와 이야기를 하면서 오렌지 주스를 만든다. 나는 사랑이 필요하다. 이게 바로 내가 그토록 절실하게 말하고 있는 것이다. 아이도 사랑이 필요하다. 나는 우리 둘에게 질렸다. 아이는 다가와서 우리 옆에 앉고는 더 이상 방해하지 않는다. 무릎에 책을 올려두고 가만히 앉아 있다가 까무룩 잠이 든다. 나는 아이를 침대로 데려간다. 그리고 시간이 지나, 마침내, 친구가 돌아가고 혼자가 되자 나는 아이 방으로 올라간다. 아이의 침대 옆에 앉아 아이에게 키스를 하고 내 얼굴을 아이의 얼굴에 갖다 댄다. 그리고 바란다. 아이의 이 귀여운 얼굴이, 내가 지금 아이에게 줄 수 있는 사랑이 어떻게든 받아들여졌다는 승인이기를.

생각에 푹 빠지고, 그토록 많은 시를 쓰고, 머릿속을 쏘다니는 수많은 깨달음이 서로 이어지고, 오래된 고통에서 빠져 나오려 애쓰고, 또 생활비를 벌려고 노력 중인 수개월 동안, 업무와 가르치는 일, 마감, 학회 준비, 책상 한가운데에 쌓여 있는 끝없는 서류 작업, 매일 다시 무너져 내리는 것 같은 집 청소로 지쳐 있을 때, 딸아이는 계속 내게 묻는다. "엄마, 나 사랑해?"

"여우." 나와 함께 침대로 들어갔을 때 딸아이가 말했다. "또 여우 꿈을 꿀까 봐 무서워." 나는 이때 딱 한 번, 아이가 내 침대에서 잘 수 있게 해주었다. 전날 밤 아이가 꾼 악몽 때문이었다. "때로는 말야." 나는 조심스럽게 말한다. "우리가 여우나 악어나 고릴라 꿈을 꿀 때 말야. 우리가 정말로 무서워하는 건 그게 아닐 수도 있어. 우리 동네에 여우가 없다는 건 너도 알고 있잖아." 나는 불안해하는 아이의 두 눈을 가리켰다. "어쩌면 네가 무서워하는 다른 게 있을지도 몰라." 딸애는 고개를 끄덕인다. 나는 묻는다. "그게 뭔지 말해줄 수 있어?" 딸아이가 대답한다. "여우."

어느 날 딸아이는 내게 어떻게 세상이 시작되었는지를 이야기해주었다. 새가 한 마리 있었다. 그 새는 자기가 가진 마술 능력 일부를 한 여자에게 주었다. 그 여자는 아들을 만들었고 아들과 결혼해 자기가 가진 힘 일부를 아들에게 주었고 그 둘이 세상을 만들었다. 그 새는 아직 힘을 갖고 있기 때문에 영원히 살 수 있다. 그래서 오늘날에도 남아메리카에 있는 새장에서 살고 있다. 그 새는 새장에서 나오기 싫어한다. 하지만 사람들이 자기에게 찾아와주기를, 새장을 들고 다른 곳으로 가주기를 바란다. 하지만 아무도 찾아오지 않는다. 그래서 새는 슬프다.

가끔 모르는 사람이 내게 딸애가 너무 예쁘다고 말한다. 그때 내가 느끼는 건 자랑스러움이 아니다. 내가 느끼는 건 간절한 열망이다. 끊임없이 우리를 묶어놓는 모진 필연(이 운명을 피하려고 매일 애쓰고 있긴 하지만 나는 두렵다) 없이 이 생명체와 함께하고 싶은, 그렇게 아이를 대하고 싶은 열망. 이런 열망은 언젠가 딸애가 내게 등을 돌릴 수밖에 없게 만들 것이다. 우리는 이 멀어짐을 자연스러운 거라고 말할 테고, 나는 나를 보호하려고 과거를 돌아보지 않으려 오래도록 애쓸 것이다. 다른 많은 여성들이 그렇게 하듯이. 그리고 그렇게 길을 잃으리라.

어둠과 밝음을
구분하는 경계는
아직 그어지지 않았기에

에이드리언 리치, 〈미국의 오래된 집으로부터〉, 《시선집》

우리는 오직 조각난 분석과 가장 날것의 파편만으로 상황이 어떻게 돌아가는지 파악해야 한다. 아이를 돌보는 경험은 사람을 변화시킨다. 아이를 돌보는 능력은 타고나는 것이 아니라 배우는 것이다. 우리 문화에서 남자는 아이 돌보는 법을 배우지 않는다. 여성은 힘이 없다. 어떤 아이들은 후레자식이라고 불린다. 아이를 먹일 의지와 능력이 있는 아빠를 둔 아이들은 잘 먹는다. 아빠가 없는 아이들은 잘 못 먹는다. 엄마는 아이를 위해 자신의 삶을 포기할 것을 요구받는다. 엄마들은 이상화된다. 엄마들은 미움받는다. 아이들은 행복하지 않다…. 여자들은 미쳐간다. 우리는 위험한 삶의 질서를 살아간다.

사실은 이렇다. 내가 해방이 무엇인지를 알건 모르건 간에, 나는 해방되지 못했다. 해방에 필요한 수단은 여기에 없다. 내 삶은 수백 년 동안 아이를 키워온 과거 여성들의 삶과 그리 다르지 않다. 하지만 큰 의미가 있는 작은 차이들이 있다. 내게는 글을 쓰고 생각할 수 있는 어느 정도의 시간이, 충분하지는 않지만, 있다. 그리고 나는 솔직할 수 있다. 만약 지금 아이를 키우고 있는 우리들이 진실을 말할 수 있다면, 결국 우리는 앞을 볼 수 있게 될 것이다.

이 눈은
울기 위해 존재하지 않는다
시야는
번져서는 안 된다
눈물이 얼굴을 타고 흐를지라도

눈의 의도는 명료함에 있다
눈은 잊어서는 안 된다
그 어떤 것도

에이드리언 리치, 〈감옥으로부터〉, 《난파선 속으로 잠수하기》

나는 엄마와 아이의 편이다. 즉, 미래를 믿는다는 말이다. 그렇다. 지금 우리 눈에 분명하게 보이는 것은, 대개는 지나가고 있는 삶의 방식이다.

제인 라자르

나쁜 엄마 모임

《아이와의 끈*The Mother Knot*》에서 발췌(1976)

제인 라자르Jane Lazarre는 듀크 대학 출판부에서 출간한《젖은 땅과 꿈: 슬픔과 회복의 내러티브*Wet Earth and Dreams: A Narrative of Grief and Recovery*》,《흰색의 순백을 넘어: 백인 엄마와 흑인 아들의 이야기*Beyond the Whiteness of Whiteness: Memoir of a White Mother of Black Sons*》 등 여러 소설과 전기를 쓴 작가다. 그 밖의 작품으로 2000년 페인티드 리프 출판사에서 재출간된《나의 통제를 벗어난 세계*Worlds Beyond My Control*》와《샬럿의 권력*The Powers of Charlotte*》 등이 있고, 2017년 아버지를 회고하는《공산주의자와 그의 딸*The Communist and the Communist's Daughter*》을 출간했다. 뉴스쿨 유진 랑 칼리지 문학부에 재직 중이다.

이 글은 강렬하고도 서정적인 전기로, 감정의 극단을 깊이 있게 표현했다. 제인 라자르는《아이와의 끈》에서 놀이터에 앉아 있는 엄마들이 느끼는 지루함을 다음과 같이 묘사했다. "놀이터에서 절망은 마치 모든 준비를 마치고 기회가 오기만을 기다리는 악마처럼 풀려나기를 기다린다." 지금도 나는 놀이터를 지나갈 때면 그 지루함과 고립감을 떠올린다. 그리고 내 아이가 성장해 더 이상 아기와 아기 엄마들을 위한 가축우리에서 놀지 않는다는 사실에 감사하다.

기억하라, 우리의 사랑은 꽃들과 달라, 그렇게
한 해로 끝나지 않는다, 우리가 사랑을 한다면
태곳적부터 흘러온 수액이 우리의 팔 사이로 솟아나리라. 오 소녀여,
이러하다, 우리가 마음속에서 사랑한 것은, 단 하나가, 곧 찾아올 하나가 아니다,
셀 수 없이 많다, 단 한 명의 아이가 아니다,
무너져버린 산처럼, 우리 안의 깊은 곳에 머무는 아버지들이다,
어머니들의 말라버린 강바닥이다, 맑거나 구름 낀 운명 아래의
고요한 그 모든 풍경이다
이 모두가 당신 앞에 있었다, 소녀여.

라이너 마리아 릴케, 〈제3비가〉, 《두이노의 비가》

아침 아홉 시다. 날이 춥고 반짝거리는 눈이 산더미처럼 온 세

상에 쌓여 있다. 벤치에 앉아 있는 사람은 나뿐이다. 고요하다. 벤저민은 유모차 안에서 알록달록한 담요에 폭 파묻혀 있다. 눈부실 정도로 하얀 눈 때문에 유모차 덮개를 내린데다가 찌르는 듯 차가운 공기가 벤저민의 기세를 눌러서인지 아이는 조용하다. 곧 잠이 들 것이다. 다른 사람들은 바닥에서 천장까지 이어진 커다란 창 안쪽에 있다. 그들도 조용하다.

커튼 사이로 빛이 새어 나온다. 남편들이 한 명 한 명 모습을 드러낸다. 긴 하루 동안 이들을 지켜줄 모자와 스카프와 코트 사이로 두 눈만 보인다. 반짝이는, 희망에 찬 눈이다. 몇몇은 내게 손을 흔든다. 이들은 저 멀리 보이는 고딕 양식의 근사한 고층 건물을 향해 계단을 터덜터덜 걸어 내려가는 중이다. 앞으로 한 시간 반 동안 아내와 아이들은 집 안에 머물 것이다. 이들은 열 시 반이 되면 나타난다. 아이들은 얼마간 눈을 가지고 놀 것이고, 아파트는 어린 아이들의 비명과 싸움, 우는 소리, 즐거움으로 가득 찰 것이다. 엄마들은 주기적으로 창문을 통해 밖을 내려다보며 아이들이 잘 있는지 확인하거나 아이들과 같이 바람을 쐬러 나올 것이다. 엄마들은 추위로 덜덜 떨 것이고, 나도 덜덜 떨 것이고, 우리는 인사를 나누고 날씨와 아이들에 대해 이야기를 나눌 것이다. 하지만 남편에 대해서는 말하지 않는다. 어두워진 후에야 돌아올 남편들은 젖고 몸이 식은 채 짜증이 난 아이들을 돌봐줄 수 없을 것이다. 엄마들은 자기 자신에 대해서도 이야기하지 않는다. 서로에게, 어린 아이들에게, 집을 비운 남편들에게, 우리는 엄마다. 나는 벤저민의 엄마고, 조금 있으면 매튜의 엄마에게 아침 인사를 할지도 모른다. 이들을 기다리며 창문을 올려다본다. 아직 아무도 나오지 않길 바라며, 벤저민과 내가 이 추위를 조금 더 견딜 수 있기를 바라며. 얼얼한 뺨과 눈에 고인 눈물이 뾰족하고 불쾌한 기분을 어느 정도 가라앉혀준다. 이보다 편안한 환경에서는 이런 기분이 기회를 호시탐탐 노리며 불쑥 튀어나온다. 왜인지 모르겠지만 하얀 눈 속에서 영감을 불어넣어주던 반가운 자족감이 아파트 안으로 들어서는 순간 지독한 외로움으로 돌변한다. 이러한 이유로, 더 이상 벤치에 앉아 있지 못할 정도로 몸이 식자 나는 걷기 시작한다. 운동 시간에 잠시 풀려나 마당을 돌고 또 도는 수감자 같다고 느끼며.

전부 똑같이 생긴 아파트의 집들은 중앙 마당을 빙 둘러싸고 있다. 결혼해서 아이를 낳은 학생만 이 아파트 단지에 살 수 있다. 이 아파트를 디자인했다는 유명 건축가는 아이와 살아본 경험이 없는 게 분명하다. 단지에는 모퉁이가 너무 많아서 아이들이 뛰어다니다가 갑자기 눈앞에서 사라지곤 한다. 어디에나 선반처럼 툭 튀어나온 공간이 있어서 어린 아이들이 기어오르고 싶어 안달을 내는데 위험할 정도로 가파르다. 긴 계단을 내려가거나 가파른 언덕을 오르지 않고서는 아파트를 빠져나갈 방법이 없다. 그래서 유모차를 길 위로 끌어다 놓으려면 힘들게 용을 써야만 한다. 사람들은 대부분 아기를 등에 메고 다니는데, 나는 등이 약해서 아기를 지고 몇 블록만 걸으면 허리에 통증이 오기 시작한다. 그래서 매일 감옥의 벽 바깥쪽에서 유모차를 끈다. 나는 상상한다. 건강하고 몸매가 탄탄하며 크나큰 어려움도 견뎌낼 수 있는 중서부 출신 여자가 나를 보고 몸이 약하고 고상한 체하는, 무슨 일에나 지나치게 심각한 뉴요커일 거라 판단하는 모습을. 그게 정확히 바로 나다.

이 아파트는 벽이 얇다. 그래서 자기 아이가 아무리 얌전하더라도 다른 집 아이의 우는 소리를 듣게 된다. 부부가 싸우는 소리도 들을 수 있다. 싸움 소리가 그리 많이 들리는 건 아니지만 고맙게도 우리 윗집 부부는 매일 밤 서로에게 고함을 질러대서 내 큰 목소리를 덜 민망하게 해준다. 모든 집의 침실이 벽을 맞대고 있어서 소곤대는 소리보다 크다면 섹스하는 소리도 들을 수 있다. 하지만 우리 집에서는 섹스 소리도 많이 들리지 않는다. 대형 주택단지에서 자란 제임스는 이런 집에서 지켜야 할 규칙을 잘 알고 있기에 섹스를 할 때 내게 목소리를 좀 낮추라고 이야기할 때가 많았다. 내가 거리낄 것 없이 소리를 질렀기 때문이다. 나는 다른 집 사람들이 무슨 소리를 듣건 상관없었다. 그래서 입을 벽에다 대고 우리가 지금 뒹굴고 있다고 방송을 했다. 내가 이렇게 했던 건 난처해하는 제임스가 오 하느님, 하고 투덜거리면서 머리 위로 이불을 덮어쓰는 걸 보는 게 재미있어서이기도 하고, 요즘 내가 모든 일에 소리를 지를 수밖에 없기 때문이기도 한데, 이건 뉴욕에서 지내는 이틀을 제외하면 내 존재에 대한 믿음이 사라질 위기에 처해 있기 때문이다. 하지만 어느 날 아침 아파트 마당으로 나가던 나는 마침내 사람들의 표정이 어딘가 분명 이상하다는 걸 눈치챘다. 그 사람들은 나의 분노와, 나의 열정과, 뉴욕 아파트의 완벽한 익명 속에서는 “사적인 삶”이었던 나의 모든 것들을 전부 알고 있는 게 분명했다. 나는 작은 공동체에 관한 제임스의 위대한 지혜에 머리를 숙이기로 결정했다. 이제는 오르가즘에 도달할 때 신음소리를 내지르는 대신 베개를 악물 수 있도록 고개를 옆으로 돌린다. 이건 내가 생각했던 것만큼 큰 희생은 아닌 것으로 드러났다. 이것보다 제임스와 다툴 때 목소리를 낮추는 게 더 어렵다. 낮에 다른 여자와 대화를 나눌 때면 항상 궁금해진다. 이 여자는 내 소리를 얼마나 듣고 있는지, 뭘 알고 있는지, 이 우아한 미소 뒤에서 나를 비웃고 있지는 않을지.

대학에서 일하는 몇몇 엄마들을 빼면 모두가 후줄근한 바지와 오래된 셔츠를 입는다. 나 자신이 아름다워 보이거나 세련돼 보인다고 느꼈던 때를 떠올린다. 뉴욕에서 일할 때는 그렇게 느꼈다. 위풍당당히 사라져버린 나의 섹슈얼리티를 애도한다. 벤저민이 태어났던 그 따뜻했던 가을, 나는 몇 주 동안이나 하루 종일 후줄근한 실내복만 입었다.

왜 옷을 차려 입어야 하나? 씁쓸하게 생각해보았다. 세 시간마다 젖을 물리려 옷을 벗어야 하는데? 왜 머리를 빗어야 하나? 곧 아이가 뱉은 침이 덕지덕지 묻을 거고, 묽은 똥이 작은 개울처럼 셔츠 앞에 흐른 다음 말라서 냄새를 풍길 거고, 그러는 동안 내 두 어깨에는 아이가 트림에 성공했음을 보여주는 하얀 자국이 마치 늙은 군인의 자랑인 금색 견장처럼 남을 텐데!?

내가 며칠 내내 때 묻은 목욕 가운을 입고 돌아다니는 극악한 자기 부정으로 제임스와 나 자신에게 벌을 주고 있다고 생각하던 나는 수많은 젊은 여성들이 나와 똑같이 행동하는 걸 발견하고 큰 충격을 받았다. 이들은 자기 집에서만이 아니라 마당에서도 후줄근하게 입었고, 마치 매력적인 젊은 여성은 이렇게 입는 게 당연하다는 듯 태평했다. 이들의 무심함에 놀란 나는 적어도 깨끗한 멜빵 청바지와 몸에 딱 붙는 스웨터라도 입으려 옷장으로 달려갔다.

몇 년이 지나자 그 너저분한 날들 가운데 일종의 자유가 있었다는 걸 알게 되었다. 어린 아이의 부모로 산다는 것에 대한 강력하고 현실적인 이해에서 비롯된 자유였다. 집에서 아이와 함께 보냈던 날들 동안 우리 엄마와 아빠 들은 모두 자신의 신체에 무심했고, 그 경험을 공유했다. 우리는 그게 섹슈얼리티에 무관심하거나 미적 감각이 없어서가 아니라는 걸 알았다. 그건 당장 해야 할 일에 가장 적합한 옷을 입겠다는 의지였다. 또한 우리는 때 묻은 옷과 헝클어진 머리카락 너머로, 부모라는 가면 아래 여전히 생기 넘치는 신체를 볼 수 있었다. 오로지 부모가 아닌 몇몇 사람들만이 우리가 관능을 포기했다고 생각했다. 하지만 오히려 우리는 그들이 점점 더 옷에 집착하고 서로 경쟁하는 모습을 자유롭지 못한 영혼의 표시로 이해했다. 우리는 적어도 포악한 물질주의에서 한 걸음 빠져나온 것이었다.

하지만 벤저민이 아주 어린 시절에 나는 수년 전에 한물 간 바지와 남편의 구겨진 셔츠를 입은 여성들을 쳐다보았고, 파란색 벨벳 드레스와 은색 줄무늬 슬리퍼와 분홍색 조화의 추억에 눈이 멀었고, 나를 괴롭히는 두 개의 엄마 이미지 사이에서 고무공처럼 이리저리 튕기곤 했다. 청바지 위에 스팽글 장식이 있는 벨트를 했고, 유행하는 신상 스웨터를 사려고 가게로 달려갔다. 왜냐하면 모두가 입는 오래되고 헐렁한 옷 아래에서 몸뚱이가 점점 뚱뚱해진 경우도 간혹 있었기 때문이다. 섹스를 하지 않는, 오로지 달콤한 케이크를 먹는 순간에만 흥분할 수 있는 날들이 이어진 결과였다. 너무 빨리 생겨버린 얼굴 주름은 깊은 분노의 표시였다. 이 분노는 남편을 향한 것이었지만 대개 아이들에게 표출되었다. 그건 옳지 않은 행동이었기에 결국 분노의 칼날은 방향을 돌려 내 마음을 갈기갈기 찢었다.

예상한 대로 열 시 삼십 분이 되자 엄마와 아이들이 문을 열고 마치 스프링 달린 인형이 상자에서 튀어나오듯 밖으로 쏟아져 나온다. 한 여자가 내게 말을 건다. 우리는 서로 약간 친밀감을 느끼는데, 비슷한 시기에 아들을 낳았고 전에도 여러 번 대화를 나눈 적이 있기 때문이다.

아이는 어때요, 그쪽 아이는 어때요, 밤에 잘 자나요? 오, 그럼요(그 여자의 말), 아뇨, 아직 잘 못 자요(말해야 할 것 같았다). 그 다음, 많이 우나요? 아뇨, 행복해 보여요(그 여자가 자랑스럽게 말했다). 그 다음, 많이 울어요, 행복하지 않은가 봐요(나는 거의 들리지 않는 목소리로 속삭였다. 마치 이 심문에서 내가 마녀라는 게 밝혀진 것 같았다. 아니면 사회복지과에서 온 사람이 아이의 등에서 붉은 상처를 발견하고 내게서 아이를 빼앗아 양부모에게 보낼 것 같은 느낌이었다).

그 여자는 내가 부족한 엄마라는 걸 알았다. 나는 확신했다. 틀림없었다.

왜? 스스로에게 묻고 또 물었다. 왜 우리 아기는 행복하지 않지? 날 사랑하는 내 친구들은 아기가 열정이 있고 똑똑하고 하여튼 좋은 게 많아서 좌절에 그렇게 야단스레 저항하는 거라고 했다. 나도 하나는 확실하게 알았다. 난 아이를 충분히 사랑했다. 오히려 과했다. 아, 어쩌면 그게 문제였을지도.

궁금했다. 이 젊고, 천진하고, 하얗고 분홍분홍한 중서부 출신 여자가 자기 아이는 착하다고 거짓말을 한 걸까? 그렇다면 이 여자의 아기도 우리 아이처럼 밤새도록 울고 네 시간이 아니라 한 시간마다 젖을 달라고 보채고 이삼일이나 똥을 안 쌀까? 아니면 이 애는 정말 여자가 단언한 대로 착할까? 나는 가까이 대고 그 여자의 눈을 쳐다보았다. 너무 오래 바라봐서 그녀가 불편해할 정도였다. 그렇게 그녀의 얼굴 주름에서, 일그러진 입에서 일말의 위선을 발견하려고 잠복하며 기다렸다. 하지만 그 여자는 항상 차분하고 평화로워서 속을 알 수 없었다. 한밤에 그 여자네 집 아기 방 창문에 귀를 대고 소리를 엿들으려 한 적도 있었다. 아무 소리도 들리지 않았다. 나는 그 여자와 그 여자의 아기를 미워하기 시작했다.

눈 내린 날 아침 그 여자가 미소를 지으며 내게 다가왔을 때 나는 그래도 자유로웠다. 솔직히 정말 그랬다. 언제나처럼 그 여자를 경멸했고 내가 어떤 인상을 줄지 전혀 개의치 않았기 때문이다. 내 아기와 나. 우리는 공인된 정상성의 변두리에, 용인되는 관습의 범위 바깥에 당당하게 앉아 있었다. *우리의* 이야기는 스포크 박사의 책에 없었다. 우리는 오로지 이상심리학 책에만 등장했다. 여기 변두리에 머무는 것이 얼마나 편한지를 그동안 잊고 있었다. 이상 상태, 그러니까 비정상 상태를 한번 받아들이면 자유가 평범한 태양을 떠밀치고 하늘을 눈부신 빛으로 채운다는 걸 잊고 있었다.

아이는 어때요, 밤에 잘 자나요, 아기들 정말 예쁘지 않나요? 다시 시작되었다.

"아뇨." 나는 간단명료하게 대답했다. "아뇨. 우리 애는 밤에 안 자요. 아뇨. 전혀 안 예뻐요. 가끔 아기를 안 낳았으면 좋았을 거라고 생각할 때도 있어요."

나를 쳐다보는 그 여자의 눈을 보니 약간 후퇴해야 할 것 같았다. 나는 비겁하게 내 말을 부정했다.

"아, 전 우리 애를 정말 사랑해요."

그 여자는 안심했다. 내가 타협했다는 사실에 화가 난 나는 다시 공격에 나섰다.

"하지만 어떤 때는 애를 죽일 수도 있을 것 같아요." 그 여자의 눈을 쳐다봤다. 그리고 스스로에게 약해지지 말라고 지시했다. 내 안의 여인이 미소 지으며 용기를 내는 걸 느꼈다. 난 말을 바꾸지도, 여자를 진정시킬 말을 덧붙이지도 않았다. 그저 잠자코 있었다. 날 빤히 쳐다보는 눈 때문에 얼굴이 화끈거렸다. 정말 내가 아기를 죽일 거라고 생각한 걸까.

"춥네요." 불편한 침묵을 잘 견디는 내 재주에 완패한 여자가 입을 뗐다. 나는 웃음 지었다. 그때 그 여자가 새로운 주제를 꺼냈다.

"요즘 할 일이 너무 많아요." 그 여자는 지쳤다는 듯이 숨을 헐떡였다. 하지만 그녀의 목소리는 자신의 유능함을 은근히 드러내고 있었다.

뭐라고요? 머릿속에 있는 말이 그대로 튀어나왔다. 이젠 부끄럽지도 않았다. 특별할 것 없는 내 일상과 멍하니 보내는 그 많은 시간들과 무기력한 지루함을 떠올렸다. 이것들은 마치 우리 집 거실 한가운데에 있는 아기용 멸균기처럼 떡하니 자리를 잡고 있었다.

"오늘이 월요일이죠." 여자가 말을 덧붙였다. 내 얼굴이 어리둥절해 보였던 게 틀림없다. 여자는 자기 학생이 멍청하다는 걸 믿지 못하는 학교 선생님처럼 다시 찬찬히 설명을 시작했다.

"내일 다림질을 하려면 오늘 빨래를 해야 해요. 주말 동안 집이 엉망이었어요. 장도 봐야 하고 주중에 먹을 고기도 구워야 하고 남편 바지도 세탁소에 맡겨야 해요."

"그 망할 바지 좀 직접 맡기면 안된대요?" 나는 좀 고상해진 기분이 들었다. *빌어먹을* 바지라고 하는 대신 *망할* 바지라고 말했기 때문이다. 하지만 내 양보에도 불구하고 그 여자는 상처받은 기색이 역력했다. 전에 알게 된 사실인데, 그 여자는 상처받았거나 크게 화가 났을 때 위안이 되는 안전하고 의례적인 말들을 장황하게 늘어놓았다.

"음, 그이는 엄청 바빠요. 압박감이 얼마나 큰지 몰라요. 공부하느라 잠도 한숨 못 자요. 전 제 할 일을 해야죠. 전 신경 안 써요. 진짜 신경 안 써요. 전혀 신경 안 써요. 진짜로…."

"그러시겠죠." 그런데 그때, 이 여자가 월급도 연차도 휴가도 없이 하루 종일 일하는 모습을 떠올리자 자매애가 느껴지기 시작했다. 내 분노를 꺼내 보임으로써 그녀의 분노를 터뜨려주고 싶었다. 아주 잠시라도 그 여자가 내 분노와 자신의 분노를 어떻게든 비슷한 것으로 여겨주기를 바랐다. 하지만 여자는 그러지 않았다. 항복할 생각이 없었다. 놀랍진 않았다. 어떤 면에선 그녀가 이겼다. 그 여자는 분명 내 눈에서 투지와 확신이 사라지는 걸 눈치챘을 것이다. 그때 나는 죄책감에 휩싸여 남편 제임스의 피곤한 얼굴을 떠올리고 있었기 때문이다. 제임스에게 그 여자처럼 이타적이고 너그러운 아내가 있으면 좋았을 텐데. 벤저민에게 그 여자처럼 온화하고 차분한 엄마가 있으면 좋았을 텐데. 내게 그 여자 같은 엄마가 있으면 좋았을 텐데.

벤저민은 울기 시작했지만 여자의 아기는 세 시간 내내 잠들어 있었고(여자가 자부심에 가득 차 말했다), 여자는 미래를 예측하는 굉장한 능력을 뽐내며 열두 시까지는 젖을 먹일 필요가 없을 거라고 장담했다.

나는 벤저민을 안아 들고 담요로 꽁꽁 싸맨 다음 바람을 피해 꼭 안았다. 그리고 코트와 스웨터, 셔츠의 단추를 풀고 축축한 피부에 살을 에는 듯한 바람이 불어오는 걸 느끼며 눈 속에서 젖을 물렸다.

안타깝게도 그 여자에게 이런 행동은 너무 벅찼다. 여자는 바닥에 왁스 칠을 해야 한다며 자리를 떴다.

젖을 다 먹인 후 벤저민을 다시 유모차에 태웠다. 이번에는 엎드린 자세였다. 아이가 다시 잠드는 데 도움이 되길 바라며 공갈젖꼭지를 아이의 입에 물렸다. 그리고 몸을 녹이기 위해 다시 집으로 돌아왔다. 아이가 잠에서 깰 위험을 감수하며 방한복을 벗겨야 할지, 아니면 아이가 지나치게 더워할 위험을 감수하며 그냥 둬야 할지 고민했다.

이처럼 자잘한 문제에 관심을 쏟는 것이 내 유일한 일이 되었다. 이런 일은 나의 하루에 질서를 부여해주었고 여전히 내게 삶을 통제할 수 있는 수단이 있다고 느끼게 해주었다.

나는 그럭저럭 올바른 선택을 했다. 유모차 시트는 아이의 땀으로 흠뻑 젖고 아이는 마치 방금 목욕을 한 것 같은 모습으로 잠에서 깨어나긴 했지만, 고맙게도 아이가 방한복과 털모자에 파묻혀 두 시간이나 잔 것이다. 덕분에 그날 오후 우리는 친구가 될 수 있었다.

우리는 함께 바닐라 요거트를 먹었다. 나는 태어나서 처음 요거트를 먹은 아이의 눈이 경이로 차오르는 것을 지켜보았다. 그리고 유리병에 담긴 복숭아 이유식을 나누어 먹었다. 여동생과 늦은 밤에 먹으려고 복숭아 이유식을 부엌 찬장에 쌓아두었던 10대 시절 이후 처음이었다. 동생과 나는 숙제를 마친 어두운 밤 아빠가 방에서 주무시면 함께 복숭아 이유식을 먹곤 했다.

벤저민은 이제 미소를 지을 수 있다. 그래서 이유식을 벤저민 한 순갈, 나 한 순갈 먹으면서 우리는 함께 많이도 웃었다. 벤저민이 태어난 이후 벤저민을 내 여동생 이름으로 부른 적이 여러 번 있었다. 벤저민의 울음소리가 나를 소중한 꿈속에서 무자비하게 끌어내던 한밤중, 나는 순간 아이의 이름을 까먹고 패멀라! 조용히 좀 해! 하고 소리를 지르곤 했다. 벤저민이 미울 때는 벤저민을 패멀라라고 불렀다. 벤저민이 너무나 사랑스러울 때도 가끔 패멀라라고 불렀다. 복숭아 이유식을 먹이면서 북받친 나는 울음을 터뜨렸다. 그날만 해도 수천 번은 북받쳤을 것이다. 엄마들이 너무 격렬한 감정을 느끼다 심장마비가 올 수 있을지 궁금했다. 하지만 벤저민이 동요하기 시작했기에 눈물을 닦고 벤저민을 꼭 안았다. 그리고 소파에 누워 벤저민을 내 배 위에 올려놓았다. 얼마 전부터 고개를 들 수 있게 된 벤저민이 나를 내려다보았다. 나는 생각나는 노래를 전부 불러주었다. 재미있는 노래, 슬픈 노래, 사랑 노래, 흑인 민요에서 유대인 자장가까지. 벤저민의 머리를 어루만졌다. 아이가 계속 나를 바라보고 노래에 맞춰 옹알이를 해주었으면 하고 바라던 그때 아이는 다시 잠들었다. 그렇게 내 배 위에서 꽤 오랜 시간을 보냈다. 그동안 나는 커다란 창문 너머로 하얀 눈을 내다보았다.

밖에서 만나는 다른 엄마들에게 내 진짜 기분을 내보이지 않겠다는 다짐을 지킬 수가 없었던 나는 공모자를 찾아 헤맸다. 그렇게 몇 명에게 위험한 발언을 던져보았으나 희망이 보이지 않거나 참을 수 없는 비난이 되돌아왔다. 나는 공모자 찾기를 그만두고 침묵, 또는 소리 없는 적개심으로 숨어들었다. 웬만하면 사람들에게서 멀찍이 떨어져 있었다.

하지만 사람들이 자기 행복을 뽐내면서 짜증나게 굴거나 그냥 내 기분이 별로일 때는 달랐다. 모성에 대한 온갖 케케묵은 생각을 반박했고 내 우울을 더욱 부풀렸다. 내가 스스로에게 관대해지고, 어디서나 나타나는 내 괴상한 면을 받아들이고, 익숙한 원래의 성격으로 슬금슬금 돌아온 것은 모두 단 한 가지 사실과 관련이 있었다. 벤저민이 밤새 깨지 않고 자기 시작한 것이다.

3주 동안 제임스와 나는 벤저민이 여덟 시간을 내리 자도록 훈육하자는 결정을 고수했다. 나는 스포크 박사의 조언에 따라 축축해진 손으로 베개를 움켜쥐고 벤저민이 우는 소리를 20분 동안 듣고만 있었다. 머리가 지끈거렸다. 가만히 누워서 아침에 일어나면 아기가 위축되어 있거나 어쩌면 자폐 증세를 보일지도 모른다는 생각을 몰아내려고 애썼다. 마침내 아이가 울기를 멈췄다. 벤저민이 잠들었을 거라고 확신하고 살금살금 아기방으로 갔다. 걱정스러운 마음에 벤저민의 얼굴을 어루만지다 아이를 거의 깨울 뻔했다.

다른 아기들이 울면, 그건 그냥 아기가 우는 걸로 보였다. 하지만 벤저민이 울면, 그건 비난이자 도와달라는 애원, 절박한 필요, 비참함에서 나오는 신음으로 보였다. 나는 침대에 누워 나치군이 엄마의 팔에 안겨 있는 아기들을 낚아채는 모습을 상상했다. 아이의 울음소리를 버티지 못하는 날은 새벽 세 시부터 네 시까지 아이를 얼러서 재워야 할 것을 감수하고 아이에게로 갔다. 하지만 내가 아이를 침대에서 꺼내자마자 아이는 웃었다. 눈물을 그쳤고 이상한 데 없이 멀쩡했다. 나와 당장 놀려는 태세였다. 벤저민을 다시 아기 침대에 눕혔다. 그리고 4일 밤 동안 제임스와 나는 시계의 분침을 바라보며 벤저민이 우는 시간을 쟀다.

"20분 다 됐어!" 나는 침대에서 튀어나오면서 외쳤다. 마침내 스포크 박사를 물리친 검사마냥 만족스러웠다.

"아직 18분밖에 안 됐어!" 제임스는 한도 끝도 없는 내 과장에 짜증이 난 것 같았다.

"이제 벤저민한테 가보자." 나는 벤저민을 안거나 아니면 한 대 때리고 싶었다. 침대에 가만히 누워 벤저민이 우는 소리를 듣고 있는 건 싫었다.

"그러면 벤저민은 혼자 자는 법을 배우지 못할 거고 우리도 절대 잠들지 못할 거라고." 제임스는 언제나 비참한 상황을 정확하게 설명해냈다. 오늘밤 벤저민을 달래주면 앞으로 10일 내내 벤저민을 달래게 될 거라는 건 나도 알고 있었다. 어떤 날에는 벤저민이 다섯 번이나 잠에서 깼다. 벤저민은 생후 9개월이었다. 아픈 데도 없었고 유치가 나는 것 같지도 않았다. 내가 만난 소아과 의사 두 명은 거의 대부분의 아기가 6개월이 되면 밤새 잘 잔다고 했다.

"하지만," 나는 침대에서 베개 세 개로 귀를 막고 뒤척였다. 그리고 빈정거리며 말했다. "벤저민은 절대 그러지 않을 거야."

나는 벤저민에게 다섯 번 항복했고 그때마다 젖병을 물렸다. 세 번째, 네 번째, 다섯 번째에 벤저민은 젖병을 밀어냈다. 배가 고픈 것도 아니었고 더 이상 울지도 않았다. 벤저민은 나를 보고 웃었다. 우리는 그렇게 한밤중에 서로를 바라보며 함께 앉아 있었다. 벤저민은 아기 침대가 아닌 내게 안겨 있어서 무척 행복해 보였다. 그 사실이 내 화를 돋우었고, 나는 차분하게 벤저민을 침대에 내려놓은 다음 침실로 돌아왔다. 벤저민의 처절한 울음소리가 배경음악으로 깔렸다. 나는 벤저민이 느끼는 고통을 하나하나 음미하며 깊은 잠에 빠져들었다. 벤저민이 얼마나 오래 울었는지는 알 수 없다. 하지만 그날 이후 벤저민은 밤새 잠을 자기 시작했다.

곧 유치가 나기 시작했다. 세 번째로 이 과정을 반복해야 했다. 우리는 더욱 현명해졌지만 피곤한 건 마찬가지였다. 하지만 나는 아이가 서서 걸어 다닐 수 있을 때까지 가슴에 아이를 폭 파묻고 잠을 잔다는 어느 부족 여성을 더 이상 신경 쓰지 않았다. 추상적인 유아 발달 이론도 더 이상 신경 쓰지 않았다. 배운 게 한 가지 있었기 때문이다. 바로, 잠을 자지 못하면 제정신이 아닌, 비참하고 화난 여자가 된다는 것이다. 나는 자기 회의에 용감히 맞섰다. 한밤중 나는 아이에게 정신 분열을 일으키는 엄마가 분명하다는 확신이 들 때에도 굴복하지 않았다. 베개를 부여잡고 버텼다. 그리고 마침내 보상받았다. 이번에는 나의 의지가 벤저민의 의지를 이긴 것이었다. 벤저민은 밤새도록 잘 자기 시작했고, 덕분에 나는 다시 온화한 엄마로 변할 수 있었다.

하루는 아파트 마당에 있는 벤치에 혼자 앉아 있는데 진 로즌솔Jean Rosenthal이라는 이름의 여자가 다가왔다. 진은 나를 빼면 이 아파트에서 유일한 뉴욕 출신 유대인이었다. 나는 진과 대화를 나눈 적이 한 번도 없었는데, 그건 오로지 마주친 적이 거의 없었기 때문이었다. 진은 꽤 거칠어 보였다. 매우 짧은 치마를 입었고 머리카락은 불타오르는 듯한 빨간색으로 물을 들였으며 눈 화장이 상당히 진했다. 진의 아들은 항상 다른 이웃과 함께 있는 것 같았다. 아파트 마당에서는 진의 아들이 방치되었고 똑똑하지만 과민하며 과도하게 공격적이고 친구들과 어울리지 못한다는 이야기가 돌았다. 진이 가장 친한 친구의 남편과 그렇고 그런 사이라는 소문도 있었다. 난 진이 좋았다.

나는 진에게 마당에 있는 다른 여자들을 욕하며 다시 동지 탐색을 시작했다. 진은 내 못된 발언에 동의했을 뿐만 아니라 충격적이고 재미난 여러 비밀과 소문을 알려주었다. 진은 2년간 이곳에 살았고, 금지된 불륜 사건, 부부들이 서로 파트너를 교환하는 파티, 대학 내에서는 세련되고 지적이며 점잖지만 집에만 오면 아내를 쥐어 패는(실제로 폭력을 가했다) 남편들에 대해 많이 알고 있었다. 나는 어서 제임스에게 말해주고 싶어 안달이 났다.

진은 제임스와 나를 둘러싼 소문도 전부 이야기해주었다. 기묘한 우연이든 아파트 관리소에 있는 누군가의 사악한 음모든 간에, 우리가 이 아파트에 들어오기 전 인종이 다른 커플이 우리 말고 둘 더 있었다. 한 커플은 이혼했다. 다른 한 커플은 남자가 다른 여자와 도망을 갔고 여자는 동네에 있는 정신병원에 입원했다. 사람들은 제임스와 내게 무슨 일이 일어날지를 떨리는 마음으로 기다렸다. 우리를 부부 바꾸기 파티에 초대하고 싶어 하는 사람들도 많았다. 특히 여자들은 자기 손가락으로 제임스의 성감대를 더듬고 싶어서 안달복달했다. 그러다 마침내 그 손가락으로 제임스의 크고, 검고, 성난 그것을….

"음, 그렇게까지 말하진 않았어." 동그래진 제임스의 눈을 보고 자백했다. 하지만 광란의 파티에 대한 진의 묘사에는 분명 그러한 암시가 가득 차 있었다고 자신 있게 장담할 수 있었다.

기꺼이 다른 사람들과 떨어져 진과 친밀함을 나눈 그날 이후, 나는 진에게 엄마됨에 관해 이야기할 수 있을 거라고 확신했다. 지금은 전국으로 퍼진 여성운동에 대해 언급하는 것으로 시작했다. 여성 의식 고양consciousness-raising 모임에 참여해본 적이 있냐고 물었고 내 경험을 이야기해주었다. 진은 모임에 참여해본 적은 없지만 기회가 되면 가보고 싶다고 했다. 진은 자기 아이를 증오해본 적이 있나? 예스. 꼭 엄마가 되어야 했었는지 자문해본 적이 있나? 예스. 우리는 아파트 단지에 거주하는 엄마들을 대상으로 직접 모임을 주최하기로 결정하고 다음과 같은 전단을 만들어 모든 억압받는 여성을 모집했다.

누군가의 엄마, 또는 누군가의 아내로 사는 게 지긋지긋한가요?
월요일 밤 진 로즌솔의 집으로 오세요.
솔직한 생각을 나눠봅시다.
여성들만의 모임입니다.

우리는 전단지에 이름을 적었다. 진은 분명 이 모임에 관심을 갖고 자기 이름을 적어 넣을 여성을 두 명 알고 있다고 했다. 한 명은 애나 매그리노Anna Magrino로 언덕 아래 건물에 살고 있었다. 애나는 아이가 둘 있었고 하루 종일 집에 있었으며 매우 비참한 상태였다. 또 한 명은 캐런 올린Karen Olin으로 미혼이었던 열여덟 살 때 첫째를 낳았다. 현재 올린의 남편은 아이의 아빠가 아니었다. 올린은 풀타임으로 일하는 사서였다. 내가 어떻게 이 여자들을 모르고 지냈는지 의문이 들었다. 진이 이들은 절대 마당에 나오지 않는다고 이야기해주었다. 진이 전화를 걸자 애나와 캐런은 '그래 알았어'라고 대답했고 우리는 이들의 이름도 전단에 적었다. 나는 우리의 첫 번째 여성 모임을 초조하게 기다렸다. 이 모임에서는 주로 엄마됨에 대해 이야기할 예정이었다. 그게 우리의 출발점이었다. 모임에는 눈치 봐야 할 사람이 아무도 없었다. 나는 카운트다운을 앞둔 로켓 같았다. 머지않아 자유라는 광대한 하늘로 힘차게 날아갈 로켓.

우리는 진의 넓고 어지러운 거실에 둘러앉았다. 청소를 하려던 시도가 엿보였다. 하지만 여전히 방은 너무 더러웠다. 바닥엔 진흙이 엉겨 붙어 생긴 검은 줄이 있었다. 소파에는 두 살짜리 아이가 끝없이 과자를 먹으며 흘린 부스러기가 굴러다녔다. 싱크대에는 지저분한 접시가 쌓여 있었고, 우리를 위해 낮은 탁자에 내놓은 커피 잔들은 안쪽에는 커피 자국이, 바깥쪽에는 전에 먹은 음식물이 붙어 있었다. 아이가 있는 평범한 집에서 정리를 못해 어수선한 것과는 달랐다. 작은 장난감 인형들이 발밑에 굴러다니고 길 잃은 장난감들이 모퉁이마다 튀어나오고 아이가 화장실에서 100번도 더 넘게 꺼내온 두루마리 휴지가 뻘쭘하게 책장 위에 있는 것에는 나도 익숙했다. 하지만 진의 집은 달랐다. 외적 현실을 통제하지 못하는 무능이 드러나 있었다. 진은 자신의 머릿속에서 너무나도 격렬한 삶을 살고 있었기에 때때로 외부 세계와의 연결이 끊어지곤 했다. 진은 바닥을 쓸었지만 쓰레기의 반은 항상 그대로 남아 사람을 미치게 했다. 설거지를 해야겠다고 결심했지만 접시는 절대 깨끗해지지 않았다. 세 번째 접시에 손을 뻗으려는 순간 진이 전혀 상관없는 곳으로 가버렸기 때문이다. 집 정리를 해보려고 애썼지만 물이 반쯤 차 있는 유리잔을 바닥에서 작은 탁자로 옮기고 끝났다. 게다가 탁자 또한 원래 유리잔이 있어야 할 곳은 아니었다. 지저분함을 통제하지 못하는 무능 뒤에는 저항이 있었다. 하지만 자기가 무얼 말하고 있는지 진 본인도 몰랐다. 진은 이렇게 말하고 있었다. 내 분노를 봐. 내가 얼마나 널 경멸하는지 봐. 내가 얼마나 부족한지 봐. 내 안의 카오스를 봐.

이 카오스는 어마어마한 증오를 감추고 있어. 나에겐 이 증오를 알아챌 여유가 없지. 내가 어디에서나 발견하는 이 추함을 봐. 난 이 세상에서, 네 얼굴에서, 그 비밀들에서 추함을 발견해. 추함이 우글거리는 곳에서 내 행동의 뿌리는 고맙게도 정체를 감춘 지저분함에 얽혀 있어.

나는 이런 집에 많이 가봤다. 우리 집도 이런 적이 한 번 있었고, 다시 그렇게 될 위험에 처한 적도 여러 번이었다. 나는 다른 집, 그러니까 길 잃은 물건이 하나도 없고, 바닥이 언제나 매끈하고 먼지도 없는, 싱크대에 있는 설거지거리는 오직 유리잔 두 개와 스푼 한 개뿐인, 모든 것이 제자리에 있는, 의자에 앉으면 내가 방 인테리어를 망친 것처럼 느껴지는 그런 집보다 이곳이 훨씬 편안했다. 그런 집은 사람이 사는 데 목적이 있는 것이 아니라 그 자체가 삶을 지닌 것이 분명했다. 그리고 그러한 집 자체의 삶은 예측과 통제가 불가능한 인간보다는 집 소유주에게 훨씬 더 많은 이익을 가져다주었다.

나는 이전에 먹었던 수많은 음식들이 잔향을 풍기는 진의 거실에서 편안함을 느꼈다. 캐런과 애나는 나란히 앉아 있었다. 진은 커피를 내왔다. 거실에는 우리 말고도 세 명이 더 있었다. 한 명은 우리 집 위층에 사는 사람으로 그녀가 미쳤다는 건 모두가 알고 있는 사실이었다. 다른 한 명은 좋은 엄마들 중 하나였다. 그 여자가 뭐라고 말할지 궁금했다. 그 여자 옆에 앉은 사람은 내가 모르는 사람이었다.

시작은 내가 해야 했다. 이런 모임에 참여해본 사람이 나밖에 없었기 때문이다. 나는 언제나처럼 입을 열었다.

"돌아가면서 자기소개한 다음 여기 온 이유를 말하는 게 좋을 것 같아요."

진이 먼저 시작했다. "마틴 엄마예요." 진이 이렇게 말하자 모두가 웃었다. 마틴의 엄마라는 자기소개가 진에게 얼마나 가혹한 것인지 알았기에 우리는 감사했다. 그다음 진은 차분하게 나와 벤치에서 나눈 이야기와 어떻게 이 모임을 시작하기로 결정했는지를 설명했고, 내내 미소를 지었다. 마지막에 진은 작고 주저하는 목소리로 이렇게 말했다. "엄마로서 저는 좀 문제가 있는 것 같아요."

진의 작은 아이를 생각했다. 두 살에 말을 술술 하고, 힘이 세고, 다른 아이들과 어울릴 때 다소 거친 아이. 진의 아이는 벤저민과 닮은 점이 있었다. 벤저민은 겨우 한 살이었지만 말할 줄 아는 단어가 많았다. 2개월 때 이미 걸을 수 있었고, 가까이 오는 사람은 누구건 다 때렸다. 나는 벤저민이 알카트라즈 감옥으로 가는 멀고 먼 길의 초입에 서 있다고 확신했다. 하지만 벤저민은 이른 아침 공용 세탁실에 있는 건조기에서 잔열을 느끼며 자궁 안에 있는 태아처럼 웅크린 채 발견된 적은 없었다. 진의 작은 아이는 자기를 발견하고 깜짝 놀란 여성을 멀뚱히 바라보고 있었다.

진은 우리가 그 사건, 또는 비슷한 다른 사건을 떠올리고 있다는 걸 알아채고 웃으며 말했다. "이제 마이크를 넘길게요."

일면식 없던 여자가 말을 시작했다. "저도 제가 왜 여기 있는지 모르겠어요. 어떤 모임이 될지 한번 보려고요. 가까이 사는 분들을 알게 되어 기뻐요."

이해는 갔다. 하지만 그리 진솔하지 않았기에 마음이 움직이진 않았다.

다음은 미친 여자 패티의 순서였다. 패티는 엄마됨에 대해서는 별로 이야기하지 않았지만 그녀의 솔직함은 이후 몇 주간 우리를 계속 놀라게 했다. 패티는 자기 깊숙한 곳에 있는 이야기를 당황스러울 정도로 거리낌 없이 터놓았다. 평범하고 가벼운 모임에서도 사람 좋은 척하는 형식적인 가면을 쓰지 않았다. 패티가 다른 사람들처럼 가면을 쓰려고 하면 가면은 언제나 찢어져 결국 맨살을 드러내곤 했다.

"정신병원에 두 번 입원했어요." 이후에 패티가 우리에게 아무렇지 않다는 듯 말했다. "많은 사람들이 내가 미쳤다고 생각해요." 패티는 빈정대듯 미소 지었다. 눈은 웃고 있었고 조롱이 담긴 카랑카랑한 목소리로 말을 이었다. "하지만 남편이야말로 쇼비니스트 돼지죠." 그러고는 가만히 동의의 박수갈채를 기다렸다.

첫 번째 모임에서 패티가 말했다. "전단에 여러분 네 명의 이름이 쓰여 있는 걸 봤어요. 이 네 명이 만든 모임이라면 재미있을 거라고 생각했죠. 그동안 근처에 앉아 여러분을 지켜봤어요. 내가 당신들 같은 사람이면 좋겠다고 생각했어요."

마음이 불편해졌다. 패티가 자기 머릿속에 이미 자리를 마련해 놓고 나와 이 여성들을 그 자리에 앉힌 것 같았다. 패티는 우리를 잘 몰랐으므로 패티가 마련한 자리는 온갖 상상으로 가득 차 있을 것이 당연했고, 그 상상은 보나마나 짐스럽고 부담스러울 것이었다. 하지만 나는 패티가 모임에 참여해줘서 기뻤다. 미친 사람은 꿰뚫어보기 힘든 인위성, 그러니까 "적응을 잘 하는" 사람 또는 세상에 자신을 맞춰 마치 다섯 조각으로 된 어린이 퍼즐의 한 조각처럼 세상을 살아가는 사람이 보이는 인위성을 뚫고 나아간다. 미친 사람은 다른 사람이 머릿속에서만 하는 생각을 소리

내어 이야기한다.

이번엔 캐런의 차례였다. 캐런은 자기 차례가 돌아오자마자 다른 이들이 부러워하는 한 가지 커다란 차이를 강조했다.

"전 풀타임으로 일해요." 캐런이 아름다운 금발 머리를 살짝 뒤로 넘기며 말했다. "제 아들은 벌써 여섯 살이고요." 우리 모두는 자세를 고쳐 앉고 입술을 깨물거나 질투 가득한 미소를 지어 보였다. 캐런은 자기 말이 부러움을 사는 걸 보고는 태도를 다소 누그러뜨렸다. "하지만 저도 분명히 여러분과 비슷한 기분을 느껴요. 어쩌면 조만간 아이를 하나 더 낳을 수도 있고요." 캐런의 연파랑색 바지 정장은 우리의 멜빵바지 앞에서 더욱더 빛났다. 눈 화장도 공들인 것이었다. 캐런의 멋진 블라우스 아래 몸이 움직이는 게 보였다. 캐런의 가슴을 그려볼 수 있었다. 아이를 낳은 사람답지 않게 매우 탄탄해 보였다. 캐런은 늘씬했고 자부심이 컸다.

자신의 몸을 대놓고 자랑스러워하는 캐런의 태도가 마음을 끌었다. 분명하게 스스로를 사랑하는 여성은 보통 다른 여성도 사랑할 줄 안다. 나는 캐런이 이야기하는 동안 기분 좋은 만족감을 경험했다. 캐런이 모임에 참여해줘서 기뻤고, 캐런의 친구가 될 수 있다는 생각에 들떴다.

다음으로 좋은 엄마가 입을 열었다. 그 여자는 자기가 얼마나 아기를 사랑하는지 얘기하고는 잠시 말을 멈추고 자기를 비난하는 사람은 없는지 살폈다. 그리고 남편이 집안일과 아이 양육을 돕지 않는다며 남편이 자기와 똑같이 일하기를 바란다고 했다.

진이 그 여자에게 왜 이 모임에 참여했냐고 물었다. 그 여자는 그냥 어떤 모임인지 보고 싶었다고 답했다. 나는 점점 사그라지는 자매애를 주워 모으며 얼굴에서 살기등등한 조소를 억누르려 애썼다.

이번엔 애나의 차례였다. "음, 무슨 말을 해야 좋을까요." 애나가 말을 떼고는 도와달라는 눈빛으로 가까운 사이인 진을 쳐다보았다. 그리고 걸걸한 목소리로 너털웃음을 터뜨렸다. 그건 미친 사람의 웃음, 심각한 얼굴에서 불현듯 튀어나오는 키득거림이나 부적절한 감정의 폭발이 아니었다. 그런 웃음을 보면 '저 사람은 안이 망가져 있구나,' '지금 웃고 있는 저 사람은 웃지 않는 저 사람과 접점이 전혀 없구나'라는 것을 바로 알 수 있다. 하지만 애나의 웃음은 온전했다. 애나는 자기 자신과 자신이 말하려던 이야기를 비웃고 있었다. 우리 모두를 비웃는 것 같기도 했다. 하지만 애나는 분열되지 않은 온전한 인간이었다. 그러한 인간이 살짝 떨어진 곳에 서서 자신의 삶이 가진 불합리를 이야기하고 대담하게 다른 사람의 시선에 맞서고 있었다.

애나는 다시 한 번 우리를 둘러보았고, 무언가 결심한 듯 천천히 입을 열었다.

"엄마가 된다는 건 끔찍한 일이에요. 남편과 사이가 멀어지고, 삶이 망가지죠. 아이를 사랑하기 때문에 떠나버릴 수도 없고, 아이와 함께 있을 땐 아이를 증오해요. 원래 저는 더럽게 능력 좋은 간호사였어요. 정말 유능했어요. 전 세계에서 사람들을 간호했죠. 보스턴에서는 병동 전체를 관리했고요. 하지만 지금 저는 그냥 엄마예요. 아무것도 아니라는 뜻이죠. 모르겠어요. 좋은 점도 있겠죠. 하지만." 이제 애나의 목소리는 크고 또렷했으며 상당히 심각했다. "지금은 정말 무너지기 직전인 것 같아요."

그리고 애나는 다시 한 번 깔깔 웃었다. 나머지 사람들은 아무

말도 못하고 있었다. 그때 좋은 엄마가 불편한 얼굴을 하고 다시 안전한 대화로 돌아가고 싶다는 듯 나를 쳐다보았다. 나는 학교에서 말을 꺼내는 건 두렵지만 그저 단순한 진실을 말하고 싶어 하는 어린아이처럼 읊조렸다. "방금 애나가 한 말에 전적으로 동의해요."

그러자 내 안에서 무언가가 부서져 산산조각 난 채 무너지기 시작했다. 나를 가두고 있던 벽, 그 독방, 고독한 감금, 이 보편적인 여성의 경험에서조차 나는 여전히, 심지어 나 자신에게도, 끔찍한 괴짜일지 모른다는 무서운 가능성. 이 모든 것이 애나의 말이 주는 친근함으로 무너져 사라지기 시작했다.

임신했을 때부터, 아니 내가 기억할 수 있는 가장 먼 옛날부터 나는 관계를 찾아 헤매었다. 하지만 어렸을 때 사람들은 나를 이상한 애, 그나마 좋은 말로는 독특한 애라고 했다. 패멀라는 그런 나를 싫어했다. 시간이 흐르자 이번에는 어머니다움의 정의definitions에 갇혀 홀로 고립되었다. 어머니다움은 내 현실의 경험과 절대 연결될 수 없을 것 같았다. 잘 통제된 우아한 고통을 말하는 현대 서적들, 산부인과 의사의 거들먹거리는 명령, 분만대를 비추는 눈부신 조명. 나는 열렬하게 살아 숨 쉬며 그 쓸쓸한 분만대에 누웠고, 죽은 자의 얼굴을 한 유령과 해골들이 나를 둘러쌌다. 위협과 고통을 암시하는 내용으로 가득 찬 그 끔찍한 육아서들. 내가 사랑하고자 했던 그 많은 여성들의 노예 같은 얼굴. 이들의 영혼은 두들겨 맞아 불투명한 환상 안에 갇혔다. 이 모든 것들이 확신하게 했다. 결국, 여전히, 나는 혼자라고. 그렇게 유배당한 사람처럼 살았다. 내면에서는 혼란이, 표면에서는 우둔함이 온전한 정신을 깨뜨리려 위협했다. 황량한 사막을 방황하게 했고, 굳게 닫힌 연대의 문을 끊임없이 두드리게 했다.

지금 여기 애나가 있었다. 나는 살아 숨 쉬는 여성이고, 애나의 말을 들었다. 애나가 나의 생각을 소리 내어 이야기하자 외로움은 사라지기 시작했다. 나는 그 즉시 애나를 사랑하게 되었다.

그날 이후 몇 달간 애나와 나는 사실상 함께 살았다. 애나는 내가 오로지 공책에만 적을 수 있었던 것들을 거침없이 말했다. 하지만 엄마로서 해야 하는 일들 때문에 나보다도 더 망가져 있었다. 애나는 첫째를 낳은 지 1년도 안 되어 둘째를 낳았다. 베이비시터에게 아이들을 맡기고 밖에 나간다는 걸 생각조차 하지 않았다. 그럼에도 가톨릭이 부여한 의무 때문에 피임을 할 수 없었다. 애나는 매달 덜덜 떨며 생리를 기다렸다. 둘째가 태어난 해에 한 번 유산을 하기도 했다. 애나에겐 내가 줄 수 있는 무언가가 필요했다. 나는 기독교의 위협에서 애나를 끌어냈고 병원에 데리고 가서 피임 시술을 받게 했다. 그 대신 나는 자기 기분을 조금도 감추지 못하는 애나의 무능력을 배웠다. 아무리 심술궂고 난폭하더라도 말이다.

서로를 신뢰하고 서로가 얼마나 닮았는지를 알아가면서 우리는 서로의 아이들을 돌봐주기 시작했다. 그렇게 서로에게 아이를 맡김으로써 아이와 함께 있는 시간에서 벗어나 무언가 다른 것에 집중할 수 있었다.

나는 신화 관련 책들을 공부했다. 지난 1년 동안은 찾아볼 수 없었던 집중력이었다. 애나는 재미있어 보이는 수업을 찾아 들었고, 혼자 마을을 걸어 다녔다. 2년 반 만에 처음으로 있는 일이었다. 함께 아이들을 볼 때, 또는 아이들이 잠든 밤에는 수다를 떨었다.

애나가 말했다. "애들을 너무 사랑하지만 애들이 진짜 미워."

나도 강조했다. "애들을 위해서라면 죽을 수도 있을 것 같아. 영화에서 엄마들이 애를 살리려고 트럭과 총알을 막아서는 거, 그거 다 진짜야. 애를 잃느니 차라리 죽는 게 나아. 아마 이게 사랑이 아닐까." 이때 내 얼굴이 움찔했고 우리는 웃음을 터뜨렸다. "하지만 애는 내 삶을 망가뜨려. 오로지 망가진 삶을 되찾기 위해 산다니까." 나는 천천히 말을 마쳤다. 두 번째 문장이 없다면 첫 번째 문장은 기만적인 거짓말일 뿐이다. 우리는 이 거짓말을 그만두기로 맹세했다.

애나가 말했다. "빨리 내일이 왔으면 좋겠어. 네가 아이 봐주는 날이잖아. 하지만 아침에 애들을 두고 나가는 게 힘들어." 우리는 언제나 말이 두 문장으로 이루어져 있다는 걸 배웠다. 두 번째 문장은 첫 번째 문장과 모순되는 것처럼 보이지만 그 안에는 일관성이 있었다. 우리가 양가성을 더욱 잘 받아들일 수 있게 되었기 때문이다. 양가성을 받아들이는 능력, 그것이 바로 모성애가 아닐까.

진과 캐런, 패티가 참여하는 주간 모임에서 애나와 나는 우리의 연약한 믿음이 절대 깨지지 않는 지식으로 자리 잡는 걸 느꼈다. 저 세 명의 여성이 '그래,' '맞아,' '나도야'라고 말하며 자신의 엄마됨 경험을 이야기해주었기 때문이다.

좋은 엄마와 그저 사람을 사귀고 싶어 했던 여자는 모임에 다시 나타나지 않았다. 아마 화가 났거나 겁먹었을 것이다. 아니면 그저 지루했을 수도 있다. 아이를 키우는 게 너무 행복해서 우리의 불만을 참고 들어줄 수 없었을 수도 있고, 너무 비참하고 연약해서 우리의 이야기를 듣는 게 힘겨웠을 수도 있다. 그 이유에 대해서는 더 이상 개의치 않았다.

그 대신 나는 캐런의 아들이 아주 어렸을 때, 그러니까 캐런이 어린 소녀였던 시절의 이야기를 들었다.

한번은 캐런이 이렇게 말했다. "지금 우리 아들은 여섯 살이에요. 힘든 시간은 다 지나갔죠. 학교가 끝나면 알아서 집에 돌아오고 근무 중인 내게 전화해서 하루 종일 무슨 일이 있었는지 이야기해요. 목욕할 때 들어와서 비누로 등을 닦아주고 엄마 가슴이 정말 예쁘다고 말해줄 때도 있어요." 캐런의 얼굴이 붉어졌다. 하지만 우리가 모여 있는 방에는 그런 행동의 옳고 그름을 판단할 전문가가 없었다. 우리는 그저 엄마였고, 존중의 뜻에서 침묵을 지켰다.

가끔은 짜증도 나고 안달도 났지만 우리는 패티가 방 한가운데서 자기혐오와 분노로 그물을 치는 것을 잠자코 지켜보았다. 패티는 매주 새로운 그물을 쳤고, 버몬트에서의 얼얼할 정도로 추웠던 어린 시절을 회상하며 매주 기괴한 학대 이야기를 새로 끄집어냈다. 이야기의 끝, 그물의 한가운데에는 언제나 남편이 있었다. 남편은 패티가 친 그물에 매여 알아볼 수 없는 모습을 하고 있었다. 패티의 남편은 잘나가는 대학원생이었으며 패티보다 아름답고 정신이 멀쩡한 뭇 여성들과 여러 번 바람을 피웠다. 무엇이 그 둘을 묶어놓았는지 아는 사람은 아무도 없었다. 지금은 아들이 둘을 묶어놓고 있었다. 아이는 태어날 때부터 장애가 있어서 다른 아이들처럼 빠르고 격하게 놀지 못했다. 어떤 화학적 불균형 때문에 오후에는 달콤한 간식 대신 생채소를 먹어야 했다. 아이는 절뚝거리며 아파트 마당에 있는 놀이터에 나가 빠르게 뛰어다니는 아이들에게 말을 걸었다. 아니면 미끄럼틀 계단 제일 아래에 서서 자기 차례를 기다리는 아이들과 농담을 했다. 벤저민 같은 아기들과 함께 있을 때 아이는 참 순했다. 참을성도 많았고 아기에게 관심을 보이기도 했다. 하지만 얼마 안 가 다른 아이들이 먹던 사탕을 던져버리고 아이에게 다가와 아삭한 깍지콩을 하나만 달라고 애원했다. 패티는 매일 오후 우악스럽게 집에서 뛰쳐나와 한 손에는 숟가락을, 다른 한 손에는 약병을 쥐고 허공에 마구 흔들어댔다. 그리고 약 먹을 시간이 지났다고 고함을 쳤다. 그때마다 아이는 난처해하는 것 같았다. 하지만 얌전히 엄마에게로 걸어가 "괜찮아요, 엄마"라고 말하고는 불평 한마디 없이 끈적거리는 분홍색 물약을 마셨다. 아이는 살기 위해서 약을 먹어야 한다는 걸 알고 있었다.

나는 종종 패티가 자기의 얼마 없는 소중한 사랑을 아이에게 전부 쏟아부었다고 생각했다. 패티의 상세한 이야기 속에서는 악마 같은 행동만 일삼던 아이의 아빠조차 아이와 손을 꼭 붙잡고 걷거나 자리에 앉아 조용하게 게임을 하는 중간중간 아이에게 뽀뽀를 해주었다.

곧 우리는 아파트에 거주하는 가족들이 변하고 있음을 똑똑히 느꼈다. 여성운동이 억눌려 있던 분노를 터뜨렸고, 바닥부터 천장까지 이어진 커다란 창 뒤에서도 분노가 흘러 넘쳐 얇은 문 아래로 배어 나오고 있었던 것이다.

남자들이 주중에도 아이들을 데리고 놀이터에 나오기 시작했다. 눈에 띄는 변화는 없었지만 좋은 엄마들은 적어도 우리의 헛소리를 더욱 진지하게 받아들였다. 아파트 곳곳에서 이혼 소식이 들려왔다.

어느 날 밤 한 남자가 제임스와 나를 찾아왔다. 로스쿨 학생으로, 지나다니며 얼굴만 알던 사람이었다. 2년 전에 그의 아내 캐럴은 '로스쿨 학생 아내 연합'에서 매우 활발하게 활동했다. 부부에게는 금발인 아이가 둘 있었다. 아이들은 1년 반 터울이었는데, 형제자매 간에 나이 차이가 적으면 더 좋을 거라는 생각 때문이었다. 난 그의 아내가 "좋은 엄마"일 거라고 상상했었다. 하지만 엄마됨의 고됨에 관해 다소 피상적이지만 진솔한 대화를 몇 차례 나누어보니 그녀는 남편의 셔츠를 빠는 데 진력이 나 이제는 세탁소를 이용해야겠다고 생각했고 딸이 너무 잘 울고 공격적인 아이들에게 맞서지 못하는 걸 걱정하고 있었다.

좋은 엄마는 집을 나갔다. 다른 집 남편과 눈이 맞아 도시에서 함께 살기로 한 것이다. 아파트에는 불륜 사건이 많았다. 진이 친구의 남편과 바람을 피운다는 소문은 사실이었다. 진의 남편도 오래전부터 다른 여자와 섹스를 했고, 그 여자의 남편은 동기의 아내와 남미로 떠나 병원을 열었다. 처음에는 믿을 수가 없었다. 매일 우리는 새로운 커플 이야기를 들었다. 그건 깔끔한 파트너 교환이 아니었다. 언제나 남겨지는 두 사람이 있었고, 그 둘은 서로에게 관심이 없었고, 아이를 돌보는 책임을 홀로 떠맡았고, 돈이 부족했고, 항상 멍해 있었고, 부부 간의 금욕과 파트너 바꾸기의 결과가 이렇게 혹독할 거라고는 상상해본 적도 없었다.

충격에 휩싸여 겁을 집어먹은, 오리건 어딘가에서 왔다는 이 남자는 우리 집 거실에 앉아 눈물을 흘리고 있었다. 그는 우리를 잘 몰랐다. 아마도 그랬기 때문에 우리에게 캐럴이 1년 동안 자신과 섹스를 하지 않았으며 결국 사이좋은 부부인 척을 그만두고 떠나갔다고 말할 수 있었을 것이다. 그는 아이들에게 무엇을 해줘야 할지 몰랐다.

엄마가 돌아가신 후 혼란스러운 표정으로 나와 패멀라를 내려다보던 아버지의 얼굴이 머릿속을 떠다녔다. 어린 학생이었던 남자는 절박하게 도움을 청했다. 그는 어떻게 기저귀를 갈아야 하는지 몰랐다. 아이들이 아침과 점심에 뭘 먹는지 몰랐다. 아이들 중 누가 예방접종을 맞아야 하고 누가 검진을 받아야 하는지 몰랐다. 엄마를 찾으며 울기만 하는 어린 아들을 안고 어떻게 학교에 가며 어떻게 밤늦게까지 깨어 있을 수 있겠는가?

하지만 배워야 했다. 매일 나는 수업을 마친 남자와 만나 마당에서 아이들을 돌봐주었다. 남자는 집으로 들어갔다가 6시가 되면 지친 모습으로 나타나 저녁을 먹으라고 아이들을 불렀다. 둘째의 기저귀가 보송보송한 걸로 보아 남자는 기저귀 가는 법을 배운 것 같았다. 그밖에도 남자는 빨래를 널 줄 알게 되었다. 한 주가 지나니 빨랫감 사이에 셔츠가 보이지 않았다. 셔츠는 세탁소에 맡긴 게 분명했다. 그의 눈은 옛날만큼 반짝이지 않았지만 내가 보기에 얼굴은 더 잘생기고 원숙하고 너그러워졌다. 어느 날 저녁 나는 그가 어떻게 하고 있나 보려고 그의 아파트를 찾아갔다. 우리는 캐럴이 집을 나가고 그가 우리 집 거실에서 눈물을 흘렸던 그 이상한 밤 이후 대화를 나누지 않았었다.

남자의 아파트는 예전과 달랐다. 캐럴이 있을 때보다 지저분했다. 아이들이 그린 그림이 거실 벽에 붙어 있었고, 그 옆에는 액자에 끼운 사진이 걸려 있었다. 장난감이 여기저기 굴러다녔다. 막 아이들을 재운 남자가 지친 모습으로 의자에 앉았다.

그가 말했다. "캐럴이 돌아올 수도 있을 것 같아요. 다시 잘해보고 싶어 해요. 처음부터요. 같이 알래스카에 갈 거예요. 여기서 먼 곳으로요. 그리고 다시 시작해볼 거예요."

"아이들이…." 나는 캐럴의 선택을 이해했다.

"네, 아이들 때문에요. 그리고 약간은 저 때문이기도 하고요." 그가 웃으며 말했다.

그날부터 캐럴은 매주 두세 번 오후에 아파트로 찾아와 아이들을 차에 태워갔다. 아이들은 "엄마, 엄마"하고 부르며 캐럴에게 달려갔고, 캐럴은 고개를 돌려 눈물을 감추며 아이들을 꼭 껴안았다. 그리고 빠른 걸음으로 옛 친구들을 지나쳤다. 옛날처럼 행동하는 것도, 옛날처럼 행동하지 않는 것도 견딜 수 없었기 때문이다. 캐럴은 뒷자리에 아이들을 태우고 자기도 차에 탄 다음 아파트를 떠나갔다.

애나와 나는 팔짱을 끼고 마당에 서서 조용히 하루가 끝나가는 것을 바라보고 있었다. 그때 캐럴이 몇 주 만에 나타나 아이들을 껴안는 모습을 보았다.

엄마가 돌아가신 지 얼마 되지 않았던 일곱 살 때 학교에서 주번 역할을 맡았던 적이 있다. 문 바깥이 내 자리였다. 나는 매일 아침 그곳에 서서 엄마들이 자기 아이를 학교에 데려다주는 걸 지켜보았다. 그중에 우리 엄마처럼 머리카락이 진하고 키가 작은 아주머니가 있었다. 작은 남자아이와 함께 천천히 걷고 있던 그 아주머니가 모퉁이에서 모습을 드러냈을 때 나는 관찰을 시작했다. 아주머니가 문 앞까지 걸어오는 모습을 계속 지켜보았다. 아주머니가 허리를 굽혀 아들에게 굿바이 키스를 할 때는 더욱 눈을 부릅뜨고 남자아이가 느끼는 것을 내 얼굴에서 느껴보려 애썼다. 그 작은 아이가 학교 안으로 들어가자 아주머니는 불편한 듯 나를 쳐다보았고, 살짝 웃은 다음 등을 돌렸다. 나는 더 이상 보이지 않을 때까지 아주머니를 쳐다보았다.

나는 캐럴이 아파트에 찾아오지 않는 날이면 캐럴의 아이들을 특히 친절하게 대하려 애썼다. 벤저민을 더 자주 안아주고 아이의 불평과 눈물에 더 침착해질 수 있을 것 같았다.

벤저민과 애나의 두 아들은 함께 욕조 안에 앉아 놀고 있었다. 오늘밤은 애나의 남편이 요리를 하는 동안 내가 아이들을 씻기기로 했다. 나는 이렇게 아이들을 함께 씻기며 작은 몸들이 비누 거품으로 반짝거리는 걸 보는 게 좋았다. 차례로 물을 뿌려주는 것도 좋았다. 한 아이의 발에, 그다음 발에, 또 다음 발에. 한 아이의 얼굴에, 다음엔 네 얼굴에, 이젠 네 얼굴에. 아이들이 물을 너무 많이 튀기면 쫓아내겠다고 소리를 지르며 겁을 주었다. 그러면 잠시 동안은 잠잠했다. 아이들은 다시 물장난을 시작했다. 마침 저녁 준비가 끝났기에 나는 진짜 화가 났다는 걸 보여주려고 벌을 주는 척하며 빌리를 끌어냈다. 빌리는 셋 중에 가장 말을 잘 들었기 때문에 크게 저항하지 않았다. 올바른 선택이었다. 벤저민과 데이비드가 내게 악을 쓰는 건 정말이지 싫었다. 마지막 아이까지 커다란 수건으로 둘둘 싸맨 다음 감히 움직이지 못할 정도로 높은 테이블에 세 아이를 앉혀놓았다. 그리고 먼저 한 아이에게 옷을 입히고 부엌으로 달려가게 해주었다. 그렇게 또 한 번, 그리고 또 한 번. 다른 누군가가 저녁을 챙기는 동안 혼자서 편안하게 젖은 수건을 줍고 지저분한 옷을 세탁 바구니에 넣고 방을 정리하고 화장실의 물기를 닦았다. 평온하고 유쾌했다. 오늘 하루를 조용히 뒤돌아보며, 아이들이 만든 유쾌한 난장판에서 유쾌한 질서를 되찾으며, 더 이상 아기 피부처럼 부드럽지 않은 내 손을 바라보았다. 내 손은 누가 봐도, 마디마디는 특히 더, 엄마의 손이 되어가고 있었다.

애나의 집으로 제임스가 들어오는 소리가 들렸다. 제임스와 함께 애나의 남편을 도와 저녁을 준비하는 동안 애나도 들어와서 도왔다. 우리는 그렇게 모여서 이야기를 나눴다. 이 시간은 내게 정말 큰 의미였다.

"오늘 벤저민이 그 애를 깨물었을 때 정말 걱정스러웠어. 벤저민은 도대체 왜 그럴까?"

"바보야, 벤저민은 멀쩡해. 그냥 매우 활동적인 거야. 활동적이고 발랄한 거라고."

"네 애들은 발랄하지만 벤저민처럼 싸우려 들지는 않잖아."

"글쎄, 우리 애들은 부끄러움을 잘 타고 겁이 너무 많아."

"아냐, 애들 너무 예뻐. 괜찮아."

우리의 이야기는 눈 내리던 날 만났던 하얗고 분홍분홍한 좋은 엄마의 이야기처럼 장황하게 늘어지기 시작했다. 하지만 우리의 것은 기운찬 구호였다. 나는 마음속 깊은 곳에서부터 진심으로 그 구호를 믿었다.

그 애는 괜찮아. 예뻐. 애들은 다 문제가 있어. 타고난 기질 같은 게 있다니까. 그리고 너도 좋은 엄마야. 그랬다. 우리도 좋은 엄마였다.

제임스, 벤저민과 함께 우리 집에 도착할 무렵 벤저민은 나른해져 있었고 이미 잠옷을 입고 있었다. 이제는 애나의 남편과 제임스도 각각 하루 종일 아이들을 봐주었기 때문에 3일 연속으로 아침에 도서관에 갈 수 있었다. 도서관에서는 신화 연구를 했고, 그러고도 글을 쓸 시간이 남았다. 다음 날은 우리가 애나 부부에게 저녁을 대접할 차례였다. 치킨을 굽고, 애나가 가장 좋아하는 샐러드도 잔뜩 만들어야겠다고 생각했다.

그해 봄은 따뜻했다. 제임스와 나는 천천히 아파트를 산책했다. 번갈아가며 벤저민을 안았고, 벤저민이 자그마한 팔을 우리 목에 두르고 뽀뽀를 할 때면 함께 웃었다.

패멀라가 아주 어렸을 때 패멀라의 손가락 마디마디는 내 손처럼 튀어나오지 않고 토실토실한 아기 피부에 둘러싸여 쏙 들어가 있었다.

내가 아주 어렸을 때 우리 엄마는 밤에 내가 잠들 때까지 노래를 정말 많이 불러주셨다. 나는 아직도 그 노래들을 기억하고 벤저민에게 불러준다.

내가 어린 아이였을 때 우리 엄마는 바깥에서 일을 하셨다. 친구 엄마들이 대부분 집에서 요리를 하고 청소를 하고 친구들을 학교에 데려다주지만 않았더라면 나도 개의치 않을 수 있었을 텐데. 왜냐하면 우리는 밤에 함께 목욕을 했기 때문이다. 엄마는 내 눈에 뭐가 들어갈 때마다 재빠르고 조심스럽게 빼주곤 했다.

그날 밤 나는 내일이 공부하는 날이 아닌 아이들을 돌보는 날이었으면 하고 바랐다. 아침에 여유를 부리고, 하루 종일 풀밭에 나가 햇볕을 쬐고, 5시에 사람들이 돌아와 아이들을 맡아주면 무거운 책임감 없이 그저 아이들을 바라보며 쉬고 싶었다.

그때 엄마의 얼굴이 다른 생각을 밀어내며 머릿속을 가득 채웠다. 나는 엄마의 손길을 느끼며 벤저민이 잠들 때까지 등을 두드려주었고, 엄마의 목소리를 느끼며 벤저민에게 노래를 불러주었다.

에이드리언 리치

분노와 애정

〈분노와 애정Anger and Tenderness〉

《더 이상 어머니는 없다*Of Woman Born: Motherhood as Experience and Institution*》에서 발췌(1976)

♦ ---

에이드리언 리치Adrienne Rich는 《며느리의 스냅사진들*Snapshots of a Daughter in Law*》, 《난파선으로 잠수하기*Diving into the Wreck*》, 《공통된 언어의 꿈*The Dream of a Common Language*》, 《문턱 너머 저편*The Fact of a Doorframe*》, 《한밤중의 구조*Midnight Salvage: Poems 1995-1998*》 등 20권에 달하는 시집을 펴낸 작가다. 《더 이상 어머니는 없다*Of Woman Born*》와 《빵과 시*Bread and Poetry: Selected Prose 1979-1986*》 등 비소설 산문집을 출간하기도 했다. 1999년 래넌 재단에서 평생공로상을 받았다. 그 밖에 내셔널 북 어워드와 맥아더 펠로십을 수상했다. 캘리포니아 북부에 살았고, 2012년 3월 27일 영면했다.

감정의 극단은 에이드리언 리치의 잊을 수 없는 이 글에 잘 나타나 있다. 리치가 자녀에게 느끼는 감정을 묘사한 문단은 여기저기에서 자주 인용된다. 리치는 다음과 같이 말한다. "나는 쓰라린 분노와 날카롭게 곤두선 신경, 더없는 행복에 대한 감사와 애정 사이를 죽을 듯이 오간다." 나는 지난 4년간 리치의 글 전체를 반복해서 읽었고, 그때마다 엄마됨의 과정에 대해 더 깊이 있게 이해하게 되었다.

이해는 언제나 위를 향한 움직임이다. 그렇기에 이해는 언제나 구체적이어야 한다. (동굴에서 절대 나오지 않는 사람이 있고, 동굴에서 나오는 사람이 있다.)

시몬 베유, 《처음이자 마지막 기록》

1.

일기. 1960년 11월

아이들은 내게 한 번도 경험해보지 못한 격렬한 고통을 안겨준다. 양가감정이라는 고통이다. 나는 쓰라린 분노와 날카롭게 곤두선 신경, 더없는 행복에 대한 감사와 애정 사이를 죽을 듯이 오간다. 가끔 내가 작고 죄 없는 아이들에게 느끼는 감정에서 이기적이고 속 좁은 괴물을 본다. 아이들의 목소리가 내 신경을 건드린다. 아이들의 끊임없는 요구, 무엇보다도 우직함과 인내에 대한 요구는 나의 부족함에 절망케 하고 내게 어울리지 않는 운명에 절망케 한다. 분노를 억누르면 나약해진다. 가끔은 오직 죽음만이 우리를 서로에게서 자유롭게 하리라 생각한다. 가끔은 불임 여성이 부럽다. 아이 없는 여성은 낙담이라는 사치와 사생활, 자유를 누릴 수 있으므로.[5]

하지만 보통은 아이들의 그 무력하고 매혹적이고 저항 불가능한 아름다움과, 끊임없이 사랑하고 신뢰하는 능력과, 변함없는 지조와 친절함과 남을 전혀 의식하지 않는 모습에 마음이 누그러진다. 나는 아이들을 사랑한다. 하지만 내가 겪는 고통은 바로 이 같은 사랑의 막대함과 필연성에서 생겨난다.

1961년 4월

이따금 아이들을 향한 사랑에서 더없는 행복을 느낀다. 이것으로 충분하다. 시시각각 변하는 이 작은 생명체가 주는 미적 즐거움. 의존적인 측면이 있지만 어쨌든 사랑받는다는 느낌. 또한 내가 그렇게까지 이상하거나 성질 더러운 엄마는 아니라는 느낌. 사실은 이상하고 성질 더러운 엄마가 맞을지라도.

1965년 5월

아이와 함께, 아이를 위해, 아이 때문에 고통스러워한다. 엄마로서, 자기중심적으로, 신경질을 내며. 때로는 무력감을 느끼고, 때로는 지혜로워지고 있다는 환상에 빠진다. 하지만 고통은 언제 어디서든 내 신체와 영혼에 머문다. 아이 역시 고통스러우리라. 아이도 하나의 자아를 가졌으므로.

사랑과 증오의 파도에 휘말린다. 심지어 아이의 어린 시절에도 질투가 난다. 아이가 성장하기를 바라면서도 두려워한다. 아이의 존재에 온몸이 매인 채 책임감에서 벗어날 수 있기를 간절히 바란다.

기이한 원초적 보호 반응, 누가 제 새끼를 공격하거나 비난할 때 새끼를 지키려는 어미 짐승은, 누구라도 새끼를 공격하거나 비난하게 두지 않는다. 하지만 아이에게 나보다 엄격한 사람은 없다!

1965년 9월

분노의 악화. 아이를 향한 분노. 어떻게 하면 폭력은 담아두고 자상함만 표현할 수 있을까? 분노의 고갈. 의지의 승리, 대가가 너무 크다. 커도 너무 크다!

1966년 3월

아마도 나는 괴물이다. 여성이 아니다. 나는 과격하고, 사랑이라는 평범하고도 매력적인 위로와 엄마됨, 타인이 주는 기쁨에 기대지 않는다.

검증되지 않은 가설: 첫째, "타고난" 엄마는 다른 정체성이 없는 사람이며, 하루 종일 어린 아이들과 함께 있는 것에서 가장 큰 만

족감을 얻을 수 있는 사람이며, 아이들에게 삶의 속도를 맞추는 사람이다. 둘째, 엄마와 아이들이 집에 격리되어 있는 것은 당연하다. 셋째, 모성애는 이타성 그 자체이며, 그래야만 한다. 넷째, 아이와 엄마는 서로가 겪는 고통의 "원인"이다. 나는 "무조건적"인 사랑을 베푸는 전형적인 어머니상에 시달리고, 시각적·문학적으로 표현되는 어머니 이미지에 오로지 하나의 정체성밖에 없음에 시달린다. 그 이미지에 부합하지 않는 측면이 내 안에 있다면 비정상적이고 끔찍한 것일까? 이제는 스물한 살이 된 첫째 아들이 앞의 문단을 읽고 이렇게 말했다. "엄마는 늘 우리를 사랑해야 한다고 느끼셨던 것 같아요. 하지만 한시도 빠짐없이 누군가를 사랑할 수 있는 관계란 *없어요.*" 맞다. 나는 아들에게 설명하려 애썼다. 하지만 여성은, 무엇보다도 엄마는, 그렇게 사랑해야 한다고 여겨져왔단다.

1950년대와 1960년대 초반, 내게는 어떤 사이클이 있었다. 그것은 내가 책을 집어 들거나, 편지를 쓰려고 하거나, 심지어는 열의나 호감을 보이는 목소리로 전화 통화를 할 때 시작되었다. 아이는(또는 아이들은) 상상의 세계에 흠뻑 빠져 있었을 수도 있다. 하지만 자신이 포함되지 않은 세계에 내가 빠져 들어가는 것을 느끼는 순간 내 손을 잡아당기고, 도와달라고 하고, 타자기를 두드려대기 시작했다. 그럴 때 나는 아이의 욕구가 거짓이라고, 더 나아가 내가 단 15분조차 나 자신으로 살지 못하게 하려는 마수라고 느꼈다. 분노가 차오르기 시작했다. 나 자신을 지키려는 그 어떤 시도도 소용이 없는 것 같았고, 아이와 나 사이의 불평등을 느꼈다. 나의 욕구는 언제나 아이의 욕구와 저울질되었고, 언제나 밀려났다. 단 15분만이라도 아이들과 떨어져 이기적이고 평화롭게 시간을 보낼 수 있다면 아이들을 훨씬 더 사랑할 수 있으리라고 생각했다. 단 몇 분만이라도! 하지만 좁은 공간 안에 갇힌 우리의 삶에서 내가 (신체적으로뿐만 아니라 정신적으로라도) 조금만 벗어나면, 마치 우리를 잇는 보이지 않는 끈이 팽팽해지다 결국 끊어져 아이에게 버려졌다는 느낌을 주는 것 같았다. 마치 내 태반이 산소 공급을 중단한 것 같았다. 다른 많은 여성들처럼 나는 아이 아빠가 일터에서 돌아오기를 초조하게 기다렸다. 집 안에 어른이 한 명 더 있으면 적어도 한두 시간은 엄마와 아이를 둘러싼 원이 느슨해지고 격렬한 감정이 진정되기 때문이었다.

나는 이 원이, 우리가 살고 있는 이 자기장이 자연스러운 현상이 아니라는 걸 몰랐다.

머리로는 분명 알았을 것이다. 하지만 역사가 깊고 감정으로 가득 찬 어떠한 형식 속에서 내게 어머니 역할이 맡겨져 있었고, 그러한 형식은 마치 밀물과 썰물처럼 피할 수 없는 것 같았다. 나와 아이들이 아주 작고 사사로운 감정적 무리를 이루었던, (날씨가 나쁘거나 누군가가 아프면) 때로는 며칠 동안 아이 아빠 외에 어른을 한 명도 보지 못했던 그 소우주, 그 형식 때문에, 내가 아이에게서 점점 멀어지는 것처럼 보일 때 내게 괜한 요구를 했던 아이의 행동 아래에는 진실한 욕구가 실제로 존재했다. 아이는 내 안에 자신을 위한 따뜻함과 애정, 지속성, 신뢰가 여전히 남아 있음을 스스로에게 확인시키고 있었던 것이다. *자신의 엄마*라는 나의 단독성과 유일성(여성이라는 정체성은 더욱 희미해진다)은 그 어떤 인간도 충족시킬 수 없는 욕구를 불러일으켰고, 만족을 위한 유일한 방법은 끊임없이, 조건 없이, 해가 뜰 때부터 질 때까지, 종종 한밤중에도 사랑을 주는 것뿐이었다.

2.

1975년, 우리 집 거실에서 아이가 있는 시인들과 저녁을 보내고 있었다. 한 명이 자기 아이들을 데려왔고 아이들은 옆방에서 자거나 함께 놀았다. 우리는 시에 대해서, 또 영아 살해에 대해서 이야기했다. 우리 지역에서 아이 여덟을 둔 한 여성이 셋째를 낳고 심각한 우울에 시달리다 최근 교외에 있는 집 앞마당에서 아이들 중 두 명을 살해하고 목을 잘라버린 사건이 있었다. 우리는 그 여성이 느낀 절망에 깊이 공감했고, 지역 신문에 편지를 보내 언론과 정신 건강 센터가 이 사건을 다루는 방식에 항의하기로 했다. 우리 집 거실에 모인 사람 중 아이가 있는 여성 모두가, 시인 모두가 그 여성과 자신을 동일시할 수 있었다. 그 사건이 물꼬가 되어 우리는 분노의 원천에 대해 말하기 시작했다. 분노를 표출할 대상이 없어 아이들에게 살기 가득한 분노를 터뜨렸던 순간에 대해 말했다. 우리는 때때로 머뭇거렸고, 때때로 목소리가 커졌고, 때때로 씁쓸한 재치를 발휘했고, 진솔했다. 함께 모여 일과 시를 이야기하던 여성들이 받아들일 수도, 부정할 수도 없는 분노에서 또 다른 공통점을 찾은 것이었다. 이제는 그날 우리가 나눈 이야기를 말할 수 있고, 적을 수 있다. 금기가 깨지고 있다. 엄마됨이라는 가면에 균열이 생기고 있다.

수백 년 동안 아무도 이러한 감정에 대해 이야기하지 않았다. 나는 가족 중심적이고 소비 지향적이며 프로이트가 미국을 휩쓸던 1950년대에 엄마가 되었다. 남편은 잔뜩 들뜬 채로 우리가 낳게 될 아이들에 대해 이야기했다. 시부모님도 손주가 태어나기를 손꼽아 기다렸다. 나는 *내가* 무엇을 원하는지, *내가* 무엇을 선택할 수 있고 무엇을 선택할 수 없는지 전혀 알지 못했다. 하지만 이것만은 알았다. 아이를 낳는 것은 진정한 여성이 되는 일이고, 나 자신을 증명하는 일이며, "다른 여성들처럼" 되는 일이었다.

내게 "다른 여성들처럼" 되는 일은 언제나 골칫거리였다. 열세 살, 아니면 열네 살 때부터 나는 여성스러운 사람을 연기하고 있다고 느꼈다. 열여섯 살이 되자 내 손가락에는 항상 잉크가 묻어 있었다. 립스틱과 하이힐로 나를 감추는 일은 쉽지 않았다. 1945년에는 진지하게 시를 쓰기 시작했고, 전후 유럽에서 기자가 되어 폭격으로 폐허가 된 도시에서 잠들고 나치 몰락 이후 새로운 문명이 탄생하는 모습을 기록하기를 꿈꿨다. 하지만 그러면서도 내가 아는 다른 여자애들처럼 더 능숙하게 립스틱을 바르려 애쓰고, 똘똘 말린 스타킹을 풀고, "남자애들" 이야기를 하며 시간을 보냈다. 그때 이미 내 삶은 둘로 나뉘어 있었다. 하지만 내겐 시를 쓰는 일과 여행하며 혼자 힘으로 살아가고 싶은 꿈이 더 진짜 같았다. "진짜 여성"으로서의 나는 거짓이라고 느꼈다. 특히 어린 아이들을 만나면 온몸이 굳었다. 남자들이라면 나를 진실로 "여성스럽다"고 여기도록 속일 수 있다고, 남자들도 그걸 바란다고 생각했다. 하지만 아이는 순식간에 나를 꿰뚫어보는 것만 같았다. 거짓 배역을 연기하고 있다는 느낌은 기이한 죄책감을 불러일으켰다. 그 배역이 생존을 위한 것이었을지라도.

결혼한 지 얼마 되지 않았을 때의 내 모습을 매우 분명하고 또렷하게 기억한다. 나는 바닥을 쓸고 있었다. 바닥은 그리 더럽지 않았다. 그저 바닥 쓰는 것 말고 무엇을 할 수 있을지 몰랐던 것이다. 하지만 나는 바닥을 쓸면서 이렇게 생각했다. "이제 나는 여자다. 이건 오랜 옛날부터 이어져온 일이다. 이건 그동안 여자들이 쭉 해왔던 일이다." 아주 오래된 형식, 너무 오래되어 의문을 던질 수조차 없는 형식을 따르고 있는 느낌이었다. *이건 그동안 여자들이 쭉 해왔던 일이다.*

임신을 하고 확연히 배가 불러오기 시작하자 사춘기 이후 처음으로 죄책감이 사라졌다. 인정의 기운이 나를 휘감았다. 심지어 길거리에서 만난 낯선 사람조차 나를 인정해주는 것 같았다. 나를 따라다니는 그 기운 안에서 모든 의심과 두려움, 의혹은 철저히 부정되었다. *이건 그동안 여자들이 쭉 해왔던 일이다.*

첫째 아들이 태어나기 이틀 전 두드러기가 돋았다. 홍역이라는 잠정 진단을 받았고, 그것이 전염병이기에 병원에 입원해 출산을 기다렸다. 처음으로 걷잡을 수 없는 공포를 느꼈다. 내 신체가 아이를 제대로 "돌보지 못했다"는 생각에 아직 태어나지도 않은 아이에게 죄책감을 느꼈다. 옆 병실에는 소아마비 환자들이 입원해 있었고, 병원 가운과 마스크를 쓰지 않고서는 아무도 내 병실에 들어올 수 없었다. 임신 중에는 내가 어느 정도는 상황을 통제할 수 있다고 느꼈지만 이제는 나를 담당하는 산부인과 의사에게 전적으로 의존하고 있었다. 의사는 몸집이 거대하고 단호하고 가부장적이었고 낙관과 확신이 가득했으며 버릇처럼 내 볼을 꼬집었다. 진정제를 맞은 사람 아니면 몽유병에 걸린 사람 같긴 했지만 나는 임신 기간 내내 건강했다. 바느질 수업을 들으며 너무 추해서 절대 못 입을 임부복을 만들기도 했다. 아기 방에 달 커튼도 만들었고, 아기 옷을 모았으며, 몇 달 전의 내 모습을 최대한 지워냈다. 두 번째 시집이 인쇄 중이었지만 더 이상 시를 쓰지 않았고 가정 잡지나 육아서만 읽었다. 세상이 나를 오직 임신한 여성으로만 여기는 것 같았고, 나도 스스로를 그렇게 여기는 것이 더 편하고 덜 불안했다. 아이가 태어난 후 "홍역"은 임신 알레르기였던 것으로 판명되었다.

그로부터 2년이 지나지 않아 나는 다시 임신했고, 일기를 썼다.

1956년 11월

임신 초기의 극심한 피로감인지 더 근본적인 문제인지 모르겠다. 하지만 최근에는 시(읽기와 쓰기 모두)에서 지루함과 무관심 외에는 아무것도 느끼지 못한다. 나의 시, 동료 시인들의 시가 특히 그렇다. 원고를 요청하는 편지를 받거나 누군가가 내 "커리어"를 언급할 때면 그에 따르는 책임감과 글을 쓰는, 아니 글을 썼던 나라는 사람에 대한 관심을 모두 부정하고 싶은 강렬한 욕구가 생긴다.

언젠가 글쓰기를 쉬게 된다면 지금이 적기다. 나 자신과 내 작품이 못마땅해진 지 오래다.

내 남편은 섬세하고 다정한 남자였다. 아이들을 원했고 (학계에 몸담고 있는 50대로서는 드물게) 기꺼이 "도우려" 하는 사람이었다. 하지만 남편이 "도우려" 하는 것은 너그러운 행동으로 이해되었고, 가족 내에서 진짜 일은 남편의 일이자 남편의 직장생활이었다. 사실 우리는 수년간 이 문제를 문제 삼지조차 않았다. 나는 작가가 되려는 나의 몸부림을 사치이자 별난 특성이라고 생각했다. 내 일은 대개 돈이 되지 않았다. 일주일에 단 몇 시간이라도 글을 쓰기 위해 가사도우미를 고용하면 심지어 돈이 나갔다. 1958년 3월, 나는 이렇게 썼다. "남편은 내가 부탁하는 것이라면 무엇이든 들어주려 한다. 하지만 운을 떼는 건 언제나 나다." 나의 우울과 폭발적 분노, 덫에 걸린 느낌은 남편이 나를 사랑하기 때문에 어쩔 수 없이 감당하는 짐이라고 생각했다. 이렇게 무거운 짐을 안겼는데도 나를 사랑해주는 남편이 고마웠다.

하지만 나는 삶의 중심을 잡으려고 발버둥치고 있었다. 시를 포기하지도 않았고 내 존재를 스스로 통제하려는 노력도 멈추지 않았다. 아이들로 바글바글했던 케임브리지 다세대주택 뒷마당에서의 삶, 끝없는 빨래, 한밤중의 깨어남, 평화로운 순간 또는 아이디어가 떠오르는 순간의 중단, 젊은 아내들의 바보 같은 디너파티(석박사를 한 사람도 있었지만 모두가 진지하고 지적인 자세로 아이들의 안녕과 남편의 커리어에 전념했다)는 보스턴 상류층의 안락을 재생산했고, 프랑스 요리법과 전혀 힘들지 않은 척하는 가식이 그 주위를 에워쌌다. 그리고 무엇보다도, 세상이 여성을 대하는 태도에는 진지함이라는 것이 아예 없었다. 당시 나는 이 모든 것을 분석하지는 못했지만 내 삶을 다시 쌓아야 한다는 것만은 알았다. 그때는 우리, 그러니까 학계에 속한 여성도 중산층 사회의 다른 여성들처럼 빅토리아 시대의 유한계급 부인과 집안의 천사, 요리사, 하녀, 세탁부, 가정교사, 보모 역할을 다 해낼 것을 요구받는다는 걸 이해하지 못했다. 그저 무언가가 잘못되어 나를 쥐어짜고 있다고 느꼈고, 내 삶의 외피를 벗겨내어 본질만 남길 수 있기를 지독히 원했다.

1958년 6월

지난 몇 달간 짜증에 휩싸였고 결국 짜증은 분노가 되었다. 괴로움, 사회와 나 자신에 대한 환멸. 세상을 향한 폭력성과 손쓸 수 없는 거부감. 긍정적인 면이 있기나 한가? 만약 있다면 그건 아마도 내 삶을 개조하려는, 표류하는 시간의 흐름에서 삶을 구해내려는 노력이리라….

내 앞에 어렵고 만만찮은 일이 놓여 있다. 계획조차 불투명하다. 마음과 정신의 단련, 독자적 표현, 질서 있는 생활, 효율적으로 기능하는 인간 자아. 가장 이루고 싶은 것들이다. 여태 내가 할 수 있었던 건 시간을 덜 낭비하는 것뿐이었다. 그게 이제껏 해왔던 거부의 이유다.

1958년 7월, 또다시 임신했다. 셋째 아이(결심한 대로, 막내가 되었다)의 생명은 내게 일종의 변환점이었다. 나는 신체를 통제할 수 없다는 걸 배웠다. 원래는 셋째를 가질 생각이 없었다. 셋째를 가졌을 때 또 한 번의 임신, 또 한 명의 아기가 내 신체와 정신에 어떤 영향을 끼치는지를 그 어느 때보다 똑똑히 알게 되었다. 하지만 낙태는 생각해보지 않았다. 어떤 면에서 셋째는 첫째나 둘째보다 더 적극적으로 선택한 아이였다. 또다시 임신했다는 걸 알았을 때쯤 나는 더 이상 몽유병 환자처럼 굴지 않았다.

1958년 8월(버몬트)

일기를 쓰고 있는 지금 막 솟아오른 햇살이 산비탈과 동쪽 창을 비추고 있다. 오전 5시 30분에 로즈가 〔아기와〕 함께 내려왔고 아기에게 밥을 먹이고 나도 아침을 먹었다. 오늘은 극심한 우울과 탈진을 겪지 않은 몇 없는 아침 중 하루였다….

인정해야 한다. 나는 아이를 더 낳을 생각이 없었다. 다시 자유로워질 수 있는 때, 더 이상 몸이 지치지 않는, 지적이고 창의적인 삶을 추구할 수 있는 때가 머지않아 오기를 바라고 있었다…. 성장할 수 있는 유일한 방법은 현재 내 삶에서 할 수 있는 것보다 더욱 고되게, 더욱 지속적이고 일관되게 일하는 것뿐이다. 또 한 명의 아이는 이러한 노력이 다시 몇 년 미뤄진다는 걸 뜻한다. 내 나이에 몇 년은 의미가 크다. 가볍게 보낼 수 있는 시간이 아니다.

하지만 자연의 법칙이라 해야 할까, 인간의 숙명을 긍정한 것이라 해야 할까, 이유를 알 수 없는 무언가가 그 필연이 이미 나의 일부임을, 그 필연은 싸워야 할 대상이 아니라 표류와 정체, 정신의 죽음에 대항할 또 다른 무기임을 받아들이게 한다. (왜냐하면 이게 내가 정말 두려워한 진짜 죽음이기 때문이다. 온 생애에 걸쳐 사투를 벌이며 간신히 만들어낸 나의 인상, 인정받을 만한 자율적 자아, 시와 삶에서의 창조가 허물어져 죽음에 이를 것이 두려웠다.)

더 노력해야 한다면 그렇게 할 것이다. 견뎌야 할 절망이 더 남아 있다면 정확히 예측해서 견뎌낼 것이다.

그와 동시에 우리는 예상외의 묘한 방식으로 셋째의 탄생을 마음속 깊이 환영하고 있다.

물론 셋째의 탄생을 나의 죽음이 아닌 "죽음에 대항할 또 다른 무기"로 여길 수 있었던 것은 경제적 여유와 정신적 여유가 있었기 때문이다. 관절염이 불쑥불쑥 재발하긴 했지만 내 몸은 건강했고 산전 관리도 충분히 받았으며 영양 부족을 걱정할 처지도 아니었다. 나는 내 아이들이 잘 먹고, 잘 입고, 신선한 공기를 마실 수 있으리라는 것을 알았다. 실제로도 예상 밖의 문제는 발생하지 않았다. 하지만 물리적 여유가 아닌 다른 의미에서, 내가 나의 삶을 위해 아이들의 삶을 통해서, 아이들의 삶에 맞서서, 아이들의 삶과 함께 싸우고 있다는 것 또한 알았다. 비록 내게 분명해 보이는 것은 거의 없었지만 말이다. 나는 다시 태어나려고 애를 쓰고 있었다. 다소 암울하고 흐릿한 방식이지만, 그 과정에서 임신과 출산까지도 수단으로 이용하기로 마음먹었다.

셋째가 태어나기 전 넷째는 낳지 않겠다고, 불임 수술을 받겠다고 결정했다. (신체 일부를 제거하는 시술이 아니다. 배란과 생리는 이어진다. 하지만 불임 수술이라는 단어는 여성성의 본질을 잘라내거나 태워 없앨 것만 같은 느낌을 풍긴다. "불임 여성"이라는 단어가 평생 공허하고 결핍된 채 살아가는 여성을 떠올리게 하는 것처럼.) 남편은 내 결정을 지지해주었지만 수술을 받으면 스스로 "덜 여성스럽다"고 느끼지 않겠느냐고 물었다. 수술을 받으려면 이미 세 명의 아이를 낳았다는 사실과 더 이상 아이를 낳고 싶지 않은 이유를 편지에 적은 다음 남편의 서명을 받아 의사 위원회에 보내야 했고, 의사들이 수술을 승인해야 했다. 나는 수년간 류마치스성 관절염을 앓아왔기 때문에 판결을 맡은 남성 배심원들에게 먹힐 만한 이유를 댈 수 있었다. 내가 아이를 낳지 않기로 결정했다는 사실은 아마 타당한 이유로 받아들여지지 않았을 것이다. 셋째가 태어난 후 수술을 받고 24시간이 지나 깨어났을 때, 젊은 간호사가 내 차트를 들여다보고 차갑게 말했다. "불임 수술 하셨죠? 맞아요?"

최초로 산아제한 운동을 벌였던 마거릿 생어Margaret Sanger는 20세기 초 수백 명의 여성들에게 피임법을 알려달라고 애원하는 편지를 받았다. 이들은 모두 이미 낳은 아이들에게 더 좋은 엄마가 되기 위해 건강과 힘을 얻고 싶다고, 임신의 공포 없이 남편과 사랑을 나누고 싶다고 했다. 엄마됨을 일절 거부하거나 그저 더 편하게 살고 싶어 하는 사람은 아무도 없었다. 가족들은 여성이 계속 가족을 위해 봉사하고 아이를 길러주기를 바랐고, 이 여성들은(대부분 가난하고 10대가 많았으며 이미 여러 명의 아이들이 있었다) 그저 더 이상 가족이 원하는 대로 "잘" 해낼 수 없을 것 같다고 느꼈을 뿐이었다. 하지만 여성이 자기 신체를 어떻게 사용할 것인가에 대해 최종 결정권을 가져야 한다는 주장에 극도의 공포를 느끼는 사람들은 언제나 있어왔고, 여전히 존재한다. 마치 엄마가 고통을 겪고 여성이 자신을 다른 무엇보다도 엄마로 인식하는 것이 인간 사회의 감정적 토대에 너무나도 필수적인 나머지 그러한 고통과 인식을 줄이거나 없애자는 제안은 가능한 모든 차원에서 반박해야 한다고 생각하는 듯하다. 의문을 갖는 것조차 용납되지 않는다.

3.

"Vous travaillez pour l'armée, madame?"(군대를 위해 일하시나요?) 베트남전쟁 초기에 만난 한 프랑스 여성이 아들이 셋 있다는 이야기를 듣고 내게 한 말.

1965년 4월

분노, 권태, 혼란. 갑작스러운 눈물 바람. 매 순간 영원할 것 같은 불충분한 느낌….

이를테면 〔첫째 아이〕를 향한 거부와 분노, 나의 관능적 삶, 평화주의, 섹스(단지 육체적 욕구가 아닌 광의적 의미의 섹스) 사이에 관계망이 존재한다는 느낌에 온몸이 무력해진다. 상호 연결성을 직접 볼 수 있다면, 살아 움직이게 만들 수 있다면, 다시 명쾌하고 열렬한 나로 돌아갈 수 있으리라. 하지만 나는 어두컴컴한 올가미 안을 더듬거리고 있을 뿐이다.

나는 울고 또 운다. 무기력은 마치 암세포처럼 내 존재 전체에 퍼져 나간다.

1965년 8월, 오전 3시 30분

더 견고한 삶의 규율이 필요하다.

- 눈먼 분노의 무용함을 깨달을 것.
- 사교를 제한할 것.
- 일과 고독을 위해 아이들이 학교에 가 있는 시간을 더 잘 활용할 것.
- 내 삶의 방식에 집중할 것.
- 낭비를 줄일 것.
- 더더욱 열심히 시에 매달릴 것.

이따금 이런 질문을 받는다. "아이들에 관해 시를 쓰지는 않으시나요?" 내 세대의 남성 시인들은 자기 아이들, 특히 자기 딸에 관해 시를 쓴다. 하지만 내게 있어 시는 누군가의 엄마가 아닌 나 자신으로 존재하는 공간이다.

내게 나쁜 순간과 좋은 순간은 꼭 붙어 있다. 아이 한 명 한 명이 젖을 빨던 때를 기억한다. 그때 아이의 두 눈이 내게 활짝 열려 있는 것을 보고 우리는 입과 가슴만이 아니라 상호 간의 시선으로 서로에게 묶여 있다는 걸 깨달았다. 진한 푸른색 눈이 가진 깊이와 평온함, 열정, 내게 온전히 집중한 눈빛. 중독된 것처럼 먹어대며 느꼈던 죄책감 섞인 기쁨 외에 그 어떤 신체적 기쁨도 느끼지 못했던 때, 아이들이 젖으로 꽉 찬 내 가슴을 빨 때 느꼈던 신체의 기쁨을 기억한다. 누구도 선택하지 않았던 갈등과 전쟁을 기억한다. 원하건 원하지 않건 간에 우리는 자신의 의지를 관철시키려는 끝없는 다툼의 목격자이자 참가자가 되었다. 내겐 이게 바로 일곱 살이 안 된 세 명의 아이를 둔다는 것의 의미였다. 하지만 아이들 한 명 한 명의 신체, 그 호리호리함, 단단함, 부드러움, 우아함, 남성의 신체는 뻣뻣해야 한다는 걸 아직 배우지 않은 작은 소년의 아름다움 또한 기억한다. 어떤 연유에서인지 혼자 화장실에 갈 수 있었던 평화로운 순간을 기억한다. 악몽을 꾼 아이를 달래주기 위해, 담요를 덮어주기 위해, 우유병을 데우기 위해, 반쯤 잠든 아이를 화장실에 데려가기 위해 안 그래도 부족한 잠에서 깨어났던 때를 기억한다. 완전히 잠에서 깨어 분노로 날카로워진 채 다시 침대로 돌아오던 때를 기억한다. 오늘 내가 잠을 설치면 다음날이 지옥이 된다는 것, 그러면 아이는 악몽을 더 많이 꾸게 되고 아이를 더 많이 달래줘야 한다는 걸 알고 있었다. 피로 때문에 아이들이 이해할 수 없는 이유로 아이들에게 화풀이를 하곤 했기 때문이다. 다시는 자면서 꿈을 꿀 수 없을 거라고 생각하던 때를 기억한다. (젊은 엄마들의 무의식. 몇 년 동안이나 꿈을 꾸지 않는다면 무의식은 어디서 처리되는 걸까?)

나는 여러 해 동안 아이들이 열 살이 되기까지의 기간을 되돌아보기를 꺼렸다. 그때 찍은 사진을 보면 임부복을 입은 한 젊은 여성이 웃으며 반쯤 벗은 아기에게 몸을 기울이고 있다. 하지만 시간이 흐를수록 여자는 웃지 않는다. 냉담하고 다소 우울한 얼굴이다. 마치 다른 무언가에 귀를 기울이고 있는 것 같다. 아들들이 커가면서 나는 내 삶을 바꾸기 시작했고, 우리는 대등하게 대화를 나누기 시작했다. 우리는 나의 이혼과 남편의 자살을 함께 겪어냈다. 서로 다른 우리 네 명은 생존자가 되었고 강력한 유대감으로 연결되었다. 나는 언제나 아이들에게 진실을 말하려고 노력했기에, 아이들의 자립은 곧 내 자유를 의미했기에, 우리는 원하는 것이 다를 때도 서로를 신뢰했기에, 아이들은 꽤 어린 나이에도 독립적이고 낯선 것에도 마음을 열 줄 알게 되었다. 아이들이 나의 분노와 자책을 견뎌내고 계속해서 나의 사랑과 서로 간의 사랑을 신뢰했다면 아이들은 강하리라는 생각이 들었다. 아이들의 삶은 쉽지 않았고 앞으로도 쉽지 않을 것이다. 하지만 내게 아이들의 존재와 활력, 유머, 지성, 상냥함, 삶에 대한 애정, 여기저기 흩어져 있다가 내 삶으로 흘러드는 현재의 삶은 모두 선물 같다. 어떻게 우리가 전쟁 같던 아이들의 어린 시절과 전쟁 같던 나의 엄마됨을 스스로에 대한 인정과 서로 간의 상호 인정으로 만들어낼 수 있었는지 모르겠다. 어쩌면 사회적 환경과 전통이 덧입혀진 그 상호 인정은 엄마와 젖 먹는 아기 사이에 첫 시선이 오고갈 때부터 이미 존재했는지도 모른다. 하지만 분명 나는 오랫동안 누군가의 엄마가 되지 말았어야 한다고 생각했다. 내 욕구를 너무나도 절실하게 느꼈고 그 욕구를 난폭하게 표현하는 경우도 잦았기 때문이다. 나는 칼리였고, 메데이아였고, 자기 새끼를 집어삼키는 암퇘지였고, 여성성에서 도망치는 여자답지 않은 여자였고, 니체가 말하는 괴물이었다. 심지어 오늘날에도 옛날에 쓴 일기를 읽거나 회상에 잠기면 슬픔과 분노를 느낀다. 하지만 감정의 대상은 더 이상 나와 아이들이 아니다. 그 시절에 나 자신을 소모했던 것이 슬프고, 엄마와 아이의 관계가 훼손되고 조작되는 것에 분노한다. 그리고 이러한 감정은 사랑의 크나큰 원천이자 경험이다.

1970년대 어느 초봄에 길에서 젊은 여자 친구를 만났다. 친구의 가슴께에는 작디작은 아기가 화사한 면 포대에 싸여 있었다. 아기는 얼굴을 친구의 블라우스에 파묻고 그 작은 손으로 옷을 꼭 쥐고 있었다. "몇 살이에요?" 내가 물었다. "이제 2주 됐어요." 아이 엄마가 말해주었다. 다시 한 번 작은 생명체를 내 품에 안고 싶다는 강렬한 열망을 느끼고 깜짝 놀랐다. 아기는 자기 엄마의 가슴 사이에 웅크린 채 가만히 잠들어 있었다. 마치 자궁 안에 웅크려 있는 것 같았다. 젊은 엄마(이미 세 살 난 아이가 있었다)는 이처럼 티 하나 없이 완벽한 새 생명을 얻었다는 데서 오는 순수한 기쁨을 얼마나 빨리 잊게 되는지에 대해 이야기했다. 작별 인사를 하고 친구와 멀어지며 나는 추억과 부러움에 휩싸였다. 하지만 다른 것 또한 알고 있었다. 친구의 삶은 전혀 단순하지 않다는 것. 친구는 네 살이 안 된 아이가 둘 있는 수학자라는 것. 친구는 지금도 다른 사람의 삶의 속도(아기의 잦은 울음뿐만 아니라 세 살 난 아이의 욕구, 남편 문제까지)에 맞춰 살고 있다는 것. 내가 사는 건물의 여자들은 여전히 혼자서 아이를 키운다. 하루도 빠짐없이 가족 안에 머물며 빨래를 하고, 공원에서 세발자전거를 밀어주고, 남편이 집에 돌아오기를 기다린다. 아기를 봐주는 사람들과 놀이방이 있고 주말이면 젊은 아빠들이 유모차를 밀어주기도 하지만 아이 돌보는 일은 여전히 개별 여성에게 주어지는 개별적 책임이다. 태어난 지 2주 된 아기가 웅크린 채 가슴에 파묻혀 있는 느낌은 부럽다. 하지만 어린애들로 가득 찬 엘리베이터의 그 소란스러움과 빨래방에서 악을 쓰며 우는 아기들은 부럽지 않다. 겨울의 아파트는 또 어떠한가. 갑갑해진 일고여덟 살짜리들은 엄마에게만 매달려 엄마가 자기의 불만을 다 받아주고 자기를 안심시켜주고 삶의 토대가 되어주기를 바란다.

4.

하지만 고통과 기쁨, 좌절과 성취가 삶에 스미는 것이 당연한 인간의 조건이라고 말하는 사람도 있다. 15년, 아니 18년 전이었다면 나도 스스로에게 그렇게 말했을지 모른다. 하지만 가부장제 안에서의 엄마됨은 강간, 성매매, 노예제도와 마찬가지로 "인간의 조건"이 아니다. (이를 인간의 조건이라고 말하는 사람들은 대개 성별, 인종, 노예 신세와 같은 억압에서 가장 멀리 떨어져 있는 사람이다.)

엄마됨(정복과 농노제, 전쟁, 조약의 역사에서는 언급되지 않는다)에는 역사가 있고, 이데올로기가 있다. 엄마됨은 부족주의와 국가주의보다 더욱 뿌리가 깊다. 내가 엄마로서 갖는 개인적이고 사적인 것처럼 보이는 고통, 이전 세대의 여성들과 내 주변의 여성들이 갖는 개인적이고 사적인 것으로 보이는 고통, 계급이나 피부색과 상관없이, 모든 전체주의 체제와 모든 사회주의 혁명에서 남성이 여성의 생식 능력을 규제하는 것, 남성이 피임과 출산 능력, 낙태, 산과학, 부인과학, 자궁 외 생식 실험을 법적으로, 기술적으로 통제하는 것. 이 모든 것들은 가부장제의 필수 요소다. 엄마가 아닌 여성이 부정적이고 미심쩍은 지위를 갖는 것도 마찬가지다.

가부장제의 신화, 꿈의 상징체계, 신학, 언어 전체에 걸쳐 두 가지 개념이 나란히 이어진다. 첫째, 여성의 신체는 불결하고 더럽고 분비물이 나오고 피를 흘리고 남성성을 위협하고 도덕적 · 육체적 타락의 원천인 "악마의 문"이다. 다른 한편, 엄마로서의 여성은 너그럽고 성스럽고 순수하고 섹스와 무관하며 다른 이들에게 자양분이 되어준다. 엄마가 될 수 있다는 신체적 가능성(비밀에 싸여 피를 흘리는 바로 그 몸이다)은 여성의 삶에 존재하는 유일한 목표이자 명분이다. 여성은 이 두 가지 개념을 깊이 내면화해왔다. 그 어느 때보다도 자유롭고 독립적으로 살고 있는 것처럼 보이는 우리들조차도.

이 모순적인 두 개념을 순수하게 유지하기 위해 남성적 상상력은 여성을 선과 악, 생식력과 불임, 순수와 불결이라는 기준으로 양극화해야만 했다. 그렇게 우리 여성을 둘로 나누고, 우리가 스스로를 둘로 나누게 했다. 빅토리아 시대의 무성적이고 천사 같은 아내와 매춘부는 이중적 사고에 따라 만들어진 관습이었으며 여성의 실제 관능성이 아닌 오로지 남성의 주관적인 여성 경험과 관련이 있었다. 이러한 사고가 가진 정치경제적 편의는 성차별과 인종차별이 하나 되는 지점에서 가장 극적이고 뻔뻔하게 드러난다. 사회사학자 칼훈A. W. Calhoun에 따르면 백인 농장주의 아들은 흑인 여성을 강간할 것을 장려받았다. 물라토 노예를 더 많이 만들어내려는 의도였는데, 백인과 흑인 혼혈인 물라토에게 더 높은 가치가 매겨졌기 때문이다. 칼훈은 19세기 중반 남부에서 여성을 주제로 글을 썼던 두 작가의 글을 인용한다.

"노예제도에서 백인이 겪는 가장 힘든 문제는 아프리카계 여성이 매우 강한 성적 본능을 지니고 있으며 성관계에 아무런 가책을 느끼지 않는다는 점이다. 이들은 백인 남성의 집에 찾아와 문을 두드린다.", "노예제도하에서 백인 문명의 완전무결함을 향한 공격은 저항이 가장 약해지는 지점에서 음탕한 잡종 여성이 음험한 영향을 미칠 때 발생한다. 장차 백인의 순수성을 지켜낼 수 있는 유일한 방법은 백인 상류층의 어머니와 아내들이 자신의 순수성을 타협하지 않는 것이다."[6]

강간을 당해 어머니가 된 여성은 멸시만 받는 것이 아니다. 강간당한 여성은 범죄자이자 *가해자*로 돌변한다. 흑인 여성을 백인 남성의 문 앞에 데려다놓은 것이 누구인가? 이윤이 남는 물라토 아이들이 태어난 것은 그 누구의 성적 가책이 부족하기 때문인가? "순수한" 백인 어머니와 아내들에게 "강한 성적 본능"이 없다면, 그들 또한 백인 농장주에게 강간당한 것은 아닌가? 미국 남부 지역도 다른 곳과 마찬가지로 경제적 필요에 따라서 아이를 낳았다. 엄마들은, 흑인이든 백인이든, 모두 경제적 목적을 위한 수단이었다.

"순수한" 여성도 "음탕한" 여성도, 이른바 정부도 노예 여성도, 번식용 동물로 스스로를 격하시켰다는 이유로 찬사를 받은 여성도 "노처녀"나 "레즈비언"이라는 이유로 경멸당하고 벌 받은 여성도, 여성 신체의 파멸(그러므로 여성 정신의 파멸)에서 진정한 자율성이나 자아를 얻지 못했다. 하지만 힘없는 자들의 눈에는 대개 단기적 이익만 보이므로, 우리 역시 그러한 파멸을 존속하는 데 한몫을 해왔다.

5.

육아와 심리학 관련 문헌 대부분은 개인화의 과정이 본질적으로 아이의 드라마라고 가정한다. 이 드라마는 부모를 배경으로, 또는 부모와 함께 펼쳐지며 좋건 나쁘건 부모는 당연하게 주어진다. 당시에는 그 무엇도 나 또한 *엄마*임을, 당연하게 주어지는 부모 중 한 명임을 깨닫게 하지 못했다. 아직 나조차도 완성되지 않은 상태임을 알고 있었기 때문이다. 책에 내내 등장하는 차분하고 확신에 차 양가감정을 모르는 여성들은 나와 너무 달라서 마치 우주 비행사 같았다. 확신하건대, 그 무엇도 내가 배에 품고 있다가 지금은 두 팔에 안고 젖을 먹이고 있는 이 생명체와 나 사이에 벌써부터 존재하는 격렬한 관계를 대비해주지 않았다. 임신 기간과 젖을 먹이는 내내 여성은 여유를 갖고 성모의 평온함을 본받으라는 충고를 듣는다. 그 누구도 첫째를 낳은 후에 겪는 정신적 위기와 오랫동안 묻고 지냈으나 다시 떠오르는 엄마를 향한 감정, 혼란스러운 권력의 감정과 무기력함, 한편으로는 잡아먹힌 것 같은, 다른 한편으로는 새로운 신체적 · 정신적 잠재력에 가닿은 느낌, 즐거웠다가, 황망했다가, 기진맥진해지는 고조된 감수성에 대해 이야기하지 않는다. 그 누구도 이 자그마하고, 의존적이고, 내게 폭 안겨 있는, 나의 일부이면서도 일부가 아닌 이 생명체에게 느끼는 그 이상한 이끌림, 연애 초기처럼 압도되어 푹 빠져버리는 느낌에 대해 이야기하지 않는다.

자기 아이를 돌보는 엄마는 처음부터 끊임없이 바뀌는 대화에 발을 딛게 된다. 아이의 울음소리를 들을 때, 가슴에 젖이 도는 걸 느낄 때, 아이가 처음으로 젖을 빤 후 자궁이 수축하며 원래 크기로 돌아갈 때, 아이의 입이 젖꼭지를 간질여 한때 아이가 누워 있었던 자궁에 관능의 파도가 일 때, 아이가 자면서도 젖가슴 냄새를 맡고 손을 더듬거리며 젖꼭지를 찾을 때, 이런 순간들마다 엄마는 더욱 단단해진다.

아이는 자기에게 반응하는 엄마의 몸짓과 표현을 통해 처음으로 자신의 존재를 느낀다. 마치 엄마의 눈과 미소, 어루만지는 손길에서 처음으로 이런 메시지를 읽는 것 같다. *여기 네가 있구나!* 엄마 역시 자신의 존재를 새롭게 발견한다. 엄마는 가장 평범하고 가장 눈에 띄지 않는 끈으로 또 다른 존재와 연결된다. 그 누구와도 이렇게 연결될 수 없다. 먼 옛날 자신의 엄마와 연결되었던 것을 제외하면. 이 일대일 관계의 격렬함에서 벗어나 자신이 독립적인 존재임을 깨닫고 재확인하기 위해서는 엄마 자신도 힘겹게 노력해야 한다.

아이의 젖 빠는 행위는 성행위와 마찬가지로 신경을 곤두서게 하고 신체적 고통을 유발하며 무능감 또는 죄책감을 불러일으킬 수 있다. 또는 성행위와 마찬가지로 신체적 즐거움을 유발하고 마음을 진정시켜주며 애정 어린 관능을 불러일으킬 수 있다. 하지만 연인이 섹스 후 붙어 있던 몸을 떼어내 다시 독립적 개인으로 돌아가야만 하듯, 엄마 또한 젖을 그만 물리고 아이 또한 젖을 떼야만 하는 때가 온다. 자녀 양육의 심리학에서는 아이를 위해 "아이를 놔주어야" 함을 강조한다. 하지만 엄마가 아이를 놔주어야 하는 것은 자신을 위해서이기도 하며, 어쩌면 아이보다 자신을 더 위하는 일이기도 하다.

엄마가 된다는 건 아이 한 명, 또는 여러 명과 치열한 상호 관계를 맺는다는 점에서 여성이 겪는 경험 중 하나이지, 영원한 정체성은 아니다. 40대 중반의 주부는 농담처럼 이렇게 말할 수도 있다. "제가 마치 실직자가 된 것만 같아요." 하지만 한때 엄마였던 우리가 항상 엄마일 수는 없다면, 사회가 바라보는 우리는 누구인가? 아이를 "놔주는" 과정은 가부장적 문화를 거스르는 반역 행위다(비록 아이를 놔주지 않으면 그것대로 또 욕을 먹지만 말이다). 하지만 아이를 놔주는 것만으로는 부족하다. 우리에겐 다시 돌아갈 자기 자신이 필요하다.

아이를 낳고 키우는 일은 가부장제와 심리학이 결합해 여성다움의 정의로 만들어버린 일을 수행하는 것과 같다. 하지만 다른 한편으로는 매우 강력한 방법으로 자신의 신체와 감정을 경험하는 것이기도 하다. 우리는 신체와 육체의 변화를 경험할 뿐만 아니라 성격의 변화까지도 느낀다. 우리는 자기 수양과 자기 자신을 불로 지지는 듯한 고통을 통해 인내심, 자기희생, 사소하고 틀에 박힌 일을 끝도 없이 반복하면서 기꺼이 한 명의 인간을 사회화하고자 하는 의지 등 우리 안에 "내재되었다고" 여겨지는 자질들을 습득한다. 또한 놀랍게도 우리는 사랑과 폭력성이 그 어느 때보다도 뜨겁고 격렬하게 넘쳐흐르는 것을 느낀다. (유명한 평화주의자이자 엄마인 한 여성은 최근 연단에서 이렇게 말했다. "내 아이에게 손을 대는 사람은 그게 누구든 죽여버릴 거예요.")

이런 경험들은 쉽게 내팽개칠 수 없다. 여성들이 끝없는 육아에 이를 악물면서도 아이가 성장하며 점점 독립해간다는 사실을 받아들이기 어려워하는 것은 그리 놀라운 일이 아니다. 엄마들은 자신이 여전히 집에 있어야만 한다고, 바짝 경계하며 긴급 상황이나 자신을 필요로 하는 일에 귀를 기울여야 한다고 느낀다. 아이들은 부드러운 상향 곡선이 아닌 들쑥날쑥한 선을 그리며 자라난다. 아이들의 욕구는 마치 날씨처럼 변덕스럽다. 문화적 "규범"은 여덟 살 또는 열 살 된 아이가 언제 어떤 젠더를 드러낼지, 긴급 상황과 외로움, 고통, 배고픔에 어떻게 대응할지에 놀라울 정도로 아무런 영향도 미치지 못한다. 사춘기라는 미로를 맞이하기 한참 전에도 인간은 결코 직선을 따르지 않는다는 걸 거듭 깨닫게 된다. 여섯 살 난 인간도 인간이기 때문이다.

부족이나 봉건 문화에서는 여섯 살 난 아이에게도 무거운 의무가 주어진다. 우리 아이들은 의무가 하나도 없다. 하지만 집에서 아이들과 머무는 여성 또한 진지한 일을 하고 있다고 여겨지지 않는다. 여성은 그저 모성적 본능에 따라 행동하고, 남자는 손도 대지 않을 자질구레한 일들을 떠맡고, 자기가 하는 일의 의미를 비판해서는 안 된다. 그러므로 아이와 엄마는 둘 다 낮은 가치가 매겨진다. 오직 유급 노동을 하는 성인 남녀만이 "생산적"이라고 여겨지기 때문이다.

보통 엄마와 아이 사이의 권력관계는 그저 가부장 사회의 권력관계를 반영한다. "내가 시키는 대로 해. 네게 무엇이 좋은지는 내가 잘 알거든"이라는 말은 "내가 시키는 대로 해. 내겐 그렇게 할 수 있는 힘이 있거든"이라는 말과 구별하기 어렵다. 힘없는 여성은 언제나 엄마 역할을 (좁지만 깊은) 수단으로 이용해왔다. 자기가 가진 권력 의지를 위한 수단, 세상이 자신에게 준 벌을 다시 세상에 돌려주기 위한 수단. 씻어야 한다며 아이의 팔을 붙들어 질질 끌고 가고, 싫어하는 음식을 "한입만 더" 먹으라고 아이를 구슬리고, 협박하고, 뇌물을 주는 데에는 "좋은 엄마 노릇"이라는 문화적 전통에 따라 아이를 키우는 것 이상의 의미가 있다. 아이는 하나의 실재이고 세상이다. 그리고 먼지나 음식처럼 힘없는 물질을 제외한다면 그 어느 것에도 영향을 미칠 수 없는 여성도,

이 실재이자 세상에게만큼은 영향을 미쳐 바꿀 수 있는 것이다.[7]

6.

스물여섯 살의 젊은 여성, 처음으로 임신을 했던, 임신한 몸을 이해하지 않으려 하고 자신의 지성 및 천직에서도 도망쳤던 내 모습을 떠올리면 당시 나는 (엄마됨 자체가 아닌) 엄마됨이라는 제도 때문에 나의 진정한 신체와 진정한 정신에서 철저히 소외되었다는 걸 깨닫는다. 우리가 알고 있듯 인간 사회의 토대를 이루는 이 제도는 내가 다니던 산부인과의 대기실에 있던 책자를 통해서든, 내가 읽었던 책, 시어머니의 승인, 내 엄마에 대한 기억, 시스티나 성모 아니면 미켈란젤로의 피에타에 있는 성모, 임신한 여성은 차분하고 자신이 이룬 성취에 만족하는 여성 아니면 그저 무언가를 기다리고 있는 여성이라는 풍설을 통해서든, 내게 특정한 관점과 기대만을 허락했다. 여성은 언제나 무언가를 기다리고 있다고 여겨진다. 부탁을 받기를 기다리고, 생리를 할까 봐 또는 하지 않을까 봐 두려워하며 생리를 기다리고, 남자가 전쟁 또는 일터에서 돌아오기를 기다리고, 아이들이 자라나기를 기다리고, 새 아이가 태어나기를 기다리고, 완경이 오기를 기다린다.

임신했을 때 나는 내가 가진 능동적이고 힘 있는 측면을 모두 부정해버리는 방법으로 이 기다림에, 이러한 여성의 운명에 대응했다. 그렇게 내가 시시각각 직접 느끼는 신체적 경험을 차단했고, 읽고 생각하고 쓰는 삶을 차단했다. 비행기가 몇 시간이나 지연되는 바람에 공항에 갇혀 평소라면 절대 읽지 않을 잡지를 휙휙 넘겨보고 가게에서 관심도 없는 물건을 훑어보는 여행자처럼 나는 표면적인 평정심과 깊은 내적 권태에 스스로를 내던졌다. 권태가 그저 불안의 가면이라면 나는 여성으로서 시스티나 성모의 평온 아래에 깔린 불안을 살피는 대신 끝없이 권태로워지는 법을 배웠다. 하지만 정직했던 내 신체는 기어이 자기가 받은 고통을 내게 되돌려주었다. 임신 알레르기가 생긴 것이다.

(이 책에서 더욱 분명하게 밝히겠지만)[8] 나는 클리토리스와 젖가슴, 자궁, 질에서 뿜어져 나와 온몸에 퍼지는 강렬한 관능, 달의 주기를 따르는 월경, 삶을 잉태하고 결실을 맺는 신체와 같은 여성의 생명 활동이 우리가 생각하는 것보다 훨씬 더 급진적인 영향력을 내포하고 있다고 믿게 되었다. 가부장적 사고는 여성의 생명 활동을 협소한 내용에 한정시켰고, 이러한 이유로 페미니스트의 통찰은 여성의 생명 활동에서 뒷걸음질 쳐왔다. 하지만 나는 곧 우리의 신체성을 운명이 아닌 자산으로 보게 될 날이 오리라 믿는다. 인간으로서의 삶을 온전히 살아내려면 우리 신체를 통제할 수 있어야 할 뿐 아니라(물론 통제는 전제 조건이다) 우리의 신체성을 통해 통합과 공명을 일으키고 자연적 질서와 유대를 이루며 우리의 지능을 뒷받침하는 육체적 토양에 가닿을 수 있어야 한다.

고대부터 남성은 생명을 창조할 수 있는 여성의 능력에 질투와 경외감, 두려움을 느껴왔으며 이러한 감정은 반복해서 여성의 창조성에 대한 증오의 모습으로 나타났다. 여성은 엄마됨을 고수해야 한다는 이야기뿐만 아니라 우리의 지적·미적 창조물은 부적절하고 하찮고 부도덕하다는, 또는 "남자처럼" 되고자 하는 시도이거나 성인 여성의 "진짜" 임무, 그러니까 결혼과 출산으로부터 도망치려는 시도라는 이야기를 들어왔다. 신체라는 덫에서 빠져 나오려 애쓰는 여성에게 "남자처럼 생각한다"는 말은 칭찬이자 감옥이다. 많은 똑똑하고 창의적인 여성들이 자신은 여성이기 전에 "인간"이라고 주장하면서 자신의 신체성 및 다른 여성과의 유대를 경시하는 것은 그리 놀라운 일이 아니다. 여성에게 신체란 너무나도 큰 문제이기에 그냥 무시하고 육신 없는 영혼처럼 떠다니는 편이 더 쉬워 보일 때가 많다.

하지만 이제 이러한 반응은 여성의 생명 활동에 내재된 실제 힘(문화적으로 왜곡된 힘과는 다르다)을 묻는 새로운 탐구와 만나 하나 되고 있다. 우리가 이 힘을 어떤 방식으로 사용하든, 이 힘은 결코 엄마로서의 기능에만 한정되지 않는다.

이 책[9]에서 이어질 나의 이야기는 하나의 이야기일 뿐이다. 결국 내가 열중한 것은 여성 개인이 할 수 있는 한, 다른 여성과 손잡고 최선을 다해서 정신과 신체의 분리를 없애겠다는 결심이었다. 정신적으로나 신체적으로나 다시는 그런 식으로 나 자신을 잃어버리지 않겠다는 결심이었다. 나는 점차 "나의" 엄마됨 경험에 있었던 모순을 이해하게 되었다. 나의 경험은 다른 여성들의 경험과 다르지만 나의 경험이 유일하지는 않다는 것을 이해하게 되었다. 유일성이라는 환상을 걷어내야만 여성으로서 진정한 삶을 살기를 희망할 수 있다는 것을 이해하게 되었다.

틸리 올슨

작가이자 엄마

〈작가이자 엄마: 본질적인 상황Writer-Mothers: The Fundamental Situation〉
《침묵*Silences*》에서 발췌(1978)

틸리 올슨Tillie Olsen은 1912년 또는 1913년에 네브래스카 오마하에서 태어났다. 저서로는 단편 모음집인 《수수께끼 내주세요*Tell Me a Riddle*》와 소설 《요논디오: 30년대부터*Yonnondio: From the Thirties*》, 페미니즘의 고전이 된 《침묵*Silences*》, 여러 작가의 말을 모은 《엄마가 딸에게, 딸이 엄마에게*Mother to Daughter, Daughter to Mother*》가 있다. 국립예술기금과 최고의 단편소설에게 주어지는 오 헨리 상, 구겐하임 펠로십 등 여러 명예로운 상을 수상했다. 캘리포니아 버클리에서 살았고, 2007년 영면했다.

"오로지 최고의 작품을 희생해야만 아이들을 낳고 기를 수 있다…."[10]

남자가 작가가 되면 바뀌는 것은 오직 직장뿐이다. 그때까지 다른 일을 해온 것처럼 자기 시간의 일부를 쓰면 된다. 그러면 다른 상인이나 변호사, 의사가 빈자리를 채울 것이고, 아마 그 남자만큼 일을 잘 해낼 것이다. 하지만 평상시 딸이나 아내, 엄마가 해내는 일은 그 어떤 사람도 대신할 수 없다. … 여성이 삶에서 맡는 주 업무의 경우 여성에게는 거의 선택권이 주어지지 않는다. 여성은 개인으로서 자기에게 주어진 훌륭한 재능을 갈고닦기 위해 집안일의 의무를 내버릴 수도 없다. 그렇다 하더라도 여성은 그러한 재능이 주는 책임을 피해서는 안 된다. 자신의 재주를 냅킨 뒤에 숨겨서는 안 된다. 재능은 사용해야 하고, 다른 사람에게 제공해야 한다. 겸허하고 진실한 자세로 가능한 것을 해내려 힘써야 한다.

엘리자베스 개스켈, 《샬럿 브론테의 삶》,

1857~지금까지도 여전히:

(아이들의 욕구가 진짜라는 사실, 엄마가 그 욕구를 자신의 것으로 느낀다는 사실. 아이들의 욕구를 책임질 사람이 자신 말고는 없다는 바로 그 사실이 아이들을 가장 중요하게 만든다.)

《침묵》, 1962

본질적인 상황: 처음 표현되었을 때(1838)

"해리엇, 이리 와봐." 해리엇은 아기 한 명을 돌보며 막 걷기 시작한 두 아이를 지켜보고 있었다. "'선물'은 어디 있어? 오늘 너한테 받아서 편집자한테 주기로 약속했던 그 선물 말이야. 이제 하루밖에 안 남았다고. 그걸 꼭 가져가야 해."

"친구야, 과연 그럴 수 있을까…. 대청소가 끝나고 아기 이가 다 날 때까진 기다려야 할걸."

"대청소라면 하루 미룰 수 있어. 그리고 아기 이는, 보아하니 끝이 없을 것 같은데…."

"하지만…. 다음 주 대청소 말고도 부엌에서 빵을 잔뜩 굽고 있는 데다가 '새로 온 여자애'는 '도움'을 필요로 한단 말이야. 난 못 해."

"힘든 상황에서 여자 하나 꺼내주지 못하는데 천재성이 다 무슨 소용인지 모르겠다…. 그냥 네 무기를 쥐고 부엌 식탁에 앉아. 미나한테 일 시키면서 틈틈이 펜을 놀리라고."

10분 후 해리엇은 식탁에 앉았다(무릎 위에는 아기가 있었다). 한편에는 밀가루와 밀대, 생강, 돼지기름이 놓인 식탁이, 다른 한편에는 달걀과 돼지고기, 콩, 여러 조리 도구가 들어 있는 찬장이 있었다. 해리엇의 근처에서는 오븐이 예열되고 있었다.

"미나야, 내가 말한 거 해줘. 난 빵 반죽을 틀에 넣기 전까지 몇 분만 글을 쓸게. 잉크가 어디 있지?"

"여기. 찻주전자 위에."

[난리법석]

"자, 자, 이 꼴을 봐…. 오늘 글 쓰는 건 포기해야 해."

"아냐, 말로 해. 직접 쓰는 것만큼 쉬울 거야. 봐, 아기는 이 바구니에 잘 넣어놓고 놀아주든 뭘 하든 조용히 시킬게. 네가 말을 하면 내가 받아쓸 수 있어. 자, 이제 뭘 쓰면 돼?"

"미나야, 반죽에 넣을 진주회에 우유 좀 부어."

… 기타 등등

글쓰기를 마치려는 자신의 노력을 사소하게 여기는
스물일곱 살의 해리엇 비처 스토(1811~1896)

작가이자 엄마: 해리엇 비처 스토와 자기만의 방

2년 후(1840)("1년 동안 나는 더 이상 미룰 수 없는 업무상 편지를 쓸 때에만 펜을 들었다") 아이를 하나 더 낳은 스토는 거의 무너지기 직전이었다. 집에서 멀리 떨어진 곳에서 스토는 "자신의 문학적 계획과 열망을 남편에게 털어놓았다". 남편이 "그래. 당신은 작가가 되어야 해"라고 답하자, 스토는 다음과 같이 말했다.

우리 애들 나이대에는 모든 게 제 노력에 달려 있어요. 아이들은 연약하고 불안해하고 금방 흥분하고 엄마가 자기에게 온 관심을 기울이길 요구하죠. 글을 쓰려고 제 관심을 둘로 나누는 것이 가능한 일일까요? [하지만] 글을 쓰는 것이 가능하다면, 혼자 있을 수 있는 방이 하나 필요해요. 제 방이요. 휘플 부인의 방을 염두에 두고 있어요. 방 안에 난로를 놓을 수 있을 거예요. 저렴한 카펫을 사두었어요. 방을 편안하게 꾸며줄 가구는 집에 얼마든지 있고요. 그 외에 부탁하고 싶은 게 있는데, 아기 방에서 유리문을 떼어다 제 방에 달고 식물을 키우고 싶어요. 그러면 너무 행복할 거예요.

지난겨울 내내 머물 수 있는 공간이 필요하다고 느꼈어요. 조용하고 만족감을 느낄 수 있는 곳이요. 거기[식당]서는 글을 쓸 수가 없어요. 식탁 위에는 물건이 잔뜩 있고 그걸 전부 치워야 하고 그곳에서 애들 옷도 갈아입혀야 하고 씻기기도 해야 하고 그 밖에 할 일이 많아요. 그곳에선 온통 검댕이 떨어져서 계속 신경이 쓰여요. 노력해봤지만 거기선 절대 편안하지가 않았어요. 당신이 있는 거실로 가면 꼭 제가 당신을 방해하는 것 같은 기분이 들었어요. 당신 정말 그렇게 생각하신 적 있지요.

그러니 이번 겨울엔 요리용 난로를 방에 놓고 배관을 연결하고 싶어요. 당신은 거실에 있는 난로 옆에서 공부하고, 저랑 제 식물들은 다른 방에 있을게요. 일이나 해야 하는 것들을 전부 제 방 안에서 할 거예요. 조용하고 편안하겠지요. 하루 중 정해진 시간은 꼭 아이들을 위해 쓸 예정이에요. 그런 다음 제 방으로 들어가서 해야 할 일들을 할게요.

[1841]

계획. 계획. 잡지 기고를 위한, 그 밖에, 오로지 가족의 수입에 보탬이 되기 위한 산발적 글쓰기.

여섯 아이들과 "끝없는 보살핌"(1846년, 스토는 서른다섯 살이었다). 레베카 하딩 데이비스Rebecca Harding Davis처럼, "관계 속에서 너무 많은 세월을 살아온 그녀는 자기가 가진 본성이라는 자산을 잃어버렸다". 그리고 "무너졌다". 여동생이 집에 와 있는 11개월 동안 스토는 버몬트에서 지내며 "영감이 솟구칠 시간을 얻었다".

아이 하나가 죽었고, 아이 하나가 태어났다. 산발적인 글쓰기가 이어졌다. 이전과 똑같은, 오래된 환경 속에서.

> [지금] 나는 글쓰기로 1년에 400달러를 번다. 하지만 아이들을 가르치고, 아기를 돌보고, 먹을 것을 사고, 옷을 수선하고, 스타킹을 꿰매느라 지친 몸을 이끌고 책상에 앉아 글을 써내야 한다고 느끼는 건 싫다.

레베카처럼 스토도 빠르고 미숙한 작업(대개 주문받은 글)에 점점 더 익숙해졌다. 스토가 쓰고 싶어 했던, "노예제도가 얼마나 저주할 만한 일인지를 온 국민이 느끼게 할" 책은 미뤄지고 또 미뤄졌다. 스토는 편지에 다음과 같이 맹세했다. "아기가 밤에 나와 함께 자는 한 그 어떤 일도 제대로 할 수가 없어. 하지만 언젠가는 꼭 해낼 거야."

"아기가 옆에서 자는 동안 아기를 뺏긴 노예 어머니들을 생각하며 눈물 흘리는 밤"이 여러 날 이어졌다. 하지만 그 어떤 것도 종이 위에 옮겨지지 못했다.

스토가 마침내 《톰 아저씨의 오두막*Uncle Tom's Cabin*》을 써낸 것은 서른아홉 살 때였다. 아이들을 가르치고, 아기를 돌보고, 먹을 것을 사고, 옷을 수선하고 꿰매느라 지친 몸을 이끌고 틈날 때마다 잡지에 연재한 글이었다. 14년 전 글을 써보려 애썼던 젊은 해리엇 비처 스토가 그랬던 것처럼 글쓰기 대부분은 식탁에서 이루어졌다. 견고하고 흠잡을 데 없었던 젊은 시절의 문체는 사라졌다.

만약—

본질적인 상황에 놓인 또 한 명의 작가이자 엄마

엘리자베스 스튜어트 펠프스Elizabeth Stuart Phelps(1815~1852)는 자신과 비슷한 이름을 가진 딸의 자서전에서 다음과 같이 회고된다.

> 지금 엄마는 교정지에 교정을 보고 있다. 지금은 아기의 첫 번째 성경 수업을 위해 사도들을 그리고 있다. 지금은 새 책을 쓰고 있다. 지금은 떡갈나무 염료로 카나리아빛 물을 들이고 있다. 교수의 봉급은 적고, 쪼들리는 주머니 사정은 [불가피]하기 때문이다. 엄마의 실용적 재주는 끝이 없기 때문에 지금 엄마는 아이들 스타킹이 줄어들지 않게 늘여놓으려고 나무를 작은 발 모양으로 깎고 있다. 지금은 해즐릿Hazlitt의 오래된 빨간 색 영국 시집을 겨울밤이 깊도록 우리에게 읽어주고 있다. 지금 엄마는 인기 작가다. 자기 앞에서 반짝이는 미래를 보며 그 앞에서 자신의 첫 성공을 믿지 못하는 작가. 지금 엄마는 지친, 다정한 엄마다. 아픈 아이에게 노래를 불러주고 있는 엄마. 그동안 원고는 완성되지 않은 채 책상에 놓여 있고, 출판사들은 자기네 교수 부인이 매여 있지 않은 여성이기를, 아이도 없고 고독하기를, 그래서 자기네가 원하는 대로 빨리 원고를 보내주기를 바라고 있다.
>
> 엘리자베스 스튜어트 라이언 펠프스의 자서전, 《삶의 챕터들》

펠프스는 30대 중반이 되어서야 자신의 글을 쓸 수 있게 되었다. 펠프스가 어린아이들을 위해 쓴 첫 소설은 놀랍도록 큰 성공을 이루었다. 하지만 펠프스는 그로부터 몇 년 지나지 않아 죽었다. "천재성과 가정생활을 조화시키고자 했던 엄마의 어려운 시도"("엄마의 마지막 책과 마지막 아기는 같이 나왔다. 그 둘이 엄마를 죽였다")는 딸이 쓴 명작 《애비스 이야기*Story of Avis*》에서 생생하게 소설화되었다.

(당시에는) 해결이 불가능했던 이 상황에 관한 펠프스의 선구적인 이야기, 〈오른쪽 어깨 위의 천사The Angel over the right Shoulder〉[11]는 19세기 당시 중요한 가치였던 코벤트리 팻모어Coventry Patmore의 집안의 천사[12]를 여성의 입장에서 이야기하며 여성이 치러야 하는 대가를 자세히 그려낸다. 이야기에는 천사 두 명이 등장한다. 한 명은 오른쪽 어깨 위에 있는 천사로, "가족의 안락과 덕을 책임지는 사소한 보살핌과 의무 하나하나를 성실히 수행하는" 좋은 엄마 노릇의 증거를 신에게 낱낱이 보고한다. 다른 한 명은 왼쪽 어깨 위에 있는 지독한 천사로, 알차게 보내지 않은 시간과 실수, 결점 하나하나를 눈물을 흘리며 신에게 보고한다. 하지만 엄마의 관점에서 "엄마가 자신의 정신과 마음을 가꾸는 것은 옳고도 중요한 일"이다. 실제로 그러한 노력에서(또한 노력의 대가에서) 생겨난 "알차게 쓰지 못한 시간의 조각들"이 "어린아이들에게서 무언가를 빼앗아간대도" 말이다. 하지만 결국 엄마는 그러한 투쟁을 더 이상 이어 나갈 수 없다.

잠든 딸아이의 옆에 앉은 엄마에게서 눈물이 "줄줄 흐른다".

엄마는 자신이 겪은 실망과 실수, 자책에서 아이를 보호할 수 있게 해달라고 간절히 바랐다. 이 어린아이는 엄마가 스스로에게 줄 수도 있었던 삶을 살게 될지도 모른다. 엄마의 경험을 통해 바로잡아진 삶. 고군분투하고 있었을 때 자신뿐만 아니라 딸을 위해 싸우는 것이라고 느꼈더라면 큰 위로가 되었으리라.[13]

방해물의 존속과 미루기(1877)

"비전의 힘과 아름다움은 [지금] 어디에 있는가?"

팔레트 나이프가 코발트색 물감을 황색 안료에 섞자마자 스튜디오 문이 덜컹 움직이더니 흔들리며 삐걱거리는 소리가 이어졌다. 문이 열린 틈으로 밴이 먼저 작은 코를 들이밀고는 가슴이 아픈 듯 깊은 한숨을 내쉬었다.

"문 닫아, 밴."

밴의 아름다운 엄마는 무조건 복종할 것을 요구하는 부적절한 습관이 있었고, 이 사실은 밴의 자그마한 체계에 심각한 이상을 불러일으켰다. 밴은 엄마의 명령을 들은 자식답게 힘주어 조급하게 문을 닫았다. 아직 코가 빠져나가지 않은 채였다. 그 결과가 둘 모두에게 달려들었다. 악 쓰는 울음소리가 멎고, 훌쩍거리는 소리도 멈추고, 키스로 아이를 달래고, 기운을 차린 어린 죄인이 엄마의 두 팔 안에 들어앉아 진정하고 있을 때, 비전의 힘과 아름다움은 어디에 있는가? 겨울날 아침 상쾌한 기분으로 주어진 일을 하려 전율하며 날뛰던 손가락들은 어디에 있는가?

"다시 나가, 밴. 엄마 지금 일 가야 돼."

"엄마." 밴이 힘없이 말한다. " 내가 뭘 깔고 앉았어요. 엄마, 옷 뒤가 파랗고 알록달록해졌어요. 그게 엄마 팔레트인 줄 몰랐어요, 엄마. 일부러 그런 건 아니에요."

머지않아

애비스는 꾹 참고 아직 마치지 못한 스케치를 멈추었다. 그리고 말했다. "머지않아. 조금 이따가. 잠깐 기다려야 해." 애비스는 이러한 구절로 여전히 스스로를 꾀어낼 줄 알았다. 수많은 여성들의 입술에서 떨리듯 흘러나온 말이었다. 떠나가는 희망과 몸부림치는 목표는 귀에 들리지 않았다. 이미 삶은 기대의 연속이 된 지 오래다.

여성은 이해한다. 오로지 여성만 전적으로 이해한다. 이 오래되고 흔한, 틀에 박힌 경험이 얼마나 음울한 도깨비불 같은 것인지. "가을 바느질이 끝나면," "아기가 걷기 시작하면," "대청소를 마치면", "손님이 떠나면," "백일해가 다 나으면," "조금 더 강해지면," 그땐 시를 쓰거나, 새로운 언어를 배우거나, 자선단체 활동을 하거나, 교향곡을 익힐 거라는 말. 그때가 되면 행동을 취할 거고, 용기를 낼 거고, 꿈을 꿀 거고, 무언가가 되리라는 말.

엘리자베스 스튜어트 라이언 펠프스, 《애비스 이야기》,

1877년-약 백여 년 전.

방해물의 존속-백년 후

제멋대로 뻗친 금발 곱슬머리를 가진 아이. 나는 그 여자아이를 키아, 솔방울이라고 부른다. 내가 아이를 붙잡으려고 할 때, 아이 이름을 부르려 할 때, 아이는 눈이 휘둥그레진다.

거실에서 텔레비전을 보고 있는 외로운 일곱 살배기(일곱 살 반이야 엄마!)는 도대체 무엇인가? 그 여자아이는 무엇인가?

어제 아이가 어린 동생을 쫓아 내 방으로 들어왔다. 그리고 나는 소리를 질렀다
나가 나가 당장 나가 그리고 그 애는 즉시
뛰쳐나갔지만 아기는 남았다
아기는 무서워하지 않았다. 도대체 무엇인가.
　나를 무서워하는 아이, 나의
　아이, 나의 첫째 아이, 우리 중 누구라도 살아남기 위해서는
　나를 용서해주어야만 하는 바로 그 아이.

　그리고 그 아이에 관한 글을 쓰기 위해 나가라고 소리를 지르는 것은 얼마나 옳은가?
　얼마나 인간적이고, 얼마나 다정한가? 어떻게 내가
　감히 아이의
　이름을 부르려 하는가.

《모마: 말해지지 않은 모든 이야기의 시작》, 알타, 1971

작가들, 엄마들:
아내이자 엄마인 여성이 상시 가르치고 글 쓰는 건 인간적으로 불가능하다

사람들은 가족도 있고 교수 일도 하면서 어떻게 글 쓸 시간을 내냐고 물어요. 시간 못 내요. 그래서 책 《쥬빌레*Jubillee*》를 그렇게 오래 끌었던 거예요. 작가는 매일 정해진 시간 동안 글을 쓸 수 있어야 해요. 산

문은 특히 그렇고, 소설은 시간이 반드시 필요하죠. 시는 좀 다를 수 있지만 소설은 마칠 때까지 매일 꾸준하게 수 시간을 들여야 해요. 아내이자 엄마인 여성이 상시 가르치고 글 쓰는 건 인간적으로 불가능해요. 책 읽는 건 주말과 늦은 밤, 휴가 때 할 수 있지만 그때 글을 쓸 순 없어요. 글쓰기는 풀타임으로 해야 하는 일이에요. 하지만 제가 하루 종일 글쓰기에 집중할 수 있었던 시기는 대공황 당시 작가 계획Writers' Project(대공황 때 작가와 언론인, 법률가, 교사에게 일자리를 제공하기 위해 지역 가이드북을 편찬했던 프로젝트-옮긴이)에 참여했던 3년과 대학원에서 보냈던 1년뿐이에요. 그때 《쥬빌레》를 마쳤죠.

마거릿 워커, 《쥬빌레》를 다 쓸 때까지 걸린 시간 30년(1938~1968).
그동안 네 아이를 낳았고 26년간 "가르치는 일"을 했다.

하지만 내 삶의 모습을 후회하진 않는다.
현대의 작가이자 엄마 세 명의 이야기:

우리 할머니는 글을 쓰고 단편소설로 돈을 버셨어요. 아이 여섯을 낳아 기르기 전까지는요. 할머니는 씁쓸해하며 말씀하곤 하셨죠. 아이를 낳고 기르는 일은 여자의 창의성을 말라버리게 한단다. 낙심한 할머니의 이 말은 저의 실패를 떠올리게 해요. 저 또한 아이를 키우면서 풀타임 직업을 계속해 나가는 데 문제가 있었거든요. 활기를 잃진 않았지만 시간을 잃었어요. 남자애 세 명을 키우느라 지난 10년 동안 적어도 5년은 "잃어버렸고", 아직도 그 끝이 보이지 않아요. 업무 시간은 일주일에 대여섯 시간으로 줄었고 그마저도 언제나 방해받거나 아예 일하지 못하곤 해요. 하지만 제 삶의 모습을 후회하진 않아요. 10년 전의 저라면 이런 삶을 선택하진 않았겠지만 말이죠.

이 문제에 해결책이 있다고 생각하지 않아요. 하다못해 이 복잡한 감정을 인정해줄 사람이 있을 거라고도 생각하지 않아요. 제 생각에 대부분의 여성에게 아이 없는 삶은 무언가가 결핍된 삶일 거예요. 하지만 아이가 있는 삶은 시간뿐만 아니라 에너지와 상상력까지도 고갈시키죠. 누구도 그걸 대신할 수 없어요. 대신하겠다고 나서는 사람도 없겠지만요….

아이가 아프면 여성은 오로지 아이에게만 몰두해요. 어쩌면 꼭 그런 건 아닐 수도 있지만, 아마도 '엄마는 나를 돌봐준다'는 아이의 믿음에는 반드시 필요한 행동일 거예요. 아이가 고열이 나거나 아파할 때 내 일을 계속하는 건 상상조차 할 수가 없어요. 완전히 산만해지죠. 다른 누군가에게 아이를 대신 돌봐달라는 것도 쉬이 상상이 안 돼요. 다른 사람에게 맡긴다 한들 제 정신은 온통 아이에게 가 있을 거예요.[14]

샐리 빙엄, 인상적인 작품 《지금 이대로》의 저자,

1972-이후 저서 없음

왜 여성에게 거대한 무언가에 잡아먹히지 말라고 하는 거죠? 그건 모든 엄마됨과 미친 사랑(자기 자식을 향한 어미의 사랑이 바로 거기에 있죠), 광기의 본질이에요. 어머니가 상징하는 것들이죠. 남자처럼 느끼기 위해서? 모성이 가져오는 결과에서, 모성이 암시하는 기이한 족쇄에서 자유롭기 위해서? 그게 이유일 수 있겠죠. 하지만 남자가 병든 것이 바로 그것 때문이라고 한다면요? 자아의 폭발을 경험할 유일한 기회를 제공받지 못했기 때문에 남자가 병든 것이라면요? 엄마됨을 어처구니없이 무거운 짐으로 만든 장본인이 남자인 건 분명합니다. 하지만 제가 보기에 그러한 짐과 고된 일은 역사적 근거가 아주 얄팍해요. 해결책이 있기 때문이지요. 그리고 여성을 노예로 삼는 이러한 엄마됨의 형태에 대한 책임이 남성에게 있다고 해도, 그 때문에 모성 자체를 비난할 수 있나요?

마르그리트 뒤라스, 한 인터뷰에서

일의 의미, 가족 한가운데에서 끈질기게 예술가가 되는 법을 배워야 할 필요성. 요즘 계속 이해해보려 애쓰는 것들이야. 힘든 이해의 순간들이 지난 후로는 언제나 섬세하게 주의를 기울여 시간을 계획해. 엄마됨에 관한 에이드리언 리치의 책에서[교정지로 봤어][15] 리치는 아들들이 어렸을 때 썼던 일기를 일부 가져왔어. 리치는 언제나 시간을 계획해. 나는 사교 모임의 초대에 절대로 응해서는 안 돼. 아이들이 없을 때에는 반드시 일만 해야 해. 잠을 덜 자는 법을 배워야 해. 그런 거야. 아직도 가운데에 끼어 있는 것 같은 기분이 들어. 여성이 일에도 전념하고 아이를 낳아 사랑할 수도 있을 미래의 시간과… 몸도 감정도 답답했던 과거 사이의 틈에…. 우리 집 거실 한가운데에는 내 책상이 있고 최소한 일주일에 네 번 네 시간씩 아파트를 홀로 쓸 수 있어(충분하진 않아)[16]. 하지만 감정적으로는 아이디어를 붙잡고 그 아이디어를 무언가 온전한 것으로 만들어내기 위해 슬금슬금 구석을 찾아 들어가. 엄마됨과 우리를 지배하는 그 영향력에 관해 쓸 말이 너무 많아…. 우리 아이들은 아직 두 살 여섯 살 아기야. 매일 오후 네 시가 되면 아이들의 몸이 그리워서 아이들을 데리러 가지 않을 수가 없어.

제인 라자르가 쓴 편지,
《아이와의 끈》의 저자, 1976

통합-그리고 되돌아보기: 질문 하나

> 내 몸에서 나온 네가 내 과업이듯,
> 나의 다른 일들도 나의 과업이란다.[17]

> 나는 점차 일이 가장 중요한 삶의 시기를 향해 다가가고 있다. 부활절을 맞아 두 아들이 집을 떠났을 때 나는 거의 일만 했다. 일하고, 자고, 먹고, 짧은 산책을 했다. 하지만 그 무엇보다도 나는 일을 했다. 하지만 그 일에서 "축복"이 빠진 건 아닌지 의심스럽다. 나는 더 이상 다른 감정 때문에 산만해지지 않고 풀을 뜯는 소처럼 일만 한다. 어쩌면 실제로 내가 더 해내는 일의 양은 아주 조금일지 모른다. 손은 끊임없이 움직이고 머리로는 만들어낼 것을 계속 상상한다. 하지만 예전에, 일할 시간이 지독하게 부족했던 때 나는 더 생산적이었다. 당시의 나는 더 관능적이었기 때문이다. 나는 인간이 마땅히 살아야 하는 삶, 모든 것에 열정적으로 관심을 기울이는 삶을 살았다…. 잠재력, 잠재력이 줄어들고 있다.[18]

케테 콜비츠, 마흔세 살, 극히 드문, 훌륭한 예술가이자 엄마. 누군가는 시간이 "지독하게 부족했던" 그때 우리가 어떤 작품을 잃었는지, 어떤 작품이 미완으로 남았는지를 궁금해한다. 그녀 최고의 작품은 아직 완성 전이었다. 하지만 그때 힘이 "지독하게 부족"해지기 시작했다.

만약— 필요한 *시간*과 힘이 "축복", "인간이 마땅히 살아야 하는 삶"과 함께 동시에 주어졌더라면… (변화가 있다면, 이제는 그럴 수 있듯이).

앨리스 워커

나의 아이

〈나의 아이One Child of One's Own: A Meaningful Digression within the Work(s)〉
《어머니의 정원을 찾아서*In Search of Our Mother's Garden: Womanist Prose*》에서 발췌(1979)

♦ ---

앨리스 워커Alice Walker는 여러 권의 단편소설집과 에세이집, 시집을 발표했다. 특히 《그레인지 코플랜드의 세 번째 인생*The Third Life of Grange Copeland*》, 《자오선*Meridian*》, 《컬러 퍼플*The Color Purple*》 등의 소설이 유명하다. 그중 《컬러 퍼플》은 1982년 퓰리처상과 전미 도서상을 수상했다. 비소설 작품으로는 《어머니의 정원을 찾아서*In Search of Our Mothers' Garden*》, 《같은 강물에 두 번: 고난을 존경하기*The Same River Twice: Honoring the Difficult*》, 《사랑의 힘*Anything We Love Can Be Saved*》이 있다. 캘리포니아 멘도시노에 살고 있다.

워커는 이 글에서 한곳에 매이지 않고 어느 정도의 독립성을 갖고 싶은 여성이라면 "아이를 반드시 한 명만 낳아야 한다"고 말한다.

뮤리엘 루카이저Muriel Rukeyser 선생님을 기리는 날 이렇게 이야기를 하게 되어 정말 영광입니다.[19] 제가 선생님의 제자였던 것은 오래전 일이지만 지금 제가 하게 될 이야기는 특히 뮤리엘 선생님에게 큰 빚을 지고 있습니다. 왜냐하면 이 연설은 선생님이 항상 소중하게 여기셨던 것, 선생님이 텍스트가 아닌 자기 삶을 통해 가르쳐주셨던 것에 대한 내용이기 때문입니다…. 바로 대립의 시기에 자기 자신을 긍정하는 것의 필요성과 더불어 그 모든 어려움에도 불구하고 항상 아이를, 자기 아이의 삶을 긍정하는 것에 대한 이야기입니다.

뮤리엘 선생님은 본질적으로 매우 중요하고 또 즐거운 현실인 아이를 교실 안으로 들여온 유일한 분이셨습니다. 워즈워스Wordsworth의 〈수선화Daffodils〉에도, 휘트먼Whitman의 《풀잎*Leaves of Grass*》에도, 홉킨스Hopkins의 〈얼룩무늬의 아름다움Pied Beauties〉에도 자연스럽게 아이의 현실이 있었습니다…. 뮤리엘 선생님은 구분을 가르치지 않으셨습니다. 사실 구분이라는 건 없지요. 이것이 세상의 수많은 가르침이 말하고자 하는 바입니다. 세상에 전쟁이 있다면 세상에는 아이도 있지요. 세상에는 굶주림과 원자로, 파시스트가 있지만, 그럼에도 불구하고 세상에는 아이가 있습니다.

우리 예술가, 작가, 시인, 마술사 중 어떤 이들은 아이를 위협이자 위험, 적으로 여깁니다. 사실 우리 사회는 행복한 마음으로 아이를 떠올리기에 좋은 곳이 아닙니다. 우리 중 한 번도 머릿속에서 아이를 잊어버린 적 없다고 말할 수 있는 사람이 얼마나 있을까요? 전 그렇게 말하지 못합니다.

하지만 아이를 잊지 않는 법을 배우는 중이라고는 말할 수 있어요.

제 생각에 선생님은 자기 자신을 보듯 아이를 보셨어요. 선생님으로, 학생으로, 시인으로, 친구로 여기셨죠. 그리고 아이를 위해 스스로에게, 자신의 삶에 책임을 물으셨죠. 저는 선생님이 어떤 고난을 통해 아이가 가장 중요하다고 믿게 되었는지 알지 못합니다. 저의 경우 그 어떤 희생을 치르더라도 내 아이(아이들)의 삶을 긍정하도록 변화하고, 또 그 긍정을 통해 제 존재가 짓밟히지 않고, 제 존재가 활짝 꽃피지 못하게 하는 이 세상에서 스스로를 다정하게 받아들이고 긍정하도록 변화하는 과정에서 갈등과 고난, 때로는 패배를 겪었습니다.

당연히 저는 이 문제를 가장 근본적인 차원에서 정치적인 문제라고 보았습니다.

하고 있는 일 때문에 아이를 사랑하기도 하고 두려워하기도 하는, 하지만 가능하다면 아이를 사랑하기만 하고 싶은 사람들에게, 저는 아이 한 명을 낳는 삶의 계획을 제안하고 옹호하려 합니다. 저는 아이 한 명을 낳는 것이 일을 하며 살아가는 삶에서 매우 의미 있는(반드시 필요하다고 보는 사람도 있겠지요) 탈선이라고 생각합니다.

저 또한 일하는 많은 여성들과 마찬가지로, 특히 작가로서, 아이 낳는 것을 매우 두려워한 것이 사실입니다. 아이를 낳는 경험이 제 삶을 압도하지는 않는다 해도 균열을 낼 것 같아 무서웠어요. 엄마가 되면 제 글의 수준이 크게 떨어질 거라고, 아이를 낳아서 제 글이 좋아질 일은 전혀 없을 거라고 생각했습니다.

제 첫 번째 실수는 "아이 한 명"이 아닌 "아이들"을 고려한 것입니다. 제 두 번째 실수는 포악한 자본주의 사회의 인종차별과 성차별이 아닌 내 아이를 저의 적으로 여긴 것입니다. 제 세 번째 실수는 아이를 낳아서 제 글이 좋아질 일이 절대 없으리라 믿은 것입니다.

사실 저는 사회에 널리 퍼져 있는 성차별적 명령을 믿고 있었습니다. 글을 쓰기 위해서는 불알이 있어야 한다는(남자여야 한다는) 명령이지요. 하지만 제 생각에 아이를 낳는 것은 불알이 있는 것과 맞먹습니다. 사실 맞먹는 것 이상이지요. 아이 낳는 것은 불알을 능가합니다.

누군가 제게 여성 예술가가 아이를 낳아야 한다고 생각하는지 물었던 적이 있습니다. 우리의 논의는 왜 남성 예술가는 이런 질문을 받지 않는가 하는 문제를 넘어섰으므로, 저는 즉시 대답했습니다.

"네." 저 스스로도 약간 놀랐습니다. 그리고 마치 제 성급함을 무마하려는 듯 덧붙였습니다. "여성 예술가들은 아이를 낳아야 합니다. 그 사람이 아이에 관심이 있다면요. 하지만 한 명만 낳아야 해요."

그 사람이 다시 물었습니다. "왜 한 명만 낳아야 하죠?"

제가 대답했습니다. "아이가 한 명이면 움직일 수가 있거든요. 하지만 아이가 둘 이상이면 먹잇감이 되어버리지요."

제 딸 레베카가 태어나고 1년이 지나자 우리 엄마는 평소답지 않게 제게 구린 조언을 하셨습니다. 엄마는 이렇게 말씀하셨습니다. "빨리 둘째 낳아. 그래야 레베카도 같이 놀 친구가 생기고, 너도 육아를 빨리 끝내지."

이런 조언은 자기 경험에서 나온 것이 아닙니다. 아이를 둘 이상 낳은 여성들이 바보가 된 것 같다는 느낌을 덜 받으려고 수천 년 동안 수집해온 그릇된 조언의 바다에서 나온 것이지요. 이 그릇된 조언의 바다는 절망적이고 한심하게도 "여성의 지혜"라는 이름으로 불립니다. 하지만 사실은 "여성의 어리석음"이라는 이름으로 불려야 합니다.

자기 경험에서 나온, 반항적이고 대개 날카로운 조언은 오히려 우리 엄마가 아이를 꼭 낳고 싶었지만 평화로운 복을 받아 결국 아이를 낳지 못한 여성을 만났을 때 자기도 모르게 하는 말과 비슷합니다. "주님께서 너희를 자유케 하면 너희가 참으로 자유하리라." *구약시대 이래로, 시대와 장소 상관없이 모든 여성과 노예들은 순응하지 않은 결과 얻게 된 자유를 부끄러운 줄 모르고 즐기는 행동을 정당화하기 위해 성경에서 이 말을 차용해왔습니다.*

저는 이렇게 말했습니다. "됐어요. 이 몸으로 다시 아이 낳는 일은 절대로 없을 거예요."

"왜 그렇게 말하는 거니?" 엄마가 숨도 쉬지 않고 물었습니다. 제 단호함이 과해서 어안이 벙벙해진 듯했죠. "좋은 아빠가 될 수 있는 남자하고 결혼했잖아. 네 남편은 사랑이 넘치는 사람이라 다리 주위를 뛰어다닐 아이들이 50명은 있어야 한다고."

마치 개미를 쓸어버리듯 남편 다리 주위를 뛰어다니는 아이들을 쓱 쓸어버리는 제 모습을 떠올렸습니다. 아이들이 남편이 퇴근한 후 자기 전까지 두 시간 동안 남편 다리 주위를 뛰어다닌다면, 그 외의 시간에는 하루 종일 제 책상 아래 있을 거라고 생각했죠. 쓱, 쓱.

엄마가 계속 말씀하셨습니다. "왜 싫다는 거야. 나는 다섯째를 낳을 때까지도 젊은 처녀 같았어. 애들을 데리고 가고 싶은 곳 어디든 갔단다." 엄마는 실제로 젊었습니다. 다섯째가 태어났을 때 엄마는 스물다섯이 채 안 된 나이였고, 저는 스물다섯에 처음으로 레베카를 임신했죠. 게다가 저는 여덟 가족의 막내이기 때문에 날렵하게 움직이는 엄마의 이미지는 제 마음속에 영원히 박힌 이미지와는 달랐습니다. 저는 일요일 날 교회에 가기 전 모두에게 옷을 입히느라 고생하던, 정작 본인은 제시간에 겨우 준비를 마칠 수 있었던 여성을 기억합니다. 하지만 저는 현재의 평온함 속에서 떠올리는 고통스러웠던 경험의 매력에 쉽게 넘어가는 사람이 아니었으므로 이 얘기를 꺼내진 않았습니다.

엄마가 다섯 아이를 "데리고 어디든 다니던" 시절, 엄마와 아빠는 대개 왜건을 타고 여행을 했습니다. 그 여행이 얼마나 즐거웠을지 알 수 있습니다. 몇몇 나라에서는 아직도 여전히 즐거울 겁니다. 중국의 일부 지역, 쿠바, 자메이카, 멕시코, 그리스 같은 나라

들이요. 느린 노새 두어 마리를 타고 화창한 남부의 길을 한가롭게 거닐고, 소나무와 인동덩굴 냄새가 나고, 스모그도 없고, 새들은 짹짹 지저귀고요. 다섯 아이들은 왜건의 뒷좌석에서 귀여운 목소리로 노래하고, 자연 식품을 먹어서 건강하겠지요. 자두! 새! 나무! 꽃! 머루! 황홀합니다.

"이 몸으로 절대 아이를 다시 낳지 않으려는 또 다른 이유는 아이를 낳는 게 아프기 때문이에요. 치통보다도 더 아프다고요(치통은 앓아봤지만 출산은 해보지 않은 사람은 이 말이 무슨 뜻인지 이해할 수 없으리라고 확신합니다). 그리고 출산은 몸을 바꿔놔요."

글쎄요, 엄마가 제 말을 받아치기 위해 여성의 어리석음 창고에서 고를 수 있는 대답이 여러 개 있습니다. 엄마는 그걸 다 고르셨어요.

"그 별것 아닌 고통 말이니." 엄마는 코웃음을 치셨습니다(비록 엄마는 마음이 약해진 순간 절 낳을 때 고통이 너무 심해서 말 한마디 할 수 없었고 심지어 산파에게 제가 나왔다는 말조차 하지 못했다는 것을, 너무 아파서 분명 죽을 거라 믿었다는 사실을 발설하셨지만 말입니다. 아마 그런 상황에서는 분명 죽게 될 거라는 생각이 안도감을 줬을 겁니다. 엄마는 죽는 대신 정신을 잃으셨고, 덕분에 저는 이불에 거의 질식할 뻔했지요). "그 고통은 네가 알기도 전에 끝나." 이게 첫 번째 대답입니다. 두 번째 대답은 이겁니다. "그 고통이라는 건 말이야, 여자에게 기묘한 일을 일으켜[어허, 제 생각에 이건 '여자는 분명 기묘한 생명체다' 류의 이야기와 짝을 이루는 여성의 어리석음이 될 듯합니다]. 출산이 아프면 아플수록 아이를 더 사랑하게 된다니까."(그래서 엄마가 저를 그렇게나 많이 사랑하시는 건지 궁금합니다. 물론 저는 엄마의 고통 때문이 아닌 저 자체로 사랑받고 싶었습니다.) 세 번째 대답은 다음과 같습니다.

"*사람들이 말하기를* 그 고통은 실재하지조차 않는다더구나. 어쨌든 출산할 때 느끼는 것만큼 실재하지는 않는대." (이 대답은 몇 대 맞으며 비판받아야 마땅합니다. 여자들이 가끔 자기 엄마 앞에서 근육 경련을 경험하는 이유 중 하나지요.) 그리고 그때 네 번째 대답이 나왔습니다. 저를 가장 화나게 만든 대답이요. "그 고통의 또 다른 점은, *금방 잊어버리게 된다는 거야.*"

한평생 고통을 절대 잊어버리지 않을 거라는 제 생각이 틀린 걸까요? 저는 파티에서 느낀 고통까지도 기억합니다.

저는 이렇게 말했습니다. "나는 고통스러웠던 매 순간을 하나도 빠짐없이 기억해. 게다가 나는 튼살이 싫어. 허벅지에 있는 건 특히 더 싫고." (튼살만 아니면 제 허벅지는 참 근사합니다. 자랑스러워요.) 아이를 갖고 나면 몸이 예전 같지 않을 거라고 말해준 사람이 아무도 없었어요. 이런 말만 들었죠. "아, 몸매 말이지. 가슴〔*저는 가슴 또한 근사합니다*〕은 아기 갖기 전보다 더 예뻐질 거야." 하지만 가슴은 축 처졌어요.

글쎄요. 애초에 저는 왜 아이를 가졌던 걸까요?

호기심. 지루함. 남편의 징집을 피하기 위해서. 이 세 가지 이유 중 아이를 낳고 해결된 건 첫 번째뿐입니다. 저는 늘 호기심에 차 있으며 호기심은 그동안 저를 매우 가치 있는 경험들로(다른 사람들의 생각은 신경 쓰지 않습니다) 뛰어들게 만들었습니다. 호기심은 그 자체로 정당합니다. 지루함은, 저의 경우 글을 뜸하게 쓸 때, 참여하고 있는 정치운동에서 감정적 거리감을 느낄 때, 텃밭 일구기나 독서나 몽상을 하지 못할 때 생깁니다. 주위에 흥미를 끄는 좋은 영화가 최소 열두 개 정도 있으면 쉽게 견딜 수 있지요. 아아, 1968년 남편 멜과 제가 살고 있었던 미시시피의 잭슨에는 영화가 별로 없었습니다. 남편의 징집과 관련해서 우리에게 세 가지 선택지가 있었습니다. 첫 번째로, 우리는 양심적 병역 거부자의 지위와 "대체 복무"를 즉시 거부당했습니다. 멜의 경우 대체 복무는 미시시피에서의 인종차별 철폐를 의미했기 때문입니다. 두 번째 선택지는 캐나다로 이민을 가는 것이었습니다. 저는 이 대안이 그리 내키지 않았지만 멜을 감옥에 보내느니 기쁘게 이민을 가는 편이 나았습니다(베트남전 참여는 우리 선택지에 있었던 적이 한 번도 없었습니다). 세 번째 선택지는 멜이 26세 이하라면, 멜을 "가장"으로 만드는 것이었습니다.

1968년 7월의 일기

지금 우리는 집을 소유하고 있다. 얼마 안 됐지만, 분명 갖고 있다. 내가 임신했다는 걸 증명하기 전에 멜이 징집되면 어떻게 해야 할까? 캐나다로 이민? 멜은 나만큼 뛰는 걸 싫어한다. 그래서 우리가 지금 미시시피에 살고 있는 거다. 나는 이 나라가 싫지만 이 나라가 싫은 건 이 나라를 떠나야 하기 때문이기도 하다….

1969년 1월 2일(임신하기 두 달 전)

멜이 26살이 되기까지 두 달 반밖에 안 남았다. 이 나라에서 "도망"쳐야 하기 전에 아이를 가질 수 있다면 너무나도 감사할 것이다. 나는 아직까지도 징병위원회가 뻔뻔하게 멜에게 입대할 것을 요구할 거라고 생각하고 있다. 멜은 이미 군대에 있는 거나 마찬가지다.

저는 우울과 불안, 전쟁에 대한 분노, 밴쿠버의 연간 강수량에 대한 우려, 느린 속도로 진행되는 미시시피의 인종적 "진보" 속에서 힘든 나날을 보냈습니다. (정치인들은 "모든 사람을 위해" 특정 공직에 입후보했다고 선언하면 "진보적"인 사람으로 여겨집니다. 그들은 이것을 흑인이 자기 존재를 인정받았다고 느끼게 하는 교묘한 발언이라고 생각하지요.) 그리고 내내 임신하려고 애썼습니다.

저는 가르치기, 잭슨에 있는 흑인 아동 센터에서 사용할 짧은 역사책 쓰기, 흑인 여성들의 자서전 기록하기, 퀼트(아프리칸 패브릭, 미시시피 줄무늬) 만들기, 두 번째 책인 소설 마무리하기 등으로 즐거운 나날을 보냈습니다. 그리고 내내 임신하려고 애썼습니다.

소설을 마무리하고 3일 뒤 레베카가 태어났습니다. 임신하고 처음 세 달은 입덧을 했습니다. 그 다음 세 달은 상태가 괜찮았고 고적을 보러 멕시코로 날아갔습니다. 마지막 세 달은 약 77킬로그램까지 쪄서 다른 사람 같을 정도였습니다. 그리 즐거운 일은 아니었죠.

출산에 관한 진실은… 출산이 기적과도 같다는 것입니다. 출산은 인생의 유일한 진짜 기적일 수도 있습니다("원시" 종교의 기본적인 믿음이지요). 저는 비존재와 죽음의 "기적"도 출산 옆에서는 흐릿해진다고 생각합니다. 말을 하자면요.

우선, 저는 배가 남산만 해지고 그 안에서 아기가(?!) 끊임없이 꿈틀거려도 제 몸에서 아기가, 사람 하나가 나온다는 걸 믿지 않았습니다. 그러니까, 처음에 몸속에 들어갔던 걸 생각해보세요. (남자가 자궁을 부러워하는 건 당연합니다. 저도 제 자궁이 부럽습니다. 저에겐 하나 있지요.) 하지만 거기서 레베카가 나왔습니다. 처음에는 곱슬곱슬한 검은색 머리카락이 보였고, 뒤이어 거의 4.5킬로그램에 달하는, 인간이 나온 겁니다! 여러분, *저는 아기를 빤히 쳐다보았습니다*.

어쨌든 이러한 찬양은 저 또한 전에 들어본 적이 있기에 반복하지는 않겠습니다. 사실 이런 이야기는 대개 비슷한데다 지루하고 진부하기 때문이죠. 그리스도가 탄생하실 때조차 이런 이야기는 지루하고 진부했습니다. 분명 그렇기 때문에 "처녀 잉태"와 "원죄 없는 잉태"가 대유행한 게 아니겠습니까.

요점은, 제가 영원히 바뀌었다는 겁니다. 어떤 면에서 머리가 "자궁"이었던 여성에서(그러니까 작은 씨들이 들어가서 더 크거나 좋진 않아도 무언가 다른 "창작물"이 되어 나오니까요) 자궁이… 두 개 있는 여성으로요! 아니네요. 책을 쓰고 머리로 생각을 낳는 여성이자, 몸으로 최소 한 명의 인간을 낳은 여성으로 말입니다. 방대하게 넓은 "문학 관련 여성의 어리석음" 창고에서 저는 다음 경고를 찾아냈습니다. "과거 글을 썼던 여성 대부분은 아이가 없었다." 틸리 올슨의 말입니다. 아이가 없고 백인이었다. 저는 머릿속으로 덧붙였습니다. 자살한 시인 존 베리먼John Berryman은 이런 말을 했다고 합니다. "여류 시인은 절대 애를 낳으면 안 돼." 그리고 "익명"의 입에서, 우리를 낙담하게 만드는 여성의 입에서 자주 나오는 말이 있습니다. "여자는 남자만큼 온전히 글을 쓰지 못해. 일단 아이가 생기면 남자가 하는 만큼 일에 몰두할 수 없거든…"

글쎄요. 저는 큰 두려움(그리고 이 모든 나쁜 뉴스에 대한 분노)을 느끼며 생각에 빠졌습니다. 나는 지금 분열되었나? 내가 입은 피해는 뭐지? 나는 이제 글렀나? 문학과 관련된 것이든 아니든 간에, 너무 많은 "여성의 어리석음"은 우리가 경험을 통해 확장되었다고 느끼기보다는 제한되었다고 느끼게 만듭니다. 저는 아기를 감싸 안고, 사랑보다는 분노와 방어감을 더 많이 느끼며 "여성의 어리석음"에는 없는, 어리석음에 대한 저항의 자원을 적어도 두 개 떠올렸습니다. 여성의 어리석음은 여성에게 9개월 이상 자기 삶을 계획할 수 있는 능력이 있다는 확신이 없습니다. 또한 아이를 낳는 경험이, 그 경험에 대한 표현이 "더 좋거나 시시하기"보다는 그저 다르거나 어쩌면 개성적일 수 있다고 믿는 용기가 없습니다. 우리의 삶을 구원하는 예술 또는 문학은 그게 어떤 것이든 간에 *우리에게 중요합니다*. 그레이스 페일리Grace Paley의 소설 속 인물이 말하는 것처럼 우리는 그 이상 알 필요가 없습니다.

레베카가 태어났을 때 제가 작가임을 의심치 않았던 것이(언제나 글을 써서 먹고살 수 있을지에 대한 의심이지요) 정말 큰 도움이 되었습니다. 저는 밤낮 가리지 않고 무언가를 계속 썼습니다. 아기를 낳겠다고 결정한 것은 제 선택이었지만, 글을 쓴 건 선택이 아니라 필수였습니다. 글을 쓰지 않을 때면 저는 폭탄을 만들어서 던지는 생각을 했습니다. 인종차별주의자들에게 총을 쏘는 생각을, (몽상에 잠겨 가미카제의 저항 전략에 푹 빠져 있을 때를 빼면) 최대한 고통 없고 산뜻하게 자살하는 생각을 했습니다. 글쓰기는 죄악과 폭력의 불편에서 저를 구했습니다. 글쓰기가 "흥미로운" 억압의 시대에 살며 내성에 시달리지 않는 작가 대부분을 구하듯이요.

우리는 1년 반 동안 미시시피를 떠나 뉴잉글랜드에서 살았습니다. 변화가 필요했기 때문입니다. 그곳에서 레베카와 제가 둘 다 아팠을 때, 저는 레베카의 탄생과 그로 인해 생긴 어려움이 저를 경험의 본질과 제 삶을 향한 깊이 있는 헌신으로 이끌었다고, 그렇게밖에 이해할 수 없다고 생각하기 시작했습니다. 레베카의 탄생은 제게 비길 데 없는 선물이었습니다. 전과는 상당히 다른 시각으로 세상을 바라보게 해주고, 저의 삶 이후에도 적용될 기준에 따라 세상을 판단하게 해주는 선물 말입니다. 또한 레베카가 태어나고 나서 저는 여성들이 "여성의 어리석음" 창고를 필요로 하는 이유를 본능적으로 이해하게 되었습니다. 여성의 어리석음에 반대하는 제 입장은 여전히 확고하지만요. 하지만 반대에는 고통이 따릅니다.

거리를 둬야 합니다. 심지어 지금도요.

아이는 이 문제 많은 세상에서 만나게 될 무수한 장애물 중
가장 사소한 것임을 순례자에게 알려주는,
함께 아팠던 끔찍하지만 도움이 되었던 경험에 대하여.

제게 아팠던 경험은 언제나 대단히 유익합니다. 어떤 면에서든 저를 아프게 하지 않았던 경험으로부터는 거의 배운 게 없다고 말할 수도 있습니다.

그리 특별할 것 없는 상황입니다. 혹독한 뉴잉글랜드의 겨울을 처음 맞이한 엄마와 어린아이가 전국을 휩쓴 최악의 독감에 걸렸죠. 독감에 걸린 엄마는 하루 종일 누워 있고, 아이는 고열과 백일해를 앓고 있습니다. 엄마는 전에 들었던 이름을 기억하고 유명하다는 소아과 의사에게 전화를 겁니다. 그 의사가 쓴 글은 큰 인기를 얻었고, 글 속에서 그는 인정이 많고 위트가 있었으며 심지어 페미니스트다운 데가 있기까지 했습니다. 하지만 엄마는 그게 언제건 간에 자기 집에 전화하면 안 된다는 퉁명스러운 대답을 듣습니다. 게다가 그 의사는 왕진을 일체 하지 않았고, 이 모든 이야기를 그 누구보다도 차가운 목소리로 전합니다.

하지만 그는 엄마가 이 낯선 곳에서 아는 유일한 소아과 의사이기에 다음날 아침 엄마는 무거운 몸을 겨우 일으킵니다. 온도는 영하 20도에 가깝고 강에서 강풍이 불어오지만 엄마는 아이를 데리고 의사에게 갑니다. 직접 만난 그는 여전히 냉담하지만 엄마가 흑인인 것을 보고 진보적 발언 두어 가지로 엄마를 안심시킵니다. 엄마는 의사의 하얀 손가락이 아이를 만지는 게 싫습니다.

특별하지 않은 이야기입니다. 하지만 이 이야기는 엄마와 아이를 사회의 어느 편이든 간에 이 남자와 반대편에 위치시킵니다. 이 여성, 엄마는 아이를 낳기 수년 전에 썼던 이야기를 마음속 더 깊은 곳에서 이해하기 시작합니다. 소설에는 찢어지게 가난한 흑인 엄마가 등장합니다. 이 엄마는 죽어가는 아이를 구하러 올 의사가 한 명도 없을까 봐 심란해하다 민간요법인 "강한 말 차"에 의지합니다. 말의 오줌이란 뜻이죠. 물론 아이는 죽습니다.

이제 엄마도 (고열로 어지러운) 그 순간 자기가 구성하고 있는 이야기에서 새로운 차원을 보기 시작합니다. 엄마는 손으로 이마를 탁 치며 말합니다. 왜 모든 역사는 현재인가. 왜 모든 불의는 세상 어딘가에서 일정 수준으로 유지되는가. "진보"는 소수에게만 영향을 미칩니다. 오직 혁명만이 다수에게 영향을 끼칠 수 있습니다.

엄마가 자리를 털고 일어나고 아이도 다시 건강해져 추위에 적응한 바로 그때, 엄마는 자기만큼이나 사회적 약자인 아이가(아이는 엄마보다 더 큰 약자입니다. 아이는 손잡아주는 어른 없이는 아직 횡단보도도 건너지 못하기 때문입니다) 사실 본인이 선택한 일에서 가장 사소한 장애물임을 이해했습니다. 엄마는 또 다른 경험을 통해 이를 더욱 절실하게 느꼈습니다. 앞의 경험처럼 역겹지만, 엄마가 바라왔던, 결국은 이로운 결과를 여럿 낳은 경험이었지요. 덕분에 엄마는 마치 그녀 자신이 존재하지 않는 것처럼 생각하고 글을 쓰는 사람들을 모두 무시해버릴 수 있는 능력을 얻게 되었습니다. 물론 여기서 "그녀 자신"은 엄마 혼자만을 뜻하지 않았습니다. 역사의 어느 때건 그녀는 그저 대표였을 뿐입니다.

우리의 젊은 엄마는 흑인 여성 작가들에 대한 수업을 짰고, 주로 백인이 다니는 상류층 여대에서 강의를 하게 되었습니다(수업을 듣는 학생들의 인종은 다양했습니다). 학교에서 엄마는 시와 문학을 가르치는 한 백인 여성 페미니스트 학자와 사무실을 나눠 썼습니다. 이 백인 여성은 흑인 문학이 니키 지오바니Nikki Giovanni를 중심으로 이루어져 있다고 생각했습니다. TV에서 우연히 니키 지오바니의 이름을 본 것이 분명했습니다. 우리의 젊은 엄마는 깜짝 놀랐습니다. 엄마는 습관처럼 그웬돌린 브룩스Gwendolyn Brooks, 마거릿 워커Margaret Walker, 토니 모리슨, 넬라 라슨Nella Larsen, 폴 마셜Paule Marshall, 조라 닐 허스턴Zora Neale Hurston의 책을 표지가 위를 보게끔 책상에 두고 나왔습니다. 엄마의 책상은 백인 페미니스트 학자의 책상 바로 뒤에 있었지요. 정말 학구적인 사람에게는 미묘함만으로 충분하다고, 엄마는 생각했습니다. 엄마는 이 여학자가 수 세기에 걸친 여성의 상상력에 대한 초대형 연구를 집필하고 있다는 이야기를 들었던 터였습니다. 우리의 엄마는 어떤 여성의 상상력이 자기가 책상 위에 올려둔 이들의 것보다 더 뛰어날지, 어떤 여성의 상상력이 자기의 것보다 더 뛰어날지 궁금했습니다. 하지만 엄마는 신중했고, 앞에서 말했듯 미묘함을 믿었습니다.

시간이 흘렀습니다. 두꺼운 전문 서적이 출간되었습니다. 상상력이 풍부한 열두 명의 여성이 페이지마다 자신을 뽐냈습니다. 모두 백인이었습니다. 《타임스*the Times*》처럼 현상을 유지하고 싶어 하는 신문들, 《뉴욕리뷰오브북스*New York Review of Books*》와 《빌리지보이스*Village Voice*》 같은 진보 매체, 심지어 《미즈*Ms.*》(훗날 우리의 젊은 엄마가 여기서 일하게 됩니다) 같은 페미니스트 잡지들이 정도의 차이는 있지만 저마다 진지하게 이 책을 다루었습니다. 하지만 우리의 젊은 엄마는 색인만 봐도 이 책은 그저 진지한 백인 여성의 쇼비니즘일 뿐 정말 진지한 학문은 될 수 없다는 걸 충분히 알 수 있었습니다. 그렇기에 엄마는 이 책에 내줄 시간도, 인내심도 별로 없었습니다.

퍼트리샤 마이어 스팩스Patricia Meyer Spacks는 자신의 저서 《여성의 상상력*The Female Imagination*》 서문에서 왜 이 책이 오직 "영국계 미국인의 문학 전통" 안에 있는 여성만 다루었는지 설명하려 합니다. (물론 스팩스는 영국계 미국인의 문학 전통 안에 있는 백인 여성을 말한 것입니다.) 연구 대상으로 고른 책들에 관해 스팩스는 이렇게 말합니다. "거의 모든 책이 백인 중산층 여성의 삶을 기술한다. 필리스 체슬러Phyllis Chesler는 이렇게 말했다. '나에겐 미국에 있는 제3세계 여성의 심리 이론이 없다. … 백인 여성으로서 나는 직접 겪지 않은 경험에 관한 이론을 만드는 것이 저어되며 만들 수도 없다.' 나도 마찬가지다. 내가 다룬 책들은 *익숙한 경험을 묘사하며 익숙한 문화적 배경에 속해 있다*. 이 책들의 인접성은 어느 정도 이러한 사실에 기댄다. 나의 참고 문헌은 *모두가 아는 작품*(《제인에어*Jane Eyre*》, 《미들마치*Middlemarch*》)과 더 알려져야 할 작품(《메리 매클레인의 이야기*The Story of Mary MacLane*》) 사이에서 *균형을 잡고 있다*. 그럼에도 불구하고 질문은 사라지지 않는다. 왜 이것뿐인가?"(이탤릭 강조는 저의 것입니다).

왜 이것뿐이냐고요? 그 책의 저자들이 백인이고 중산층이기 때문입니다. 그리고 스팩스에게 여성의 상상력은 오직 그것뿐이기 때문입니다. 하지만 그건 "직접 겪지 않은 경험에 관한 이론을 만드는 것이 저어되며 만들 수도 없다"는, 백인 여성의 상상력일 뿐입니다. (스팩스는 19세기 요크셔에서 살았던 적이 없을 텐데 왜 브론테를 이론화한 것일까요?)

이 문제를 더 자세히 들여다보려면 주디 시카고Judy Chicago의 페미니스트 예술작품 〈디너파티The Dinner Party〉를 살펴봐야 합니다. 1975년 주디 시카고의 책 《꽃을 통해서*Through the Flower*》가 출간되었을 때 저는 그녀가 흑인 여성 화가를 단 한 명도 모른다는 사실을 깨닫고 깜짝 놀랐습니다. 책 속에 흑인 여성 화가는 존재하지조차 않았습니다. 그랬기에 〈디너파티〉에 흑인 여성을 위한 "자리"가 마련되어 있다는 걸 알았을 때 매우 기뻤습니다. 그리고 작품 앞에 섰을 때 깨달음을 얻었지요.

다른 모든 접시에는 독창적으로 상상한 여성의 질이 그려져 있었습니다(비록 피아노처럼 보이는 것이 하나 있었고 양상추 윗부분과 놀랄 만큼 닮은 것이 하나 있었지만요. 물론 미술관 안내원은 흥분하며 "나비" 같다고 말했습니다!). 소저너 트루스Sojourner Truth의 접시는 질이 아닌 얼굴이 그려져 있는 유일한 접시입니다. 정확히 말하면 *세 개의* 얼굴이죠. 첫 번째 얼굴은 울고 있습니다(너무나도 진부한 눈물입니다). 흑인 여성이 겪는 "억압"을 "의인화"하죠. 두 번째 얼굴은 작고 못생긴 뾰족뾰족한 이빨들이 나 있고, 소리를 지르고 있습니다(역시나 진부한 비명입니다). 소저너 트루스의 "영웅적 행위"를 상징하지요. 세 번째 얼굴은 겉만 번드르르하고 조잡한 "아프리카" 무늬를 하고 웃고 있습니다. 마치 미국 노예제도 이전의 아프리카 여성은, 아니 심지어 오늘날에도 아프리카 여성은 슬픔이 없다는 듯이 말이죠.[20](물론 질이 아닌 얼굴을 이용해 "의인화"한 것을 옹호하는 주장도 있습니다만 이 전시와는 맞지 않는 이야기입니다.)

어쩌면 백인 여성 페미니스트들은 평범한 백인 여성들처럼 흑인 여성에게도 질이 있다는 걸 상상하지 못하는 거라는 생각이 들었습니다. 상상할 수 있는 거라면, 이들의 상상력이 너무 멀리 간 거고요.

하지만 흑인 여성에게 질이 있다는 걸 상상할 수 없다면 흑인 여성을 여성으로 생각하는 건 불가능합니다. 소저너 트루스에게는 분명 질이 있었습니다. 자기 몸으로 낳은 아이가 노예로 팔려갈 때 소저너 트루스의 통탄을 보십시오. 자신이 엄마로서 비통함을 울부짖을 때 오직 예수만이 자기 목소리를 들어주었다는 (진부하지 않고 솔직한) 트루스의 이야기를 보십시오. 독자는 이 구절을 읽을 때 트루스에게 질이 있다는 사실을 받아들여야 합니다. (라즈베리와 블랙베리, 또는 스커퍼농 포도나 무스카딘 포도 같은 색을 가진, 강하고 뚜렷한 단맛과 톡 쏘는 소금의 맛을 가진 질을 말입니다.)

그리고 그 질을 통해 아이가 태어납니다.

어쩌면 백인 여성(백인 여성은 자기 자식에게 줄 수 있는 것이 더 많고, 분명 자식에게 노예제도나 노예제도의 유산이나 가난이나 혐오, 일반적으로 말하자면 인종을 차별하는 학교, 빈민가, 모든 것 중에서 최악을 줄 필요가 없습니다)이 분노하는 건 흑인 여성의 아이들일지 모릅니다. 흑인 여성의 아이들은 언제나 백인 여성에게 죄책감을 느끼게 하거든요. 백인 여성은 자기처럼 흑인 여성도 자기 자식에게 가장 좋은 것을 주고 싶어 한다는 걸 아는 게 두려운 겁니다. 하지만 백인 여성은 이 세상 안에서 자기 아이가, 백인 아이들이 더 많이 가질 수 있도록(몇몇 나라에서는 전부 가질 수 있도록) 흑인 아이들이 덜 가져야 한다는 것 또한 알고 있습니다.

흑인 여성에게 질이 있다는 걸, 흑인 여성도 엄마가 될 수 있다는 걸, 흑인 여성도 여성이라는 걸 부정하는 게 낫지요.

그래서 우리의 엄마는 한쪽 팔로 아기를 안고, 다른 쪽 손으로는 학생들의 시험지를 채점하면서(엄마는 가르치는 일과 아이 돌보는 일을 충분히 병행할 수 있었습니다) 적은 명확하다고 생각했습니다. 다행히도 엄마는 페미니스트라고 자칭하는 모든 백인 여성이 절대 인종차별주의자가 아닐 거라고 생각한 적이 단 한 번도 없었습니다. 개중 탁월한 작업 몇 개를 빼면(우리의 엄마는 틸리 올슨의 《침묵》이 가장 탁월하다고 생각했습니다) 이 나라의 신문과 잡지들에 실린 야심찬 작업 하나하나에서 백인 여성 페미니스트들은 백인 남성과 흑인 남성만큼이나 흑인됨blackness과 페미니즘이 같은 상상 속에 존재할 수 있음은 물론이거니와 같은 몸 안에 존재할 수 있음을 이해하지 못한다는 걸 여실히 드러냈기 때문입니다. 1976년 엘런 모어스Ellen Moers의 책 《문학적 여성: 훌륭한 작가들*Literary Women: The Great Writers*》이 출간되었습니다. 이 책에서 로레인 한스베리Lorraine Hansberry는 심지어 미래에도 여성 문학에 포함되지 않을 작가의 대표격으로 언급되었습니다. 이때쯤 되자 우리의 엄마는 다시 힘을 냈습니다. 엄마가 강의를 요청받은 모든 곳에서 언제나 발생하곤 했던 다음과 같은 대화에서도 침착함을 잃지 않았습니다.

백인 페미니스트 학생: "흑인 여성 예술가들이 흑인 공동체 안에서 활동해야 한다고 생각하시나요?"

우리의 엄마: "삶에서 적어도 일정 기간 동안은 그래야 한다고 생각해요. 몇 년 정도, 그동안 받아왔던 것들에 보답하기 위해서라도요."

백인 페미니스트 학생: "하지만 흑인 여성이 흑인 공동체 안에서 활동해야 한다고 한다면, 인종이 섹스보다 앞선다는 얘기가 되는데요. 그렇다면 흑인 페미니스트들은 어떻게 하나요? 그 사람들은 흑인 공동체 안에서 활동할 것을 요구받아야 하나요? 만약 그렇다면 그건 그들의 페미니즘에 대한 배신이 아닌가요? 그들이 여성과 함께 일해야 하지 않을까요?"

우리의 엄마: "하지만 흑인도 두 성별이 다 있는데요."

(침묵. 드문드문 있는 흑인 학생들이 당혹스러워하고, 다수인 백인 학생들이 이 가능성에 대해 곰곰이 생각해보고 있습니다.)

자신의 책 서문에서 엘런 모어스는 이렇게 말합니다. "지금 우리가 메리 울스턴크래프트Mary Wollstonecraft가 선구자가 되어 죽음을 맞았고 스타엘 부인Mme. de Stael이 영국에 오고 제인 오스틴Jane Austen이 성년을 맞이했던, 위대한 페미니스트의 시기인 1790년대의 여성 문학을 이해하려고 노력하고 있는 것처럼, 미래의 역사가들도 1960년대와 1970년대의 여성 문학을 규정하려 노력할 것이다. 미래의 사학자들은 실비아 플라스를 여성 작가이자 시인으로 간주해야 할 것이다. 하지만 실비아 플라스와 동시대를 살았던 동료 극작가 로레인 한스베리에 대해서는 어떻게 이해할 것인가? 플라스보다 2년 먼저 태어나고 30대의 나이로 플라스보다 2년 뒤에 죽었던 한스베리. 그녀는 자살이 아니라 암으로 죽었다. 그녀는 플라스가 찬란하게 죽음을 구했던 것처럼 감동적으로 삶을 긍정했다. *의심할 여지없이 미래의 역사가들은 로레인 한스베리의 유작에 붙은 제목, '젊고 재능 있는 흑인으로 살기To Be Young, Gifted, and Black'에 만족할 것이다*(한스베리가 죽은 후 그녀의 재산 집행인이 된 전남편이 붙인 제목이다). 그리고 한스베리가 토머스 울프Thomas Wolfe를 존경했다고 이야기할 것이다. 하지만 실비아 플라스에 관해서는, '젊고 재능 있는 *여성*'이라고 말해야 할 것이다."(이탤릭 강조는 저의 것입니다).

백인 여성 학자들에게 흑인 여성을 여성으로 여기는 일은 정신적 압박까지는 아니더라도 분명 불편한 일입니다. 백인 여성은 "여성"이라는 이름이 (백인 남성 사이에서의 "남성"이라는 이름과 마찬가지로) 자기들 것이라고 주장합니다. 인종주의는 만약 그들이 지금 여성이라면(몇 년 전에 그들은 '레이디'였지만 지금은 유행이 바뀌었습니다) 흑인 여성은 어쩔 수 없이 다른 것이어야 한다고 선언합니다. (그들이 "레이디"였을 때 흑인 여성은 "여성", 또는 다른 것이 될 수 있었지요.)

어쨌든 모어스는 "미래의 역사가"들이 과거의 역사가들만큼이나 멍청할 거라고, 최소한 백인일 거라고 기대합니다. 모어스는 미래의 역사가가 흑인 여성일 수 있다는 생각은 고사하고, 보수적이거나 진보적으로가 아니라 혁명적으로 문학에 접근하는 백인 여성일 수 있다는 생각을 떠올리지 못합니다. 그 미래의 역사가들은, 노동자계급의 흑인 여성과 백인 여성들은 다음과 같은 사실을 어려움 없이 이해해야 합니다. "로레인 한스베리-젊고, 재능 있고, 흑인이고, 운동가이고, 여성이고, 감동적으로 삶을 긍정했던 사람." 그리고 "실비아 플라스-젊고, 재능 있고, 백인이고, 운동가가 아니었던 여성이고(실제로 실비아 플라스는 지독하게 자기중심적이었습니다), 찬란하게 죽음을 구했던 사람."

헛된 자존심을 대가로 진실을 향해 걸어가는,
우리의 엄마의 계속되는 순례에 대하여.
또는, 건너야 할 또 하나의 강에 대하여.

그건 우리의 엄마가 거기 있는 줄도 몰랐던 강이었습니다. 그러므로 그 강을 건너는 것 또한 어려웠지요.

앞에서 언급한 새로운 사실들을 알게 된 그 기간 동안(결국 모든 게 엄마의 정신 건강에 유익했습니다), 우리의 엄마는 교육받고 성공한 수많은 흑인 여성들을 대상으로 강연을 할 기회를 얻게 되어 매우 기뻤습니다. 엄마는 교육받은 성공한 사람들을 존경했습니다. 교육받지도 성공하지도 못한 여성의 고통과 근심을 이해하기 위해서는 교육과 성공이 필요할 때가 있다고 생각했기 때문입니다. 엄마는 흑인 허스토리herstory를 자랑스럽게 이야기했습니다. 그리고 종종 그랬듯 일부러 본인 어머니 이야기를 했습니다(전에는 문학과 역사history에서 빠져 있었죠). 미국 전역에서 젊은 흑인 여성의 자살률이 걱정스러울 정도로 높아졌다는 이야기를 했습니다. 앞에 모인 흑인 여성들에게 이러한 위기를 깊이 생각해달라고 부탁했습니다. 사실상 스스로에 대해 깊이 생각해달라는 거였죠.

한창 이야기를 하던 엄마는 말을 중단해야 했습니다. 그리고 흑인 허스토리에 대해서만 너무 많이 이야기한다는 말을 들었습니다. 자기 엄마가 전 세계에 있는 가난한 엄마들을 대표할 거라고 여기면 안 된다고(우리의 엄마는 실제로 그렇게 여겼습니다), 우리가 깊이 생각해봐야 할 대상은 흑인 남성이라는 말을 들었습니다. 흑인 남성보다 흑인 여성이 자살을 더 많이 하는 것처럼 보일지라도 흑인 여성이 흑인 남성보다 더 강하다는 건 모두가 아는 사실이라는 것이었습니다. 그 사람은 자살을 하는 흑인 여성은 누가 봐도 상상 속에만 존재하거나 원인이 없는 질병으로 그저 아팠던 거라고 했습니다. 게다가 우리의 엄마는 이런 말도 들었습니다. "가능한 모든 방법을 통해 우리의 남성들을 지지해야 합니다. 그들이 무엇을 하건 간에요." 당시 수많은 "우리의 남성들"은 황송하옵게도 흑인 여성을 인정해주셨을 때조차 흑인 여성(특히 강연에 모인 사람들처럼 교육받고 "성공한" 흑인 여성)을 폄하하는 것 말고는 하는 일이 거의 없었으므로, 또한 이러한 폄하와 유기가 일부 자살의 직접적인 원인이었으므로, 우리의 엄마는 충격을 받았습니다.

하지만 우리의 엄마는 흑인이자 여성이 아닌 다른 무언가가 되어야겠다고 생각한 적이 단 한 번도 없었습니다. 엄마는 평생 쌍둥이 같은 두 가지 고통에 놓여 있었습니다. 사실 엄마는 살면서 그 누구보다 더 힘겨운 존재가 되는 걸 꽤 즐겼습니다. 장애물에 열광한다는 면에서 우리의 엄마는 속물이었습니다.

하지만 이 충격 이후 모든 흑인 여성에 대한 신뢰를 다시 온전히 회복하는 동안(물론 다른 모든 무조건적인 신뢰가 그렇듯 이 또한 바보 같았습니다) 엄마는 단순한 원칙 하나를 이해하기 시작했습니다. 사람들은 바보 같아 보이기를 바라지 않는다는 것이었죠. 사람들은 바보 같아 보이지 않으려고 기꺼이 바보로 남아 있는 편을 택했습니다. 이러한 깨달음을 통해 엄마는 많은 흑인 여성들이 여성운동에 보이는 태도를 더욱 분명하게 이해할 수 있었습니다.

그들은 백인 "페미니스트"들이 미국의 다른 백인들과 그리 다르게 행동하지 않는다는 걸 아마 우리의 엄마보다 먼저 목도했을 것입니다(우리의 엄마는 진보 집단의 활동에 낙관적인 결로 악명이 자자했습니다). 우리의 엄마는 배턴루지에서 보스턴으로 향하던 통학 버스가 뒤집힌 것에 대해, 어린 흑인 학생들이 구타를 당하고 침 세례를 맞은 것에 대해 많은 흑인 여성들처럼 백인 페미니스트들을 탓하지 않았습니다. 하지만 보십시오. 최근 브루클린 미술관에서 열렸던 여성 화가전을 보시라고요!

("여기에 흑인 여성 화가들은 없나요?" 누군가 백인 여성 페미니스트에게 물었습니다.

백인 페미니스트가 대답했습니다. "이건 여성 전시회예요!")

비非미국인, 비유럽인, 비쇼비니스트들과 연대하는,
남성 우월주의자 또는 백인 우월주의자들이 존재하는 곳이라면
지구 어디에서든 이들에 대항하는,
비백인 여성의 허스토리에 대해
"나는 여자가 아닙니까?"라는 소저너 트루스의 말보다는
더 많은 것을 알고 있는
미국 백인 페미니스트들을 높이 평가하는,
국제주의의 필요성에 대하여.

엄마는 누군가 "여성운동"을 이야기할 때 그 말이 미국에서의 여성운동만을 의미한다고 생각한 적이 단 한 번도 없었습니다. 행동하는 여성들을 떠올릴 때, 우리의 엄마는 으레 전 세계에 있는 여성들을 떠올렸습니다. 엄마는 여성운동을 세계의 나머지 부분과 별개로 생각하는 것이(인종차별, 성차별, 엘리트주의, 너무나도 많은 미국 페미니스트들의 무지를 생각해보세요) 여성 간의 연대를 좌절시킬 뿐만 아니라 낙관적인 사람들을 우울하게 만든다는 걸 알게 되었습니다. 우리의 엄마는 곳곳을 여행했고, 이제 여성의 자유를 이야기할 때가 왔음을, 여성의 자유라는 생각이 세계를 휩쓸 것임을 충분히 깨달았습니다.

중국의 여성들은 "하늘의 반을 떠받"쳤습니다. 한때 발이 피클만 했던 사람들입니다. 아프리카인 마초와 스페인인 마초의 억압에 맞서 싸우고 있는 쿠바 여성들은 하루 종일 공장과 일터에서 남자들과 나란히 일을 한 후 빨래와 설거지, 청소를 여자가 해야 한다면 자신들의 혁명이 "개똥"이 되어버릴 것임을 알고 있습니다. 앙골라와 모잠비크, 에리트레아의 여성들은 총을 집어 들고 총에 기대어 외부의 적뿐만 아니라 내부의 적과 싸울 권리를 요구합니다. 내부의 적은 기억이 닿는 내내 여성을 사실상 노예처럼 부렸던 가부장제입니다.

우리의 엄마는 미국에 진짜 페미니스트인 백인 여성(이들에게 인종차별은 애당초 불가능한 것입니다)이 인종차별이 하나의 삶의 방식인(인종차별이 백인의 특권을 확보해주니까요) 보통 백인 미국 여성보다 훨씬 많다는 걸 깨달았습니다. 이 수많은 여성들은 시대의 흐름에 따라 자연히 페미니스트의 깃발 아래로 모여들 것입니다. 이제 모두가 페미니스트의 깃발을 바라봐야 할 때니까요. 비백인 여성에게 요구되었던 건 진짜 페미니스트와 가짜 페미니스트를 구별하는 법을 배우고, 페미니스트와 협력할 경우 에너지를 낭비할 위험이 적을 때에만 에너지를 쓰는 법을 배우는 것이었습니다. 이처럼 엄격하게 구분을 하면 (가짜 페미니스트가 많으므로) 비백인 여성은 어쩔 수 없이 계속 비백인 집단으로 튕겨 나오게 될 것입니다. 그런데 그곳에도 페미니즘과 관련해서 해야 할 일이 정말로 많습니다. 아라비아와 아프리카 대부분에서 행하는 음핵 절제와 "여성 할례"를 멈추는 것에서부터 가난한 엄마와 아이들이 갇혀서 얼어 죽고 있는 도심 다세대주택을 따뜻하게 바꾸는 것도 있지요. 라틴아메리카의 여성 예술가들을 지원하는 것에서부터 북아메리카 비백인 여성의 페미니스트 출판물을 만드는 것도요. 포르노와 어린이 노예, 강제 성매매, 집과 타임스퀘어에서 미성년자에게 발생하는 성희롱을 멈추는 것에서부터 매주 토요일 밤마다 남편에게 구타와 강간을 당하는 전 세계 여성들을 보호하는 것까지 말입니다.

흑인 여성들이 스스로를 여성운동과 별개라고 생각하는 건 그만큼 전 세계 여성에 대한 자신들의 책임을 저버리는 겁니다. 그건 급진적인 흑인 허스토리의 전통을 포기하는 것이자 오용하는 겁니다. 해리엇 터브먼Harriet Tubman과 소저너 트루스, 아이다 B. 웰스Ida B. Wells, 패니 루 해머Fannie Lou Hamer는 그걸 좋아하지 않았을 겁니다. 저도 마찬가지고요.

유럽인들이 오기 전 오흘론족은 수백 년, 어쩌면 수천 년 동안 동이 트기 전에 일어나 풀을 엮어 만든 집 앞에 서서 동쪽을 바라보며 떠오르는 태양을 격려하고 해를 향해 인사말을 외쳤다. 오흘론족이 해에게 소리를 지르고 말을 건 것은 태양이 자신들의 말을 듣고 있으며 자신들의 조언과 호소에 귀 기울일 거라 믿었기 때문이다. 오흘론족이 해에게 소리를 지른 것은… 태양이 "자신들과 꼭 닮은 성격"을 가졌다고 느꼈기 때문이다.

오홀론족은 우리와는 매우 달랐다. 이들은 우리와는 다른 가치와 기술, 세계관을 갖고 있었다. 그 차이는 매우 인상적이면서도 유익하다. 하지만 그 차이를 넘어서는 무언가가 있다. 우리가 여러 창문을 통해 몸을 쭉 빼고 과거를 바라보려 애쓸 때 우리는 사냥과 낚시를 하고 자기 몸에 그림을 그리며 춤을 추는 옛날 사람들만 보는 게 아니다. 우리가 충분히 멀리 바라본다면, 우리가 그들의 기쁨과 두려움, 존경심을 깊이 생각해본다면, 결국 거의 잊혀버린 우리 자신의 본모습을 언뜻 볼 수도 있는 것이다.

맬컴 마골린,
《오홀론족의 방식: 샌프란시스코-몬테레이 베이에어리어에서의 인디언의 삶》.

오직 당신과 나만이 매일 아침 태양이 떠오르게 도울 수 있다.
우리가 돕지 않는다면 태양은 깊은 슬픔에 빠져버릴 수도 있다.

존 바에즈, 앨범 〈안녕 앤젤리나〉에 들어 있는 글

미시시피 잭슨에서 썼던 1972년 6월 15일의 일기

만약 충분히 오래 산다면 그 무엇도 그다지 중요해 보이지 않을 것이고 과거도 그리 고통스럽지 않을 것이다. (이 말은 어떤 날에는 특히 더 진실처럼 보이리라.)

오늘 레베카가 이렇게 말했다. "나는 수프와 달걀, 창문을 요리할 수 있어!"

레베카는 부엌 식탁에서 글자를 그리면서 이렇게도 말했다. "에이A, 오O, 그리고 오O." 그런 다음 "아, 오O를 거꾸로 썼다!"

저는 제 일 때문에 "딸아이가 저와의 시간을 빼앗기는" 것에 별로 죄책감을 느끼지 않습니다. 제가 책을 읽는 것과 딸아이가 존재하는 것이 동시에 가능하다는 걸 알고 깜짝 놀랐었죠. 딸애는 저 말고도 즐길 것이 많다는 사실을 금방 배웠습니다. 정신이 딴 데 가 있고 잔뜩 지친 어른과 다정한 보모 또는 공을 다시 던져달라고 할 수 있는 이웃집 친구가 있다면, 딸애가 누구를 더 좋아할지는 뻔한 거 아니겠습니까.

이런 날이 있었습니다. 5년 동안 이어졌던 《자오선*Meridian*》 집필을 마침내 마치고(공민권 운동, 페미니즘, 사회주의, 혁명의 동요, 성인saint들의 급진화에 "관한" 책입니다. 정치적이었던 1960년대에서 비롯된 책이라고 할 수 있죠. 최근 백인 페미니스트 학자인 프랜신 뒤 플레시 그레이Francine du Plessix Gray는 〈뉴욕타임스북리뷰New York Times Book Review〉에서 '정치적 60년대' 같은 것은 없었다고 선언했지만요) 극심한 고통이 찾아왔던 날이었습니다.

저는 자기 연민에 빠져 다음과 같은 시를 썼습니다.

책을 마무리했으므로
내가 만든 인물들이 계속 살아갈 것을 알고 있으므로
나는 다시 나의 아이를 사랑할 수 있다
딸은 더 이상 내 마음속 뒤편에
가만히 앉아 있지 않아도 된다
자기 엄지손가락을 빠는 외로운 아이
내 목을 막고 있는 거대한 마개

하지만 이 시는 다른 것 못지않은 축하였습니다. 마침내 책을

마무리했고, 인물들은 계속 살아갈 것이고, 저는 앞으로 내내 아이를 사랑할 것이었습니다. "내 목을 막고 있는 거대한 마개"에 관해서는, 아마도 이건 침묵에 빠지고 말을 잃을 것에 대한 두려움입니다. 이따금 작가들이 겪는 감정이죠. 이 두려움은 일 자체에서 오는 위험입니다. 이 일은 스스로에 대한 엄격함을 요구하며, 종종 너무나도 압도적인 불안을 몰고 오지요. 아이의 존재가 주는 불안을 능가합니다. 어쨌든 아이는 늦어도 일곱 살이 되면 친구가 되고, 제가 가진 두려움을 이야기할 수도 있습니다. 제 말을 들어주거나, 저에게 새로 배운 댄스 스텝을 보여주거나, 어쩌면 자기 색칠 공부 책을 저와 공유해주거나, 저를 안아주면서 다독여줄 수 있어요.

어쨌든 제게 다음과 같이 말하는 사람은 저의 아이가 아닙니다. '너에겐 백인 여성이 확증해줘야 할 여성성이 없어.' 이렇게 말하는 사람도 저의 아이가 아닙니다. '너에겐 흑인 남성이 존중해줘야 할 권리가 없어.'

히스토리와 허스토리에서 저의 얼굴을 없애고 저의 이야기mystory를 미스테리mystery로 남겨버리는 사람은 제 아이가 아닙니다. 제 아이는 저의 얼굴을 사랑하고 할 수만 있다면 제 얼굴을 역사의 모든 페이지에 남기고 싶어할 겁니다. 제가 다른 누구보다도 제 부모님의 얼굴을 사랑했던 것처럼, 부모님의 존재가 부정당하는 것을 좌시하지 않겠다고, 스스로 부모님을 잊지 않겠다고 결심한 것처럼 말입니다.

어떤 면에서는 이 모든 것과 멀리 떨어져 있지만 사실은 비슷한, 매일 지구를 파괴하고 이제는 우주까지 파괴하려 하는 사람은 저의 아이가 아닙니다.

제 아이와 저, 우리는 함께입니다. 우리는 엄마와 아이입니다. 하지만 사실 우리는 우리의 온 존재를 부정하는 모든 것에 저항하는 *자매*입니다.

오랫동안 저는 일부러 과장해서 쓴 이 쪽지를 책상 위에 붙여 놨습니다.

앨리스에게
울프는 정신 이상이 있었어.
조지 엘리엇은 외면당했고
다른 사람의 남편을 사랑했고
자기 이름을 사용할
엄두도 내지 못했어.
제인 오스틴은 사생활이 없었고
애정 생활도 없었어.
브론테 자매는 집 밖에 나가본 적이 없고
어린 나이에 죽었고
아버지에게 의존했지.
조라 허스턴(아!)은 돈이 없었고
건강이 나빴어.

너에겐 레베카가 있어.
이 아이는
위에서 말한 그 어떤 불행보다
훨씬 사랑스럽고
덜 성가시단다.

앨리샤 오스트리커

거친 추측

〈거친 추측: 엄마됨과 시A Wild Surmise: Motherhood and Poetry〉
《여성처럼 글쓰기*Writing Like a Woman*》에서 발췌(1983)

앨리샤 오스트리커Alicia Ostriker는 시인이자 작가로, 《모든 것엔 금이 있다*The Crack in Everything*》(1996)로 패터슨 시 문학상과 샌프란시스코 시문학센터상을 수상했다. 시집 《작은 공간: 엄선된 시와 새로운 시*The Little Space: Poems Selected and New, 1968~1998*》, 비평집 《악마의 파티에서 춤추다: 시와 정치, 에로틱에 관한 에세이*Dancing at the Devil's Party: Essays on Poetry, Politics, and the Erotic*》 등의 저자다. 뉴저지 프린스턴에 거주 중이며 러트거스 대학에서 영문학과 창작을 가르치고 있다. 세 아이들이 모두 성인이 되었고, 손녀딸이 있다.

앨리샤 오스트리커는 이 글에서 다음과 같이 조언한다. "만약 여성 예술가가 엄마로서의 활동은 하찮으며 문학의 훌륭한 주제들과도 무관하다고 믿도록 배워왔다면 반드시 그 배움을 버려야 한다."

여성은 책을 쓰기보다는 아이를 낳아야 한다는 것이 서구 문명의 통념이다. 여기에서 약간 변주된 것이 여성은 아이를 낳기보다는 책을 써야 한다는 통념이다. 여성이 아이도 낳고 책도 쓰는 건 가능한가? 아니, 원할 만한 일인가? 앞으로 할 이야기는 작가로서의 나의 경험이 동시대를 산 다른 작가들의 경험과 비슷한 점이 있으리라는 가정 아래 말하는 자전적 이야기다. 그리고 젊은 작가들을 위한 조언도 약간 있다.

내가 여류 시인으로 첫발을 내딛은 때는 위스콘신 대학교 대학원의 1학년생이었던 1960년이었다. 할 수 있는 한 키츠Keats나 홉킨스Hopkins, W. H. 오든W. H. Auden과 비슷하게 시를 쓰려고 애쓰던 시기였다. 그해 유명하고 점잖은 남자 시인 한 명이 우리 학교를 방문했고 학생들은 그에게 자기 작품에 대한 코멘트를 들을 수 있었다. 물론 나는 당신은 내가 20년 동안 봤던 사람 중 가장 똑똑한 젊은이라는 말을 바라며 자리에 참석했다. 하지만 그는 얇디얇은 내 종이 묶음을 휙휙 넘겨보다가 한 재미없고 짧은 시에서 멈췄다. 나와 내 남편이 침대에서, 아마도 나체로 누워 있는 내용이었다. 그는 넌더리가 난다는 듯 살짝 몸을 떨며 이렇게 말했다. "여자 시인들은 묘사를 참 생생하게 해요. 안 그런가요?"

그런 생각을 한 번도 해보지 않았던 나는 복잡한 반응을 보였다. 분명한 건 내가 상처받고 실망했다는 것이었다. 동시에, 내 안의 무언가가 가슴을 똑바로 펴고, 콧구멍을 크게 벌리면서 이렇게 생각하고 있었다. "빌어먹을, 네 말이 맞아. 우리가 묘사를 좀 잘하지." 그때까지만 해도 나는 스스로를 "우리"라고 생각해본 적이 없었다. 허클베리 핀이 "좋아, 그럼 난 지옥으로 *가겠어*"라고 했던 것처럼 나는 "좋아, 그럼 난 여류 시인이 *되겠어*"라고 결심했다. 그건 곧 내가 나의 몸에 대해 시를 쓰리라는 뜻이었다.

대학원을 졸업하고 1년이 지난 1965년, 나는 영국 케임브리지 대학교에서 "어둠 속에서 다시 한 번Once More Out of Darkness"이라는 제목의 임신과 출산에 관한 시를 쓰고 있었고, 훗날 동료인 일레인 쇼월터Elaine Showalter는 개인적으로 이 시에 "아홉 부분으로 된 시와 출산 이후A Poem in Nine Parts and a Post-Partum"라는 이름을 붙여주었다. 이 시는 두 번의 임신 경험에서 나왔다. 임신 기간 동안 나는 "길이가 긴" 시를 쓰겠다는 야심은 전혀 없이 수많은 짧은 시들을 썼고 그 시들은 마치 수프처럼 점점 진해졌다. 시가 3분의 2 정도 완성되었던 어느 날 아침, 나는 여태까지 임신과 출산에 관한 시를 한 번도 읽어본 적이 없다는 걸 깨달았다. 왜일까? 사랑과 죽음에 대한 시는 수백 편을 읽었던 터였다. 물론 거기에는 보편적인 주제가 있었다. 하지만 출산은 보편적인 주제가 아닌가? 임신은 심오하지 않은가? 예를 들면 임신 기간 동안 나는 이따금 내가 삶과 죽음의 연속성을 이해했다고, 내 몸은 하나의 도시이자 풍경이라고, 개인적으로 도덕적인 전쟁의 등가물을 발견했다고 믿었다. 출산의 마지막 단계에서는 내가 영웅이자 올림픽 경기에 참여한 운동선수, 경기장의 모든 이들이 화관을 던지는 핀다로스의 시 속 인물이 된 것 같은 기분이 들었다. 그러다가도 어떤 때는 내 육신의 볼품 없음과 삶의 외설스러움, 이 모든 분비물과 액체와 그 역겨움에 대한 혐오에 휩싸였다. 동시에 일어나는 이 정반대의 경험을 표현할 수 있는, 한 개인이었다가 다른 무언가의 일부가 되는 놀라운 느낌을 전달할 수 있는 시적 형식을 찾던 나는 여러 섬들이 서로 이어진 수면 아래에 있는 느낌이 들었다. 다른 여성들은 내가 아는 걸 알고 있었다. 당연히 그랬고, 언제나 그래왔다. 그렇다면 그 시들은 어디에 있었나?

당시 나는 분만실에서 세 독백이 교차되는 실비아 플라스의 라디오 연극, 〈세 여인Three Women〉을 몰랐다. 사실 플라스에 대해 들어본 적도 없었다. 리치의 《며느리의 스냅사진들*Snapshots of a Daughter-in-Law*》(1963), 섹스턴Sexton의 《베들레헴으로 가는 길과 돌아오는 길의 일부분*To Bedlam and Part Way Back*》(1960)과 《사랑스러운 내 아이들*All My Pretty Ones*》(1962), 다이앤 와코스키Diane Wakoski의 《혈액 공장 안에서*Inside the Blood Factory*》(1962), 캐럴린 카이저Carolyn Kizer의 〈프로 페미나Pro-Femina〉(1963) 역시 읽은 적도 들어본 적도 없었다. 〈프로 페미나〉에서 카이저는 여성 작가들을 "세계에서 가장 잘 지켜지는 비밀의 관리인, 그 비밀은 한낱 인간 절반의 사생활"이라 비꼰다. 나는 《여성의 신비*The Feminine Mystique*》는 읽었지만 시몬 드 보부아르는 읽지 않았다. 내 분야는 19세기였고, 내 논문의 주제는 윌리엄 블레이크William Blake였다. 결국 나는 내가 역사적 순간을 살아가는 행운을 누리고 있다는 걸 몰랐다. 당시는 몇몇 여성 작가들(대부분은 완전히 고립되어 서로의 존재를 알지 못했고, 수치심과 고통, 정신 이상에 대한 두려움 또는 실제 정신 이상으로 괴로워하고 있었으며 이미 그중 한 명은 자기 손으로 목숨을 끊었다)이 처음으로 여성의 경험에 대해 직접적이고도 전반적으로 글을 쓰던 때였다. 어린 풀잎들이 갈라진 흙 사이로 고개를 내밀었다. 풀잎은 윌리엄스Williams가 시 〈봄 그리고 모든 것Spring and All〉에서 말한 것처럼 홀로 추위를 맞이한다. 땅이 언제 푸른빛으로 뒤덮일지는 알 수 없다. "우리"가 존재한다는 사실을 모르던 상태에서 나는 임신과 출산을 주제로 한 시가 한 번도 쓰인 적 없다는 결론을 내렸다. 그 이유는 첫째, 남자는 그런 시를 쓰지 못하기 때문이다. 사랑과 죽음은 sí, 임신은 no. 둘째, 모두가 기존 시의 주제를 반복하기 때문에 여성 또한 그런 시를 쓰지 않았기 때문이다. 여기에 음모론은 필요 없다. 그저 타성이다. 하지만 나는 갑자기 깨달았다. 셋째, 임신과 출산은, 예를 들면 섹스보다도 훨씬 심각하게 금기시되는 주제이기 때문이다. 누구도 성별이 섞여 있는 집단에서 임신이나 출산에 대해 말하지 않았다. 그건 당황스럽고 위협적인 일이었다. 임신과 출산이 금기인 것은 남자들이 우리를 시기하면서 자기들이 시기한다는 걸 몰랐기에 우리가 그 지식으로부터 남성들을 보호해야 했기 때문이다. 임신과 출산이 위협적인 것은 여러 가지 면에서 우리 사회가 죽음을 흠모하고 삶을 역겨운 것으로 여기기 때문이다. (내가 이 시를 썼던 해, 북베트남을 폭파해 석기시대로 후퇴시키려던 배리 골드워터Barry Goldwater에 맞서 베트남전쟁 개입 중단에 힘쓰는 평화 후보라는 선거 캠페인을 벌였던 린든 존슨Lyndon B. Johnson이 미국 대통령에 취임했다.)

1970년 〈어둠 속에서 다시 한 번〉이 출간되었고, 그때부터 다른 시들이 이어졌다. 한번은 내가 러트러스 대학교 대학원의 여성과 문학 수업에서 이 시를 읽으며 글쓰기와 엄마됨이 언제나 서로 배타적인 것은 아니라고 주장했을 때, 누군가가 상징적이고 정신적인 차원에서 임신에 관해 글을 쓸 수는 있겠지만 악을 쓰는 애새끼들이 발밑을 기어 다니고 일정을 방해할 때 애들을 시의 소재로 사용하는 건 거의 불가능하다고 말한 적이 있다. 도전장이 던져진 것 같았고, 모든 것을 소재로 시를 쓸 수 있다는 내 주장을 방어하기 위해 나는 그 도전장을 받아들여야 했다. 그날 밤 나는 〈아기똥 세레나데Babyshit Serenade〉라는 시를 썼다. 여러 불만 가운데서도 남자들이 아기 기저귀를 갈지 않는다는 점에 불만을 제기하는 시다. 유쾌한 결실 하나는 내가 아는 한 남자가 뒤이어 "아기똥에서 남성적 원칙 찾기Finding the Masculine Principle"라는 제목의 멋지고 재미난 시를 쓴 것이었다.

당시 널리 퍼져 있었던 과격한 페미니즘 노선을 택한 학생들이 〈어둠 속에서 다시 한 번〉에 전에 보지 못한 적대감을 보인 적도 있다(남성 독자가 여성이 쓴 글에 적대감을 느낄 때는 무심한 척하거나 생색을 한바가지 부린다. 그들은 이렇게 말한다. '정말 꾸밈없는 멋진 시를 쓰셨군요.' 말인즉슨 이 시에 지능이나 기교는 필요 없다는 뜻이다). 나는 이 학생들에게 엄마됨이란 섹스와 같은 것이라 골칫거리이긴 하지만 그것 없이는 인생을 살아가고 싶지 않다고 말했다. 웃음과 이해를 끌어내려는 의도였다. 하지만 내 이야기는 격렬한 분노를 불러일으켰다. 그들에게 엄마됨은 가부장제가 여성에게 부과한 짐이었다. 나는 그들의 분노를 방어적으로 받아들였고 기분도 상했다. 나는 그들에 대한 반박으로 "프로파간다"라는 제목의 시를 썼다. 이런 시들은 형식상 실험적이다. 지적 긴장과 감정적 개입이 결합된 결과이자 그늘에서부터 뜨거운 햇빛까지 비틀거리며 걸어가는 느낌의 것들이다. 내가 엄마 노릇과 아이들에 관해 쓰는 시들은 더 평범하고 덜 강렬한 상태에서 나올 때가 많으며 시적으로도 더 관습을 따른다. 예를 들면 내 첫 책에 실린 시 〈늑대들The Wolves〉은 괜찮긴 하지만 새로운 발견은 아니다.

1970년, 나는 엄마됨에 관한 가장 최근작 《엄마/아이의 기록*The Mother/Child Papers*》를 쓰기 시작했다. 미국이 캄보디아를 침공하고 켄트 주립대학교 학생 네 명에게 총을 쏜 직후 내 셋째 아이이자 유일한 아들이 태어났을 때였다. 그때는 전시에 남자아이를 낳는다는 것이 어떤 의미인지 숙고해보지 않을 수 없었고, "전시"라는 말이 인간의 역사 전체를 의미한다는 걸 모를 수가 없었다. 《더 이상 어머니는 없다*Of Woman Born*》에서 에이드리언 리치는 아들을 낳았을 때 한 프랑스 여성이 했던 말을 인용한다. "Madame, vous travaillez pour l'armée." 부인, 당신은 군대를 위해 일하고 있어요. 나는 이 아이가 결국 죽임을 당하거나 죽이는 자가 되기 위해 태어난 것이라는 절망감을 느꼈다. 어릴 때부터 쭉 반전주의자였던 내가 이 문제에 관해 당시 무엇을 할 생각이었는지, 지금 무엇을 할 것인지는 여전히 질문으로 남아 있다. 《엄마/아이의 기록》은 도덕적 문제와 관련된 공적 문제를 제기했다는 점에서 내게 또다시 실험적인 작업이 되었다. 책 처음에 등장하는 산문은 캄보디아 침공에 이어 평범했던, 즉 부당하게 미국의 약물을 사용했던 셋째의 출산을 이야기한다. 두 번째 부분에서는 여러 시들이 이어지며 엄마의 생각과 유아의 생각이 교차

되고, 둘을 이어주던 천이 점차 닳다가 결국 둘로 나뉜다. 갓 태어난 아이의 심경 변화를 상상하고 그 변화를 위한 음악을 만들어낼 때 나는 엄청난 흥분과 어려움을 동시에 느꼈다. 세 번째 부분은 지난 10년간 썼던 개별적 시들과 산문시들로 이루어져 있다. 모든 엄마들에게 익숙한 적Enemy인 탐욕스러운 시대의 목구멍에서 건져 올린 시들이다.

이 책을 통해 나는 활동가이자 작가인 알타가 자신의 저서 《모마》를 "말해지지 않은 모든 이야기의 시작"이라고 칭하며 제기했던 문제에 다다랐다. 예술가인 여성들에게 가장 분명한 진실은 아이를 낳겠다는 결정을 되돌릴 수 없다는 것이다. 아이를 낳겠다고 결심하면 평생 아이에게 묶이게 된다. 시몬 드 보부아르가 정확하게 말한 것처럼, 인류에 대한 봉사를 한 번 시작하면 생활은 절대 전과 같을 수 없다. 시간과 에너지, 몸, 정신, 자유는 소모된다. 하지만 그렇다고 예이츠William Yeats가 소망했던 흥미로운 삶을 잃게 되는 건 아니다. 현실적으로 우리는 이렇게 자문할 수 있다. "이 아이와의 관계 속에서 어떻게 글을 쓸 수 있을까?" 실질적이고도 절박한 질문이다. 하지만 페트라르카Petrarch와 단테Dante, 키츠가 "신이시여, 저는 이 여자와 너무나도 깊은 관계가 되었습니다. 제가 어떻게 글을 쓸 수 있을까요?"라고 말하며 자기 운명을 한탄하는 모습을 상상할 수 있는가?

여성 예술가가 엄마됨에서 얻을 수 있는 장점은 엄마됨이 삶과 죽음, 아름다움, 성장, 부패의 원천과 직접적이고 필연적으로 접촉하게 만든다는 것이다. 만약 엄마가 이론가라면 엄마됨은 다른 곳에서는 배울 수 없는 것들을 엄마에게 가르쳐준다. 만약 엄마가 모럴리스트라면 엄마됨은 엄마를 진지하고도 유용한 활동으로 이끈다. 만약 엄마가 낭만적인 사람이라면 엄마됨은 다른 무엇으로도 따라할 수 없고 엄마에게 완전한 기쁨과 완전한 불행의 경험 제공을 보장하는 모험이 된다. 만약 엄마가 고전 연구자라면 엄마됨은 욕망의 공허함(the Vanity of Human Wishes, 18세기 영국의 시인이자 평론가였던 새뮤얼 존슨의 책 제목이다-옮긴이)을 생생하게 보여줄 것이다. 만약 여성 예술가가 엄마로서의 활동은 하찮으며 삶의 주요한 문제들과 아무 관계가 없고 문학의 훌륭한 주제들과도 무관하다고 믿도록 배워왔다면 반드시 그 배움을 버려야 한다. 그러한 교육은 여성혐오적이며 사랑과 탄생보다 폭력과 죽음을 더 선호하는 사고 및 감정 체계를 보호하고 영속화한다. 게다가 그건 거짓말이다.

에이드리언 리치와 도로시 디너스타인Dorothy Dinnerstein, 틸리 올슨, 필리스 체슬러Phyllis Chesler, 낸시 초도로우Nancy Chodorow 같은 작가들은 어떤 주제가 정치사회적 측면에서 논의되지 않으면 풍성해지기 어렵다는 것을 이미 보여주었다. 이 논의를 탐험하기 시작한 작가들로는 실비아 플라스와 섹스턴, 알타, 수전 그리핀, 맥신 쿠민Maxine Kumin, 루실 클리프턴Lucille Clifton, 그웬돌린 브룩스Gwendolyn Brooks, 로빈 모건Robin Morgan, 라이젤 뮬러Lisel Mueller, 샤론 올즈Sharon Olds, 퍼트리샤 디엔스프라이Patricia Dienstfrey, 앨리스 매티슨Alice Mattison, 메릴린 크라이슬Marilyn Krysl이 있다. 시작이자, 우리의 표면에 자국을 내는 행위다.

나는 엄마인 작가들이 할 수 있는 한 모든 것을 기록해야 한다고 생각한다. 메모를 남기고, 일기를 쓰고, 사진을 찍고, 녹음을 하고, 인간에게 가늠할 수 없을 정도로 커다란 의미를 갖는 주제가 있음을, 그동안 작가들은 엄마가 아니었기에 사실상 알려진 것이 아무것도 없는 주제가 있음을 상기해야 한다. 울프Woolf는 이렇게 말했다. "우리는 자기 엄마를 통해 과거를 되짚어본다. 우리가 여성이라면 말이다." 하지만 본인이 엄마인 여성들은 이런 노력이 자신의 삶에서 어떤 의미를 갖는지 알고 싶을 때 누구를 통해 과거를 되짚어봐야 하는가? 우리는 거친 추측을 통해 서로를 바라봐야 한다. 우리 모두에게는 자료가 필요하기 때문이다. 외부 현상을 탐구하는 의사와 심리학자, 사회학자들의 자료뿐만 아니라 내부 현상을 탐구하는 시인, 소설가, 예술가들의 자료도 필요하다. 우리의 지식이 축적되기 시작할 때 우리는 섹스와 낭만적인 사랑이 지난 500년간 차지해왔던 자리, 또는 문학이 처음 생겨났을 때부터 전쟁이 차지해왔던 자리에 출산과 엄마 노릇이 들어선 문화에서 산다는 것이 모든 여성과 남성에게 어떤 의미인지 상상해볼 수 있을 것이다.

어슐러 르 귄

지금 이모랑 낚시하러 가도 돼?

〈지금 이모랑 낚시하러 가도 돼?The Fisherwoman's Daughter〉
《세계의 끝에서 춤추다*Dancing at the Edge of the World*》에서 발췌(1988)

♦ ---

어슐러 르 귄Ursula K. Le Guin은 100편이 넘는 단편소설과 에세이집 2권, 어린이책 10권, 시집 4권, 번역서 2권, 장편소설 16권을 출간했다. 유명한 작품으로 공상 과학소설인 《어둠의 왼손*The Left Hand of Darkness*》, 《빼앗긴 자들*The Dispossessed*》, 《언제나 귀향*Always Coming Home*》, 단편소설집 《바람의 열두 방향*The Wind's Twelve Quarters*》, 《내해의 어부*A Fisherman of the Inland Sea*》 등이 있다. '어스시 시리즈'는 《반지의 제왕》, 《나니아 연대기》와 함께 '3대 판타지소설'로 불린다. 내러티브 구성에 관한 《글쓰기의 항해술*Steering the Craft*》도 출간했다. 휴고 상, 네뷸라 상, 푸시카트 프라이즈 등 다수의 상을 수상했고, 2014년 전미도서상 평생공로상을 받았다. 오리건 주 포틀랜드의 자택에서 2018년 1월 22일 88세를 일기로 영면했다.

이 글의 첫 번째 버전은 브라운 대학교와 오하이오에 있는 마이애미 대학교에서 낭독했고, 한 번 크게 수정한 후 조지아에 있는 웨슬리언 컬리지에서 낭독했다. 그리고 포틀랜드 주립대학교에서 낭독하기 전에 아예 처음부터 다시 썼다. 이 밖에 다른 곳에서도 낭독했던 것 같은데, 어디였는지 기억이 안 난다. (정확히 말하면 한 학기 동안) 멜런 재단의 펠로우십으로 툴레인 대학교에 갔을 때 또 한 번 다시 썼고, 이제 정말 끝이라고 생각했다. 그 버전은 "글 쓰는 여성A Woman Writing"이라는 제목으로 툴레인의 멜런 논문 시리즈에 실렸다. 하지만 그 후 샌프란시스코의 한 자선 행사에서 연설을 해달라는 요청을 받았을 때 베이에어리어에서 글을 쓰셨던 우리 엄마 이야기를 넣기로 결정했고 또 한 번 전반적으로 수정했다.

이 책의 원고를 준비하면서 타자기로 친 연설문 원고 다섯 개가 들어 있는 엄청난 서류철을 발견했다. 일부는 똑같고, 일부는 크게

달랐다. 나는 이렇게 생각했다. "만약 이걸 또 한 번 다시 써야 한다면 그냥 죽어버릴 거야." 그래서 다시 읽어보지도 않고 가장 마지막에 쓴 버전을 책에 넣었다. 하지만 무자비한 편집자는 반대했다. 그녀는 이렇게 말했다. "이런 소심한 사람 같으니. 당신이 빼버린 부분들은 다 어떡할 거예요?" 나는 으르렁거렸다. "그걸 어떡할 거냐고요?" 다시 그녀가 말했다. "그냥 합쳐본 다음 괜찮나 보는 것도 좋을 것 같은데요." 내가 간사하게 말했다. "한번 해봐요." 편집자는 그렇게 했다. 그녀 말대로 정말 괜찮길 바란다.

가장 기쁜 점은 그 수많은 수정 작업을 거친 후 마침내 이 글을 하나의 공동 작업으로 볼 수 있게 되었다는 것이다. 강연장에서의 질문과 이후의 편지 등 수많은 청중들이 보내주신 반응은 내 생각이 더 명료해지게끔 이끌어주었으며 내가 여러 가지 실수와 누락을 하지 않도록 도와주었다. 배열과 편집을 새로 한 덕분에 내가 그동안 썼던 글이 하나가 되어 되돌아왔다. 균형 잡히고 우아한 글이라기보다는 거대하고 괴상한 퀼트 같은 글이다. "괴상한 퀼트." 이 글들을 다시 모으는 작업을 시작하면서 붙여놓았던 가제다. 이 제목은 또 다른 공동 작업의 의미를 보여준다. 이 글을 위해 여러 다른 작가들(나의 선조, 직접 알지는 못하는 사람, 친구들)의 말과 글을 모은 것 또한 공동 작업이라고 생각했기 때문이다.

"'물론.' 베티 플랜더스Betty Flanders는 뒤꿈치를 모래 위에 더 단단히 박으며 이렇게 썼다. '이젠 떠날 일밖에 안 남았어.'"

버지니아 울프의 소설 《제이콥의 방*Jacob's Room*》에 나오는 첫 문장이다.[21] 여성이 글을 쓰고 있다. 바닷가의 모래 위에 앉아 글을 쓰고 있다. 베티 플랜더스라는 한 인물이 그저 편지를 쓰고 있다.

하지만 첫 번째 문장은 세상으로 향하는 문이다. 엄마가 아들의 오래된 신발 한 켤레를 들고 서서 "이걸로 뭘 하지?"라고 말하는, 끝이 이상하리만큼 공허한 이 제이콥의 방이라는 세계. 이 세계에서 독자가 처음 보는 것은 한 여성이, 아이들의 한 엄마가 글을 쓰고 있는 모습이다.

바다 옆의 해변, 야외. 여성들이 글을 쓰는 장소인가? 방 안의 책상이 아니란 말인가? 여성은 어디서 글을 쓰는가? 글 쓰는 여성은 어떤 모습을 하고 있는가? 글 쓰는 여성에 대한 나의 이미지, 당신의 이미지는 무엇인가? 친구들에게 물었다. "글 쓰는 여성에 대해 어떻게 생각해?" 잠시 침묵하다 눈이 반짝 빛나며 생각한다. 몇몇은 내게 화가 프라고나르Fragonard와 카세트Cassat의 그림을 보내주었다. 하지만 그림 대부분은 책을 읽거나 편지를 들고 있는 여성을 그린 것이었고, 그마저도 실제로 편지를 쓰거나 읽는 모습이 아닌 편지에서 눈을 떼고 멍하니 앞을 보고 있는 모습을 그린 것이었다. 그이는 다시 돌아오지 않을까? 냄비 올려놓은 거 불 껐던가? … 한 친구는 냉정하게 말했다. "글 쓰는 여성은 받아쓰기를 하고 있는 거야." 또 다른 친구는 이렇게 말했다. "여자는 부엌 식탁에 앉아 있어. 그리고 옆에서 애들이 소리를 지르지."

이 마지막 대답의 이미지가 앞으로 내가 하게 될 이야기다. 하지만 그 전에 저 질문에 대한 내 대답을 들어주셨으면 한다. 조 마치Jo March. 글 쓰는 여성이 어떤 모습일지를 자문하자마자, 《작은아씨들*Little Women*》[22]의 표지에 있는 프랭크 메릴Frank Merrill의 익숙한 일러스트가 당당하게 내 머릿속에 떠올랐다. 나는 어린 작가였던 내게 조 마치가 분명 어마어마한 영향을 미쳤을 것임을 안다. 조 마치가 많은 소녀들에게 영향을 미쳤을 거라고 확신한다. 조 마치는 대부분의 "실제" 작가들과는 달리 죽지도 않았고, 범접할 수 없을 정도로 유명하지도 않다. 또한 조 마치는 책 속에 등장하는 많은 예술가들과는 달리 예민함이나 괴로움, 또는 완벽함이 유별나지도 않다. 그리고 조 마치는 소설 속에 등장하는 대부분의 작가들과는 달리 남성이 아니다. 조 마치는 자매처럼 친근하고 잔디처럼 평범하다. 조 마치는 막 글을 쓰기 시작한 소녀들에게 본보기로서 무엇을 말해주는가? 먼저 작가 조 마치의 인생을 따라가 보는 것이 좋을 듯하다. 그다음 내가 어렸을 때부터 최근까지도 거의 알지 못했던 실존 인물, 루이자 메이 올콧Louisa May Alcott에 대해 알아보자.

우리는 여동생 에이미가 복수심에 불타 조의 원고를 불태울 때 작가 조를 처음 만난다. "수년을 들인 사랑스러운 작품. 다른 사람들에겐 작은 손실처럼 보일 수 있지만, 조에게는 끔찍한 재앙이었다." 어떻게 책 한 권이, 수년을 들인 작품이 다른 이들에게 "작은 손실"일 수 있는가? 그 사실에 소름이 끼쳤다. 어떻게 사람들은 조에게 에이미를 용서하라고 할 수 있는가? 조는 에이미가 얼어버린 호수에 빠져 거의 죽을 뻔한 후 에이미를 용서한다. 어쨌든 그 사건 이후 조는

> 다락방에서 매우 바쁜 시간을 보냈다. … 조는 오래된 소파에 앉아 바삐 글을 썼고, 앞에 있는 트렁크 위에 종이 뭉치가 널려 있었다. … 다락방에서 조의 책상은 오래된 양철 오븐이었다. …

옥스퍼드 영어 사전에서 양철 오븐tin kitchen을 찾아보면 이렇게

되어 있다. “뉴잉글랜드: 구이용 팬a roasting pan.” 그러므로 이 장면에서 조의 자기만의 방은 소파와 구이용 팬, 쥐가 있는 다락방이다. 열두 살짜리에게는, 천국이다.

> 조는 마지막 페이지를 채울 때까지 정신없이 글을 써 나갔다. 그리고 자랑스럽게 자기 이름을 써넣었다. … 소파에 기대앉은 조는 처음부터 꼼꼼히 원고를 다시 읽으며 여기저기에 줄을 긋고 꼭 작은 풍선 같은 느낌표를 써넣었다. 그다음 깔끔한 붉은색 리본으로 원고를 싸매고 슬픔에 잠긴 듯한 차분한 얼굴로 원고를 바라보며 잠시 앉아 있었다. 조가 얼마나 진지하게 글을 썼는지를 그대로 보여주는 모습이었다.

힘을 빼주는 아이러니의 활약이 흥미롭다. 정신없는 글쓰기, 작대기 표시, 풍선, 리본. 그리고 슬픔에 잠긴 듯한 진지함.

조는 자기 이야기를 종이에 인쇄해 동생 베스에게 소리 내어 읽어준다. 정확한 타이밍에 눈물을 터뜨린 베스는 묻는다. “이거 누가 썼어?”

> 조는 갑자기 자리에서 일어나 원고를 던져버리고 점잖음과 흥분이 묘하게 섞여 붉어진 얼굴을 하고 큰소리로 대답했다. “네 언니.”

마치 가족은 법석을 떤다. “이 바보 같을 정도로 다정한 가족은 가정에서의 작은 기쁨 하나하나조차 커다란 환희로 만들기 때문이다.” 여기서 다시 한 번 힘이 빠진다. 작가의 첫 발표는 “가정에서의 작은 기쁨”으로 축소된다. 그건 예술의 가치를 떨어뜨리는 게 아닐까? 아니면 혹시, 영웅적인 어조를 쓰는 것을 거부함으로써 예술을 "한낱 소녀"가 할 수 없는 무언가로 부풀리지 않으려 하는 걸까?

조는 계속 글을 쓴다. 다음은 몇 년 후의 장면이다. 이 장면은 중심 이미지이므로 길게 인용하겠다.

> 몇 주마다 조는 자기 방에 처박혀 글 쓰는 복장을 하고 자기 표현에 따르면 "소용돌이에 빠져들어" 열과 성을 다해 소설을 써나갔다. 소설을 마치기 전까지는 평화를 되찾을 수 없었기 때문이다. 조의 "글 쓰는 복장"은 편하게 펜을 닦을 수 있는 소매 없는 검은색 모직 앞치마와 같은 소재로 된 모자로, 발랄한 붉은색 리본으로 멋을 냈다. … 이 모자는 가족들의 호기심 어린 눈을 향한 신호였다. 가족들은 조가 글을 쓰는 동안 거리를 유지해주었다. 아주 가끔 머리를 들이밀고 궁금해하며 "천재성이 막 불타오르니, 조?"라고 묻는 게 다였다. 하지만 가족들이 언제나 용기를 내어 질문을 하는 건 아니었다. 그저 조가 쓴 모자를 보고 판단하면 되었다. 모자가 이마 아래로 내려와 있으면 조가 글쓰기에 어려움을 겪고 있다는 의미였다. 조가 신이 난 순간에 모자는 삐딱하게 걸쳐 있었다. 절망에 빠졌을 때는 모자를 벗어 바닥에 던져놓았다. 그럴 때면 불청객은 조용히 방을 나갔다. 붉은 리본이 재능 있는 작가의 머리 위에 유쾌하게 매달려 있을 때까지 그 누구도 감히 조에게 말을 걸지 못했다.
>
> 조는 결코 스스로를 천재라고 생각하지 않았다. 하지만 발작처럼 글 쓰는 시기가 찾아오면 조는 모든 것을 그만두고 글쓰기에 몰입했고, 상상 속 세계에서 안전하고 행복하게 앉아 있는 동안 다른 욕구와 관심사, 나쁜 날씨는 의식도 않고 즐거운 시간을 보냈다. 상상 속의 친구들은 현실의 친구들만큼 생생했고 소중했다.

눈은 잠들지 않았고, 밥도 먹지 않았다. 이 행복을 즐기기엔 낮과 밤이 부족했다. 이런 행복은 글을 쓸 때에만 나타났고, 아무런 결실이 없을 때조차 글 쓰는 시간을 가치 있게 만들어주었다. 신이 내려준 이 영감은 보통 1~2주 동안 이어졌고 이 시기가 지나면 조는 소용돌이에서 나와 배고프고, 졸리고, 짜증나고, 낙담한 모습으로 나타났다.

예술 작품이 만들어지는 상태를 잘 묘사한 장면이다. 현실적이고, 가정적이다. 모자와 리본, 익살스러운 변화, 조용히 돌아서는 가족들은 비하 없이 장면의 힘을 뺀다. 앨콧은 이를 통해 다소 놀라운 서술을 할 수 있게 된다. 바로 조가 매우 중요한 무언가를 하고 있으며 매우 진지하게 글을 쓰고 있다는 것, 젊은 여성이 글을 쓰는 건 전혀 별난 일이 아니라는 것이다. 조가 글을 쓸 때 나타나는 작품에 대한 열정과 행복은 야단스럽지 않게 소녀의 평범한 가정생활과 어우러진다. 그리 대단한 일처럼 보이지 않을 수도 있다. 하지만 나, 또는 나의 세대와 우리 엄마의 세대와 딸의 세대에 속한, 나 같은 많은 소녀들이 이러한 본보기와 이러한 자기 긍정을 다른 어디에서 또 찾을 수 있는지 나는 잘 모르겠다.

조는 로맨틱 스릴러 소설을 쓰고, 소설들은 잘 팔린다. 조의 아빠는 고개를 저으며 이렇게 말한다. "최고를 지향하고 돈은 신경 쓰지 말거라." 하지만 에이미는 이렇게 말한다. "돈을 벌 수 있다는 게 가장 좋은 점이지." 조는 보스턴에서 가정교사이자 재봉사로 일하면서 다음과 같은 사실을 깨닫는다. "돈은 권력을 준다. 그러므로 조는 돈과 권력을 갖기로 결심했다. 자신을 위해서가 아니었다." 조라는 작가를 만들어낸 작가인 올콧은 급하게 덧붙인다. "조가 자기 자신보다도 더 많이 사랑하는 사람들을 위해서였다. … 조는 인기를 끌 만한 이야기를 쓰기 시작했다." 조가 처음으로《위클리 볼케이노*Weekly Volcano*》편집부를 방문한 상황은 짧게 묘사되지만 편집부에 있는 세 남성은 조를 스스로를 팔러 온 여성 취급한다. 레비스트로스Levi-Strauss의 학설을 잘 보여주는 대목이다. 이들에게 있어 한 여성이 하는 일은 상품으로서의 여성에 포함된다. 조는 수치를 느끼기를 거부하고, 계속해서 글을 쓴다. 그리고 글쓰기로 돈을 번다. 그리고 한편으로는 수치를 느끼며 "집에서는 소설 이야기를 하지 않는다."

> 조는 자신의 순진한 경험으로는 사회에 깔려 있는 비극적 세계를 아주 조금밖에 들여다보지 못한다는 것을 곧 깨달았다. 그러므로 상업적 측면에서 이 일을 바라보고 자신의 결점에 독특한 에너지를 불어넣기 시작했다. … 조는 신문에서 사건과 사고, 범죄 기사를 찾아 읽었다. 공공도서관 사서들에게 독극물과 관련된 작품이 없냐고 물어보다가 사서들에게 의심을 불러일으켰다. 거리에서 사람들의 얼굴을 유심히 살폈고, 자신에게 있는 좋고 나쁘고 그저 그런 성격 특성을 전부 뜯어보았다. … 다른 사람들의 열정과 감정을 묘사하려면 먼저 스스로를 탐구하고 뜯어보아야 했다. 젊고 마음이 건강한 사람들은 대개 빠지지 않는, 병적인 취미였다.

누군가는 이것이 어린 소설가에게 적합한, 아니 필요한 행동이라고 생각할 수도 있을까? 하지만 "잘못된 행동은 항상 벌을 받게 된다. 조에게 벌이 가장 필요해졌을 때, 조는 벌을 받았다."

조에게 바에르 교수라는 벌을 내린 것은 집안의 천사였다. 조가 자신의 순수한 영혼을 더럽히고 있다는 것을 안 바에르 교수는 조가 쓰고 있는 원고를 공격한다. "나는 올바른 소녀들이 그런 걸 봐야 한다고 생각하지 않소." 조는 힘없이 자기 원고를 변호하지만, 바에르 교수가 떠나자 세 달 동안 쓴 원고를 다시 읽어본 후 원고를 불태워버린다. 에이미는 더 이상 조를 위해 원고를 불태울 필요가 없다. 조 스스로 원고를 불태우기 때문이다. 조는 자리에 앉아서 곰곰이 생각한다. "내게 양심이 없으면 좋을 텐데, 양심은 너무 귀찮아!" 초월주의자인 브론슨 올콧Bronson Alcott을 아버지로 둔 루이자 메이 올콧의 절절한 외침이다. 조는 경건한 이야기와 동화를 써보지만 팔리지 않는다. 조는 포기하고 "잉크의 코르크 마개를 닫아버린다."

베스가 죽고, 조는 베스의 자리를 대신하기 위해 "다른 이들을 위해 살려 애쓴다." 결국 조의 엄마는 이렇게 말한다. "왜 글을 쓰지 않니? 언제나 널 행복하게 했던 일이잖아." 정말로 조는 글을 쓸 때 행복했고, 잘 썼을 뿐만 아니라 성공하기도 했다. 바에르 교수가 돌아와 조와 결혼하기 전까지는 말이다. 바에르 교수와의 결혼은 분명히 조의 글쓰기를 멈출 수 있는 유일한 방법이었다. 조는 바에르 교수의 두 아들을 돌보고, 그다음에는 자신의 두 아들을, 후속작 《작은 신사들*Little Men*》에 나오는 수많은 소년들을 돌본다. "결실의 계절"이라는 제목의 마지막 장에서 조는 이렇게 말한다. "나는 좋은 책을 쓸 수 있으리라는 희망을 아직 버리지 않았다. 하지만 좀 더 기다릴 수 있다."

결실은 무한정 연기되는 듯 보인다. 하지만 레이철 블라우 듀플레시스Rachel Blau DuPlessis의 글[23]에서, 조는 결말을 넘어서서 글을 쓴다. 《작은 아씨들》의 두 번째 후속편인 《조의 아이들*Jo's Boys*》에서 중년이 된 조는 다시 글쓰기를 시작하고 돈과 명성을 얻는다. 조가 가정을 꾸려 나가고 10대 아이들을 돌보며 원고를 쓰고 유명 인사를 따라다니는 사람들을 피하려 애쓰는 모습에는 리얼리즘과 고난, 코미디가 있다. 사실 작가 조의 모든 이야기는 루이자 올콧 자신의 이야기와 상당히 비슷하다. 하지만 큰 차이가 하나 있다. 조는 결혼하고 아이를 낳았다. 올콧은 아니다.

하지만 올콧은 가족을 책임졌다. 게다가 그중에는 아기 못지않게 경솔하고 자기중심적인 사람도 있었다. 올콧이 1869년 4월에 쓴 가슴 아픈 일기[24]가 있다. 올콧이 수은 중독이라는 "저주"로 고생하고 있을 때였다(남북전쟁 당시 간호사로 일하다 열이 난 올콧은 수은이 들어 있는 광물인 감홍을 약으로 받아먹은 후 죽을 때까지 고통받는다).

> 너무 아프다. 완전히 지쳐버렸다. 스스로를 많이 돌보지 못한다. 다른 문제들은 아플 때에도 잘 풀리고 있기 때문이다. 하지만 내가 무너지면 가족들이 너무 무서워하고 무력해지기 때문에 계속 일을 하려고 노력 중이다. L에게 줄 단편소설 두 개 50달러. 포드에게 줄 두 개 20달러. 그리고 두 달 동안은 무보수로 편집 일도 했다. 로버츠가 새 책을 기다린다. 하지만 아플까 봐 다시 소용돌이에 휩싸이는 게 두렵다.

올콧이 쓴 단어는 조가 글쓰기에 대한 자신의 열정을 표현할 때 쓴 단어와 똑같다. 다음은 《작은 아씨들》의 "소용돌이" 구절과 비슷한 올콧의 일기다.

> 1860년 8월: "좋은 기분"[소설]. 글을 쓰고 싶은 기분이 너무 강렬해져서 4주 동안 하루 종일 글을 쓰고 거의 매일 밤 줄거리를 생각했다.

일에 완전히 홀렸다. 더할 나위 없이 행복했고, 다른 욕구도 없었다.

1861년 2월: 또 다시 "좋은 기분"이 찾아왔고, 이번에는 방식을 바꿔 보았다. 2일부터 25일까지는 자리에 앉아 글을 썼고, 해질 무렵에도 달렸다. 잠을 자지 못했고, 3일 동안은 특히 심해서 글쓰기를 멈추고 일어나지도 못했다. 엄마가 붉은 리본이 달린 초록색 실크 모자를 만들어주셨다. 내가 "영광의 망토"로 걸치는 초록색과 붉은색으로 된 오래된 스카프와 잘 어울렸다. 그래서 나는 모자와 망토를 걸치고 원고의 숲에 앉아, 동생 메이가 말한 것처럼 "영원한 불멸을 얻기 위해 살았다." 엄마는 과실 차를 들고 서성거리며 내가 아무것도 먹지 않아 걱정을 했다. 아빠는 별문제가 아니라고 생각했고 페가수스에게 가장 빨간 사과와 가장 독한 사이다를 가져다 먹였다. … 좋은 기분이 지속되는 동안 매우 즐거웠고 이상할 정도로 푹 빠져 있었다. …

가족의 빚을 갚기 위해 노예처럼 일하고, 또 가족을 보호하고 그들의 안녕을 지키려 고생한 올콧을 위해 이번에는 가족들이 올콧을 보호하고 돕는 걸 보니 기쁘다.

당시의 수많은 여성들과 마찬가지로 올콧은 결혼하지 않았지만 가족이 있었다. 올콧은 이렇게 썼다. "우리에게 자유는 사랑보다 더 좋은 남편이다." 하지만 눈앞에 놓인 책임에서의 자유라는 측면에서 본다면 사실 올콧은 그리 자유롭지 않았다. 심지어 올콧에게는 아기도 있었다. 동생 메이의 아기였다. 출산 합병증으로 사망한 메이는 당시 마흔여덟 살이던 사랑하는 언니에게 아기를 키워달라고 부탁했다. 올콧은 그때부터 죽을 때까지 8년 동안 메이의 아기를 키웠다.

이 모든 건 복잡한 문제다. 사람들이 상상하는 것보다 더 복잡하다. 빅토리아 시대의 각본은 여성에게 아기와 책 중 하나만을 선택하게 했기 때문이다. 둘 다 선택할 수는 없었다. 하지만 조는 둘 다 선택했다. 조가 작가로서 살아남았다는 사실을 잊고 있었다는 걸 깨달았을 때, 결국 내가 《조의 아이들》을 찾아보게 했던 단편적인 기억을 제외하면 내 기억 또한 과거의 각본을 따랐음을 깨달았을 때, 나 자신에게 화가 났다. 물론 그것이 바로 각본이 가진 힘이다. 우리는 알지도 못한 채 배역을 연기한다.

글 쓰는 여성을 묘사한 전형적인(그리고 각본을 따르는) 사례가 있다. 이 여성은 여러 아이의 엄마로, 아이 중 하나가 막 계단에서 굴러 떨어진 참이다.

> 젤리비 부인은 아름답고 아주 자그마한, 통통한 여성으로 나이는 마흔에서 쉰 정도였다. 잘생긴 눈을 가졌지만 그 눈들은 마치 멀리 떨어진 곳을 바라보는 것 같은 별난 습관이 있었다. … 머릿결이 매우 좋았지만 아프리카에서 하는 일에 너무 열중한 나머지 빗지 못한 것 같았다. … 우리는 부인의 드레스 등 부분이 거의 열려 있는 걸 눈치채지 않을 수 없었다. 훤히 드러난 부분은 격자 모양의 코르셋 끈으로 덮여 있었다. 마치 정자 같았다.
>
> 방에는 종이가 널려 있었고 역시 종이 쓰레기가 잔뜩 널린 커다란 책상이 자리를 거의 다 차지하고 있어서 정말이지 어수선하다기보다는 매우 더러웠다. 우리는 눈으로는 어쩔 수 없이 방의 상태에 주목하면서, 동시에 귀로는 가여운 한 아이가 계단에서 굴렀음을 알아챘다. 내 생각에 부엌 안쪽에서 누군가가 아이가 울지 못하게 억누르는 것 같았다. 하지만 우리를 가장 놀라게 한 건 지치고 어디가 아파 보이는, 그

렇다고 결코 못생기지도 않은 소녀였다. 소녀는 책상에 앉아 깃털 펜을 씹으며 우리를 쳐다보고 있었다. 이 소녀처럼 잉크로 뒤덮인 사람은 여태껏 아무도 없을 것 같았다.[25]

여러분에게 《황폐한 집*Bleak House*》의 나머지 부분도 읽어드리고 싶지만 꾹 참도록 하겠다. 나는 디킨스Charles Dickens를 좋아하고 디킨스가 창조한 젤리비 부인을, 아프리카에 있는 보리오불라가Borrioboola-Gha 지역과 연락하는 젤리비 부인을 통해 타국의 윤리에는 참견하면서 코앞의 불행은 의식하지 못하는 사람을 조롱한 방식을 옹호할 것이다. 하지만 디킨스가 조롱에 여성을 이용한 건 아마도 그것이 안전한 표현이기 때문이었다는 것, 그리고 지금도 그것이 안전하다는 것 또한 안다. 여성은 사회적 책임보다 가족을 우선시해야 한다는 가정, 또는 여성이 "사적 영역"의 바깥에서 일할 경우 가정에 태만하고 아이들 상태에 무심하며 자기 옷을 제대로 잠그지 못할 것이라는 가정에 의문을 제기하는 독자는 별로 없다. 젤리비 부인의 딸은 결혼을 통해 "잉크로 뒤덮인" 상태를 면하지만, 젤리비 부인은 앞으로도 남편에게서 아무런 도움도 받지 못할 것이다. 젤리비 부인의 남편은 둘의 결혼이 마음과 문제의 결합이라고 묘사될 정도로 무능력하기 때문이다. 젤리비 부인은 내게 기쁨이다. 젤리비 부인은 풍부한 유머와 온화한 품성을 가진 사람으로 묘사된다. 하지만 젤리비 부인은 마음을 복잡하게 만들기도 하는데, 부인의 뒤에 이중 잣대가 도사리고 있기 때문이다. 디킨스의 소설에 등장하는 많은 책임감 있고 지적인 여성 중에는 진정으로 예술적이거나 지적인 작업을 하는 여성이 한 명도 없다. 젤리비 부인과 균형을 맞추며, 개탄할 지점은 젤리비 부인이 하는 일의 내용이 아니라 그것을 하는 방식이라고 우리를 안심시켜주는 인물이 한 명도 없는 것이다. 하지만 저 문단은 여주인공인 에스더 서머슨Esther Summerson이 쓴 것으로 간주된다. 에스더라는 캐릭터 자체도 문제다. 에스더는 어떻게 황폐한 집을 관리하고 천연두에 걸리는 와중에 디킨스 소설의 절반 분량을 서술할 수 있는가? 독자는 에스더가 글 쓰는 모습을 전혀 보지 못한다. 글 쓰는 여성으로서의 에스더는 보이지 않는다. 글 쓰는 에스더는 각본에 없다.

남성 작가가 쓴 소설에도 아이가 있는 여성 작가를 호의적으로 묘사한 장면이 있을 수 있다. 나는 로드아일랜드와 오하이오, 조지아, 루이지애나, 오리건, 캘리포니아에서 여러 버전의 이 원고를 낭독하면서 청중에게 그런 장면을 알고 있다면 알려달라고 부탁했다. 그리고 기대하며 기다렸다. 하지만 내가 알기로 남성 작가의 소설 속에서 호의적으로 묘사된 여성 소설가는 《교차로에 선 다이애나*Diana of the Crossways*》의 주인공뿐이다. 이 소설의 저자 메러디스Meredith는 주인공 다이애나가 소설을 써서 삶을 꾸리고, 소설을 기가 막히게 잘 쓰고, 전문성 속에서 자유를 찾는 모습을 보여준다. 하지만 파멸적인 사랑의 열병에 빠져 스스로를 잃어가면서 다이애나는 억지로 재능을 짜내기 시작하고 더 이상 일을 하지 못한다. 이건 분명 사랑은 남자에게는 부수적인 것이지만 여자에게는 모든 것이라는 각본이다. 결국 일이 잘 풀려 행복한 결혼을 한 다이애나는 책이 아닌 아기를 원한다. 하지만 그럼에도 불구하고 다이애나는 거의 한 세기가 지난 지금까지도 여전히 자신의 교차로에 홀로 서 있다.

작가로서의 여성이 보이지 않는 것은 소설 속 등장인물뿐만 아니라 실제 저자, 심지어 저자의 아이들에게도 해당된다. 엘리자베스 바렛 브라우닝Elizabeth Barrett Browning을 예로 들어 보자. 사람들은 브라우닝에 관해 한결같이 코커스패니얼 얘기만 한다(버지니아 울프의 유명한 소설《플러쉬: 어느 저명한 개의 전기》는 엘리자베스 바렛 브라우닝이 키우던 코커스패니얼에 관한 이야기다—옮긴이). 하지만 그건 그녀가 《오로라리*Aurora Leigh*》를 썼을 때 건강한 네 살배기 아이의 건강한 엄마였다는 사실을 무시한 것이다. 또한 그녀가 《오로라리》라는, 여성 작가가 된다는 것과 진정한 사랑이 이루어지는 것이 얼마나 어려운지에 관한 책을 썼다는 사실을 무시한 것이다.

여기 남편에게 편지를 쓰고 있는, 여러 아이의 엄마이자 성공한 소설가인 여성이 있다. 이 편지는 어쩌면 150년 전에 쓴 것일 수도 있고, 지난밤에 쓴 것일 수도 있다.

> 글을 쓰는 것이 가능하다면, 혼자 있을 수 있는 방이 하나 필요해요. 제 방이요. 지난겨울 내내 머물 수 있는 공간이 필요하다고 느꼈어요. 들어가서 조용하게 있을 수 있는 곳이요. 저곳[식당]에서는 글을 쓸 수가 없어요. 식탁 위에는 뭐가 잔뜩 있고 그걸 전부 치워야 하고 저기서 애들 옷도 갈아입혀야 하고 씻기기도 해야 하고 그 밖에 할 일이 많아요. … 노력해봤지만 저기선 절대 편안하지가 않았어요. 당신이 있는 거실로 가면 꼭 제가 당신을 방해하는 것 같은 기분이 들었어요. 정말 그렇게 생각하신 적 있지요.[26]

그게 무슨 말이에요? 전혀 아니에요! 바보 같은 생각이군요! 정말 여자 같은 말이네요! 14년 동안 아이를 몇 명 더 낳고 나서,

이 여성은《톰 아저씨의 오두막》을 쓴다. 대부분 식탁 위에서.

자기만의 방. 그렇다. 누군가는 왜 해리엇 비처 스토 씨는 글을 쓸 수 있는 방이 있었는데 19세기 가장 감동적인 미국 소설을 쓴 해리엇 비처 스토 부인은 부엌 식탁뿐이었는지 물을 수 있다. 하지만 그때 누군가는 왜 그녀가 식탁을 받아들였는지 물을 수 있다. 자존감 있는 남성이라면 식탁에 앉은 지 5분 만에 벌떡 일어나 이렇게 소리를 지를 것이다. "이 정신없는 데서는 아무도 일 못 해! 저녁 다 되면 그때 불러!" 하지만 자존감 있는 여성인 해리엇은 계속해서 발아래 애들을 달고 저녁을 준비하면서 소설을 썼다. 물론 경외심을 담은 첫 번째 질문은 '어떻게?'다. 그다음엔, '왜?'다. 왜 여성들은 그렇게 바보처럼 고분고분한가?

이 질문에 대한 페미니즘의 즉각적인 대답은 여성이 가부장제의 희생자 그리고/또는 공범이기 때문이라는 것이다. 사실이지만 우리에게 그다지 새로운 사실을 알려주진 않는다. 또 다른 여성 소설가에게 도움을 구해보자. 나는 스토의 글(과 다른 글들)을 틸리 올슨의《침묵》에서 슬쩍 가져왔다. 이 글은《침묵》의 사랑스럽지만 불효자인 딸 격이다. 있잖아요 엄마, 인용된 저 글 좋은데, 제가 좀 써도 돼요? 다음 글은 마거릿 올리펀트Margaret Oliphant의《자서전*Autobiography*》에서 내가 직접 찾은 것으로, 스토의 바로 다음 세대에서 나온 매우 흥미로운 책이다. 올리펀트는 성공한 작가로 무척 젊고 기혼에 아이가 셋 있었다. 그녀는 계속해서 글을 썼고, 어마어마한 빚과 아이 셋에 더해 오빠의 아이 셋까지 떠맡으며 과부가 되었고 그리하여 더욱더 계속해서 글을 썼다…. 두 번째 책이 출간되었을 때 올리펀트는 조 마치처럼 여전히 집에 있는 소녀였다.

> 글을 쓰는 게 무척 즐거웠다. 하지만 책이 성공하고 3쇄를 찍었다는 사실은 내 마음에 그리 큰 영향을 미치지 않았다. … 엄마와 [오빠] 프랭크를 제외하면 나에게 찬사를 건네줄 사람이 아무도 없었다. 엄마와 프랭크의 칭찬은, 글쎄. 정말 기뻤고, 세상의 전부였고, 내 삶이었지만, 그리 중요하진 않았다. 둘은 나의 일부였고, 나는 둘의 일부였다. 우리는 하나였다.[27]

정말 놀랍다. 남성 작가가 저런 이야기를 하는 건 상상조차 할 수 없다. 여기에 열쇠가 있다. 그동안 무시되고, 감춰지고, 부정되어왔던 현실 말이다.

> 글쓰기는 모든 걸 관통했다. 하지만 동시에 글쓰기는 가장 뒷전이었고, 매우 사소한 일에도 밀려났다. 나는 글을 쓸 수 있는 방은 물론이고 테이블조차 없었다. 나는 노트를 들고 가족들이 함께 쓰는 테이블 구석에 앉았다. 그리고 마치 내가 책을 쓰는 게 아니라 옷을 만들고 있는 것처럼 아무렇지 않게 일들이 벌어졌다. … 엄마는 바느질감을 들고 앉아서 옆에 있는 사람 누구에게나 말을 걸었다. 나는 엄마와 대화를 나누면서 계속해서 내 이야기를 쓰고 상상 속 사람들을 만났다. 이들과의 대화는 그리 방해받지 않고 저절로 전개되었다.

엄청난 모습 아닌가? 실제 인물들이 이야기를 나누고 있는 실제 방 안에 있는 상상 속 방에서 상상 속 인물들이 이야기를 나누고, 이 모든 것이 완벽하게 조용하고 문제없이 진행된다…. 하지만 충격적이다. 올리펀트는 진짜 작가가 될 수 없다. 진짜 작가들은 코르크를 둘러서 방음한 방 안에서 소파에 홀로 앉아 적절한 단어le mot juste를 고민하며 글을 쓴다. 그렇지 않은가?

내 서재, 내가 그동안 가졌던 유일한 서재는 자그마한 두 번째 응접실이다. 그곳에서는 이 집안의 생활이 빠짐없이 펼쳐진다.

올리펀트가 아이 여섯 명을 키우고 있다는 사실을 기억하는가?

글을 쓰기 시작한 이후 (모두가 잠든 밤을 빼면) 방해받지 않고 두 시간을 온전히 보낸 적이 한 번도 없다. 오스틴Austen 양도 나와 매우 비슷한 이유로 그렇게 글을 썼을 거라고 생각한다. 하지만 그녀가 살았던 시절 삶의 자연스러운 흐름은 지금과 달랐다. 오스틴 양의 가족은 오스틴 양이 자수를 하는 다른 사람들 같은 평범한 숙녀가 아니라는 것을 약간 부끄러워했다. 우리 가족은 기쁘게 나를 추켜올려주고 내 책을 자랑스러워 한다. 하지만 그 뒤에는 언제나 그게 훌륭한 농담이라는 의미가 숨겨져 있다. …

예술가들이 가족을 버리고 남태평양의 섬으로 떠나는 건 영웅으로 대접받고 싶은데 가족들이 자기를 웃기다고 생각해서일까?(화가 폴 고갱Paul Gauguin은 가족을 두고 타히티로 떠났다–옮긴이)

그 뒤에는 언제나 그게 훌륭한 농담이라는 의미가 숨겨져 있다. 그리고 특별한 재능도 은퇴도 필요 없다고 생각한다. 우리 엄마가 내가 글 쓰는 데 다른 인위적 도움이 필요하다고 생각했다면, 아마 엄마는 나에 대한 자부심을 잃고 거의 창피해하기까지 했을 것이다. 그런 생각은 일시에 내 작업을 엄마의 눈, 뿐만 아니라 나의 눈에 부자연스러운 것으로 보이게 했으리라.

올리펀트는 자부심 강한 스코틀랜드 여성이었고 자신의 작품과 능력을 자랑스러워했다. 하지만 그녀는 자기 소설의 고료를 올려달라고 남성 편집자나 출판사와 싸우기보다는 팔릴 법한 논픽션을 썼다. 그녀는 씁쓸하게 말한다. "트롤럽Trollope이 쓴 최악의 책이 내가 쓴 최고의 책보다 고료를 더 잘 받았다." 올리펀트 최고의 책은 《마조리뱅크스 양*Miss Marjoribanks*》이라고들 하지만 나는 이 책을 단 한 권도 보지 못했다. 올리펀트의 다른 책들과 함께 사라져버린 것이다. 비라고Virago 같은 출판사들 덕분에 이제는 올리펀트의 《헤스터*Hester*》(놀랍도록 훌륭한 소설이다)와 《커스틴*Kirsteen*》 외 몇 권을 구할 수 있지만 내가 아는 한 이 책들은 여전히 여성학 수업에서만 다뤄진다. 트롤럽의 풍속소설은 영문학 정전에 포함되어 있지만 올리펀트의 책들은 그렇지 않다. 아이가 있는 여성 작가의 책은 권위 있는 영문학 정전에 포함된 적이 한 번도 없다.

올리펀트는 왜 소설가가 부엌 식탁, 또는 아이들과 집안일로 둘러싸인 거실에서 글 쓰는 걸 그저 참고 견디는 게 아니라 기꺼이 참고 견디는지를 살짝 보여준다. 올리펀트는 "집안일"이라는 이름의 감정적이고/육체노동이며/집안을 관리하는 기술 및 업무의 집합체와 예술 작업 간의 어렵고, 모호하고, 불확실한 관계에서 자기와 자신의 글이 이득을 얻고 있다고 생각하는 것 같다. 그리고 그 관계를 단절하면 글쓰기 자체가 위험해지고, 그녀의 표현에 따르면 부자연스러워진다고 생각하는 듯하다.

물론 우리 사회의 통념은 정확히 반대다. 예술 작업을 집안일

및 가족으로서의 책임과 병행하려는 그 어떤 시도도 불가능하며 부자연스럽다는 것이 통념이다. 비평가와 정전에 실린 사람들에게 있어 그 부자연스러운 행동에 따르는 벌은 바로 죽음이다.

주부이자 예술가에게 가하는 이런 판단과 형벌에 어떤 윤리적 근거가 있는가? 매우 숭고하고 근엄한 근거의 기저에는 종교가 있다. 바로 예술가는 그의his 예술을 위해 반드시 그 자신을himself 희생해야 한다는 생각이다. (이 문장의 단어들은 신중하게 선택한 것이다.) 그의 책임은 오직 그 자신의 작업에 있다. 이런 생각은 낭만주의자들을 자극했고, 랭보Rimbaud와 딜런 토머스Dylan Thomas에서부터 리처드 휴고Richard Hugo에 이르는 여러 시인들의 나침반이 되었으며, 제임스 조이스James Joyce 자신과 그의 소설 속 등장인물인 스티븐 디덜러스Stephen Dedalus를 전형으로 하는 영웅적 인물 수백 명을 만들어냈다. 스티븐은 병사나 성인聖人의 도덕적 무책임을 기꺼이 받아들이며 "고귀한" 이상을 위해 "덜 중요한" 모든 의무와 애정을 희생시킨다. 고갱이 취했던 영웅적 태도는 하나의 표준(이자 예술가에게 자연스러운 것)이 되었고 이렇게 생각하지 않는 예술가들은 남녀 할 것 없이 자신은 이류라는 초라한 기분을 느꼈다.

하지만 버지니아 울프는 그렇지 않았다. 울프는 매우 현실적으로 예술가에게 약간의 소득과 글을 쓸 수 있는 방이 필요하다고는 말했으나 영웅주의를 말하진 않았다. 실제로 울프는 이렇게 말했다. "나는 작가가 영웅이 될 수 있다고 믿지 않는다. 나는 영웅이 작가가 될 수 있다고 믿지 않는다." 작가가 있는 힘껏 영웅적 태도를 취하는 걸 볼 때, 나는 울프의 말에 동의하고 싶어진다. 그 사례로 조지프 콘래드Joseph Conrad가 한 말을 보자.

> 20개월 동안 창조를 위해 신과 씨름을 했다. … 나의 정신과 의지와 의식을 매일 매시간 최대치로 끌어올렸다. … 세상으로부터 완전히 고립된 외로운 투쟁이었다. 잠도 자고 차려진 음식도 먹고 때로는 대화도 나누었지만, 지치지도 않고 말없이 나를 살펴주던 보살핌 덕에 편안하고 고요해진 나의 일상이 흘러가는 것조차 전혀 인식하지 못했다.[28]

과거에 여성이 신과 씨름하며 자기 의식을 최대치로 끌어올렸다고 자랑했다면 남녀 모두에게 질책을 당했을 것이다. 그리고 지금은 여성이 남성을 질책하고 있다. 누가 당신 앞에 "음식을 차렸"는가? 누가 일상을 그렇게 고요하게 만들어주었는가? 그 "지치지도 않는 보살핌"이라는 게 실제로 무엇인가? 내게 그 말은 고물상에 있는 오래된 포드 자동차처럼 들리지만, 원래 그건 분명 조지프 콘래드가 좋은 집에서 깨끗한 옷을 입고 목욕도 하고 차려진 음식도 먹으며 무척 상대적인 의미에서 고립된 상태로 하나님과 씨름하는 걸 보느라 20개월 동안 매일 매시간 자기 의식을 최대치로 끌어올렸던 한 여성을 위해 콘래드가 섬세하게 고른 표현이었을 거다.

콘래드의 "투쟁"과 조 마치/루이자 올콧의 "소용돌이"는 둘 다 총력을 기울인 예술 작업을 묘사한 것이다. 가족이 예술가를 돌봐준다는 점도 같다. 하지만 나는 이들의 인식에서 무척 중요한 차이를 느낀다. 올콧은 선물을 받지만, 콘래드는 권리를 주장한다. 올콧은 소용돌이 또는 창조적 회오리에 휩쓸려 들어가 그 일부가 되지만, 콘래드는 씨름하고, 투쟁하고, 통제를 추구한다. 올콧은 참여자다. 콘래드는 영웅이다. 올콧의 가족들은 개인으로 남아 찻잔을 들고 소심하게 질문을 던지지만, 콘래드의 가족은 비인격화되어 하나의 "보살핌"이 된다.

이 같은 영웅주의적 유아증을 모방한 것 같은 여성 작가를 찾아보던 나는 거트루드 스타인Gertrude Stein을 떠올렸는데, 스타인이 실용적인 의미에서 앨리스 토클러스Alice Toklas를 "아내"로 이용한 것 같다는 생각이 들었기 때문이다. 하지만 내가 진즉 알았어야 했듯 그런 생각은 레즈비언에 반대하는 자들의 헛소리다. 스타인은 분명 영웅적인 예술가의 태도를 취했고 비대한 자아를 탐닉했으나 공정하게 행동했다. 스타인의 관계와 조이스 또는 콘래드의 관계에는 분명한 차이가 있다. 실제로 레즈비언주의는 많은 예술가들에게 꼭 필요한 협력의 관계망을 제공해주었다. 예술의 실천에는 영웅주의적 측면이 있는 것이 사실이기 때문이다. 예술은 외롭고 위험이 따르는 인정머리가 하나도 없는 일이며 모든 예술가들이 어느 정도의 정신적 지지나 연대감을 필요로 하고 스스로를 확인받고 싶어 한다.

그동안 사회적 또는 미적 연대나 타인의 인정을 가장 얻지 못한 예술가는 주부 예술가들이었다. "지칠 줄 모르는 보살핌", 그게 아니면 최소한의 지친 보살핌조차 요구하지 못하고 자기 예술작품뿐만 아니라 자신에게 의존하는 아이들까지 책임져야 하는 사람은 풀타임 일자리를 두 개 떠맡는 것과 다름없으며 그건 현실적으로 불가능할 뿐만 아니라 파괴적이다. 하지만 문제가 제기되는 지점은 그게 아니다. 이 크나큰 현실적 어려움을 인정해달라는 게 아니다. 만약 그랬다면 자녀 양육 문제부터 해결하는 현실적인 방법이 나왔을 것이다. 문제는, 심지어 지금도, 도덕적인 측면에서 제기된다. 해야 하는가 하지 말아야 하는가의 문제인 것이다. 시인 앨리샤 오스트리커는 이 문제를 다음과 같이 깔끔하게 정리한다. "여성은 책을 쓰기보다는 아이를 낳아야 한다는 것이 서구 문명의 통념이다. 여기에서 약간 변주된 것이 여성은 아이를 낳기보다는 책을 써야 한다는 통념이다."[29]

프로이트는 엄청난 무게감을 지닌 이론과 근거 없는 믿음을 통한 지원사격으로 이러한 신념이 의심의 여지가 없는 원초적 사실인 것처럼 보이게 했다. 물론 자기 약혼녀에게 '여자가 원하는 것은 이런 것이다'라고 알려줘놓고는 '우리가 절대 알 수 없는 것이 있다면 바로 여성이 무엇을 원하는가다'라고 말한 사람이 바로 프로이트다. 논문도 없는 사람이 감히 이렇게 말해도 된다면, 라캉도 시종일관 한결같이 프로이트를 따랐다. 남성은 인간으로, 여성은 타자로 규정하는 문화 또는 심리학은 여성 예술가를 받아들이지 못한다. 예술가는 자율적이며 스스로 선택을 내리는 사람이다. 그러한 사람이 되려면 여성은 스스로 여성이 아니기를 선택해야 한다. 아이를 낳지 않음으로써 그녀는 남자를 모방해야 한다. 그 모방이 불완전하다는 건 말할 필요조차 없다.[30]

그러므로 오스틴Austen, 브론테 자매, 디킨슨Dickinson, 플라스는 인정을 받는다. 비록 플라스는 아이를 둘이나 낳는 실수를 범했으나 스스로 목숨을 끊음으로써 그 실수를 만회했다. 이들은 불완전한 여성, 여성인 남성으로 받아들여질 수 있으므로 여성을 혐오하는 문학 정전은 이들의 작품을 포함할 수 있다.

그럼에도 불구하고 나는 이를 악물어야 '책이냐 아이냐' 하는 신념을 비판할 수 있다. 왜냐하면 이 신념은 결혼하고 아이를 낳지 못했거나 그러지 않기로 선택한 여성, 자신이 결혼과 아이 대신 책들을 "낳았다"고 생각하는 여성들에게 실제로 큰 위로가 되어주기 때문이다. 하지만 그 위로가 정말 도움이 된다 할지라도 나는 이 신념이 틀렸다고 생각한다. 도로시 리처드슨Dorothy Richardson 같은 사람이 아이는 다른 여자들이 낳을 수 있지만 본인의 책은 그 누구도 쓸 수 없다고 말할 때, 나는 그 신념이 거짓임을 이해한다. 마치 "다른 여자들"이 본인의 아이를 낳을 수도 있는 것처럼, 마치 책이 자궁에서 나오는 것처럼! 그건 책이 불알에서 나온다는 이론의 다른 짝이나 다름없다. 이 승화 개념의 궁극적 환원은 "작가에게 필요한 유일한 것은 배짱balls이다"라고 말한 최고의 마초 얼간이 작가 노먼 메일러Norman Mailer에게서도 나타난다. 하지만 그는 만약 당신이 아이를 "얻으면" 책을 "얻을" 수 없으므로 아빠들은 글을 쓸 수 없다는 이야기까지 불알 저술 이론을 밀고 나가지는 않는다. 상징적 유사성을 아예 동일한 것으로 만들어버린, '아이를 낳으면 창작은 할 수 없다'는 믿음은 오직 여성에게만 적용된다.

여기에서 이 정도로 멈추고, 내가 말하고자 하는 바를 분명히 해야 할 것 같다. 나는 작가가 아이를 낳아야 한다고 말하는 것이 아니다. 나는 부모가 작가가 되어야 한다고 말하는 것이 아니다. 나는 모든 여성이 책을 쓰거나 아이를 낳는 것 중 하나를 해야 한다고 말하는 것이 아니다. 엄마가 되는 것은 작가가 되는 것처럼 여성이 할 수 있는 여러 가지 일 중 하나다. 그건 특권이다. 의무나 운명이 아니다. 나는 글을 쓰는 엄마들에 대해 이야기하는 것이다. 왜냐하면 그건 거의 금기시되는 주제이기 때문이다. 왜냐하면 여성은 아이와 책이 둘 다 그 대가를 물을 것이므로 엄마인 동시에 작가가 되려고 하면 안 된다는 이야기를 들어왔기 때문이다. 왜냐하면 그건 불가능하기 때문이다. 왜냐하면 그건 부자연스럽기 때문이다.

이처럼 여성이 창작과 출산을 둘 다 하면 안 된다는 생각은 정말 지독하게 파괴적이다. 주부가 글을 쓰지 못하게 함으로써 우리 문학을 빈곤하게 할 뿐만 아니라 개인에게 견디기 힘든 고통과 자기 파괴를 유발하기 때문이다. 울프는 절대 아이를 낳아서는 안 된다는 현명한 의사의 말을 따랐다. 플라스는 아이들의 침대 곁에 우유를 준비해두고 오븐에 머리를 넣은 채 죽었다.

여성 예술가들은 다른 누군가가 아닌 자기 자신을 희생해야 한다(반면 고갱 같은 태도를 취하는 남성 예술가들은 자신을 위해 다른 사람을 희생시킨다). 나는 여성 예술가가 자신의 섹슈얼리티를 온전히 누리지 못하게 하는 것이 여성뿐만 아니라 예술 자체에도 해롭다는 말을 하고 있는 것이다.

이제는 가족을 돌보는 동시에 예술가로 일하고 싶어 하는 여성이 질책보다는 지지를 더 많이 받는다. 하지만 그건 상황이 약간 개선된 것일 뿐이다. 아이들의 행복과 책의 탁월함을 위해 매일 매시간, 어쩌면 20년 동안 자신의 책임을 다하려 애쓰는 건 어마어마하게 힘든 일이다. 끝없는 에너지 소모와 서로 충돌하는 요소들에 대한 매우 곤란한 저울질이 수반되는 일이다. 그리고 우리는 그 과정에 대해 잘 모른다. 그동안 엄마인 작가들이 엄마됨에 관해 거의 이야기하지 않았기 때문이다. 자랑처럼 보일까 봐 두려워서일까? 엄마라는 덫에 걸린 것으로 치부될까 봐 두려워서일까? 엄마인 작가들은 어떤 식으로든 부모 노릇과 연결시켜 글을 쓴 적이 거의 없다. 영웅주의적 믿음이 사람들로 하여금 그 두 가지는 정반대이며 서로를 파괴한다고 여기게 만들기 때문이다.

하지만 우리는 올리펀트에게 무언가 다른 이야기를 언뜻 들을 수 있었다. 그리고 여기(고마워요, 틸리) 화가인 케테 콜비츠Käthe

Kollwitz가 있다.

> 나는 점차 일이 가장 중요한 삶의 시기를 향해 다가가고 있다. 부활절을 맞아 두 아들이 집을 떠났을 때 나는 거의 일만 했다. 일하고, 자고, 먹고, 짧은 산책을 다녀왔다. 하지만 그 무엇보다도 나는 일을 했다. 하지만 그 일에서 "축복"이 빠진 건 아닌지 의심스럽다. 나는 더 이상 다른 감정 때문에 산만해지지 않고 풀을 뜯는 소처럼 일만 한다.

너무나도 멋지다. "나는 풀을 뜯는 소처럼 일만 한다." 일하는 "전문가"에 대한 최고의 묘사다.

> 어쩌면 실제로 내가 더 해내는 일의 양은 아주 조금일지 모른다. 손은 끊임없이 움직이고 머리로는 만들어낼 것을 계속 상상한다. 하지만 예전에, 일할 시간이 지독하게 부족했던 때 나는 더 생산적이었다. 당시의 나는 더 관능적이었기 때문이다. 나는 인간이 마땅히 살아야 하는 삶, 모든 것에 열정적으로 관심을 기울이는 삶을 살았다…. 잠재력, 잠재력이 줄어들고 있다.[31]

영웅이자 예술가들은 보잘것없는 자기중심주의에 빠져 여성이 느끼는 이 잠재력에서 그 자신을himself 분리해왔다(신중하게 단어를 선택했다). 하지만 남성뿐만 아니라 여성 또한 이 잠재력을 부정해왔으며, 그건 여성혐오와 결탁한 여성뿐만이 아니었다.

1970년대에 니나 아우어바흐Nina Auerbach는 제인 오스틴이 무아이child-free 공간에서 창작 활동을 했기에 글을 쓸 수 있었다고 말했다. 무균이라는 말은 들어봤다. 무취라는 말도 들어봤다. 그런

데 무아이라고? 그것도 수많은 조카들에게 둘러싸여 서재에서 글을 쓰던 오스틴이? 하지만 당시 난 아우어바흐의 말을 받아들이려 애썼다. 나의 경험이 아우어바흐의 이야기에 들어맞았던 건 아니다. 하지만 이런 나 또한 다른 많은 여성들과 마찬가지로 나의 경험이 잘못되었고 옳지 않다고, 그러니까 틀렸다고 느끼곤 했던 것이다. 그러니까 아이로 가득 찬 공간에서 계속 글을 써 나갔던 나의 행동은 아마도 틀린 것이었다. 하지만 페미니스트적 사고는 훨씬 더 복잡하고 현실적인 입장으로 빠르게 전개되었고, 그 뒤를 비틀비틀 따라가던 나는 페미니스트적 사고 덕분에 조금은 나 스스로를 위해 사고할 수 있게 되었다.

나에게 가장 큰 도움을 준 조력자는 과거에도 현재에도 언제나 버지니아 울프다. 여기서 그녀의 글 〈여성을 위한 직업Professions for Women〉 초고를 인용하고자 한다.[32] 이 글에서 울프는 글 쓰는 여성에 대한 너무나도 멋진 이미지를 제공한다.

> 나는 깊은 사색에 빠져 있는 여성을 상상한다. 그녀는 어부처럼 호숫가에 앉아 물 위로 낚싯대를 드리우고 있다. 이것이 나의 상상 속 글 쓰는 여성이다. 그녀는 생각하고 있지 않다. 추론하고 있지도 않다. 플롯을 구성하고 있지도 않다. 그녀는 가만히 앉아 얇지만 반드시 필요한 이성이라는 끈을 붙잡고 깊은 의식 속으로 자신의 상상력을 드리우는 중이다.

여기서 잠시 끼어들어 이 장면에 작은 요소 하나를 덧붙여달라고 부탁하려 한다. 조금 떨어진 곳에 이 어부 여성의 딸아이가 앉아 있다고 상상해보자. 아이는 다섯 살 정도 되었고 나뭇가지와 진흙으로 사람들을 만들어 자기 이야기를 들려주고 있다. 아이는 엄마가 낚시를 하는 동안 얌전하게 있으라는 이야기를 들었다. 실제로 아이는 엄마의 이야기를 잠시 까먹고 노래를 하거나 질문을 할 때를 제외하면 아주 얌전하게 혼자 놀고 있다. 그리고 다음과 같은 극적인 사건이 벌어졌을 때도 넋을 잃은 채 말없이 바라보고만 있다. 우리의 글 쓰는 여성, 어부 여성이 앉아 있던 그때-

> 갑자기 낚싯대가 격렬하게 홱홱 움직인다. 그녀는 손가락 사이로 낚싯줄이 쏜살같이 풀려 나가는 걸 느낀다.
> 그녀의 상상력은 순식간에 멀리 나아간다. 아무도 모르는 저 깊은 곳, 보기 드문 경험이라는 캄캄한 굴속으로 가라앉는다. 이성이 소리친다. "멈춰!" 소설가는 낚싯줄을 끌어당겨 상상력을 다시 붙잡아 올린다. 상상력은 격분한 채 수면 위로 올라온다.
> 이런, 상상력은 울고 있다. 어떻게 네가 감히 나를 방해할 수 있어? 어떻게 그 되지도 않을 얇은 낚싯줄로 나를 끌어올릴 수가 있어? 나는, 즉 이성은 대답한다. "친구야. 넌 너무 멀리 갔어. 남자들이 놀란다구." 이렇게 나, 이성은 분노와 실망으로 헐떡이면서 호숫가에 앉아 있는 상상력을 진정시킨다. 우리는 50년 정도 더 기다려야 해. 50년 후엔 네가 내게 줄 이 매우 기묘한 지식들을 사용할 수 있게 될 거야. 하지만 지금은 아냐. 이성은 상상력을 계속 진정시키려 애쓴다. 난 네가 내게 말해주는 걸, 예를 들면 여성의 신체나 열정에 관한 이야기를 이용할 수 없어. 왜냐하면 관습이라는 게 아직 너무 강력하거든. 내가 그 관습을 넘어서려면 영웅이 가지고 있을 법한 용기가 필요해. 그리고 난 영웅이 아냐.
> 나는 작가가 영웅이 될 수 있다고 믿지 않아. 영웅이 작가가 될 수 있

다고 믿지도 않고.

…그래 그럼. 상상력이 다시 속치마와 치마를 입으며 말한다. 기다려 보자. 또다시 50년을 기다리는 거야. 무척 유감이지만 말이야.

무척 유감이다. 50년이 넘는 시간이 흘렀는데도 그 관습이란 게(비록 그때와는 완전히 다르지만) 여전히 존재하며 남자들이 깜짝 놀라지 않게 보호해주고 있다는 것이, 여전히 남성이 경험하는 여성의 신체와 열정, 존재만을 인정한다는 것이 무척 유감이다. 나를 포함한 수많은 여성들이 자기 경험을 부정하고 경험을 협소하게 인식한다는 것이, 마치 자신의 섹슈얼리티가 성교에만 한정되는 것처럼, 마치 남자들이 기꺼이 들으려 하는 것을 제외하면 임신과 출산, 육아, 엄마 노릇, 사춘기, 생리, 완경에 대해서는 아무것도 모르는 것처럼, 남자들이 기꺼이 들으려 하는 것을 제외하면 여성의 신체와 정신과 상상력 속에서 경험하는 집안일과 양육, 소명, 전쟁, 평화, 삶과 죽음에 대해서는 아무것도 모르는 것처럼 글을 쓰는 것이 유감이다. 울프가 말하고 엘렌 식수Hélène Cixous가 말한 것처럼 "몸을 쓰는 것writing the body"은 시작일 뿐이다. 우리는 세상을 다시 써야만 한다.

식수는 그것을 하얀 글쓰기라고 부른다. 젖으로, 엄마의 젖으로 글을 쓰는 것이다. 나는 그 이미지가 좋다. 페미니스트들 사이에서조차 여성 작가의 섹슈얼리티는 임신-출산-육아-양육보다는 연인과의 사랑에 더 가깝다고 여겨지기 때문이다. 엄마는 여전히 사라진다. 이렇게 예술가인 엄마들을 잃으면서 우리는 많은 것을 얻을 수 있는 기회를 잃는다. 앨리샤 오스트리커도 그렇게 생각한다. 오스트리커는 "여성 예술가가 엄마됨에서 얻을 수 있는 장점"에 대해 이야기한다. 다른 사람이 이런 이야기를 하는 걸 들어본 적 있는가? 예술가가 엄마됨에서 얻을 수 있는 *장점*에 대해 들어본 적 있는가?

> 여성 예술가가 엄마됨에서 얻을 수 있는 장점은 엄마됨이 삶과 죽음, 아름다움, 성장, 부패의 원천과 직접적이고 필연적으로 접촉하게 만든다는 것이다. … 만약 여성 예술가가 엄마로서의 활동은 하찮으며 삶의 주요한 문제들과 아무 관계가 없고 문학의 훌륭한 주제들과도 무관하다고 믿도록 배워왔다면 반드시 그 배움을 버려야 한다. 그러한 교육은 여성혐오적이며 사랑 및 탄생보다 폭력과 죽음을 더 선호하는 사고 및 감정 체계를 지키고 영속화한다. 게다가 그건 거짓말이다.
>
> 울프는 이렇게 말했다. "우리는 자기 엄마를 통해 과거를 되짚어본다. 우리가 여성이라면 말이다." 하지만 본인이 엄마인 여성들은… 누구를 통해 과거를 되짚어봐야 하는가? … 우리 모두에게는 자료가 필요하다, 우리는 정보가 필요하다. … 내부 현상을 탐구하는 시인, 소설가, 예술가들의 자료가 필요하다. 우리의 지식이 축적되기 시작할 때 우리는 섹스와 낭만적인 사랑이 지난 500년간 차지해왔던 자리, 또는 문학이 처음 생겨났을 때부터 전쟁이 차지해왔던 자리에 출산과 엄마 노릇이 들어선 문화에서 산다는 것이 모든 여성과 남성에게 어떤 의미인지 상상해볼 수 있을 것이다.[33]

나의 책 《언제나 귀향*Always Coming Home*》은 바로 그런 세상을 상상해보려는 무모한 시도였다. 책 속에서 영웅과 전사는 청소년기를 겪으며 책임감 있는 인간으로 성장하고, 부모와 자식 간의 관계는 아이의 시각을 통해서만 보이는 것이 아니라 엄마가 경험하는 현실까지 담고 있다. 이 같은 상상은 어려웠고, 또 보람 있었다. 다음 인용하는 소설은 평범하고 소소하지만 울프와 식수, 오스트리커가 요구한 것을 담고 있다. 마거릿 드래블의 《맷돌》[34]에서 젊은 학자이자 프리랜서 작가인 로저먼드는 8개월 된 아기 옥타비아를 키운다. 로저먼드는 소설을 쓰고 있는 친구 리디아와 함께 아파트에서 살고 있다. 로저먼드는 책 서평을 쓰는 일을 하고 있다.

> 글을 마무리하고 100단어를 채웠는지 세어 보기를 마친 바로 그때 옥타비아가 생각났다. 옥타비아가 행복해하며 작은 소음을 내고 있는 걸 들을 수 있었다. … 내가 리디아의 방문을 열어둔 게 분명하며 옥타비아가 리디아의 방에 있다는 걸 깨달았을 때 나는 몹시 경악했다. 리디아의 방은 언제나 아스피린과 면도기, 잉크병 같은 위험한 물건들로 가득했기 때문이다. 나는 옥타비아를 구하러 방으로 달려갔다. 방문을 열었을 때 내 눈앞에 펼쳐진 광경은 누구든 몸을 덜덜 떨게 할 수 있을 정도로 충격적이었다. 옥타비아는 방문 쪽으로 등을 돌리고 바닥 한가운데에 앉아 찢고 씹어서 흩뿌려놓은 종이 뭉치로 둘러싸여 있었다. 나는 아이의 자그마한 뒤통수와 얇은 줄기 같은 목과 꽃 같은 곱슬머리를 바라보며 얼어붙은 채 서 있었다. 그때 갑자기 옥타비아가 기쁨에 휩싸여 꺅 하고 소리를 지르더니 또 다른 종이를 찢었다. "옥타비아." 나는 공포에 휩싸인 채 아이를 불렀다. 옥타비아는 자기가 잘못을 저지른 걸 아는 것처럼 깜짝 놀라서는 뒤돌아서 나를 향해 봐달라는 듯 너무나도 귀여운 웃음을 지었다. 옥타비아의 입 안은 리디아의 새 소설로 가득 차 있었다.
>
> 나는 옥타비아를 안아 들고 입 안에 든 종이 뭉치를 꺼낸 다음 조심스

렵게 펴서 남은 원고와 함께 침대 옆의 탁자 위에 펼쳐놓았다. 70쪽부터 123쪽은 살아남은 것 같았다. 나머지 부분들은 상태가 제각각이었다. 어떤 부분은 온전했지만 심하게 구겨져 있었고 어떤 부분은 살짝, 어떤 부분은 조각조각 찢어졌다. 그리고 앞에서 말했듯 어떤 부분은 씹혀 있었다. 사실 처음 이 광경을 목도했을 때 상상한 것만큼 피해는 크지 않았다. 아기들은 집요하긴 해도 철저하진 않기 때문이다. 하지만 처음 내 눈앞에 펼쳐진 광경은 정말 참담했다. … 어떤 면에서 분명 그건 그동안 내가 책임을 져야 했던 일들 중 가장 끔찍했다. 하지만 옥타비아가 더 할 일을 찾으며 거실을 기어 다니는 모습을 바라보다가 나는 웃음을 터뜨리고 싶어졌다. 나에게서 나온 이 작은 생명체를 돌보는 건 너무나도 터무니없고, 위험하고, 위험에 취약한 일처럼 보였다. 이 아이가 끼친 손해와 잘못을 나 혼자 감당해야 했기 때문이다. … 그건 정말 끔찍한 일이었다. … 하지만 너무나도 사랑스럽고 활기 넘치는 옥타비아와 비교하면 그건 그리 끔찍해 보이지 않았다. …

사고의 잔해에 직면한 리디아는 깜짝 놀라지만 크게 괴로워하지는 않는다.

그게 다였다. 리디아가 두 챕터를 통으로 다시 써야 했을 뿐만 아니라 스카치테이프로 찢어진 원고를 붙이는 지루한 작업을 많이 해야 했다는 사실을 제외하면 말이다. 그건 그렇고, 발표된 리디아의 소설은 좋지 않은 평가를 받았다. 이 사실이야말로 리디아를 정말 화나게 만들었다.

나는 그동안 드래블의 작품이 무시받는 것을 지켜보았다. 이런 거만한 평가들은 남자를 따라하지 않고 여성으로서 글을 쓰는 작가들에게 으레 따라붙는 형용사들로 이루어져 있다. 이렇게 드래블이 사라지게 놔두지 말자. 드래블의 작품은 밝은 겉모습보다 훨씬 깊이가 있다. 이 우스꽝스러운 단락에서 드래블은 무엇을 말하고 있는가? 왜 이 여자 아기는 자기 엄마가 아닌 다른 여성의 원고를 먹는가? 최소한 아기가 여자가 아닌 남자가 쓴 원고를 먹게 할 순 없었는가? 아니다, 그건 요점이 아니다. 요점은, 아니 요점 중 하나는 아기들이 원고를 먹는다는 것이다. 정말 아기들은 원고를 먹는다. 아기가 울어서 쓰이지 못한 시, 임신 때문에 미뤄진 소설 등등. 아기들은 책을 먹는다. 하지만 아기들은 원고를 다시 뱉어내며 그 원고는 테이프로 다시 붙일 수 있다. 또한 아기들은 단지 몇 년 동안만 아기지만, 작가들은 수십 년 동안 작가다. 끔찍한 일이지만, 그렇게 많이 끔찍한 건 아니다. 아이가 먹은 원고야말로 정말 끔찍했다. 만약 당신이 리디아에 대해 안다면 평론가들이 옳았음을 알 것이다. 그리고 예술이라는 지고의 가치는 다른 지고의 가치들에 달려 있다는 것도 요점 중 하나다. 하지만 그 사실은 가치의 위계질서를 전복한다. "남자들이 놀란다구…."

드래블의 이 도덕적인 코미디에서 영웅-예술가의 부재는 강력한 윤리적 표현이다. 이 소설에서는 그 누구도 고립되어 살지 않으며 그 누구도 인간으로서의 권리를 희생하지 않고 심지어 아기를 야단치는 사람도 없다. 그 누구도 자기 머리를, 아니면 다른 사람의 머리를 오븐에 넣으려 하지 않는다. 엄마도, 작가도, 딸도, 그 어떤 여성도 나는 쓰고/너는 파괴된다라는(또는 그 반대의) 틀로 창작과 파괴를 나누지 않는다. 아기도 책도, 책임이 있는 사람이 책임을 진다.[35]

이제 소설에서 전기로, 보편적인 이야기에서 개인적인 이야기로 넘어가보려 한다. 작가였던 우리 엄마 이야기를 조금 해보고 싶다.

결혼 전 엄마의 이름은 테오도라 크라코Theodora Kracaw였고, 첫 번째 결혼 후에는 브라운Brown, 두 번째 결혼 후에는 크로버Kroeber(엄마는 이 이름으로 책을 썼다), 세 번째 결혼 후에는 퀸Quinn이 되었다. 남자들은 이렇게 이름이 많아질 일이 없다. 불편한 일이다. 이 성가신 상황은 여성 작가가 된다는 것이 단순히 작가 하나만 되는 것이 아님을 보여준다. 여성 작가가 된다는 것은 다양한 책임을 져야 하는 여러 가지 복잡한 과정이며, 글쓰기는 그중 하나일 뿐이다.

테오도라는 자신이 져야 하는 책임들을, 시간 순서대로 먼저 해결했다. 네 아이를 낳아 모두를 결혼시킨 후 글을 쓰기 시작했다. 50대 중반이 되어서야, 엄마는 사람들이 말하는 것처럼, 펜을 들었다(엄마가 왼손으로 휘갈겨 쓴 글씨는 정말로 멋졌다). 그로부터 몇 년이 지난 후 내가 이렇게 물은 적이 있다. "글을 쓰고 싶었는데 우리들을 해치울 때까지 일부러 미뤘던 거예요?" 웃음을 터뜨린 엄마는 이렇게 말했다. "이런, 아냐. 난 그저 준비가 안 되었던 거야." 회피나 부정직한 대답은 아니었다. 하지만 내가 보기엔 정확한 대답도 아니었다.

엄마는 1897년 콜로라도의 황량한 광산촌에서 태어났다. 외할머니는 주 승인을 받자마자 여성의 참정권을 인정한 와이오밍에서 투표권을 갖고 태어났다는 것과 남자들도 타지 못했던 종마를 탔다는 것을 자랑하는 사람이었지만 당시는 여전히 집안의 천사 개념이 기세등등하던 때였다. '집안의 천사'가 던지는 메시지는 여성의 욕구는 다른 모든 이들의 욕구보다 중요하지 않다는 것이었다. 엄마는 울프가 "남자가 바라는 여성상"이라고 말한 그 천사가 되는 데 거의 성공했다. 남자들은 엄마에게 마음을 뺏겼다. 모든 남자들이 말이다. 의사, 차량 정비사, 교수, 바퀴벌레 구제업자. 정육점 주인들은 엄마에게 주려고 송아지 췌장을 따로 빼두었다. 또한 엄마는 딸에게 무엇이든 열심히 할 것을 요구하고 지지해주고 잘 돌봐주는, 온화하고 다정하고 활기가 넘치는, 즉 최고의 엄마였다. 그리고 그 후 60대가 되었을 때 엄마는 최고의 작가가 되었다.

엄마는 다른 여성들이 보통 그렇듯 동화책을 쓰는 것에서부터 시작했다. 남자들과 경쟁하지 않고 "가정 영역"에 남아 있으면서 말이다. 엄마가 쓴 동화책 중 하나인 《그린 크리스마스*A Green Christmas*》는 모든 여섯 살짜리 아이들의 크리스마스 양말에 들어 있어야 할 사랑스러운 책이다. 그 후 엄마는 정말 재미나고 로맨틱한 자전적 소설을 한 권 썼다. 이때까지는 아직 안전한, "여성스러운" 분야다. 그 다음 엄마는 《내륙의 고래*The Inland Whale*》에서 아메리칸 원주민의 영토를 탐험했다. 그 후 엄마는 개척자들이 자행한 원주민 대학살에서 유일하게 살아남은 이시Ishi라는 이름의 원주민 이야기를 써달라는 요청을 받았다. 엄청난 조사량과 도덕적 감수성, 구성 및 묘사 능력을 필요로 하는 진지하고 위험한 주제였다.

그래서 엄마는 그 이야기를 썼다. 아마 그 책은 캘리포니아 대학 출판부에서 나온 첫 번째 베스트셀러였을 것이다. 《이시*Ishi*》는 여전히 여러 국가에서 다양한 언어로 출판되고 있고 캘리포니아의 여러 학교에서 교재로 이용되고 있으며 여전히, 또 마땅히 사랑받고 있다. 《이시》는 주제 면에서 상당히 가치 있는 책일 뿐만 아니라 매우 정직하고 힘 있는 책이기도 하다.

자, 엄마가 60대에 그 훌륭한 책을 썼다면, 30대에는 무엇을 쓸 수 있었을까? 어쩌면 엄마는 정말로 "준비가 안 되었던" 걸 수도 있다. 하지만 어쩌면 엄마는 잘못된 천사의 말을 들었던 걸 수도 있다. 우리는 엄마가 쓴 책들을 더 많이 읽을 수 있었을지도 모른다. 엄마가 그 책들을 썼더라면 오빠들과 나는 많은 것들을 빼앗기고 고생하며 자랐을까? 그랬다 하더라도 나는 벳시 고모와 다른 가족들이 우리가 빼앗긴 것을 다시 되찾아주었을 거라고, 그렇게 문제없이 흘러갔을 거라고 생각한다. 우리 아빠에 대해 말하자면, 엄마의 글쓰기가 아빠에게 피해를 주거나 엄마의 성공이 아빠를 위협했을 거라고는 생각하지 않는다. 하지만 나는 알 수 없는 일이다. 내가 아는 것이라고는 엄마가 한번 글을 쓰기 시작한 후로(엄마는 아빠가 살아 있을 때 글을 쓰기 시작했고, 엄마와 아빠는 몇 가지 일을 같이 하기도 했다) 절대 멈추지 않았다는 것뿐이다. 엄마는 자신이 사랑하는 일을 찾았다.

아빠가 돌아가시고 얼마 되지 않아 《이시》가 엄마가 그토록 필요로 했던 찬사와 성공을 가져다주고 있었을 무렵, 내가 출판사에 보낸 원고들은 하나같이 천편일률적인 대답과 함께 되돌아오고 있었다. 그때 언젠가 엄마는 내가 받은 거절의 쪽지를 보고 눈물을 터뜨리며 나를 위로해주려고 당신은 자기 자신이 아닌 나를 위해 보상과 성공을 얻길 바란다고 말했다. 정말 다정한 말이었다. 그 당시에도 나는 지금과 다름없이 엄마의 그 말을 소중하게 여겼다. 엄마의 말이 사실이 아니어도, 내가 엄마의 말이 사실이라고 믿지 않았어도 달라지는 건 없다. 물론 엄마는 나를 위해 자신의 성취와 작품을 희생하고 싶어 하지 않았다. 도대체 엄마가 왜 그래야 하는가? 엄마는 글쓰기의 즐거움과 괴로움, 지적 흥분, 글쓰기에 대한 전문적 이야기를 나와 나누면서 자신의 성공에서 나와 함께할 수 있는 걸 공유했다. 그뿐이다. 천사 같은 이타심은 없다. 내가 쓴 원고가 책으로 출판되기 시작했을 때도 우리는 나의 성취를 함께 나누었다. 엄마는 80대까지도 글을 썼다. 엄마는 쓰라린 기색 없이 내게 이렇게 말했다. "좀 더 일찍 글을 쓰기 시작했으면 좋았을 텐데. 이제 시간이 별로 안 남았어." 엄마는 세 번째 소설을 집필하던 중에 돌아가셨다.

나에 대해 이야기하자면, 나는 세 아이를 낳고 스무 권의 책을 씀으로써 책 아니면 아기라는 규칙을 누가 봐도 명백하게 거역했다. 스무 명의 아이와 세 권의 책이 아니어서 얼마나 다행인지. 내가 속한 인종과 계급, 내가 가진 돈과 건강 덕분에, 특히 남편의 지원 덕분에 나는 아슬아슬한 두 줄타기를 그럭저럭 해낼 수 있었다. 남편은 내 아내가 아니다. 하지만 남편은 결혼에 상호 협력이라는 전제를 두었다. 그러한 바탕 위에서는 정말 많은 일을 할 수 있다. 우리의 노동 분업 방식은 상당히 관습적이었다. 나는 집안일과 요리, 아이 돌보기, 소설 쓰기를 맡았는데 내가 그걸 원했기 때문이다. 남편은 교수로 일하며 자동차와 고지서, 정원을 책임졌는데 남편이 그걸 원했기 때문이다. 아이들이 어렸을 때 나는 밤에 글을 썼다. 아이들이 학교에 입학했을 때 나는 아이들이 학교에 가 있는 사이에 글을 썼다. 그때 나는 풀을 뜯는 소처럼 글을 썼다. 내가 도움을 필요로 하면 남편은 도와주었고, 내 요청을 대단한 부탁으로 만들지도 않았다. 그리고 이게 가장 중요한 사실인데, 남편은 내가 글 쓰는 시간과 내 작품이 받은 축복을 시기한 적이 단 한 번도 없다.

바로 그게 문제다. 원한과 부러움, 질투, 앙심. 남자들은 자기를 위해 봉사하고 자신의 신체와 안락함과 자녀들을 배불리는 일이 아니라면 여성이 하는 모든 일에 원한과 부러움, 질투, 앙심을 갖는 것이 너무나도 자주 허용되고, 또 그렇게 훈련받는다. 그 원한에 맞서서 계속 일을 하려는 여성은 축복이 저주로 변하는 것을 보게 된다. 그리고 반항하며 혼자 힘으로 모든 것을 해내야 하거나, 절망에 빠져 입을 다물어버린다. 예술가라면 누구든 수년 동안, 어쩌면 평생 동안 다른 이들의 철저하고 합리적인 무관심 속에서 일하게 될 것을 예상해야 한다. 하지만 매일 반복되는 앙심에 찬 개인적 반대에 맞서 일을 잘할 수 있는 예술가는 아무도 없다. 그리고 그게 바로 많은 여성 예술가들이 같이 사는 사랑하는 사람들에게서 얻는 반응이다.

나는 그런 반응을 면할 수 있었다. 나는 자유로웠다. 자유롭게 태어났고, 자유롭게 살았다. 수년 동안 이런 개인적 자유는 나의 글이 특정 판단과 가정에 얼마나 통제받고 제한받았는지를 무시할 수 있게 해주었다. 나는 그러한 판단과 가정이 나의 것인 줄 알았으나 사실 그것은 남성 우월 사회의 이데올로기가 내면화된 것이었다. 관습을 뒤엎을 때조차 나는 스스로를 속였다. 내가 공상과학, 판타지, 청소년 소설이라는 괄시받는 변두리 장르를 선택한 것은 이 장르들이 비평과 학계, 규범의 감시에서 배제되어 예술가를 자유롭게 놔두기 때문임을 깨닫는 데만 수년이 걸렸다. 이 장르들이 "문학"에서 배제되는 것은 정당하지 않고 정당화될 수도 없으며 이건 수준의 문제가 아니라 정치적 문제라는 사실을 깨닫고 말할 수 있을 만큼 재치와 배짱을 기르는 데까지 10년도 넘는 시간이 걸렸다. 주제 선택에서도 마찬가지였다. 1970년대 중반까지 나는 영웅의 모험담과 첨단 기술을 가진 미래, 권력의 중심에 있는 남성에 관한 소설을 썼다. 소설 속에서 중심인물은 남성이었고, 여성은 주변적이고 부차적이었다. 왜 여성에 관한 소설은 쓰지 않니? 엄마가 물었던 적이 있다. 나는 이렇게 대답했다. 어떻게 써야 하는지 몰라서요. 멍청하지만 정직한 대답이었다. 나는 여성에 관해 어떻게 글을 써야 하는지 몰랐다(당시에 그걸 아는 사람은 거의 없었다). 나는 남성이 여성에 관해 쓴 것이 진실이라고, 그것이 여성에 관해 글을 쓰는 올바른 방법이라고 생각했다. 그리고 난 그렇게 할 수 없었다.

엄마는 내가 필요로 하는 걸 내게 주지 못했다. 페미니즘이 다시 부흥하기 시작했을 때 엄마는 페미니스트를 "그 여성해방하는 치들"이라고 부르며 싫어했다. 하지만 그보다 훨씬 전에 나를 내가 필요로 했던 것으로, 버지니아 울프에게로 이끌어준 사람이 바로 엄마였다. "우리는 자기 엄마를 통해 과거를 되짚어본다." 그리고 우리에게는 엄마가 많다. 신체의 엄마와 영혼의 엄마들 말이다. 내가 필요로 했던 건 페미니즘과 페미니즘 문학 이론과 비평과 실천이 내게 줬어야 했던 것이었다. 지금 나는 그것들을 손에 쥐고 있다. 페미니즘이 고팠던 시절 나의 보물이었던 《3기니*Three Guineas*》뿐만 아니라 《노튼 여성문학 선집*Norton Anthology of Literature by Women*》과 재판reprint 전문 출판사, 여성 언론의 풍요로움까지 말이다. 우리 이번엔 꼭 붙잡고 놓치지 말자.

또한 페미니즘은 내가 속한 사회와 나 자신뿐만 아니라 (현재의) 페미니즘 자체를 비판할 수 있도록 힘을 주었다. 책 아니면 아기라는 거짓 믿음은 여성혐오의 문제이기도 하지만 페미니스트의 문제일 수도 있다. 내가 너무나도 존경하는, 또한 내가 여성

간의 연대 의식과 희망을 얻곤 하는 출판물에 글을 쓰는 여성 작가 중 몇몇은 마치 이성애가 곧 동성애 차별인 것처럼 계속해서 "이성애자 여성이 페미니스트가 되는 건 사실상 불가능하다"라고 선언하고 있다. 또한 페미니즘을 형성하기 위해서는 레즈비언이거나 아이가 없거나 흑인이거나 아메리칸 원주민인 여성이 가진 사회적 주변성이 "반드시 필요한 것처럼 보인다"라고도 말한다. 이 시점에서 글 쓰는 여성으로서 내가 아주 조금이라도 가치 있는 페미니스트가 되어야 한다고 믿으며 이러한 판단을 나에게 적용하면, 나는 다시 한 번 배제된다. 사라져버린다.

내가 이해하는 바에 따르면 이 배타주의자들의 논리는 사회가 이성애자 아내, 특히 자식을 둔 어머니에게 부여하는 물질적 특권과 사회적 승인이 특권을 갖지 못한 여성과의 연대를 막고 페미니즘적 행동을 이끌어내는 일종의 분노와 생각을 단절시킨다는 것이다. 어느 정도는 사실이다. 어쩌면 많은 여성들에게 있어 사실일 것이다. 나는 오로지 나의 경험으로써만 이 주장에 반대할 수 있다. 나의 경험은 아내/엄마라는 "역할"에 갇힌 여성들의 삶을 구하기 위해서 페미니즘이 반드시 필요하다는 것이다. 우리 사회가 가정주부이자 어머니인 이들에게 부여한 특권과 승인은 사실상 무엇으로 이루어져 있는가? 끝없이 이어지는 광고의 대상이 되는 것? 심리학자들로부터 자녀의 정신 건강을 전적으로 책임져야 한다는 말을 듣는 것? 정부로부터 자녀의 복지를 전적으로 책임져야 한다는 말을 듣는 것? 그것도 감상적인 전쟁광들에게 주기적으로 애플파이 취급을 받으면서? 내가 아는 모든 여성들에게 사회적 "역할"로서의 엄마됨은 그저 다른 사람들이 하는 일을 다 하면서 거기에 더해 아이까지 키워야 한다는 것을 의미

할 뿐이다.

여성이 엄마라는 "역할"을 받아들이면 공적이고 정치적이고 예술적인 책임이 사라진다는 논리에서 엄마들을 가부장제가 발명한 가공의 공간인 "사적인 삶"으로 밀어 넣는 것은 늙은 노바대디Old Nobodaddy의 게임을 하는 것과 같다(nobodaddy는 윌리엄 블레이크의 시에 나온 구절로, nobody와 daddy를 합친 말이다. 그 누구의 아버지도 아닌 거짓 신, 힘을 잃은 신을 의미한다-옮긴이). 그에게 유리한 조건에서, 그의 규칙에 따라.

《결말을 넘어서는 글쓰기*Writing Beyond the Ending*》에서 듀플레시스는 여성 소설가들이 여성 예술가를 묘사하는 방식을 보여준다. 여성 소설가들은 여성 예술가를 윤리적 힘을 지닌 사람으로, "자신 또한 몸을 담그고 있는 사회를 변화시키기 위해" 애쓰는 행동가로 그려낸다.[36] 아이를 낳고 기르는 것은 할 수 있는 한 삶에 깊이 몸을 담그는 것이다. 하지만 그것이 언제나 물에 빠져 죽는 결말로 이어지는 건 아니다. 우리는 수영을 할 수 있다.

내가 이 글을 발표할 때마다 누군가는 그 점을 콕 집어 내가 슈퍼우먼 신드롬을 옹호하고 있다고, 여성이라면 아이를 낳고 책을 쓰고 활발하게 정치에 참여하고 완벽한 초밥을 만들 수 있어야 한다는 말을 하고 있다고 이야기할 것이다. 나는 그런 말을 하는 것이 아니다. 우리는 모두 슈퍼우먼이 될 것을 요구받는다. 내가 요구하는 게 아니라, 우리 사회가 그걸 요구한다. 내가 말할 수 있는 건 아이를 키우면서 글을 쓰는 게 9시부터 5시까지 일을 하고 집안일까지 하면서 아이를 키우는 것보다 훨씬 쉽다고 생각한다는 것이다. 하지만 바로 그것이 우리 사회가 엄마와 가족을 감상적으로 다루는 와중에 대부분의 여성에게 요구하는 것이다(사회가 엄마와 가족에게 아무 일도 주지 않고 복지에 떠맡기고는 '어머니, 푸드스탬프 받아서 애들 키우세요, 군대에 애들이 필요하거든요'라고 말하는 경우를 제외하면 말이다). 슈퍼우먼에 관해 말하자면, 저 사람들이 슈퍼우먼이다. 저 사람들이 심각한 어려움에 처해 있는 엄마들이다. 저 사람들이 사생활이나 공적인 목소리가 없는 주변부의 여성들이다. 다른 사람이 아닌 바로 이들 때문에 여성 예술가들에게 "자신 또한 몸을 담그고 있는 사회를 변화시키기 위해 애를 쓸" 책임이 있는 것이다. 이제 다시 우리의 어부 여성이 앉아 있는 호숫가로 돌아가 보자. 우리의 여성 작가는 상상력이 너무 깊은 곳까지 나아갔기 때문에 상상력을 붙잡아 세웠다…. 상상력은 여전히 낮은 목소리로 욕을 내뱉으며 몸을 말린 다음 다시 블라우스를 입고 어부 여성의 딸인 작은 소녀 옆에 앉는다. "너 책 좋아하니?" 상상력이 이렇게 묻자 아이가 대답한다. "그럼. 옛날엔 책을 먹곤 했는데, 이제는 책을 읽을 수 있어. 나 혼자서 베아트리스 포터Beatrix Potter 책도 다 읽을 수 있다구. 나중에 크면 엄마처럼 책을 쓸 거야."

"조 마치나 테오도라가 그랬던 것처럼 네 아이들이 다 클 때까지 기다릴 거니?"

아이가 대답한다. "음, 안 그럴 것 같은데. 난 그냥 바로 쓸 거야."

"그럼 넌 해리엇과 마거릿이 그랬던 것처럼, 수많은 해리엇과 마거릿들이 지금도 그러고 있는 것처럼 풀타임 일을 두 개나 하느라 종종거리면서 인생의 황금기를 고생스럽게 보낼 거야? 그렇게 하는 게 너의 삶과 예술을 아무리 풍요롭게 할지라도, 사실상 둘을 병행하는 게 불가능한데?"

작은 소녀가 대답한다. “잘 모르겠어. 그렇게 해야 해?”

상상력이 말한다. “응. 네가 부자가 아니고 애들을 낳길 원한다면.”

이성의 아이가 답한다. “하나나 둘은 낳고 싶을 것 같아. 하지만 남자들은 일을 하나만 하는데 왜 여자들은 일을 두 개나 하는 거야? 말이 안 되는 거 아냐?”

“나한테 물어보지 마!” 갑자기 상상력이 버럭 소리를 지른다. “난 밥 먹기 전까지 그보다 더 나은 방식을 열 개도 더 생각해낼 수 있다고! 하지만 누가 내 말을 들어주겠어?”

아이는 한숨을 쉬고 엄마가 낚시하는 모습을 바라본다. 어부 여성은 상상력이 낚싯줄을 물고 있지 않다는 걸, 낚싯줄에 아무것도 걸리지 않는다는 걸 잊고 평화로운 시간을 즐기는 중이다. 아이는 부드러운 목소리로 다시 입을 뗀다. “이모, 질문이 있어. 작가에게 꼭 필요한 한 가지가 뭐야?”

“그건 말해줄 수 있지.” 상상력이 말한다. “작가에게 꼭 필요한 한 가지는 불알이 아냐. 무아이 공간도 아냐. 증거를 갖고 엄정하게 말하자면, 자기만의 방도 아냐. 비록 자기만의 방은 다른 성별을 가진 사람들의 호의와 협력, 또는 같은 지역에 있는 출판 대리인만큼이나 큰 도움이 되지만, 꼭 자기만의 방이 있진 않아도 돼. 작가에게 꼭 필요한 한 가지는 연필과 약간의 종이야. 그거면 충분해. 자기 홀로 그 연필을 책임진다는 걸, 그 연필로 종이 위에 쓴 것을 자기 홀로 책임진다는 걸 알고 있다면 말이지. 즉, 자기가 자유롭다는 걸 안다면 말이야. 완벽하게 자유로운 건 아냐. 절대로 그럴 순 없어. 어쩌면 정말 조금밖엔 자유롭지 못할지도 몰라. 어쩌면 간신히 얻어낸 짧은 시간 동안 자리에 앉아 글 쓰는 여성이 되어 머릿속에 있는 호수에서 낚시를 하는, 오로지 이 순간에만 자유로울지도 몰라. 하지만 이때만큼은 책임을 지는 거야. 이때만큼은 자율적인 거야. 이때만큼은, 자유로운 거야."

"이모." 작은 소녀가 말한다. "지금 이모랑 낚시하러 가도 돼?"

사라 러딕

‘엄마들’에 대해 말하기

〈'엄마들'에 대해 말하기Idealization and Material Power〉

《모성적 사유: 평화학을 향하여*Maternal Thinking: Toward a Politics of Peace*》에서 발췌(1989)

♦ ———

사라 러딕Sara Ruddick은 《모성적 사유: 평화학을 향하여*Maternal Thinking: Toward a Politics of Peace*》(1989, 1995)의 저자로 여성 작가와 예술가, 과학자, 학자들이 자신의 삶과 작업에 대해 쓴 에세이 모음집 《해답을 찾아서*Working It Out*》와 여러 명의 여성이 여성을 대상으로 한 자신의 작품에 대해 쓴 에세이 모음집 《비트윈 위민*Between Women*》의 공동 편집자이기도 하다. 줄리아 하닉스버그Julian Hanigsberg와 《마더 트러블: 현대의 모성적 딜레마를 재사유하기*Mother Troubles: Rethinking Contemporary Maternal Dilemmas*》(1999)를 쓰고 공동 편집했다. 페미니스트 평화학에 관해 계속 글을 계속 썼으며 2011년에 영면했다.

이상화와 엄마의 권력

엄마 노릇이란 참 말하기 어려운 주제다. 우리는 카드에 적을 법한 감상적 문구에 압도되어 엄마들의 일이 가진 평범한/기이한 즐거움과 고통을 포착할 현실적 언어를 갖고 있지 못하다. 전쟁과 가난, 인종차별은 엄마들이 행하는 최선의 노력을 왜곡한다. 전쟁과 가난, 인종차별은 잘못된 엄마 노릇이 초래한 슬픔이 아니다. 사회가 초래한 것이며, 정치를 통해 해결할 수 있는 문제다. 하지만 충분히 예방할 수 있었던 사회악이 아이들에게 폭력을 가할 때 엄마들에게 그 악을 예방할 힘이 전혀 없는데도, 엄마 노릇은 고통스럽고 혹독하다. 많은 사회에서 엄마됨 이데올로기는 여성을 억압한다. 엄마됨 이데올로기는 엄마의 일을 건강과 즐거움, 야망을 희생해야 하는 가장 중요한 정체성으로 정의한다. 그러한 희생은 아이들의 안녕에 전혀 도움이 되지 않는데도.

그러한 희생은 엄마들의 일에 내포된 본질이 아니며, 심지어 가난하고 억압받는 집단에서조차도 좋은 때에 아이들이 가져다주는 즐거움으로 상쇄된다. 엄마들이 엄마 노릇을 하느라 주로 희생자가 된다는 말은 많은 여성들의 경험과는 다른 터무니없이 부정확한 설명이며 그 자체로 엄마들을 억압한다. 많은 여성들의 경우 엄마 노릇은 절절하고 열렬한 사랑에서 시작되며 엄마 노릇에 내포된 양가감정이나 분노는 이 사랑을 파괴하지 못한다. 많은 엄마들은 초기에 엄마로서의 효능감, 즉 자신이 아이들을 잘 돌볼 수 있고 잘 돌보리라는 감각을 개발한다. 또한 엄마들은 다른 엄마들과 함께 즐거움이나 인정을 공유할 때, 아이의 할머니와 할아버지가 감사와 자랑스러움을 표현할 때, 특히 파트너가 고마움이 담긴 열렬한 사랑을 보여줄 때 엄마 노릇에 대한 사회적 보상을 받는다. 집에서 엄마들은 다른 노동자들에 비해 자신이 하는 일 하나하나에 더 큰 통제권을 갖는다. 자신이 따로 하고 있는 일이 무엇이든 간에 많은 엄마들은 엄마들의 공동체에 소속감을 느끼며, 다른 엄마들이 보내는 따뜻함과 지지는 다른 동료관계에 비할 바 없이 크다. 또한 거의 모든 엄마들은 아이들이 무럭무럭 커 나갈 때 행복을 느낀다.

하지만 아이들이 항상 무럭무럭 커 나가기만 하는 건 아니다. 운이 가장 좋은 아이들조차도 종종 아프고, 외롭고, 못되게 굴고, 의기소침하고, 두려움에 휩싸인다. 아이들이 겪는 감정적·신체적 고통은 엄마들을 괴롭게 하고 무력감과 죄책감을 유발한다. 보통 엄마들은 자기가 가진 능력을 통해 쉽게 즐거움을 얻지 못한다. 가장 좋은 날들에도 엄마들은 최선을 다할 수 있을 뿐이며 그마저도 결국에는 "충분"해 보이지 않는다. 엄마들은 엄마 노릇에 내재되어 있는 유혹에 굴복한다. 소유욕과 편협함, 두려움, 쾌활한 부정, 거만함, 독선, 자기희생, 자기 자신조차도 무서워질 때가 있는 질서에 대한 집착…. 몇 가지만 나열해도 이 정도다. 엄마들은 아이들이 몹시 분노하게 만들고는 스스로에게 실망한다.

실제 삶에서와 마찬가지로 글을 쓸 때 역시 감상적이지 않게 엄마됨이 주는 즐거움을 서술하기란 쉽지 않다. 거짓된 비애 없이 엄마됨이 가진 필연적 고통을 논하는 것도, 엄마됨의 암울한 측면과 만족스러운 측면 사이에서 균형을 잡는 것도, 각각을 진정성 있게 말하는 것도 쉽지 않다. 평소에 나는 엄마들의 "분투", 특히 폭력적으로 굴지 않기 위한 분투에 관해 글을 쓰기 때문에 엄마들의 실제 행동에 들어 있는 공격적인 요소를 강조한다. 언젠가 내가 엄마들이 아이들을 지배하고 창피 주고 증오하고 때린다고 말했을 때 어떤 사람이 내가 엄마 노릇을 "사랑이 아닌 전쟁"처럼 보이게 만든다고 항의한 적이 있다. 엄마들이 갖고 있다고들 하는 "평화로움"은 대개 상냥하고 배려 있는 온화함을 뜻한다. 하지만 그런 생각은 평화에 오명을 씌우며 엄마가 있거나 자신이 엄마인 거의 모든 사람들을 소외시킨다. 엄마들의 평화로움은 사랑하는 방식일 뿐만 아니라 싸우는 방식이기도 하며, 온화한 만큼 험악하다. 그럼에도 불구하고 엄마들은, 엄마 노릇이라는 일의 필수 요소로서, 싸움을 하지 않는다. 아이들과 싸우고, 아이들을 대신해서 싸우고, 아이들 사이에서 싸우는 것이 엄마들의 삶의 중요한 측면임에도 말이다. 게다가 훌륭하지 못한 엄마라고 해도 날마다 폭력적인 건 아니다. 아이들이 죽지 않고 살아 있다는 게 그 증거다.

내가 엄마들에 대해 이야기할 때 발생하는 우울함은 모성적 사유에서 오기도 한다. 철학자인 퍼스C. S. Peirce에 따르면 우리는 마음이 동요할 때 사유하며, 사유의 목적은 평정을 되찾는 것이다. 갈등과 문제가 우리를 사유하게 만든다면, 어떠한 일에서 발생하는 사유를 분명하게 표현하기 위해 그 일을 설명하는 것은 곧 평소 그 일에서 발생하는 문제를 찾는 것이다. 엄마들의 일이 가진 문제를 파악하려면 엄마들의 삶뿐만 아니라 아이들의 삶에 존재하는 불행한 순간들에 주목해야 한다. 이처럼 엄마와 아이들이 겪는, 모성적 사유를 촉구하는 불행한 순간들을 강조할 때면 나 또한 아이들의 고통과 엄마들의 혼란 및 양가감정에 마음이 동요된다. 나는 글에서 눈을 돌려 길을 걷고 있는 아이들과 엄마들을 본다. 그리고 내가 인간적으로 평범한, 평범하게 행복한 삶들 속의 불행을 강조해왔음을 깨닫는다.

엄마들과 이야기를 나눌 때(그중 몇몇은 페미니스트다) 나는 종종 냉소적인 사람으로 여겨진다. 페미니스트들 사이에서(그중 몇몇은 엄마다) 나는 종종 이상주의적인 사람으로 여겨진다. 실제로 나는 내가 엄마들을 실제 우리보다 분명 더 나아 보이게 묘사하는 걸 느낀다. 엄마들이 궁지에 몰려 있는 한 나는 엄마들의 편이며, 내가 어떤 말을 쓰든 나의 감정은 드러난다. 다른 한편 나 또한 엄마이기 때문에 훌륭한 엄마 노릇을 감상적으로 묘사하는 것이 얼마나 사람을 힘 빠지고 지루하게 만드는지 잘 알고 있다.

이상화된 좋은 엄마의 모습은 많은 실제 엄마들의 삶에 길고 긴 그림자를 드리운다. 우리가 살고 있는 시대에 완벽하게 보살핌을 받는 완벽한 아이들과 완벽한 순간들은, 만약 그런 것이 있다고 해도, 거의 없다. 자기 회의는 다른 사람들의 참견으로 더욱 커진다. 아이가 나쁜 행동을 하거나, 성취가 부진하거나, 아니면 그냥 슬픔에 빠질 때, "전문가"들은 자부심이 강한 엄마들의 자신감도 꺾어놓을 수 있다. 아이의 아빠, 조부모, 심지어 엄마의 가장 친한 친구들도 심판자처럼 보일 수 있다. 가장 가슴 아픈 것은 아이들이 엄마가 야기한 불행을 너무나도 명백하게 안다는 것이며, 실제로 아이들은 그래야 한다. 좋은 엄마의 그림자 밑에서 살아가는 엄마들, 그러면서도 자신이 그동안 아이들에게 화를 냈음을 잘 알고 아이들을 때리고 방치했던 사건들을 기억하는 엄마들은 자신의 삶이 가장 친한 친구에게도 말할 수 없는 부끄러운 비밀로 얼룩졌다고 느끼게 된다.

이상화된 좋은 엄마는 나쁜 엄마가 만들어내는 두려움과 판타지를 수반한다. 모순적이게도 엄마들은 스스로 나쁜 엄마라고 느끼지 않기 위한 보호물로써 나쁜 엄마라는 개념을 반길 수 있다. 정말 나쁜 엄마들의 유해함은 구체적이고, 피할 수 있으며, 자신의 유해함보다도 더욱 나쁘다. 때때로 경쟁심이 강한 엄마는 스스로도 확신이 안 서는 자신의 우월함을 주장하려는 목적에서 이웃 엄마를 "나쁜 엄마"라고 묘사한다. 하지만 그러한 순간이 아무리 큰 위로를 주더라도 나쁜 엄마는 결국 나쁜 엄마에 의존하는 사람들을 불안하게 만든다. 떳떳하지 못한 비밀은 갈수록 곪아간다. "우월한" 엄마의 아이들도 불행한 날들을 보낸다. 자기보다 더 나쁜 타인에게서 위로를 얻는 엄마는 자기 안에서 그와 똑같은 "유해함"을 발견한다.

여성이 자녀 양육을 책임지는 문화가 많은 만큼 "나쁜" 엄마의 형태도 다양할 것이다. 특히 나의 흥미를 끌었던 나쁜 엄마는 맘Mom이다. 맘은 제2차 세계대전 이후 나타난 나쁜 엄마로 "진짜

성숙한 어머니 여성"인 마더Mother와 대비된다. 맘은 사회 비평가인 필립 와일리Philip Wylie에 의해 유명세를 얻었으며 제2차 세계대전에서 적과 싸우지 못했거나 싸우지 않으려 했던 남자들을 연구한 정신과 의사 에드워드 스트레커Edward Strecker의 이론에서도 나타난다.[37] 스트레커에 따르면 맘은 아들을 너무나도 격렬하게 필요로 했기에 아들이 전쟁에 나갈 때 울며 "악을 썼다." 맘은 아버지의 권위에 순종하지 않았거나 자기만의 생각이 거의 없었던 사람이다. 그 결과 맘의 아들들은 엄마 때문에 망가지거나 엄마와 같은 사람이 되어버렸기에 사람을 죽이지 못했다. 맘 같은 나쁜 엄마들이 무서운 것은 이들이 엄마 노릇이 가진 익숙한 요소, 엄마라면 으레 만나기 마련인 나쁜 순간들에서 비롯되기 때문이다. 아이를 향한 맘의 열정과 과보호, 부권과의 혼란스러운 관계는 다 너무나 익숙한 것들이다. "몇몇 엄마들은 〔맘이 되는 병폐의〕 증상을 인지하고 진짜 마더처럼 그 증상과 싸운다. 어떤 엄마들은 그렇게 하지 못한다. 그렇게 또 한 명의 엄마가 맘의 대열에 합류한다."[38] 엄마 자신도 엄마의 이웃도 엄마가 마더인지 맘인지, 그 사이 어디쯤에 있는지 확신할 수 없다. 스트레커가 경고한 것처럼 우리는 겉모습으로 나쁜 엄마를 파악할 수 없다. 나쁜 엄마는 그들의 자식을 통해 알아볼 수 있다.

엄마들이 본래 선하다거나 위험할 정도로 나쁘다는 신화는 실제 엄마들이 하는 일에 대한 어리석은 경멸을 낳는다. 루이즈 카프 하우Louise Kapp Howe는 자신의 저서 《저임금 여성 노동자들*Pink Collar Workers*》 말미에 1975년 "복잡성"의 측면에서 일의 난이도를 측정한 정부 연구를 소개한다.[39] 이 보고서는 모든 직업이 자료와 사람, 사물을 다룰 수 있는 능력을 필요로 한다고 가정하고 각 분야마다 업무의 복잡성과 그 업무를 수행하기 위해 필요한 기술을 측정해 점수를 매겼다. 점수가 낮을수록 복잡하고 높은 기술이 필요하다. 각 숫자는 특정 능력을 나타내고, 이 숫자를 순서대로 합쳐 최종 점수를 낸다. 업무의 복잡성이 가장 큰 것으로 나타난 직업은 외과의사로, 자료 분야에 1점, 사람 분야에 0점, 사물 분야에 1점을 받아 총 101점이 되었다. 높은 능력치를 보여주는 외과의사의 낮은 점수는 자료 분야에 8점, 사람에 7점, 사물에 8점으로 총 878점을 받아 업무 복잡성이 가장 낮은 것으로 평가받은 주차 관리 요원과 대조된다. 순위가 낮은 다른 직업으로는 유기견 보호소 직원(874), 이수 혼합기mud mixer 보조원(887), 닭의 내장을 컨테이너에 퍼 담는 사람(877) 등이 있었다. 인상적인 점은 탁아소 직원(878), 보육원 교사(878), 간호조무사(878) 등 주로 여성이 수행하는 일들이 놀라울 정도로 순위가 낮다는 점이다. 심지어 조산사(378)는 호텔 종업원(368)보다도 기술이 덜 필요한 것으로 평가되었다. 이 연구에 실린 위탁모 업무 설명은 별문제가 없이 강렬한 감정이 잘 억눌려 있는 시기를 서술한다.

> 위탁모는 아이를 가족 구성원으로 받아들이고 본인의 집에서 아이를 키운다. 아이들의 활동을 감독하고 식단과 오락 활동, 휴식 시간, 취침 시간을 규제한다. 아이들이 건강하고 좋은 습관을 갖도록 훈육한다. 어린 아이들의 경우 목욕을 시키고, 옷을 입히고 벗겨준다. 옷가지를 세탁하고 다림질한다. 아이들이 소풍이나 산책을 나갈 때 동행한다. 아이들이 나쁜 행실을 보이면 처벌한다.[40]

위탁모 업무는 총 878점을 받았다.

엄마들의 일이 이 경멸적인 묘사처럼 쉽다면 아무나 엄마 노릇을 할 수 있을 것이다. 하지만 만연한 경멸과 명백하게 다른 시각도 존재한다. 아이에게 무슨 문제가 생길 때마다 엄마는 실패한 것으로 여겨지기 때문에 엄마 노릇은 몹시 어렵다는 시각이다. 다음은 정신분석학적 담론에서 어머니가 논의되는 방식에 대하여 프랑스의 정신분석학자인 모니크 플라자Monique Plaza가 한 이야기다.

> 아이들을 데리고 정신분석 실습을 할 때 나는 아이들의 엄마와 만난다. 이 만남은 격렬하고 고통스럽다. … 나는 엄마 역할을 하는 여성들을 직접 만날 때보다 심리학적 담론("학자"들의 담론, "의사"들의 담론)을 들을 때 더욱더 엄마들에 주목하게 된다. 나는 무엇을 들었는가? 엄마들은 의심스러운 존재라는 것, 만족할 줄 모르는 본능으로 점차 아이들을 질식시키는 존재라는 것. 나는 무엇을 보았는가? (엄마들의) 담론에서 이 본능의 자취를 찾는 것. 엄마들은 열 살 하고도 2개월이 지난 아이들을 여전히 씻겨주는가? 여덟 살하고 7개월 된 아이를 데리러 차를 타고 학교에 가는가? 임신 9개월 때 엄마는 아이를 원했는가? 7개월 때는? 엄마는 아이를 데리고 침대에서 함께 자는가? 엄마는 아버지의 권위를 받아들이는가? 나는 무엇을 읽었는가? 아이의 정신 이상은 엄마의 침입으로 원인을 설명할 수 있다는 것… 공포 영화 같은 끔찍한 엄마… 나는 엄마를 향한 이 방대한 증오의 장치가 여성혐오의 가장 거대하고 효과적인 보루라고 생각한다.[41]

이 "방대한 증오의 장치"는 엄마들과 엄마들이 하는 일에 어마어마한 권력이 있다고 본다. 현실적으로 엄마들의 일과 엄마들을 살피려면 이 권력에 주목할 필요가 있다. 모든 권력은 적어도 어느 정도는 보는 사람의 눈에 달려 있다. 아이에게 엄마는 거대한 존재다. 엄마는 심판이자 교육자, 관객, 부양자이며 엄마의 의지는 관철되어야만 한다.[42] 하지만 아이의 인식과는 달리 엄마는 거의 항상 자기 자신을 비교적 무력한 존재로 경험할 것이다. 가장 좋은 상태의 사회구조에서 엄마는 "자연"의 작동 방식에 신세를 지며, 이 자연의 무심함(아이 또는 아이가 가장 사랑하는 사람이 겪는 질병, 죽음, 피해에서 가장 통렬하게 나타난다)은 최선의 노력도 좌절시킬 수 있다. 첫째 아이가 태어나면 엄마는 아이에 대한 자신의 권력이 제한적이라는 걸 알게 된다. 아이들은 저마다 다른 체질과 체격을 갖고 태어나며 얼마 지나지 않아 타고나는 것으로 보이는 여러 성격 특성과 감정을 나타낸다. 유아의 성격에 선천적인 부분이 많다는 사실을 부정하는 것은 어느 정도 이미 결정되어 "타고난" 관계를 전적으로 관리하기에 달린, 그러므로 비난과 죄책감이 수반되는 관계로 바꾸어버린다. 아이들이 성장하는 과정에서 엄마들은 아이의 지적 능력과 감정, 취향, 야망, 우정, 섹슈얼리티, 정치관, 도덕성을 예측할 수도, 또 통제할 수도 없다.

이 피할 수 없는 무력함에 사회적 무능이라는 사실과 느낌이 더해진다. 많은 엄마들이 아이 아빠의 의지를 따르고 아이 아빠의 욕구에 봉사한다. 특히 엄마가 홀로 산다면 미국은 물론이요 거의 모든 국가에서 엄마는 뚜렷한 형태의 가난을 경험하기 쉽다. 가정의 형태가 어떻건 간에 자기 자신과 아이들의 삶을 결정할 수 있는 엄마의 능력은 경제 정책과 사회 정책에 달려 있으며 엄마들은 이 정책을 거의 통제할 수 없다. 신화와는 달리 엄마들은 사적인 곳에서 일하지 않는다. 엄마들은 언제나 공적인 곳에,

개인 진료소와 병원, 슈퍼마켓, 복지 사무소, 정부 청사, 학교, 영화관, 놀이동산에 있다. 엄마들은 거의 모든 곳에 있다. 그리고 거의 모든 곳에서 루이즈 카프 하우의 글에서 나타난 경멸을, 자신이 아이에게 갖는 권력의 한계를 알게 된다. 심지어 아이의 학교 선생님도 무시하는 태도로 아이 엄마를 대하고 아이 엄마의 조언을 하찮게 여긴다. 소아과 의사에서 징병 관리청 공무원에 이르기까지, 사회복지사에서 정신과 의사에 이르기까지, 전문가들과 함께 있을 때 엄마들의 무력함은 악명 높다.

엄마의 시각에서 보면 무력함은 생생한 진실이다. 하지만 어른들이 자기 엄마를 자신의 신체 활동과 감정적 삶에 막대한 권력을 가졌던 존재로 기억하는 건 환각이 아니다. 특히 엄마가 아이 한두 명과 함께 고립되어 있다면 엄마의 욕망과 기분, 스타일이 아이의 선택을 결정한다. 아이들은 엄마에게서 "모국어", 무엇은 이름 붙일 수 있고 무엇은 비밀에 부쳐야 하는지에 대한 감각, 무엇은 어쩔 수 없이 정해진 것이고 무엇은 바뀔 수 있는지, 누구를 무서워해야 하고 누구의 권위가 가짜인지에 대한 감각을 배운다. "평범한" 삶의 외곽선을 그릴 때 놀랍거나 괘씸하거나 무섭거나 즐거운 사건을 구분하고 아이의 고통 중 어떤 것이 평범한지 또는 가치 있는지를 결정하는 사람은 바로 엄마다. 엄마들은 아이에 관해 무엇을 드러내고 아이를 대신해 무엇을 요구할지 결정하는 과정에서 권력자의 의지와 협상을 할 수도, 권력자의 의지를 사보타주할 수도 있다. 매일매일 자기 자신과 아이들의 삶이 가진 문제들을 처리하는 엄마들은 스스로에게 권력이 있다고 느끼지 않을 수 있다. 세상에는 어떠한 것을 명명하고, 느끼고, 행동할 수 있는 엄마의 능력을 제한하는 외적 요소가 상당히 많다. 하지만 서로의 의지가 맞부딪치는 일상적 갈등 상황에서, 적어도 엄마는 자기 자녀보다는 우위에 있다. 가장 권력이 없는 여성조차도 자신이 어린 자녀보다 신체적으로 강하다는 사실을 알고 있다. 이러한 사실과 함께 부정할 수 없는 심리적 권력이 엄마에게 자녀의 행동을 통제하고 자녀의 인식에 영향을 미칠 수 있는 자원을 준다. 엄마에게 이러한 통제권이 없다면 엄마는 삶을 견딜 수 없을 것이다.

당연하게도, 명민한 엄마들조차 자신의 권력과 무력함을 주지하기가 어렵다. 여성은 무력하면서도 권력이 있으며, 여성의 권력은 두려움의 대상인 만큼 과장되기도 한다. 아기 요람을 흔드는 손이 세상을 지배하지 않는다는 건 분명하다. 엄마들이 가진 진짜 권력은 안정적이지 않다. 오히려 엄마의 권력은 기술의 발달, 개인과 집단의 경제적 자원, 변화하는 사회 및 군사 정책, 고용 기회, 주택 정책, 가족 형태, 아이의 기분과 성취, 안녕, 나이 그리고 당연히 엄마의 건강과 에너지, 엄마 노릇과는 상관이 없는 엄마의 야망에 따라 크게 달라진다. 엄마의 어떤 의지가 실제로 아이에게 피해를 입히는지를 예측하기란 대단히 어렵다. 아이가 입은 피해는 절대로 엄마의 "실패"라는 한 가지 요소에서 비롯되지 않으며, 우리는 기껏해야 골치 아픈 가족과 이 세상에서 엄마가 실수를 저지를 수 있다는 점을 탓할 수 있을 뿐이다.

아이들은 엄마가 권력이 있으면서도 무력한 존재라는 사실을 이해하기 어려워한다. 아이들은 엄마라는 존재에 맞서고 또 의존하며, 필연적으로 엄마를 사랑하는 동시에 원망한다. 권력을 가진 이 엄마라는 존재는 아이 아빠나 선생님, 사회복지사, 의사, 판사, 집주인, 그러니까 세상 앞에서 무력해진다. 권력을 가진 엄마에게 실망한 아이들은 "억지로 엄마를 빼앗겼다고",[43] 그토록 무력한 권력에서 강제로 분리됐다고, 다시 말하면 이제 엄마를 경멸해야만 한다고 느낄 수 있다. 딸은 권력을 가졌으나 무력해진 엄마에게서 버림받았다는 느낌을 남자 형제보다 더 강렬하게 느낄 수 있다. 딸은 엄마와 성별이 같기에 자기가 성인이 된 후 엄마 노릇을 하게 될 거라고 더 쉽게 가정할 수 있기 때문이다.

엄마의 권력이 가진 복잡성은 출산을 할 수 있는, 또는 출산을 거부할 수 있는 생물학적 능력에서 극명하게 드러난다. 여성은 출산을 할 때 신체적 위험에 처한다. 사회가 임신한 여성에게 요구하는 희생과 사회가 임신한 여성에게 제공하는 서비스는 문화에 따라 크게 다르지만 임신과 분만은 여성을 다른 사람의 통제 아래 둔다. 미국에서 여성의 자율성과 임신을 통제할 수 있는 능력은 기술 발전으로 인해 전례 없는 위협을 받고 있다. 이 기술 발전은 빈곤하거나 소수자인 여성의 강제 불임 수술에서부터 부유한 여성의 임신 지원 및 태아 수술fetal surgery에 이르기까지, 다양하고 오만한 의학적 침범의 가능성을 크게 증대시킨다. 그럼에도 불구하고 오직 여성만이 출산을 할 수 있는 한 여성은 사랑하는 사람과 자신이 속한 사회적 집단에게 아이를 낳아줄 수 있는 잠재적 권력뿐만 아니라 그렇게 하지 않을 수 있는 잠재적 권력을 갖는다. 이 권력은 피임이 안전하고 자유롭고 효과적이며 쉽게 낙태가 가능할 때 몇 배로 증가한다. 즉 여성의 권력은 여성의 자율성을 위협하는 바로 그 기술적·의학적 개입으로 인해 더 커지기도 한다.

어떻게 하면 엄마들이 자신의 권력을 들여다보는 방법을 배워 권력의 변화와 타협을 정확히 표현할 수 있을까? 인간이 권력을 원한다는 사실과 엄마도 당연히 인간이라는 사실을 인정하는 것이 좋은 시작일 수 있다. 권력이 있다는 건 자신의 즐거움과 목표를 추구할 수 있는 개인적 힘과 집단적 자원을 갖는다는 말이다. 자기 아이들을 건강하게 키울 수 있고, 아이들을 겁먹게 하거나 비하하는 사람을 이길 수 있고, 엄마 노릇을 도와주며 엄마 노릇과는 상관없는 목표와 사랑을 지원하는 병원과 학교와 일자리와 보육원과 업무 일정을 만들 수 있고, 심지어 아이를 위해 아이와 본인에게 알맞은 연인과 야심을 선택할 수도 있는 권력을 어떤 엄마가 원치 않겠는가?[44] 하지만 엄마들은 보통 권력을 두려워하고 권력을 욕망하지 않으려 한다.

누구나 권력을 갖고 싶어 한다는 사실을 인정한 후에 해야 할 일은 엄마의 시각에서 현실을 바라보는 것이다. 하지만 그건 어려운 일이다. 엄마들도 한때는 아이였다. 엄마들은 여전히 아이에게 벌을 주거나 아이를 무시하는 엄마를 싫어할 수도 있고 엄마의 권력을 두려워할 수도 있으며 엄마들을, 특히 자기 엄마를 경멸하는 문화를 공유할 수도 있다. 어린애 같은 감정에서 쉽게 벗어날 수 있는 어른은 없다. 하지만 어린아이들이 느끼는 격렬한 감정 한복판에서 살아가는 엄마들은 특히 자신이 어린 시절에 가졌던 욕구와 판타지로 돌아가기 쉽다. 게다가 엄마들은 아이들을 대신해 나서거나 아이들과 함께 있을 때 효율적으로 행동하기 위해 일시적으로라도 일부러 아이의 시각을 가지려 애쓴다. 하지만 엄마가 어른의 시각을 잃을 때(종종 있는 일이다) 아이는 혼란스러워한다. 만약 엄마가 엄마로서의 시각, 자기 관점을 갖지 못한다면 자신이 가진 권력뿐 아니라 다른 많은 것들에 대해서도 혼란을 느끼게 될 것이다.

상당히 최근까지도 엄마로서의 시각을 고수하려 애쓰는 엄마들은 예술가나 정신분석가들에게 그리 도움을 받지 못했다. 소설가와 시인들은 아이의 시각이 가진 힘이나 젊은 연인들의 열정, 또는 영웅의 모험을 그려낸다. 주목할 만한 몇몇 예외를 제외하면 소설가와 시인들은 엄마의 시각을 보여주거나 엄마의 시각에서 말하는 일이 거의 없다. 엄마들이 찬양받지 못한다는 말이 아니다. 여성 작가의 글들은 종종 아버지의 상징적이고 오이디푸스적인 질서에 희생되는 "잃어버린 천국", 모국어, 엄마의 집, 엄마의 풍경에 대한 향수를 이야기한다.[45] 기술관료적technocratic이고 가부장적인 사회에 대한 페미니스트들의 비판에 엄마 또는 엄마의 신체에 대한 향수 젖은 판타지가 넘쳐나는 것, 엄마들이 딸로서 그 판타지에 참여하는 것은 그리 놀라운 일이 아니다. 하지만 이 판타지는 아이들의 창작품이다. 엄마들이 그 판타지를 본인이 꾸리고 있는 정신없고 결함 있는 집, 딸들의 판타지와는 너무나도 다른 자신의 집과 연결시키는 것은 어려운 일이다.

정신분석 이론은 아이의 관점에서 가정생활 속의 감정들을 우리에게 들려준다. 보통 "엄마"는 선하거나 악한 권력자이거나 침묵하는 타자로서의 거울이며, 아이들은 이 거울을 통해 엄마의 개입 없이 *자신의* 정체성을 확인한다. 당연하게도 정신분석 이론은 엄마의 권력을 이상화하며, 때로는 아이가 초기에 엄마와 맺는 관계가 젠더 정체성의 변화뿐만 아니라 일과 사랑 같은 기본적인 능력까지도 결정한다고 본다.[46] 엄마가 이 이론들을 본다면 자신을 "전 오이디푸스기"로, 좋거나 나쁜 것으로, 모성적 신체로, 특히 하나의 가슴으로 환원해버리는 아이의 시각(그리고 분석가들의 명명) 안에서 자신의 경험이 완전히 사라져버렸다고 느낄 수 있다. 엄마가 자책감에 빠지지 않는다면 이러한 판타지들이 자신을 희화화하고 공격한다고 느낄 수 있다. 엄마는 자신의 "마술적인" 가슴/신체/자아를 엄마의 시각으로 바라보기 때문이다.

때로는 페미니스트들이 엄마를 침묵시키는 문화를 긍정하는 것 같기도 하다. 몇몇은 엄마의 집을 남성의 언어와 문화 바깥에 있는 것으로 바라보는 낭만적 견해를 공유하는 것처럼 보인다.[47] 하지만 많은 여성들에게 있어 페미니스트가 되는 것은 엄마의 희생이라는 억압적 전통을 부수는 것과 떼어놓을 수 없다. 평화운동가인 이네스트라 킹Ynestra King은 다음과 같이 주장한다.

> 그동안 여성해방 운동은 분노하고 저항하는 딸들의 목소리로 말을 했다. 엄마들이 여성해방 운동에 참여할 때조차 말하는 주체는 엄마들 마음속의 학대당한 딸일 때가 많다. 우리 각각은 딸로서 엄마들의 현실을 바라보는 데 익숙하다. 하지만 우리 대부분은 페미니스트가 되는 과정에서 자기희생적이고 이타적이며 바다와 같이 관대하고 순교자처럼 조건 없는 사랑을 베푸는 엄마(본인이 자기 엄마를 이렇게 바라보았기 때문이다)를 거부해왔다. 우리의 일부가 되어 우리를 억압하는 데 공모하는, 우리 안의 그 엄마를 거부해왔다.[48]

다행스럽게도 페미니스트 전통 안에서 엄마와 엄마들의 일을 두려워하지도, 이상화하지도 않는 작가들이 많다. 이 페미니스트 작가들은 너무나도 많은 여성의 경험을 망치는 억압적이고, 제한적이고, 서로를 고립시키는 엄마됨의 관습에서 엄마들의 경험을 분리해낸다. 이들은 성인이 된 아이들, 즉 우리 모두가 엄마의 독립적이고 주체적인 자아를 인정해야만 한다고 주장한다. 메리 헬렌 워싱턴Mary Helen Washington은 "엄마가 남긴 유산에서 자신의 창조적 힘을 자유롭게 풀어줄 수 있는 열쇠를 발견한" 다양한 집단의 흑인 여성들에 대해 이야기하면서 다음과 같이 말한다.

> 교육받은 딸들은 자신의 삶에 새겨진 엄마의 서명을 더욱 분명히 하고 엄마의 언어와 엄마의 기억, 엄마의 신화를 보존하기 위해 엄마들이 "온전히 읽을 수 없었던 봉인된 편지"를 열어야 한다.

그러나 워싱턴은 동료 여성 비평가들에게 경고한다.

> 우리가 엄마의 서명을 분명히 읽어낼 수 있으려면 엄마를 딸의 지배에서 해방시켜야 할 것이다. 우리는 엄마를 딸들이 상상할 수조차 없는 수수께끼를 가진, 독립적이고 개성 있는 존재로 더욱 정직하게 재현해야 한다.[49]

토니 모리슨Tony Morrison의 소설 《타르베이비*Tar Baby*》에 나오는 등장인물 온딘Ondine은 엄마의 말에 귀 기울이는 딸이 될 것을 모든 여성들에게 요구한다.

> 딸이 되는 법을 배우지 못한다면, 여성이 되는 방법 또한 절대 알 수 없다. … 딸이 되기 위해 꼭 친엄마가 있어야 할 필요는 없다. 필요한 것은 오로지… 나보다 나이 많은 사람들을 더욱 소중하게 대하는 것뿐이다. … 딸은 자신이 어디서 왔는지에 관심을 갖는 여성, 자신을 돌봐주었던 사람들을 돌보는 여성이다.[50]

딸이 되는 방법을 배우는 것은 곧 모성적 사유를 기대하고 존중하는 법을 배우는 것이다. 그리고 이는 엄마들의 이야기를 경청하는 것을 의미한다. 존경심을 갖고 모성적 사유를 경청하는 것은 엄마들을 업신여기고 엄마들의 일을 평가 절하하는 상황을 수용하는 것과는 분명히 다르다. 엄마들이 경험하는 경멸을 생각하면, 경청은 저항의 행동이라고 할 수 있다. 정중한 경청은 현재의 상황을 받아들이는 것이 아니며 엄마들의 목소리를 그 자체로 찬양하는 것은 더더욱 아니다. 딸들은 힘들게 얻어서 힘들게 지키고 있는 비판적 태도를 쉽게 포기하지 않는다.

더욱 중요한 것은 말하는 행위가 말하는 사람을 바꾸어놓는다는 것이다. 대부분의 엄마는 여성이다. 그러므로 모성적 사유는 주로 자신이 아는 것에 대해 말하려고 노력하는 여성의 목소리로 이루어져 있다. 여성의 인식 발달을 연구한《여성의 앎의 방식 *Women's Ways of Knowing*》의 저자들은 자신들이 인터뷰한 사람들에 대해 다음과 같이 말했다.

> 여성들은 자신의 삶을 설명할 때 공통적으로 목소리와 침묵에 대해 이야기했다. "당당하게 말하다", "거리낌 없이 말하다", "침묵하다", "누구도 내 말을 들어주지 않았다", "진짜로 듣다", "진짜로 말하다", "말은 무기다", "듣지도 말하지도 못하는 사람이 된 것 같았다", "언어가 없다", "내 생각을 말하다", "사람들이 내 말을 듣도록 내가 먼저 듣는 사람이 되다" 등이 그것이다.[51]

오드리 로드Audre Lorde와 앨리샤 오스트리커의 말을 빌리면, 여성은 "사유될 수 있도록 이름 없는 것에 이름 붙이길" 원하고,

"언어를 붙잡길," "여성의 말하기가 더욱 널리 퍼지길, 남성 담론을 뚫고 들어가길, 남성이 귀 기울이게 할 수 있길" 원한다.[52]

그동안 엄마들의 목소리는 전문가들의 이론과 엄마됨 이데올로기, 성차별적 교만, 어린 시절의 판타지로 인해 묻혀버렸다. 왜곡되고 검열된 목소리는 아직 *개발 중인* 목소리일 수밖에 없다. 침묵당했다가 말하기를 향해 나아가기를 반복하는 엄마들의 목소리는 현재의 엄마들이 아닌, 변화하고 있는 엄마들의 목소리다. 엄마들은 책임감 있는 사유를 위해 투쟁하면서 자신들이 막 표현하기 시작한 생각, 함께 나누기로 결정한 지식들을 바꾸어나갈 것이다.

낸시 휴스턴

소설과 배꼽

〈소설과 배꼽Novels and Navels〉
《비판적 탐구*Critical Inquiry*》에서 발췌(1995)

낸시 휴스턴Nancy Huston은 《골드베르그 변주곡*The Goldberg Variations*》, 《플레인송*Plainsong*》, 《천사의 흔적*The Mark of the Angel*》 등 소설 7권과 여러 비소설 작품을 출간한 작가다. 소설 《여섯 살*Lignes De Faille*》로 2006년 페미나 상을 수상했다. 프랑스어와 영어로 글을 쓰며 공쿠르 데 리쎄앙 상, 리브르 엥테르 상, 엘르 상(퀘백), 프랑스 소설 부문 총독문학상, 1999년 엘르 대상을 수상했다. 20세부터 현재까지 파리에 살고 있다.

낸시 휴스턴은 이 글에서 저술 작업과 엄마됨이 만나는 지점을 탐색하고 엄마 노릇과 소설 쓰기가 양립 가능한지에 대해 숙고한다. 엄마들은 반드시 낙관주의를 가져야 하는 데 반해, 조금이라도 괜찮은 소설가가 되려면 도덕적인 설교를 포기하고 "삶의 무의미함을 받아들이며 공포를 묘사하고 배신과 상실을 이해할 수 있어야 한다". 정교한 문학적 분석을 거친 휴스턴의 결론은 복잡한 해석 속에서도 빛을 발하며 냉철하고 감상적이지 않은 어조로 새로운 깨달음을 준다.

옛날 옛적에 한 소년이 살았어요. 소년은 모험을 엄청나게 많이 했어요. 말할 필요도 없이 소년의 엄마는 세상을 떠났지요. 아니면 피노키오처럼 소년은 아예 엄마가 없었어요. 옛날 옛적에 한 소년과 소녀가 살았어요. 소년과 소녀는 모험을 엄청나게 많이 했어요. 말할 필요도 없이 둘의 엄마는 세상을 떠났고 새엄마가 둘을 죽이려 했어요. 옛날 옛적에 한 소녀가 살았어요. 소녀는 모험을 엄청나게 많이 했어요. 소녀의 엄마는 돌아가시지 않았어요. 사실 소녀의 엄마는 소녀를 사랑했고 자신의 엄마, 그러니까 소녀의 외할머니도 사랑했어요. 소녀의 엄마는 소녀에게 모험에서 멀리 떨어져 있으라고 경고했지만 소녀는 엄마 말을 듣지 않았고 결국 매우 심각한 어려움에 빠졌어요. 몇몇은 소녀가 위험에서 빠져나오지 못했다고 말하고 몇몇은 소녀가 남자의 도움을 받을 수밖에 없었다고 말해요. 엄마가 돌아가시고 제때 도와주러 온 남자가 없었다면 새엄마와 새언니와 질투에 빠진 요정 할머니에게 살해당했을 수도 있는 수많은 다른 소녀들과 마찬가지로요.

하지만 이건 스토리텔링이 아니라 아티클이다. 소설이 아니라 비소설이다. 그러니 이야기 밖으로 나와 언제나 이야기 뒤에 따라붙는 교훈이 무엇인지 살펴보자. 이 이야기의 뚜렷한 교훈은 프랑스 사람들의 말처럼 엄마와 모험은 어울리지 않는다ça fait deux는 것이다. 모험은 필연적으로 목숨을 걸어야 한다. 만약 모험을 하고 싶다면 무슨 짓을 해서든지 엄마에게서 멀어져야 한다. 엄마는 언제나, 예상대로, 뻔하게, 자식의 목숨을 *구하려* 하기 때문이다. 사라 러딕은 자신의 저서 《모성적 사유》에서 모험을 "본질적으로 어머니와 관계가 먼 개념"이라고 설명한다.[53] 모험과 위험, 죽음이 아니라면 이야기는 어떤 내용을 가질 수 있을까? 수없이 많은 여성 소설가들은 반항적인 딸의 위치, 즉 문제가 많고 심지어 위험하기까지 한 위치에서 글을 써왔다. 그건 늑대에게 잡아먹힐 것이기 때문이 아니라, 시간이 흐르면 반항적이었던 딸조차 훈계하는 어머니가 되어 완전히 정신이 분열되어버리는 상황에 맞닥뜨리기 때문이다. 정신의 반은 여전히 흥미진진한 상상의 숲으로 달려가고 있지만, 다른 반은 세상을 합리적이고 믿을 수 있으며 자기 아이들에게 안정적인 곳으로 만들기 위해 필사적으로 노력하고 있는 것이다.

내가 하고 싶은 질문은 엄마의 윤리와 소설 및 비소설 쓰기에 관한 것이다. (최근 한 친구가 말한 것처럼 부모들은 자신이 얼마나 줄 수 있을지를 고민하는 반면 예술가들은 자신이 얼마나 얻을 수 있을지를 고민한다.)

윤리 문제를 바라보는 "중립적"인 관점, 즉 서방 세계의 남성

문학 비평가들이 가장 많이 옹호하는 관점은 다음과 같이 요약될 수 있다. 윤리는 철학과 신학, 정치학, 교육학 담론에는 도움이 되지만 문학에는 독이다. 이러한 관점은 19세기 중반(이 시기는 분명 우연이 아닌데, 대략 이때쯤 신이 죽고 작가들이 신의 자리를 갈망하기 시작했기 때문이다) 보들레르Baudelaire와 플로베르Flaubert 같은 충격적인 천재들에 의해 처음으로 널리 알려졌다. 플로베르는 특히 적합하고 흥미로운 사례인데, 그가 조르주 상드George Sand와의 계속된 서신 교환을 통해 그러한 관점을 발전시켰기 때문이다. 조르주 상드는 그러한 관점에 격렬히 반대했으며, 딸이자 엄마이기도 했다. 상드는 아마도 예술가의 도덕적 소명 의식, 즉 소설가는 소설의 내용, 쉽게 이해할 수 있는 교훈을 담은 정교한 이야기, 선과 악을 상징하는 등장인물 등을 통해 가치를 전달하려 노력해야 한다는 생각을 진심으로 믿었던 최후의 훌륭한 소설가였을 것이다. 플로베르가 흥미를 보였던 유일한 가치 전달 방식은 책의 표현 형식이었다. 그에게 선은 완벽과 조화, 엄밀함, 간결함에 대한 추구였고, 악은 모든 것을 있는 그대로 놔두는 것, 프티부르주아의 평범함 속에서 정체되는 것이었다.

명백하게 허무주의적인 작가(카프카, 베게트, 주네)를 도덕적으로 만드는 것 역시 이러한 형식적 완벽함에 대한 추구다. 예술 창작이라는 행위 그 자체가 인류의 고결함에 대한 믿음을 증명해준다. 그리고 한 번도 상상해본 적 없는 절대적인 피해망상과 절대적인 조롱, 절대적인 비도덕성, 절대적인 독단으로 독자들을 데려가 충격을 준다. 아마도 근대는 인간 역사에서 독자들이 절망의 메시지를 던지는 영혼의 멘토들을 주기적으로 찾아갔던 유일한 시기일 것이다. 이러한 현상은 그 후로도 계속되었고 갈수록

악화되었다. 결국 1930년대 말과 1940년대 초에 이르러 초현실주의자와 다다이스트들의 어리석은 행동에 분노하고 어느 정도는 이들에게 서유럽의 도덕성 쇠퇴의 원인이 있다고 보았던 시몬 베유Simone Weil는(이번에도 여성이다. 엄마는 아니었지만) 작가들이 두 가지를 다 가질 수는 없다고 단언했다. 작가가 독자들에게 영혼의 지도자이자 양심의 지도자directeurs de conscience 역할을 하는 *동시에* 예술을 위한 예술이라는 이름으로 처벌로부터의 면책과 완전한 자유를 요구할 수는 없다는 것이었다.

조르주 상드가 살았던 시대처럼 오늘날에도 여성은 남성에 비해 예술을 위한 예술이라는 개념을 받아들이기 힘들어한다. 캐시 애커Kathy Acker나 에밀리 프레이저Emily Prager를 반례로 언급할 수도 있겠으나, 나는 이들을 반항적인 딸 유형의 작가라고 부른다. 그건 이들이 엄마가 아니어서라기보다는 이들의 야하고, 피 튀기고, 파격적인 책 속 페이지마다 엄마들의 시체가 널려 있기 때문이다. 만약 일반적으로 여성이 윤리적 문제와 완전히 결별하고 오로지 형식적인 측면에서 문학적 실험을 하는 것에 남성보다 덜 열광한다면(그리고/또는 재능이 덜하다면?), 그건 그들이 엄마 또는 잠재적 엄마로서 수천 년 동안 인간의 도덕성을 지키는 수호자로 구성되어왔거나 스스로 그래야 한다고 느껴왔기 때문이다. 물론 규칙을 만드는 사람은 이들이 아니다(실제로 여성 철학자들의 수가 놀라울 정도로 적다는 데서 알 수 있듯이, 이들이 스스로나 다른 사람들에게 믿을 만한 정신적 멘토로 여겨지는 일은 거의 없다). 이들의 도덕성은 마치 모성 본능처럼 선천적이고 자연스러우며 일상적이어야 하며(그렇다고 여겨지며) 실제로 모성 본능과 분리할 수 없다. 엄마들은 상냥하지는 않더라도, 최소 방어적으로 삶을 돌봐야 한다(그래야 한다고 여겨진다). 게다가 엄마들은 자신이 돌보는 아이들에게 무엇이 옳고 그른지에 대한 분명한 생각을 전달할 것을 요구받는다.

진정한 소설(좋은 소설)은 독자가 도덕의 근육을 쓰게 만들어야 한다. 소설이 독자에게 무엇이 옳고 그른지를 너무 분명하게 말해준다면 독자의 도덕 근육은 굼뜨고 무기력해질 것이다. 베유나 러딕 같은 철학자가 자기 책상에 앉아 '나는 이러저러한 선을 성취하기 위해 이 책을 쓴다'라고 말할 때 그들은 자신의 본분을 다하는 것이다. 하지만 작가에게 그러한 발언은 책에 치명적인 영향을 미칠 가능성이 높다. 비소설에서 심각한 결점으로 취급되는 판단의 보류는 사실상 훌륭한 소설의 필요조건이며, 이는 동화책에서도 마찬가지다. 예를 들어 알퐁스 도데Alphonse Daudet의 《스갱 아저씨의 염소*Monsieur Seguin's Goat*》가 가진 표면적 교훈은 자유를 갈망하는 소녀는 결국 배고픈 늑대에게 잔인하게 잡아먹힌다는 것이다. 그럼에도 불구하고 이 책은 자유의 기쁨을 너무나도 아름답게 그려내고 있으며 자유를 지키기 위해 끝까지 싸우는 것은 명예로운 일이라고 이야기한다. 엄마로서 나는 역겨울 정도로 아름답게 바뀐 《빨간 모자*Little Red Riding-Hood*》를 아이에게 읽어주는 것보다 이 책을 읽어주는 게 더 어렵다는 사실을 인정하지 않을 수 없다.

이러한 사실은 문제의 핵심과 맞닿아 있다. 문제의 핵심은 이거다. 비소설을 쓰는 것은 분명 소설을 쓰는 것보다 엄마됨과 더 양립하기가 쉽다(왜냐하면 비소설을 쓰는 것과 엄마됨은 둘 다 명백하게, 말하자면 본질적으로 윤리적 행위이기 때문이다). 지금 근무시간 동안 기저귀를 갈고, 캐릭터를 만들어내고, 뵈프 부르기뇽을 진하고 걸쭉하게 끓이고, 소설의 플롯을 진하고 걸쭉하게 구성하는 일들을 조정하는 방법에 대해 이야기하는 것이 *아님*을 강조하고 싶다. 이것들은 그저 사무적인 일일 뿐이다. 비록 몇 안 되는 여성들이 이 일들을 "그저"라고 표현할 수 있을 때까지 수천 년간의 경제 발전과 정치적 투쟁이 필요했지만 말이다. 어쨌든, 나는 지금 윤리에 대해 이야기하고 있다.

엄마들은 자기 자녀들에게 모든 것이 아름답기를 바라는 경향이 있다. 또한 아이들을 보호하고 위로하고 그들에게 희망을 주기 위해 어느 정도 억지로 낙관적 세계관을 택한다. 소설가들은 희망적인 메시지를 전달하고 싶다는 이러한 유혹을 느낄 수도, 느끼지 않을 수도 있다. 하지만 만약 소설가들이 세계를 인간 존재에 아무런 문제가 없는 곳으로 그려낸다면 독자들은 희망이 아닌 지루함을 느낄 것이다. 의미 있는 이야기를 쓰기 위해서 작가는 무의미함을 받아들이고 추함에 직면하며 공포를 묘사하고 배신과 상실을 이해할 준비가 되어 있어야 한다.

다시 말하지만 엄마들은 어쩔 수 없이 도덕적인 생명체다. 엄격한 계율이 아니라 복잡한 요소들(아이의 나이와 성격, 이를 둘러싼 외부 환경 등)에 따라 판단을 내릴 수는 있겠지만, 어쨌건 선과 악을 구분하는 것은 엄마의 절대적 의무다. 소설가들은 도덕적 판단을 유보해야만 하며(아니면 최소한 진보적이어야 하고) 모든 것에 준비되어야 한다. 소설가들은 종이 위에 나타나는 것들에 놀라는 일이 잦다. 선악을 구분하는 권위 있는 지식의 목소리가 계속 이야기를 했다면 감히 나타나지 못했을 내용이 종이 위에 나타나는 것이다.

엄마들은 쾌활할 것을 요구받는다. 러딕의 말을 빌리면, "쾌활하다는 것은 위험과 한계, 불완전성을 존중하면서도 여전히 아이들을 안전하게 보호하는 게 가능하다는 듯 행동하는 것이다. 쾌활함은 자신과 자신의 아이, 자기가 속한 사회, 자연의 상태가 절망을 불러일으킬 수 있음에도 불구하고 자신이 아이를 낳았음을 받아들이고 끊임없이 다시 시작하며 미래를 반갑게 맞이하려는 냉정한 의지다." 소설가는 (소설 속에서) 폭력적이거나 선정적이거나 미치광이가 되거나 지독히 비관적이어야 할 수도 있다. 하지만 이것들은 전부 엄마가 가지면 안 되는 끔찍한 특징이다.

엄마로서 엄마들은 "타인 지향적"이어야 한다. 엄마는 유대와 애착을 상징한다. 소설가로서 소설가들은 이기적이어야 한다. 이들은 자기 자신을 위해 단절과 분리를 필요로 한다. 소설을 쓰는 사람들은 다른 사람이 필요 없다거나, 아이가 있는 여성은 스스로를 위한 시간이 필요 없다는 뜻이 아니다. 물론 엄마이기만 한 엄마나 작가이기만 한 작가는 없다. 하지만 시간의 절반은 너그럽게, 나머지 절반은 이기적으로 사는 게 가능한가? 절반은 도덕적으로, 나머지 절반은 비도덕적으로?

이 명백한 분열과 양립 불가능한 두 가지 요소 사이에서 오락가락하면서, 결국 나는 다음과 같은 결론에 도달했다. 엄마들은 절대 자기 아이를 죽여서는 안 된다. 다시 러딕의 말이다. "아이들의 삶을 보호하는 것은 모성적 실천의 가장 중요한 요소이자 변치 않는 목적이다. 그 목적을 이루기 위한 헌신은 반드시 필요한 모성적 행동이다". 자기 아이를 죽인 엄마는 엄마로서 실패한 것이라는 생각에는 모두가 동의할 것이다. 반면 소설가들은 자기 등장인물을 죽일 준비가 되어 있어야 한다. 내가 쓴 세 권의 소설에서 나는 여자를 한 명씩 죽였고 자살의 혐의를 씌웠다. 한 명은 익사로, 한 명은 감전사로, 한 명은 목을 매다는 것으로. (가장 최근에 쓴 소설에서는 이 불쾌한 집착을 겨우 억누를 수 있었다.)

엄마. 소설가. 엄마. 소설가. 갑자기 번개와 같은 번쩍임이 너무나도 대조적인 이 두 가지 정체성을 하나로 묶어주었다. 나는 *유명한 소설가*인 마르그리트 뒤라스Marguerite Duras와 악명 높은 엄마인 크리스틴 빌맹Christine Villemin 사이에서 예상 밖의, 심지어 기괴하기까지 한 관련성을 떠올렸다. 빌맹은 자신의 다섯 살 난 아들 그레고리를 죽였다는 혐의를 받았고, 모든 가십 잡지들은 평소처럼 심술궂게 이 이야기에 덤벼들어 사적이고 잔인한 디테일들을 가능한 한 많이 폭로했다. 빌맹은 자신은 결백하며 세상의 그 누구보다도 아들을 가장 사랑했다고 주장했다. 하지만 빌맹에게 불리한 증거가 충분했고, 빌맹은 체포되어 재판을 기다리는 동안 감옥에 갇혔다. 당시 빌맹은 또 다른 아이를 임신 중이었다. 그리고 그녀는 단식 투쟁을 시작했다. 프랑스 사람 모두가 그해 여름휴가에 가져갈 만한 재미난 읽을거리가 생겼다는 데 기뻐했다. 말하자면 연재소설 같은 거였다. 그리고 그때 갑자기 소설가인 마르그리트 뒤라스가 나서서 사건을 종결시켰다. 좌익 신문인 《리베라시옹*Libération*》에 실린 뒤라스의 논설을 요약하자면 다음과 같다. 나는 크리스틴 빌맹이 아들을 죽였다고 믿는다. 나는 빌맹이 아들을 죽인 것을 용서할 뿐만 아니라 칭찬한다. 빌맹은 내가 글을 쓰는 것과 같은 방식으로 아들을 죽였을 뿐이다. 즉, 자기가 뭘 하는지 모르고 했다는 뜻이다. 그녀의 행동은 오로지 숭고할 뿐이다("숭고함, 불가피한 숭고함, 크리스틴 빌맹"이 그 논설의 제목이었다).[54] 선과 악의 너머에 있다. 인간적 정의에 대한 옹졸한 추측의 너머에 있다.

그 후 뒤라스는《어린 그레고리의 죽음*The Death of Little Gregory*》이라는 소설을 썼다. 이 책은 기승전결이 있었고 빌맹이 할 수 있었던 것보다 프랑스 사람들의 신뢰를 더 많이 얻어냈다. 빌맹은 등장인물 중 한 명이었다. 격렬한 반응이 뒤따랐지만("빌맹이 무죄일 가능성이 있는데도 어떻게 감히 유죄를 선포함으로써 배심원과 판사에게 영향을 미칠 수가 있는가?"), 뒤라스는 이 이야기가 이제 끝났음을 독자들에게 납득시키는 데 성공했다. 진실은 결코 소설만큼 흥미로울 수 없었다. 기자들은 더 신선한 미끼를 찾아 크리스틴 빌맹에게서 등을 돌렸다.

자기 아이를 죽일 의지가 있는 엄마는 소설가와 상당히 비슷하다는 것. 나는 이 계몽적인 실제 이야기에서 독자들이 이런 결론을 끌어내길 원하는 걸까? 사실 그렇다고 할 수 있다. 이 사건에 뒤라스가 개입한 것이 얼마나 문제가 되는지에 대한 판단을 떠나서, 나는 뒤라스가 훌륭한 작가라고 확신한다. 뒤라스에게 있어 엄마됨은 러딕이 쾌활함의 "퇴행 형태"라고 부른 것, 즉 "쾌활한 부정"으로 이어지지 않았기 때문이다. "엄마들은 가혹한 현실에 대한 자기 인식을 부정하고픈 유혹을 느끼는데, 세상이 자신의 자녀들에게 안전한 곳이기를 바라는 마음이 너무나도 크기 때문이다(사라 러딕)." 인도차이나에서 어린 시절을 보내고 전시 프랑스에서 젊은 시절을 보낸 뒤라스는 직간접적으로 너무나도 많은 죽음을 목격했기에 "가혹한 현실"을 부정하는 것이 영원히 불가능해진 것이다.[55] 뒤라스가 소설가가 될 수 있었던 것은 이 때문이다.

죽음을 받아들이지 않으면 그 누구도 좋은 이야기를 만들 수 없다. 이야기는 본질적인 특성상 그 자체로 시간이 흐름에 따라

진화하며 이야기 속에 있는 고유의 도덕성을 보여준다. 다음은 아름다운 어슐러 르 귄의 문장이다.

> 이야기는 도덕성의 한 전략이다. 이야기는 삶의 수단이자 방식이다. 이야기는 불멸을 구하지 않는다. 이야기는 시간의 흐름을 이겨내거나 거기서 도망치려 하지 않는다. … 이야기는 한 방향으로 흐르는 시간 속에서 시간을 의미 있는 것으로 겪어내며 자기를 주장하고 확인한다. … 만약 인간 정신이 시간의 스펙트럼을 갖는다면 물리학자나 신비주의자들의 열반은 자외선 끝에 있을 것이고, 반대쪽 끝 적외선에는 폭풍의 언덕이 있을 것이다.[56]

역사상 엄마들이 지적이거나 창조적인 사람으로 묘사된 경우는 극히 드문데, 아이를 낳는 것은 죽음을 낳는 것과 양립할 수 없으리라는 단순한 이유 때문이다. 마음을 정해야 한다. 당신은 소설가novelist가 되고 싶은가, 엄마(navelist, navel이 배꼽이라는 뜻을 활용한 언어유희 – 옮긴이)가 되고 싶은가? 배꼽navel이라는 단어에는 매개라는 뜻도 있다. 모든 인간은 유일무이한 새로운 시작이지만, 탯줄은 인간의 현재와 과거를 이어주는 과정의 증거다. 소설novel이라는 단어에는 새롭다는 뜻도 있다. 모든 소설은 문학적 선대에 존재를 빚지고 있지만, 언제나 독창적이고 마치 무에서 창조된 것처럼 보이길 원한다. 모든 소설은 무장한 채 자기 아버지의 머리를 들고 도약하는 수많은 아테나들이 이렇게 선포하는 것과 같다. "나는 엄마 없는 자식이다. 그러므로 불멸한다." 모든 소설들은 이렇게 말한다. "엄마, 봐요. 배꼽이 없어요."

어쩌다보니 나는 "엄마"가 되었다. 그러니 살펴볼 것이다. 그리고 'killing parents'와 'killing children'의 문제를 나와 함께 조금 더 깊이 들여다봐주기를 부탁한다. "killing"이라는 말은 형용사이기도 하고(죽이는 부모, 죽이는 아이들) 동명사이기도 하다(부모를 죽이다, 아이들을 죽이다). 작가의 부모. 작가의 아이들(소설 속에서 부모나 작가가 될 수도 있는, 작가가 만든 등장인물들). 죽은 부모. 죽은 등장인물, 죽은 아이들. 자기 부모와 아이와 등장인물을 죽이고 새로운 등장인물을 낳는 작가. 자기 부모, 즉 "자기 삶의 저자"를 죽이는 아이들. 기타 등등.

문학적 전통 안에서 똑똑한 엄마들은 어디에 있는가? 마더 구스Mother Goose를 제외하면 딱 두 인물밖엔 떠오르지 않는다. 하나는 셰에라자드Scheherazade다. 그녀의 문학적 열정은 매일 아침 그녀를 기다리는 죽음의 이미지, 매일 밤 긴장감 넘치는 이야기를 만들어내야만 피할 수 있는 죽음의 이미지에서 생겨난다. 셰에라자드는 먼저 이야기 하나를 지어내고 그다음 이야기 속 이야기를, 그다음에는 이야기 속 이야기 속 이야기를 지어낸다. 언제나 새롭고 탁월한 그녀의 상상력은 잔혹하지만 끝없는 호기심을 가진 남편이 그녀를 죽이지 못하게 막아준다. 결국 1,000일하고도 하루라는 괴로운 밤들이 지난 후, (자세히 나오지는 않지만) 세 아이를 임신하고 품고 낳고 또 한 명의 아이를 임신한 후, 셰에라자드는 죽음이라는 형벌을 영원히 면할 수 있게 된다.

두 번째 사례는 아라비아가 아닌 그리스의 메데이아Medea다. 메데이아는 생각하는 여성이라는 뜻이다. 교활하다는 뜻으로 해석되기도 한다.

메데이아가 사람들의 머릿속에 기억되는 이유는 에우리피데스

Euripides의 희극 《메데이아》 때문이다. 《메데이아》에서 그녀는 아들 둘을 제 손으로 죽인다. 여러 다른 판본에 따르면 메데이아의 자식은 둘보다 더 많았으며(몇몇은 이아손의 아이였고, 몇몇은 다른 남성의 아이였다) 자기 아들 둘을 죽인 게 아니라 수많은 다른 사람들을 죽였는데 처음에는 이아손을 돕기 위해서였고 이후에는 이아손을 벌하기 위해서였다. 하지만 중요한 것은 사람들의 머릿속에 무엇이 기억되는가 하는 점이다.

메데이아는 커다란 뱀이 모는 전차를 타고 다니는 강력한 마녀다. 메데이아의 엄마는 마녀들의 수호신인 헤카테Hecate이며 마법에 능한 키르케Circe가 그녀의 고모다. 메데이아는 조건도 타협도 없이 사랑에 빠지는 사람이기도 했다. 그녀는 이아손이 황금 양피를 찾는 것을 도와주기 위해 아버지와 고향을 버리고 이복동생을 죽이며 마법과 책략을 이용한다. 사랑에 빠졌기 때문이다. 하지만 이아손은 메데이아와의 약속을 저버린다. 이아손에게 가장 중요한 것은 정치다. 그리고 메데이아는 자기 아이들을 죽인다. 앙심이나 질투 때문이 아니라 *아이들을 위해서*, 아이들이 냉혹한 법의 처벌을 받지 않게 하기 위해서다. 메데이아는 이아손이 다른 사람과 결혼을 하면 자기 아이들이 핍박받고 노예가 되어 재산을 전부 빼앗기리라는 걸 알았다. 그래서 차라리 아이들을 죽이는 편을 택한다. 메데이아는 그러한 조건을 가진 세상에 아이들을 내놓지 않았다. 그녀는 결코 아이들을 살아남게 하지 않을 것이다. 그녀는 자신이 그저 모성적·동물적·자연적 본능을 가진 생명체가 아니라 *인간적인 엄마, 문명화된 엄마, 문화를 아는 엄마, 지적인 엄마, 교활한 엄마*임을 증명하기 위해 아이들을 죽인다.

메데이아의 행동을 이해할 수 있는(죽음에 직면할 수 있는, 자기 아이의 죽음까지도) 엄마들만이 좋은 이야기를 만들 수 있다. 메리 셸리Mary Shelley가 좋은 예다. 그녀의 삶은 태어날 때부터 죽음에 둘러싸여 있었다. 메리의 엄마인 메리 울스턴크래스트Mary Wollstonecraft는 그녀를 낳고 10일 후에 출산 후 감염으로 죽었다. 메리가 퍼시 비시 셸리Percy Bysshe Shelley와의 사이에서 낳은 첫 딸은 예정일보다 일찍 허약한 상태로 태어나 10일 만에 죽었다. 당시 메리는 고작 열일곱 살이었다. 다음해(1816년) 메리는 아들을 낳았다. 그녀가 《프랑켄슈타인*Frankenstein*》을 쓰기 시작한 직후였고, 이복누이가 수면제 과다 복용으로 죽은 채 발견된 직후이기도 했다. 몇 달 후 《프랑켄슈타인》이 절반 정도 완성되었을 무렵 아이 아빠인 셸리의 아내 해리엇Harriet이 임신 상태로 물에 몸을 던져 자살했다. (메리의 두 자녀는 《프랑켄슈타인》 출간 후 몇 년 만에 모두 사망했고 남편이 된 셸리 또한 4년 후 물에 빠져 죽었다. 이러한 맥락을 보면 메리가 《프랑켄슈타인》의 1831년 판본 서문에서 했던 이상한 말을 이해할 수 있다. 메리는 이렇게 말한다. 《프랑켄슈타인》은 "죽음과 슬픔은 오직 이야기일 뿐 내 마음속에서 진정한 울림은 찾을 수 없었던 행복한 날들이 낳은 자식이다.")[57] 《프랑켄슈타인》에 얽힌 이야기는 잘 알려져 있다. 메리와 셸리는 바이런Byron과 그의 주치의와 함께 스위스에서 여름을 보내고 있었다. 사람들은 누가 가장 무서운 이야기를 지어낼 수 있는지를 놓고 경쟁한다. 메리가 처음 나섰고, 남자들은 메리의 이야기에 너무나도 놀란 나머지 아무도 입을 열지 못했다.

《프랑켄슈타인》 속에서 로버트 월튼Robert Walton이란 사람은 누이 마거릿Margaret에게 편지를 쓰고 있다. 그는 북극으로 향하는 중이며, 유빙 한가운데서 우연히 길을 잃고 떠돌던 과학자 빅터 프랑켄슈타인Victor Frankenstein을 보고 구해준다. 그리고 월튼의 이야기 속에서 프랑켄슈타인이 자신의 이야기를 하기 시작한다. 말할 필요도 없이 프랑켄슈타인의 어머니는 죽었다. 그리고 프랑켄슈타인의 이야기는 또 한 명의 엄마 없는(그리고 배꼽이 없을 가능성이 큰) "아이"를 불러낸다. 바로 그가 만든 괴물이다. 어떻게 남자가 아이를 낳을 수 있는가? 그는 시체들을 연구한다. "삶의 원인을 살펴보려면 먼저 죽음을 이용해야 한다"고, 프랑켄슈타인은 월튼에게 말한다. 그리고 그렇게 생긴 아이는 다른 이들을 죽음에 몰아넣게 된다.

프랑켄슈타인의 이야기 속에서는 괴물이 *자신의* 이야기를 한다. (메리 셸리는 셰에라자데만큼 액자 구조mise-en-abîme를 능히 사용하는 대가다.) 괴물은 비참할 정도로 외로워하고 인간의 유대 관계를 질투한다. 괴물은 이렇게 말한다. "나에겐 어린 시절을 지켜봐준 아빠가 없다. 나에겐 미소와 다정한 손길로 나를 축복해준 엄마가 없다". 괴물은 프랑켄슈타인의 어린 남동생 윌리엄을 죽인 후 그의 어머니 초상화를 보고 자신은 "저렇게 아름다운 생명체가 줄 수 있는 기쁨을 평생 빼앗겼다"는 사실을 고통스럽게 상기한다. 만나는 사람들마다 전부 자기를 증오하고 두려워했던 괴물은 프랑켄슈타인에게 자기와 똑같은 종류의, 자기와 같은 결함을 가진 여자 친구를 만들어달라고 애걸한다. 그리고 그 여자 친구와 함께 남아메리카로 떠나 다시는 누구도 괴롭히지 않겠다고 맹세한다. 프랑켄슈타인은 동의하지만 괴물이 완성되기 직전 파괴해버린다. 프랑켄슈타인의 첫 번째 발명품인 괴물은 다음과 같이 개탄한다. "모든 인간 남성이 아내를 찾고 모든 짐승도 제 짝이 있는데 나만 혼자인가?" 괴물은 이에 대한 복수로 프랑켄슈타인의 가장 친한 친구를 죽인 후 그의 신부까지 죽인다. 자신이 낳은 흉측한 자손을 찾아 수년간 거친 벌판을 헤매던 프랑켄슈타인은 기력이 쇠해 결국 월튼의 곁에서 숨을 거둔다. 자기 이름은 없으나 훗날 자기 "아버지"의 이름으로 알려진 괴물은 프랑켄슈타인의 죽음으로 크게 상심한다. 그리고 물에 빠져 스스로 목숨을 끊는다.

여러 이야기가 겹겹이 쌓인 이 소설에서 발화자는 전부 남성이다. 메리 셸리 본인을 제외하면 말이다. 당시 사람들은 이 "예외"를 절대 믿을 수 없었고, 메리 셸리는 남편이 쓴 이야기에 서명만 했다는 비난으로부터 스스로를 계속 보호해야만 했다. 하지만 가장 가깝게 얽혀 있었던 신체들(엄마와 딸)을 죽음으로 잃은 여성에게 있어 임신과 출산의 과정이 공포 및 부패와 불가분하게 연결된 것처럼 보였다는 사실은 그리 놀랍지 않다. 메리 셸리는 등장인물들(윌리엄, 유스틴, 헨리 클러벌, 엘리자베스)을 세상에 낳아놓고 몇 페이지 후 그들을 죽이는 능력이 출중했다. 하지만 여성 화자를 떠올리는 능력은 없었다. 그건 분명 당시 여성 저자에게 그 무엇보다도 심각한 위반 행위였을 것이다. 《프랑켄슈타인》에 여성이 말했어야만 하는 이야기가 있는가? 당시 여성이 북극 탐험을 떠났었는가? 여성이 과학 실험실에 출입했는가? 프랑켄슈타인이 괴물에게 짝을 만들어주었다면 아마 그 여자 괴물은 얌전하고 헌신적인 "청자"였을 것이다.

물론 이건 여성해방 운동이 일어나기 전이었던 19세기의 문학이다. 이제 현대 소설을 보자. 하나는 걸출한 재능을 가진 남성 저자의, 다른 하나는 걸출한 재능을 가진 여성 저자의 소설이다. 아이와 이야기를 낳고 죽이는 것에 대한 이들의 비유를 살펴보자.

첫 번째 사례는 《아래를 보라: 사랑*See Under: Love*》이다. 이 책의 저자는 젊은 이스라엘인 데이비드 그로스먼David Grossman이다. 그의 주위엔 항상 죽음이 있었다. 어린 그로스먼에게 죽음은 공기와도 같았다. 이 소설은 젊은 이스라엘 작가인 슐레이멜레Schleimeleh에 관한 이야기다. 슐레이멜레의 부모는 그로스먼의 부모와 마찬가지로 홀로코스트의 생존자다. 첫 번째 장에서 어린 소년인 슐레이멜레는 이스라엘에서 성장하면서 "짐승 같은 나치"를 이길 수 있을 정도로 설득력 있는 이야기를 만들어내려 애쓴다. 두 번째 장에서 성인이 된 슐레이멜레는 아내 루스와 정부 아얄라를 두고 있으며 폴란드 작가인 브루노 슐츠의 잃어버린 마지막 원고를 복원하려 한다. 세 번째 장에서 슐레이멜레는 "하얀 방"에 머물며 할아버지인 안셸 바서먼Anshel Wasserman의 이야기를 쓴다. 바서먼-셰에라자데라는 이름으로도 알려져 있는 안셸 바서먼은 젊었을 적 아이들의 모험 이야기를 다룬 유명한 연재소설 《마음의 아이들*The Children of the Heart*》의 저자였다.

슐레이멜레의 이야기 속에서 바서먼은 다시 나치 독일의 유대인 수용소에 있다. 그는 화장실 청소를 하며 수년째 수용소에서 머문다. 바서먼에게 소중했던 사람들은 모두 가스나 총에 의해 사망했지만, 그는 기적적으로, 또 비극적이게도 죽는 게 불가능한 사람이다. 수용소의 감독관인 나이젤은 아침부터 밤까지 대량 학살을 하며 자기 일에 자부심을 느낀다. 어느 날 우연히 나이젤이 바서먼-셰에라자데의 팬이라는 사실이 드러난다. 둘은 거래를 한다. 바서먼은 나이젤의 막사에서 살며 오직 나이젤만을 위해《마음의 아이들》이야기를 지어내야 한다. 그 대신 나이젤은 매 이야기가 끝날 때마다 바서먼을 죽이려 시도해야 한다.

여기서 이야기를 좀 더 자세히 들여다봐야 한다. 바서먼과 그의 손자인 작가 슐레이멜레 사이에는 일종의 신과 아담의 접촉 같은 것이 있다.

> 갑자기 손가락 끝이 축축해졌다. 그리고 내가 무에서 이야기를 끌어내고 있음을 깨달았다. 그 감각과 단어들과 납작한 이미지들과 배아 상태의 생명체들은 여전히 축축한 채로 영양가 높은 기억의 태반이 남긴 잔여물 속에서 빛을 발하며 깜박이고 있었다. 아직 힘이 실리지 않은 다리로 일어서려 애쓰며, 방금 태어난 사슴처럼 비틀거렸다. 그러다 충분히 힘이 생기자 내 앞에서 자신감을 갖고 두 다리로 우뚝 섰다. 할아버지 안셀의 영혼이 담긴 이 생명체들, 나는 간절하게 이들의 이야기를 읽었고 찾아 헤맸고 느꼈었다.[58]

직후, 슐레이멜레는 이렇게 말한다. "우리는 다른 이들에게도 생명을 주었다". 즉, 바서먼이 자기 삶을 토대로 한 이야기에 새로운 등장인물을 추가하는 걸 허락한 것이다. 작가이자 손자인 슐레이멜레는 매우 조심스럽게, 그러지 않는 게 좋겠다는 생각을 이겨내고, 자신의 두 등장인물이 공통적으로 가질 수 있는 "인간성"이 무엇인지를 찾아내려 한다. 이로써 바서먼과 나이젤은 서로 이야기를 나누면서 점점 자신의 개인적 경험들을 공유하게 된다. (물론 나이젤은 괴물이다. 하지만 그로스먼은 메리 셸리처럼 이 괴물이 사랑의 결핍에서 비롯되었다고 암시하지 않는다. 독자는 나이젤의 어린 시절을 모른다. 독자에게 주어지는 유일한 정보는 나이젤이 결혼할 때까지 숫

총각이었다는 것뿐이다.) 바서먼과 나이젤은 둘 다 도덕적인 아내가 있다. 바서먼의 아내는 몰살당했다(그녀의 이름은 사라로 바서먼의 책에 삽화를 그려넣는 일을 했다). 나이젤의 아내 크리스티나는 나치 정권과 남편의 일을 격렬히 반대한다. 사실 크리스티나는 나이젤을 떠나려던 참이었으나 나이젤이 바서먼의 이야기를 자기가 쓴 것처럼 꾸며 크리스티나에게 편지를 보내자 그의 곁에 남기로 한다. 크리스티나는 황홀해한다. 이렇게 아름다운 이야기를 만들어낼 수 있는 남자라면 마음속 깊은 곳에서부터 악할 수는 없으리라 확신했기 때문이다. (크리스티나가 옳다. 괴테와 하이네처럼 글을 쓰는 나치는 "괴테와 하이네의 나라"에서 나치가 나왔다는 사실보다 훨씬 충격적이었을 것이다. 다행스럽게도 이미 머리가 어지러운 우리에게 그건 상상도 할 수 없는 일이다.)

바서먼이 새로 지어내는《마음의 아이들》에서 주인공들은 전부 바르샤바의 게토에 있는 나이 많은 유대인이다. 이들은 동물원에 살며 최선을 다해 서로를 숨겨주고 도와준다. 거래대로 나이젤은 매 이야기가 끝날 때마다 바서먼의 머리를 향해 총을 쏜다. 하지만 바서먼은 죽지 않는다. 바서먼은 이렇게 말한다. "제 안에, 양쪽 귀 사이로 익숙한 소리가 휙 지나갔습니다." 어느 날 바서먼은 이렇게 말한다. "총소리가 울렸을 때, 내 마음속에 평소엔 생각해보지 않았던 메시지가 아로새겨졌다. 내 이야기 속에서 아이를 태어나게 해야 한다." 다음날 저녁, 이야기는 의사 프리드Fried를 중심으로 전개된다. 프리드의 아내 폴라Paula는 "그에게 아들을 낳아주기 전"에 세상을 떠났다. 몇 년 전부터 아내의 기일마다 프리드의 배꼽 주변에는 "푸르스름한 곰팡이"가 생긴다. 올해는 특히 더 심한 것 같다. 그런데 이게 무슨 일인가. 프리드의 집 문간에 작은 남자아이가 있는 게 아니겠는가. 바서먼과 나이젤 그리고 둘의 이야기를 하고 있는 슐레이멜레가 가장 끈끈하게 결탁한 순간이다. 이 세 사람은 자그마한 아이를 발견했다는 기쁨을 맘껏 누린다. 그렇다. 아이의 머리 앞쪽에는 부드러운 숨구멍이 있다. 그렇다면 도대체 프리드는 아기에게 먹일 젖을 어디서 찾아낼 것인가? 아, 나중에 밝혀지듯, 젊은 나치인 나이젤과 늙은 유대인인 바서먼은 둘 다 어머니의 가슴에서(둘은 젖을 맛보았던 경험을 바탕으로 상상력을 동원해 이야기를 지어낸다-옮긴이) 흘러나온 묽고 따뜻하고 달콤한 젖 한 방울을 몰래 맛본 적이 있다.

잠시 후 "프리드는 두려운 예감에 휩싸여 아기의 배를 쳐다본다. 아기의 배꼽에는 피가 엉긴 흔적이 없었다. 아니, 탯줄이 끊기거나 잘린 흔적조차 없었다. 아니, 아이에겐 배꼽이 없었다".

아하. 이야기 속에서 아이를 태어나게 해야 하지만, 그 아이는 여성에게서 태어나지 않는다. 수없이 많은 그림과 조각들을 보면 알 수 있듯, 예수님에게도 배꼽은 있다! 그로스먼은 이 기적 같은 아기가 메시아일 수밖에 없음을 강력하게 암시한다. 하지만 여기서 나는 겸손하게 말하겠다. 배꼽 없는 아이는 한 권의 소설일 수밖에 없다. 프리드는 아기에게 카직Kazik이라는 이름을 준다. 아내 폴라와 그가 미리 정해주었던 이름이다. 그리고 프리드는 아기에게 배꼽이 없는 것보다 훨씬 이상한 사실을 발견한다. 아이는 4~5분이 마치 세 달인 것 같은 속도로 자라난다. 그렇다면 아이의 수명은 약 24시간 정도일 것이다. 데이비드 그로스먼의 이 책처럼 긴 책 한 권을 읽을 때 걸리는 시간이다. 이 시간 안에 아이의 "아버지"는 자신이 인간에 대해 아는 것을 전부 아이에게 가르쳐주어야 한다.

모든 소설은 주운 아이다. 모든 소설은 자신에게 주어진 짧은 시간 안에 저자에게 인간 경험의 총체(기쁨과 고통, 희망과 절망, 선과 악)을 주입받는다. 카직은 노화로 죽기 1시간 30분 전 자살한다. 그는 《아래를 보라: 사랑》의 가장 깊숙한 곳에 있는 핵심 인물이자(그로스먼의 정신적 아들인 슐레이멜레의 정신적 아들인 바서먼의 정신적 아들인 프리드의 정신적 아들이기 때문이다) 소설 자체에 대한 매우 중요한 비유이기도 하다.[59]

알아채셨겠지만, 여기엔 여성이 별로 없다. 각 이야기마다 남자 주인공들에게는 아내 그리고/또는 정부, 엄마, 딸, 누이가 있으며 이들은 강한, 때로는 아름다운, 항상 윤리적인 사람으로 묘사된다. 아주 약간이라도 모험 비슷한 것을 하거나, 아니면 모험에 대해 이야기를 하는 여성은 아무도 없다(여기선 셰에라자드도 남자다!). 남성 사이에서 발생하는 정신적 수태와 출산의 이미저리imagery만이 계속 등장한다.

마지막으로 제시할 사례는 토니 모리슨Toni Morrison이다. 1987년 출간한 소설 《빌러비드*Beloved*》에서 모리슨이 메데이아와 비슷한 인물 세서Sethe를 등장시킨 건 우연의 일치가 아니리라. 다음은 책에서 가장 중요한 장면이다. 마치 지진의 진원지로부터 단층선이 뻗어나가듯 이 사건 전후로 다른 모든 사건들이 뻗어나간다. "〔오두막〕 안에서, 한 검둥이 여자의 발치에 두 남자아이가 톱밥과 흙으로 뒤덮인 채 피를 흘리고 있었다. 그 여자는 한 손으로는 피로 흠뻑 젖은 아이를 가슴에 안고 있었고 다른 한 손으로는 아기 발뒤꿈치를 붙잡고 있었다."[60] 그녀는 아이들의 자유를 기대할 수 있는 상황에서 네 아이를 낳았지만 다시 아이들을 노예로 만들겠다는 협박을 받고 있었다. 실제 세서가 죽인 아이는 한 명

뿐이다. 그리고 그 아이의 이름은 빌러비드Beloved다.

그로스먼처럼 모리슨도 어렸을 적 죽음에서 많은 것을 배웠다. 모리슨의 사람들은 가스를 마신 후 불태워진 것이 아니라 추방되어 노예가 되었고 고문당하고 불구가 되었으며 맞고 강간당하고 린치를 당하고 죽을 정도로 일을 했다. 그로스먼처럼 모리슨도 생존자들의 이야기를 들으며 자라났다.

《솔로몬의 노래*Song of Solomon*》에서 토니 모리슨은 배꼽이 없는 인물을 등장시킨다.

이번엔 여성이다. 죽음이 항상 그녀 주위에 있다. 그녀의 엄마는 메리 셸리의 엄마처럼 그녀를 낳다 죽었다. 그녀가 태어날 때 자리에 있었던 산파 키르케는(메데이아의 고모 키르케와 이름이 같다) 그녀의 형제에게 그녀가 태어나던 날에 대해 다음과 같이 설명한다. "자기 혼자서 태어났어. 나는 거의 한 게 없어. 난 엄마와 아이가 둘 다 죽을 거라 생각했어. 걔가 쑥 나왔을 때 놀라서 기절하는 줄 알았어. 어디서도 심장 소리를 듣지 못했거든. 걔가 그냥 나온 거야. 네 아버지는 그애를 사랑했단다."[61]

그녀의 성은 데드Dead다. (공무원이 그녀의 아빠에게 아버지가 누구냐고 물었다. 그가 이렇게 답했다. '우리 아버지는 돌아가셨습니다he's dead.' 그리고 그 이름이 영원히 기록에 남았다.) 그녀의 세례명은 가장 기독교인답지 않은 이름인 파일러트Pilate(빌라도)다. 그녀의 아빠가 성경 책을 펴놓고 무작위로 손가락을 찍어서 고른 이름이었다. 그녀의 아빠가 종이 위에 쓸 수 있었던 유일한 단어이기도 했다.

파일러트가 네 살이었을 때 아빠가 눈앞에서 총을 맞아 죽는다. 하지만 아빠의 유령은 종종 그녀 앞에 나타나 위기의 순간마다 조언을 건넨다. 그녀는 배꼽이 없지만 자해를 해서 생긴 상처는 있다. 아버지가 죽은 이후 작은 놋쇠 상자를 귀걸이로 만들어 지니고 다니기 위해 자기 귀를 찔러 구멍을 낸 것이다. 그 상자에는 자기 이름이 쓰여 있는 종이 한 장이 들어 있다. 이건 점점 곪기 때문에 치료를 해야 하는 상처다. 그 어떤 상처도 그녀를 죽은 엄마와 연결해주지 못하는 것과는 달리, 이 상처는 그녀를 죽은 아버지와 연결해준다.

책에는 파일러트에게 배꼽이 없는 이유가 나오지 않는다. 우리는 그저 "아기의 탯줄을 잘랐을 때 남은 부분이 쪼글쪼글해지더니 떨어져 나와 존재했던 흔적조차 남기지 않았다"라는 설명을 들을 수 있을 뿐이다. 파일러트가 만나는 사람들은 하나같이 파일러트의 몸에 있는 이 기이한 점을 특이하다고 생각하는 데서 더 나아가 위험하다고 생각한다. 사람들은 파일러트가 "자기 피부 밖으로 나올 수 있고 50야드 떨어진 곳에서 숲에 불을 붙일 수 있으며 남자를 잘 익은 순무로 바꿀 수 있다고 생각한다. 이게 다 그녀에게 배꼽이 없다는 사실 때문이었다". 사람들은 파일러트를 무서워하고, 그녀는 고립된 채 자라난다. 파일러트의 오빠는 그녀를 "변덕스럽고", "어둡고, 음침하고, 무엇보다도 지저분하고", "멍청한 밀주업자인", 한 마리 "뱀"이라고 말한다. 하지만 파일러트는 타고난 치유자이기도 하다. 저주 인형을 쓰는 방법도 알고 있다. 그녀의 시누이가 둘째를 낳고 싶어 하자 파일러트는 "역겨운 푸르스름한 쥐색 가루"로 된 최음제를 준다. 《아래를 보라: 사랑》에서 프리드의 배꼽 주변에 생겼던 곰팡이와 같은 색이다. 프리드의 배꼽에 난 푸르스름한 곰팡이가 카직의 등장을 불러왔듯 이 푸르스름한 쥐색 가루는 파일러트의 조카이자 《솔로몬의 노래》의 중심인물인 밀크맨 데드Milkman Dead의 탄생을 불러온다. 물론 푸르스름한 쥐색은 프랑켄슈타인이 *그의* "자손"을 만들기 위해 사용했던 시체들의 색이기도 하다.

즉, 파일러트는 메데이아와 똑같은 마녀다. 파일러트는 매우 멋진 인물이다. 모리슨은 파일러트의 사랑할 수 있는 능력과 너그러움, 솔직함, 진실함, 용기, 재주가 전부 죽음과의 친숙함에서 나온 것임을 분명히 하기 때문이다. "파일러트에게 죽음은 무서운 것이 아니었기에(파일러트는 종종 죽은 자에게 말을 하곤 했다) 그녀는 더 이상 두려워할 것이 없음을 알았다". 파일러트에겐 엄마가 없으며 그녀의 조언자는 아버지다. 하지만 그녀가 아버지에게서 배운 것("노래해Sing, 노래해Sing." 아버지의 유령은 끝없이 이 말을 반복한다)은 사실 엄마의 이름임이 드러난다. 이렇게 파일러트는 떠돌고, 모험을 하고, 세상에서 가장 사랑하는 딸 레바Reba를 얻고, 역시나 맹목적으로 사랑하는 손녀딸 헤이가Hagar를 얻는다. 그리고 모리슨은 우리에게 파일러트 데드가 *엄마로서, 또 엄마의 도덕으로써* 다른 사람을 죽일 준비가 되어 있음을 보여준다. 한 남자가 딸을 때리는 것을 발견한 파일러트는 뒤에서 남자를 붙잡고 날카로운 칼로 남자의 가슴을 찌른 후 이렇게 말한다. "이 칼을 다시 빼내서 네가 내 어린 딸한테 다시 비열한 짓을 하게 두고 싶진 않아…. 하지만 이 칼을 더 깊이 찔러서 지금 내가 느끼는 기분을 네 어미가 느끼게 하고 싶지도 않아". 남자는 허둥지둥하며 다시는 레바를 괴롭히지 않겠다고 약속한다.

그렇다. 저렇게 분명하게 죽음에 대해 생각할 수 있는 엄마는 마녀, 즉 훌륭한 작가가 될 수 있다. 이야기를 지어내고 적어 내려가는 것, 모험을 하고 모험을 상상하는 것, 위험을 무릅쓰고 받아들이는 것, 기존 도덕을 위반하고 전복하는 것. 여성들이 삶과 죽음을 직면하려 하기 시작하면서 전통적으로 남성의 특권이었던 이 모든 것들을 여성도 할 수 있게 되었다. 물론 이는 아버지들이 보살피는 법을 배워가면서 아이들의 눈에 더 이상 엄마가 유일한 도덕의 대변자일 필요가 없게 되었기 때문이기도 하다.

그로스먼의 배꼽 없는 아들이 소설의 상징이라면 모리슨의 배꼽 없는 딸은 아마도 소설가 엄마의 상징일 것이다. 말하자면, 여태까지는 당연히 끔찍하다고 여겨진 실체들이 실제로 존재할 수 있고, 또 존재한다는 걸 보여주는 "생생한 본보기"인 것이다.

엘런 맥마혼

작은 상실

〈작은 상실A Little Bit of Loss〉(1996~2000)

♦ ———

엘런 맥마흔Ellen McMahon은 1951년 보스턴에서 프로이트 학파 정신과 의사인 아버지와 주부이자 역사가이자 예술가였던 어머니 밑에서 태어났다. 무용, 생물학, 과학 분야 일러스트레이션과 디자인을 했다. 애리조나 대학 예술학부의 비주얼 커뮤니케이션 조교수가 되었다. 1996년 버몬트 칼리지에서 비주얼 아트 석사 학위를 받았다. 전시회를 열며 전 세계에 목소리를 전하고 있으며 뉴욕공립도서관과 투손의 크리에이티브 사진 센터에 작품집이 영구 소장되어 있다.

조금 별나긴 하지만 많은 면에서 엄마 노릇과 밀접하게 엮여 있는 주제가 바로 청소다. 이 글에서 포악한 아이에게서 도망쳐 가만히 누워 있는 엘런 맥마흔에게 눈앞에 선명하게 보이는 "거대한 먼지 덩어리"는 패배를 알리는 최종 확인으로 표현된다.

서문

1990년 나는 한 대학의 조교수로 고용되었다. 당시는 딸이 둘이었고(각각 5살, 3주였다) 내 분야(그래픽 디자인)에서의 최종 학위도 없었으며 내 작업이 크게 인정받지도 않던 때였다. 그 후 7년 동안 나는 풀타임으로 학생들을 가르치고 비주얼 커뮤니케이션 프로그램을 총괄하고 예술 석사 학위를 따고 나의 엄마됨을 주제로 작업을 시작하고 그 작품을 통해 전국적으로 인정을 받고 두 딸을 키웠다. 이 글은 석사 학위를 마칠 무렵이자 정년 보장 심사가 있기 1년 전, 이 모든 일들이 최고조에 이르러 서로를 옭아매고 충돌하던 때에 쓴 것이다.

델라는 네 살이다. 매일 밤 한 시간, 가끔은 두 시간 동안 분노 발작을 일으킨다. 발작 내용은 항상 나에 관한 것이다. 델라는 내

가 뭔가 잘못하고 있다고, 내가 자길 사랑하지 않는다고, 어디 가지 말라고 소리를 지른다. 내가 유치원에 내려주면 나를 안 놔준다. 하루는 델라를 데리러 유치원에 갔다가 선생님이 델라가 한 말을 교실 벽에 붙여놓은 걸 봤다. "하루는 드레스를 입고 밖에 나가서 빙빙 돌았는데 드레스가 온 세상에 닿았다." 나는 내가 잘 해내고 있다고 생각하기로 했다.

외할머니는 엄마가 어렸을 때 돌아가셨다. 엄마는 그 상실을 충분히 애도하지 못했고, 그 때문에 나는 쭉 엄마와 감정적 거리감을 느끼며 자랐다. 어렸을 때 엄마와 감정적으로 연결되었다는 기분을 느끼지 못했기에 나는 청소년기에 이르러서도 엄마에게서 쉽게 독립하지 못했다. 엄마가 된 지금도 친밀감과 자율성에 대한 나의 욕구를(그리고 아이들의 욕구를) 이해하지 못하고 있기에 어디에 선을 그어야 할지 쉽게 알아차리지 못한다. 예를 들어 나는 아이들에게서 쉽게 젖을 떼지 못했고, 이유 권장 시기가 훨씬 지날 때까지 젖을 먹였다. 막내 델라는 세 살 때까지 젖을 먹었고, 불안하게도 내 몸이 자기 거라고 생각하는 듯한 기색을 보인다.

막 욕조에서 나와 얼굴을 닦고 있던 참이다. 갑자기 "아이씨"하는 소리가 들리고 누군가가 맨살이 드러난 젖은 내 배를 찰싹 때린다. 델라가 자기 포카혼타스 바비 인형의 머리에서 고무줄이 빠지지 않아서 잔뜩 심통이 난 것이다. 미친 듯이 화가 난다. "네게 문제가 있다고 나를 그렇게 세게 때리면 안 돼." "난 내가 하고 싶은 건 다 할 거야." 델라는 자기가 낼 수 있는 가장 무례하고 도전적인

말투로 대답한다. "잘못했으니까 벌 받아야 해. 내일 아침 〈블링키 빌〉 만화 못 볼 줄 알아." 나는 델라를 위협한다. "신경 안 써." 델라가 경쾌하게 화장실에서 나가면서 말한다. 지금 델라는 강하다. 그 어떤 벌도 델라에게 영향을 미치지 못한다.

나는 단 한 번도 아이들이 자기 침대에서 자게 하지 못했다. 소아 전문의들에 따르면 독립심과 자족을 중요하게 여기는 문화에서 아이들은 혼자 자는 법을 배워야만 한다. 스스로를 진정시키는 법을 배우는 건 중요한 발달 단계 중 하나로 여겨진다. 하지만 나는 아이들이 자기 침대에서 혼자 우는 소리가 너무나도 고통스러웠다. 무서워하는 아이들의 울음소리가 무서웠다. 내 본능을 신뢰하는 대신 전문가들의 말을 따르기로 하고 아기였던 델라를 혼자 재운 적이 있다. 처음으로 델라는 아기 침대를 기어올라 바닥으로 쾅 떨어졌다. 현재 두 아이는(가끔은 남편도) 킹 사이즈 침대에서 나와 함께 잔다. 나는 아이들이 자는 모습을 바라보는 게 좋고 아이들의 차분한 숨소리를 들으며 잠드는 게 좋다. 가족끼리 꼭 붙어 자는 게 우리 모두에게 좋은 영향을 주었다고 생각한다. 독립적 수면 이데올로기는 사람들을 고립시키는 시스템의 일부다. 나는 그래서 그 노선을 따르지 않기로 결정했다.

앨리스는 열 살이다. 방금 내게 전화해서 오늘 밤 파티에 굽 높은 파란색 젤리슈즈를 신어도 되냐고 물어봤다. 우리는 몇 주 전에 하이힐을 두고 말다툼을 벌이기 시작했다. 나는 앨리스에게 열두 살이 되면 하이힐을 신을 수 있다고 했다. 며칠 뒤 앨리스는 아이 아빠와 마트에 가서 굽 높은 젤리슈즈를 사는 데 성공했다. 이제

우리는 끊임없이 언쟁을 벌이게 되었다. 앨리스는 오늘 밤 가족 전체가 파티에 가므로 그 신발을 신어도 된다고 생각한다. 처음에 나는 앨리스에게 네가 실제보다 나이가 많아 보여서 주목받는 걸(성적 관심을 말하는 거다. 하지만 그 단어를 말하진 않았다) 원치 않는다고 설명하려 했다. 하지만 결국에는 하이힐 위에 위태롭게 서 있는 게 자라나는 뼈에 좋지 않다는 주장을 내세웠다. 내가 진짜로 두려워하는 건 남자들이 보이는 반응에 따라 앨리스의 섹슈얼리티 감각이 형성되는 것이다. 물론 오늘 밤 파티에서 친구들이 앨리스의 옷차림을 보고 "쟤 엄마한테 무슨 문제 있어?"라고 생각할까 봐 두렵기도 하다.

고등학생 때 나는 몸을 잔뜩 웅크린 채 거의 2년 동안 고립과 우울 속에서 지냈고, 현대무용에 광적으로 빠져듦으로써 내 상태를 감추었다. 먹지 않았고 생리도 멈추었다. 엄마가 나를 병원으로 데려갔고, 의사는 별문제는 없으며 무월경은 체중 감소에 의한 신체 반응일 뿐이라고 설명했다. 나는 현대무용단에서 춤추기 위해 토론토로 이사를 했다. 가구 하나 없는 원룸 바닥에 앉아 집에서 챙겨온 짐 가방 하나를 풀었다. 그때 내가 엄마에게서 분리되기 시작했다고 생각한 것이 기억난다. 나는 서서히 다시 먹기 시작했다.

내가 방마다 바닥에 떨어져 있는 더러운 옷들을 주워 모으는 동안 델라는 계속 나를 따라다닌다. "엄마, 나랑 놀자. 엄만 나랑 절대 안 놀아주더라. 날 사랑하면 나랑 놀아줘야지. 엄만 날 사랑하지 않는 거야." 앨리스는 열 살이다. 자기 방에 있는 앨리스는 1박

2일 현장학습에 챙겨갈 짐을 깜빡하고 안 챙겼다면서 투덜거리고 있다. 나의 도움이 필요하다. 앨리스는 거울 앞에서 여러 "룩"을 입어보고 있다. 눈이 멍한 걸 보니 집중해서 짐을 쌀 수 있을 것 같지 않다. 델라는 계속 자기랑 놀자고 떼를 쓴다. 앨리스는 무릎 사이에 얼굴을 파묻는다. "아무도 내 말을 안 들어." 델라는 TV 위에 두 발을 올려놓고 자리를 잡는다. 좀 뒤로 가서 발을 내려놓으라고 했지만 말을 안 듣는다. 다투기엔 너무 피곤하다. 나는 저녁을 준비하러 부엌에 간다. 개수대에 아침 먹고 쌓아둔 더러운 그릇들이 가득하다. 그릇에는 딱딱해진 오트밀이 들러붙어 있다. 쇠로 된 캔 따개를 부엌 바닥에 세게 집어던진다. 나무 바닥을 망가뜨리고 싶다. 바닥에 난 자국을 보니 잠시 즐거워진다. 화장실에 들어가 바닥에 눕는다. 뜨거운 눈물이 두 귀로 흘러내린다. 샤워 커튼 맨 아래에 검은 곰팡이가 있고 내 머리 옆 구석에 거대한 먼지 덩어리가 보인다.

엄마됨은 어린 시절 이후 느끼지 못했던 신체적 느낌과 감정을 되살려주었다. 내 기억에 가장 처음 분노를 느낀 건 첫 번째 임신 때였고 가장 처음 슬픔을 느낀 건 유산했을 때였다. 그 이후로 나는 여러 번, 대개는 아이들에게, 특히 델라에게 분노를 느꼈다. 델라는 태어났을 때부터 그 어떤 상황에서든 기필코 나를 감정적으로 만들어버리는 능력이 있었다. 델라는 내가 하고 있는 일을 주기적으로 못마땅해한다. 하루는 자기가 두 살 때 내가 자기 허락 없이 너덜너덜한 샌들을 버렸다고 주장했다. 이럴 때면 실제 사실을 알려주려고 노력해도 소용이 없고 델라는 버럭 화를 내버린다. 발로 차고, 때리고, 소리를 지른다. 나는 나를 대하는 델라의 태도에 점점 화가 나고, 결국 격리실(화장실)로 뛰어 들어가 이 위험한 상황에서 나를 분리시킨 다음 델라가 진정할 때까지 문고리를 잡고 있다(잠그진 않는다). 델라는 더 언성을 높이며 싸우고 싶어서 화장실 문을 열려고 날뛰며 악을 쓴다. 델라는 내가 자기한테 화를 내는 게 좋다고 한다. 이때 내가 엄마로서 느끼는 굴욕과 패배감은 잠시 후 델라가 너무나도 행복하고 온순한 아이처럼 행동할 때 사라져버린다. 우리가 서로 공유하는 공격성에는 약간의 위안, 어쩌면 일종의 의식 같은 요소가 있다. 규정된 여성 정체성에 맞서는 즐거운 반란이랄까.

엄마됨의 모순 중 하나는 내가 아이들의 엄마이기 때문에 아이들을 가장 잘 돌볼 수 있는 동시에 나의 정신적 고통은 이미(그리고 날이 갈수록 더) 아이들의 정신적 고통이기 때문에 그게 누구든 나보다는 아이들을 잘 돌볼 수 있을 거라는 생각이 든다는 점이다. 하지만, 어쩌면 성장한다는 건 나를 가장 사랑하는 사람에게 상처 입는 과정이라고도 할 수 있다. 이 모든 시간들 속에서 마음속에 이런 생각이 분명하게 떠오를 때가 있다. 나는 충분히 괜찮은 엄마이며 행복하고 건강한 두 딸아이가 있고 아이들은 자기가 입은 상처를 독창적인 결과물로 만들어낼 수 있을 만큼 튼튼한 토대를 쌓아나가는 중이라는.

델라는 TV를 보며 정수리에 있는 머리카락을 여러 갈래로 나눈 다음 동그라미 모양으로 땋고 있다. 그러다 내가 부엌에서 설거지하는 걸 보고 땋은 머리를 다시 풀어달라고 한다. 나는 몇 분 안에 설거지를 마치고 젖은 손이 마르면 그렇게 해주겠다고 대답한다.

델라는 기다리지 않고 엉킨 머리를 잘라버릴 거라고 선언한다. 나는 그럼 그 부분만 머리카락이 삐칠 거라고 경고하면서 말린다. 델라는 저벅저벅 화장실로 걸어 들어가 손톱가위를 찾아 땋은 머리 전체를 싹둑 잘라버린다. 그리고 동그랗게 엉킨 머리에 내 오래된 립스틱을 발라 내게 선물이라고 준다. 델라는 정수리에 삐쳐 있는 짧은 머리칼에 "칠면조"라는 이름을 붙여주었다.

나는 아이들이 제 나이대에 내게 줄 수 있는 충성심과 애정을 사랑한다. 나는 아이들이 나를 필요로 하고 원하고 그 누구도 나를 대체할 수 없다는 느낌을 사랑한다. 마음이 느긋해서 아이들의 생각을 귀 기울여 들을 수 있을 땐 정말 즐겁다. 아이들이 내 곁에 존재하는 게 신기하고 기쁘다. 앨리스는 곧 청소년이 되는데, 아이가 앞으로 어쩔 수 없이 만나게 될 사회적·심리적 문제들을 나보다 얼마나 잘 헤쳐나갈지 기대가 된다.

지난밤 잠들기 전에 델라는 언제나처럼 잠시도 가만있지 못하고 돌아다니다 갑자기 훌쩍훌쩍 울기 시작했다. 델라는 울며 이렇게 말했다. "뭔가 허전한 느낌이 들어. 그게 뭔진 모르겠는데, 뭔가가 허전해." 꼭 안아줄 테니 이리 오라고 말했다. 다른 말로 델라의 느낌을 없애려 하지는 않았다.

상실의 아픔에서 스스로를 보호하려고 일부러 아이를 낳은 내 결정에 대해 쭉 생각해보았다. 아이를 낳는 건 내가 어렸을 때 바랐던 조건 없는 사랑과 관심의 가능성을 늘리기 위한 하나의 방법이었다. 아이러니한 것은 아이를 낳은 바로 그 순간부터 나의 엄마됨은 무언가를 천천히 그리고 계속해서 놓아주는 것이었다는 점이다…. 아이들이 내 신체의 일부가 아닌 보다 독립적인 존재가 되어가면서 나는 매일 작은 상실을 경험한다. 마침내 밝혀졌듯, 엄마됨은 상실의 불가피함을 받아들이고 고통스러운 감정에 대한 나의 광적인 방어 기질을 서서히 놓아주는 순탄치 않은 과정에 훌륭한 촉매가 되어주었다. 그리고 이 과정은 내가 아이들의 곁에 더 많이 머물고 작품 활동에 필요한 정신적 공간을 넓힐 수 있게 해주었다.

조이 윌리엄스

아기에 반대한다

〈아기에 반대한다The Case Against Babies〉(1996)

조이 윌리엄스Joy Williams는 소설 《은총의 상태*State of Grace*》와 《부수기와 들어가기 *Breaking and Entering*》 및 단편소설집인 《돌보기*Taking Care*》와 《도피*Escapes*》 그리고 《플로리다의 열쇠: 역사와 가이드*The Florida Keys: A History and Guide*》를 출간했다. 레아 단편소설상과 미국 예술문학 아카데미에서 수여하는 밀드레드 스트라우스 리빙 어워드 등 많은 상을 수상했다. 그 밖에도 《에스콰이어*Esquire*》와 《파리 리뷰*The Paris Review*》, 《그란타*Granta*》, 《그랜드스트리트*Grand Street*》에 발표한 글들이 여러 권의 문집에 수록되었다. 애리조나와 키웨스트를 오가며 살고 있다.

아기를 낳고 기르는 것이 그렇게 힘들다면 여성들은, 특히 작가와 예술가들은 왜 계속 아기를 낳는가? 예리하고 풍자적인 이 글에서 조이 윌리엄스는 여성의 신체와 은행 잔고 그리고 지구의 건강을 그 무엇보다도 크게 위협하는 출산에 대한 서구 문화의 집착을 신랄하게 공격하며, 제1세계에서의 출산에 영향을 미치는 왜곡된 가치와 병적인 사회 관습을 정신이 번쩍 들게 지적한다.

아기, 아기, 아기. 사방에 아기 떼다. 토끼나 코끼리, 말, 백조가 너무 많으면 바이러스를 퍼뜨리거나 총으로 쏴 죽이거나 약을 먹여 새끼를 배지 못하게 하거나 알을 깨부수고 다니는 과학 단체들이 생겨난다. 다른 종들은 "환경에 부담"을 주거나 "서식 범위를 초과"하거나 인간과 충돌할 수 있지만 인간의 아기들은 삶이라는 연회에서 언제나 환영받는다. 환영하고, 환영하고, 또 환영합니다. 오래오래 살면서 소비하세요! 아이 문제에 관해서는 선을 긋기가 힘들다. 왜냐하면… 어디에 선을 긋는단 말인가? *낳지 말거나 하나만 낳거나 절대로 둘보다 더 낳진 마십시오.* 인구 성장 제로Zero Population Growth라는 단체가 정중하게 권하는 바다. 이런 목소리는 여기저기서 울어대는 아기들 때문에 거의 들리지 않는다. 매 분마다 수백 명의 아기가 튀어나온다. 매년 9,700만 명의 아기가 태어난다. 다른 수많은 생태종들은 멸종되고(생태학자들의 오싹한 말을 빌리면, "사그라지고") 있는 반면 인간만은 으스대며 북적거린다. 아기들은 계속 나오고 있다! 아기는 "신의 선물"을 넘어서 권리가 되었다. 모두가 아이를 낳는다. 심지어 아기를 낳을 수 없는 여성도 그렇다. 아기를 낳을 수 없는 여성이야말로 *특히* 쌍둥이나 세 쌍둥이를 태운 유모차를 밀며 최신 유행에 따라 소비지상주의의 길 위를 휩쓸려 다닌다. (여자들은 불도저를 모는 사람처럼 뻔뻔하게 유모차를 민다. 이상하게 유모차를 보면 불도저가 생각난다.) 당신은 쌍둥이나 세쌍둥이를 보면 *와* 하거나 *우오* 하거나 '쿨한데', '특이한데'라고 생각하는가, 아니면 '시험관 아기에 돈다발을, 적어도 3만 달러는 쏟아부었겠는데'라고 생각하는가?

인류는 아이를 더 많이 낳아야 할 필요가 거의 없다. 하지만 인공수정 클리닉은 사람들로 붐빈다. 아이를 갖고 싶어서 안달하는 여성들에게 인공수정 서비스를 제공하는 의사와 아기를 만드는 과정에서 가장 중요한 요소가 된 테크노 샤먼들이 새로운 백만장자로 떠오르고 있다. 이들은 여성들에게 그들이 원하는 걸 제공한다. 바로 아기들이다. (본래 여성이 무엇을 원하는지는 미스테리였으나 이젠 그렇지 않다…. 니체가 맞았다….) 아이러니하게도(이게 아기 열풍에서 유일한 아이러니인 건 전혀 아니지만) 여성들은 아기를 가졌을 때 자기가 성공했다고, 개인적 성취를 이루었다고 생각한다. 하얀 가운을 입은 수많은 사람들과 다량의 호르몬과 약물과 바늘과 시험관과 섞고 주입하고 착상시키는 과정이 필요한데도 말이다. 여성에게 있어 아이를 갖는 것은 *개인의 완성*을 뜻한다. 남자애들은 남성이 되기 위해 무엇을 해야 하는가? 여자들과 자라. 무언가를 죽여라. 그렇다, 무언가를, 운이 없는 사슴과 오리, 곰, 동물의 왕국에서 어느 정도 큼직한 애들, 심지어 전쟁 상황에는 다른 인간을 죽이는 행동이 많은 사내아이들을 남성다움으로 안내한다. 하지만 여자는 어떤가? 아이를 갖길 원한다.

제3세계 국가들에서는 여성에게 단지 아이를 낳는 선택지만 있는 게 아님을 알리기 위해 많은 노력을 쏟고 있는 반면, 풍족하고 교육받으며 원하는 걸 다 할 수 있는 미국 여성들은 자신의 지위를 더욱 공고히 하기 위해 아기, 아기, 아기들을 갈구한다. 미국 여성들은 모든 걸 가졌고 이젠 아기를 원한다. 그리고 서른다섯 살이 지난 여성들은 지금 당장 아기를 갖길 원한다. 이들은 공격적으로 인공수정을 하는 쪽을 선택한다. 이들은 조급하고, 이제 이 문제를 *자유방임*하는 데 진물이 났다. 아이를 갖기 위해 섹스를 하는 건 너무나도 힘든 방법처럼 보인다. 이쯤 되면 이들은 성교를 하고 하고 또 해도 아이가 생기지 않는 걸 더 이상 견디려 하지 않는다. 이게 무슨 시간 낭비인가! 시간은 흘러가고 있다. *아이 없는 삶은 쾌락주의에 꼭 맞는 삶이에요.* 아이를 낳지 않은 40대 여성이 했던 말이다. 하지만 지금 그녀는 돈이 많이 든 두 쌍둥이의 자랑스러운 엄마다. 심지어 운명을 우아하게 받아들인 여성들의 말도 아쉬워하는 것처럼 들릴 수 있다. *지금 아이가 있었으면 하고 바란다기보다는 아이를 낳았더라면 좋았을 거라고 생각해요. 전 그 어떤 것에서도 실패하고 싶지 않거든요.* 한 여행작가의 말이다. 여성들은 바라고 원해야 하며 실패하면 안 된다. (레즈비언들도 아기를 갖길 원한다. 레즈비언이 아이를 낳으면 살펴볼 것! 이들은 아이에게 울프 같은 이름을 붙인다.)

1980년대는 아이를 낳는 게 흔치 않았던 때였다. 아, 하층 계급은 그때도 어느 정도 열정적으로 아이를 낳았으나 전문가 계층은 그렇지 않았다. 실제로 당시에 아이를 낳는 것은 너무나도 이상할 정도로 반사회적이고 놀라운 일이어서 출판계에서는 아기들, 자기 아이에 대해 글을 쓰는 사람들을 위한 틈새시장이 발달했다. 이들은 아기가 태어난 첫해 매일매일을 기록했다(아기가 밤새 잘 잤다…. 아기가 밤에 잠을 잘 자지 않았다…). 글쓴이들은 아이의 음낭 크기를 보고 경이로워했고, 산부인과 의사에게 팁을 주는 법을 조언했고(술보다 티파니에서 나온 시계가 낫다), 넋이 나가서 자기 아이가 평범한 아이들에 비해 구르고, 웃고, TV 스크린에 열광하는 것 같은 지적인 행동을 훨씬 일찍 보인다고 고백했다. 이런 책들은 똥과 발진과 고양이의 심리적 위축 이야기 외에도 종종 엄마가 아이에게 하는 말이 우연히 들린 것 같은 문장을 담고 있다. *나는 너를 너무 사랑해 네가 이가 나거나 일어서거나 걷거나 데이트를 하거나 결혼하길 바란 적은 단 한 번도 없단다. 난 네가 여기 내 옆에서 언제까지나 나의 아기였으면 좋겠어*…. 아기와 인간은 별개다. 인간은 이미 너무 많다. 우리 모두 이 사실을 알고 있다.

1980년대엔 입양이 많았다. 사람들은 칠레로, 전 세계로, 하나님만 아실 곳으로 날아간 다음 위풍당당하게 아기를 안고 돌아왔다. 어렵고 용기가 필요하고 돈이 많이 들고 관대한 일이었다. 그게 트렌드였다. 사람들은 여러 다양한 색깔의 아기들〔한국인, 중국인, 반만 인도인(반만 인도인인 아기는 매우 인기가 많았다), 과테말라인(과테말라의 아기들은 정말 지나치게 귀엽다)〕을 잔뜩 입양해 데려오는 걸 좋아했다. 입양은 유행이었다. 사춘기 이전의 소녀 소비자 수천 수만 명에게 양배추 머리 인형이 대유행이었던 것과 같이.

여기서 잠시 주제를 바꿔 양배추 머리 인형의 마케팅 방식을 *반드시* 설명해야 한다. 이 얼빠진 얼굴을 한 보드라운 인형은

1980년대 가히 폭발적 유행이었다. 회사의 술책은 바로 이 인형들이 실제로 "태어난다"는 것이었다. 사람들은 그깟 인형을 그냥 살 수가 없었다. 인형이 갖고 싶으면 인형을 "입양"해야 했다. 오늘날에도 양배추 머리 인형은 (속도는 좀 느려졌지만) 베이비랜드 종합병원에서 여전히 태어나고 입양된다. 이 베이비랜드 종합병원은 실제 병원을 개조한 곳으로, 패스트푸드 가게와 자동차 영업소가 아니면 별다를 게 없는 클리블랜드 노스 조지아의 한 마을에 있다. 베이비랜드 종합병원에는 방이 많다. 그중 한 방에는 조산아들이 있고(모두 아늑한 가운에 싸여 각자 세련된 인큐베이터에 누워 있다) 한 방에는 배추밭이 있다. 배추밭 언덕 위에는 가짜 나무가 있고 여기서 하루에도 여러 번 방송이 흘러나온다. 양배추가 아기를 낳고 있어요! 몇 분간 괴상한 소리가 들려온 후 나무에 달린 문에서 간호사처럼 차려입은 여자가 새로 태어난 양배추 머리 인형을 거꾸로 들고 나타나 엉덩이를 찰싹 때린다. 간호사 주변의 양배추 밭에는 부드러운 천으로 된 얼굴 인형들이 양배추 잎으로 둘러싸여 행복한 웃음을 짓고 있다. 인형 하나에 175달러로, 구매하려면 평생 이 인형을 소중하게 돌볼 것을 약속하는 의미로 서류에 사인을 해야 한다. 박스에는 입양하고 싶지 않을 법한 촌스러운 인형이 들어 있다. 하지만 아이들이 원하는 건 그게 아니다. 아이들은 서명란에 사인을 한 서류를 원한다. 회사는 인형들이 모두 다르게 생겼다고 말하지만 사실은 다 똑같이 생겼다. 작은 귀와 큰 눈, 일그러진 입, 울퉁불퉁하고 작은 팔과 다리를 가졌다. 색깔은 여러 인종을 모은 것처럼 꽤 그럴듯하고 다양하지만 표정만은 똑같다. 인형들은 그곳에 있어 기쁘고, 한껏 꿈에 부풀어 있다.

물론 양배추 인형은 그저 인형일 뿐이다. 유행의 파도를 타고 여러 세련된 가정에 입양된 아기들은 이제 어린이이며 완전히 다른 상태가 되었다. 이들은 여전히 큰 기쁨일 수 있으나(그래야 한다) 더 이상은 사랑스러운 아기가 아니다. 실제로 아기는 어린이와 다르다. 아기는 아기이고, 장난감 인형이고, 정력과 자궁의 대표자고, 죽음을 앞지르고자 하는 인간의 불가능한 소망이다.

아이를 입양한 부모들은 1990년대가 된 요즈음 어느 정도 소외감을 느낄 것이 분명하다. 입양. 얼마나 바보 같을 정도로 다정한 일인가. 너무나도 베네통 같고, 순진하다. 사람들은 아기를 입양할 때 그게 도박이라는 걸 모른다. 어쩌면 입양 기관은 당신에게 아기 아빠는 예일 대학교에서 영문학을 전공했고 아기 엄마는 명석한 수학자에 하프시코드 연주자지만 아이를 키우면서 커리어를 쌓을 준비가 되지 않은 사람들이었다고 말했을 수 있다. 하지만 아기가 그 어떤 재능도 보이지 않고 개를 물에 빠뜨려 죽이려 한다든지 국립공원에 불을 지르려 하는 어린이가 된다면 무슨 생각이 들까? 물론 아이를 입양한 부모들은 최선을 다한다. 자신의 진보적 유전자가 허락하는 한까지는. 부모들은 아기의 *배경*을 알아본다. 아무 아기나 원하는 게 아니란 말이다(유기견과 유기묘 보호소에 갈 때에도 직접 고르고 선택하고 싶어 하지 않는가? 안 그런가?). 부모들은 성격 좋고 건강한, 좋은 환경이 주는 혜택에 감사하고 배려 있게 자신을 잘 보살펴준 집에 보답할 아이를 원한다. 부모들은 흠이 있는 아기, 몸과 마음에 장애가 있는 아기, 에이즈와 알코올 증후군이 있는 아기들을 골라낸다(그렇지 않은가. 사람은 현실적이어야 한다. 어차피 온 세상을 구할 순 없다).

유전자는 점점 더 중요해지고 있으며 그건 입양에서도 마찬가지다…. 부모와 아이는 어디서 연결되는가? DNA 한 가닥조차 내 것이 아니다. 입양은 할 수 있는 걸 모두 해보진 않았다는 뜻이다. 너무 구두쇠이거나 수줍음이 많거나 상상력이 부족해서 열정적으로 인공수정을 해보지 않은 것이다. 인공수정은 성공만 한다면 아기 또는 아기의 일정 부분이 당신, 적어도 당신의 동반자, 사랑하는 사람, 파트너, 그게 뭐든 간에 여하튼 뭔가와 연결되어 있다는 보장을 해준다.

언젠가 나는 마티니가 조금 남아 있는 잔을 가져가려는 웨이트리스를 막은 적이 있다. 그녀는 비꼬는 목소리로 이렇게 말했다. *아, 참 귀중한 술인가 보네요.* 그리고 잔을 테이블 위에 쾅 하고 내려놓았다. 사실 난 마티니가 그보다 더 많이 남았을 거라고 생각했던 것 같지만(도대체 술잔에 무슨 일이 일어났던 걸까?), 참 귀중한 술이라는 발언은 불쾌하게도 너무나도 많은 사람들에게서 찾아볼 수 있는 숭배와 같은 애정을 떠올리게 한다. 그 난자들, 그 정자들, 그 귀중하고 귀중한 아이들! 최근 몇몇 과학자들의 입에서 다량의 합성 화합물이 남성의 정자 수를 감소시킨다는 이야기가 나오자 인류는 지독한 두려움에 몸을 떨었다. 끔찍해, 끔찍해, 끔찍해. 하지만 이 주장은 사실이 아니다. 뉴욕 남성의 정자 수는 그대로이며, 심지어 증가하고 있기도 하다. 로스앤젤레스 남성의 정자 수는 그렇지 못하며(이들이 맥주보다 물을 더 많이 마시던가?) 중국인 남성도 마찬가지다. 모욕에 모욕을 더하자면, 중국인 남성은 고환의 크기도 더 작은 것으로 드러났다. 분명 이러한 연구 결과는 정력제를 얻기 위해 야생동물 밀렵이 더욱 심해지는 결과로 이어질 것이다. 합성 화합물은 인간이 아닌 동물(물고기, 새)의 생식 능력에는 실제로 "부정적인 영향"을 미치지만 이러한 사실은 상대적으로 중요치 않다고 여겨진다. 숭배의 대상이 되는 건 인간의 정자뿐이며 이 인구 과잉의 시대에 인간의 정자, 즉 담배나 술, 마약을 하지 않고 에이즈가 없으며 사람을 죽인 적이 없는, 지능이 높고 몸이 좋은 남자의 정자는 더욱더 귀중한 것이 되고 있다. 왜냐하면 이 인구 과잉의 시대는 곧 기증의 시대이기도 하기 때문이다. 기증한 정자, 기증한 자궁, 기증한 난자. 매달 생리로 사라져버리는 그 모든 난자들을 생각해보라. 상상 초월이다. 그 귀중하고 귀중한 난자들이, 사라져버린다. (많은 난자 기증자들이 자신의 난자가 "쓸모없어지는" 게 싫어서 기증 산업에 뛰어들었다고 말한다.) 난자는 만일의 경우를 위해, 또는 싱싱하고 좋은 상태로 판매하기 위해 추출해 냉동하는 것이 가능하다. 올해 초《뉴욕타임스*the New York Times*》인터뷰에서 한 여성은 기증이 일종의 커리어인 것처럼 말했다. *전 그냥 집에 앉아 아이들에게 쿠키나 구워주진 않을 거예요. 저도 무언가를 해낼 수 있거든요.* 그녀의 일은 따분한 나인 투 파이브 사무직이 아니다. 그녀는 대리모가 되어 한 커플에게 아기를 선물해주었다. 그다음 또 다른 커플에게 난자를 기증해 또 한 명의 아기를 선물해주었고, 지금은 또 다른 커플을 위해 쌍둥이를 임신 중이다. 이 기업가적인 브리더는 이렇게 말한다. *제가 훌륭한 군인인 것처럼 느껴져요. 꼭 하나님께서 제게 "이봐, 내가 너한테 많은 걸 해줬으니 이제 네가 내게 뭔가를 해줘야겠어"라고 말씀하신 것 같아요.* (하나님 얘기가 나오는 게 좀 귀엽다. 행운이 따르길 바라는 거거나, 아직도 남아 있는 전통적 미신에서 나온 것일 테다.) 난자 기증자는 주기적으로 일을 하는 제니 애플시드(조니 애플시드Appleseed의 조니를 여자 이름인 제니로 바꾼 것. 조니 애플시드는 19세기 초 사람들에게 사과 씨를 나누어주며 성서의 가르침을 설파하고 다닌 실존 인물로, 미국에서 평화의 상징으로 여겨지고 있다-옮긴이)로서 기쁨을 퍼뜨리고 주님이 명하신 일을 하며 한 번에 큰돈을 벌 뿐만 아니라 자기 능력이 강화되었다는 기묘한 느낌을 얻는다(나는 세상에 수많은 애들을 내놓았어. 그 애들을 알아볼 수만 있다면…).

1996년 가장 많이 팔린 달력 중 하나는 사진작가 앤 게디스Anne Geddes가 찍은 아기 사진 달력이다. 아기들이 양배추 잎 위에 누워 있거나 벌집 속 작은 꿀벌처럼 튤립 안에 들어 있는 등 달마다 엄숙하게 눈을 반짝거리는 아이들이 등장한다. 사진 속 아기들은 약간 어리둥절한 것처럼 보인다. 왜 어리둥절하지 않겠는가? 이 아기들은 어떻게 이곳에 오게 되었는가? 아마도 시험관 안에서 혼합되었을 것이다. 기증된 난자(긴 바늘을 이용해 조심스럽게 빨아들인다)와 기증된 정자(아마도… 아마도 혈기 왕성한 뉴욕 놈의 것일 테다), 대리모. 옆에서 지켜보는 "진짜" 엄마는 안절부절못하며 기다린다(아기들을 집에 데려가 얼른 아이들에게 이것저것 사주고 싶다!). 전 세계에 거미줄처럼 퍼져 있는 이 거대한 가족 안에서 아기의 혈통은 다소 복잡할 수 있다. 요즘에는 클로미드Clomid와 퍼고날Pergonal 같은 약물의 도움을 받아 끔찍할 정도로 많은 양의 난자가 세상에 나와 있다. 부유하고 명석한 의사들이 "간단한 과정"을 거쳐 이 난자들을 추출한 후 정자가 난자 한가운데를 적중해 파고든다. 그렇게 생긴 세포 덩어리들 중에서 몇 개를 추려내고(이때 추려내는 사람은 의사다. 이 과정에 대해 잘 아는 사람은 의사뿐이다) 그렇게 추려진 여러 개의 세포 덩어리가(성공률을 높이기 위해서다) 자궁에 주입되며, 이때 자궁은 엄마의 것일 수도 있고 아닐 수도 있다. 당연하게도 수정된 난자들이 여럿 살아남는 경우가 많다. 이럴 때에는 "선택적 감수술selective reduction"을 통해 그 수를 줄일 수 있다. 그건 아직 달력 속 아기가 아니라 배아다. 곧 엄마가 될 여성들이 다소 과도한 무아지경 또는 탐욕에 빠져 아이들이 어린이가 되어 한 배에서 태어난 고양이들처럼 자기들끼리 즐겁게 놀 수 있게 될 날들을 벌써부터 머릿속에 그려보는 때가 바로 이때다. 한 번에 애들이 많이 태어나면 같이 놀 친구들을 찾기 위해 끔찍한 시간을 보낼 필요가 없을 것이다. 엄마는 이런 생각을 하기 시작한다. 어쩌면 *유모는 애 둘 보는 돈에 약간만 더 붙이면 애 셋을 봐줄지도 몰라*. 또는, *어쩌면 우리가 가진 돈으로 충분할 거야*. 또는, *애초에 이런 걸 하는 게 아니었어*. 수정된 난자들이 여럿 살아남은 이때, 생명공학 기술이 낳은 그 모든 개입과 자만을 거의 다 통과한 이때, 여러 여성들은 점잖은 듯 이렇게 말한다. 난 신처럼 굴고 싶지 않아(신처럼 굴고 싶지 않다고?). 또는, *남은 아이들의 승산을 높이기 위해 하나를 없애는 건 말도 안 되는 일이야*. 또는, *어떻게든 되겠지*.

그렇게 세 쌍둥이가, 심지어 네 쌍둥이나 다섯 쌍둥이가 생겨난다(방송사들은 아직도 다섯 쌍둥이에 관심이 많다). 그리고 쌍둥이들이나 그보다 덜 칭송받는 쌍둥이 아닌 아이들이 아장아장 걷는 나이가 되어 유치원에 들어가자마자 하나뿐인 지구의 중요성과 함께 3R, 즉 절약Reduce, 재사용Reuse, 재활용Recycle을 배운다. 너무 많은 사람들이(사람이 많은 상황은 흔히 바람직하지 않다고 간주된다. 내 공간을 내놔!) 너무 많은 사람들에게서 생겨나지만(당연한 일이다) 아기를 비난하는 건 나쁘다. 아기를 비난할 순 없다. 아기들은 아무 죄가 없다. 가여운 유엔인구기금 직원은 현재의 성장 속도라면 세계 인구는 앞으로 40년 후 지금의 두 배가 될 거라고 말한다. 인구 과잉은 지구에 있는 생명체들에게 크나큰 위협을 가한다. 하지만 이 문제를 염려하는 단체 대다수는 가장 명백한 조언(아기를 낳지 마시오!)을 꺼린다. 너무 부정적으로 들리기 때문이다. 그 대신 단체들은 휘청거리는 환경이 받는 압력을 줄이기 위해 카 풀링이나 나무 심기 같은 보다 긍정적인 조언을 제공한다. (앞서 말한 사랑스러운 베스트셀러 아기 달력의 수익금 일부는 아버데이 재단에게로 돌아가 나무를 심는 데 쓰인다.)

어떤 사람들은 아기를 낳지 않는 것이 인간의 삶을 부인하는 것이며 이 권리의 세계에서 심각하게 부적절한 것이라고 주장한다. 모두에게 권리가 있다. 아직 태어나지 않은 뱃속 아기에게도 권리가 있다. 그렇다면 아직 *임신되지 않은* 아기에게도 권리가 있다. (아직 자신의 존재가 고려되지도 않았다는 사실에 열 받았을 그 모든 아기들을 떠올려보라.) 여성에게는 아기를 낳을 권리가 있다(우리는 이 권리를 얻으려 너무나도 힘들게 싸웠다). 그리고 아기를 낳을 수 없는 여성들은 아기를 가질 권리가 더욱더 많이 있다. 이러한 권리들은 혼인 여부나 경제적 지위 또는 나이와 상관이 없어야 한다. (50대나 60대에 아이를 낳은 엄마들은 산부인과 의사의 이름을 따서 아이 이름을 짓는 경향이 있다.) 생식 산업은 모두가 임신 촉진 치료를 받을 수 있기를 바란다. 그리고 고집 센 보험 회사와 메디케어 및 메디케이드 같은 행정 기관이 비용에 민감하게 굴거나 차별 없이 쉽게 돈을 뱉어준다면 치료비가 이렇게 비싸진 않을 거라고 말한다. 아이를 낳기 위해 허락을 얻어야 하거나 자격증을 갖춰야 하는 것도 아니다. 가난하고, 나이 많고, 페미니스트인 암 환자이며, 장애가 있고(자동차에 그 스티커들 중 하나가 붙어 있다…), 독립적인 엄마가 될 수 있는 자기 권리를 주장하고자 하고, 대신 임신을 해주는 "호스티스"에게 인위적으로 수정을 시킬 자격이 있다고 생각하고, 여아를 원하는데 태아가 남아일 경우 낙태를 하기 위해 아이의 성별을 선택할 수 있는 권리가 있다고 생각하는 여성의 권리는 어쩌란 말인가? 이런 여성은 어떻게 해야 할까? 아니면 열다섯 살을 앞두고 아기를 낳길 원하는 여자아이의 권리는? 고등학교 시절 내내 아기와 함께 집에 갇혀 있어야 하며 더 이상 친구들과 함께 외출할 수도 없는데? 양수 진단과 DNA 분석을 통해 태어날 아기가 뚱뚱해질 거라는 사실을 알았는데도 열다섯 살 엄마는 아이의 비만을 관리하지 못하고 그럴 필요도 없다면…? 목욕물을 버리다 아기까지 쓸려간다.

하지만 이런 시나리오에는 지저분한 정치적·윤리적 문제, 기술과 마케팅이 진보하면서 발생한, 문제가 많고 다소 역겨운 부산물이 엮여 있을 뿐이다. 철학자들과 전문 윤리학자들이 이 문제에 대해 웅얼거리게 내버려두자. 베이비 산업이 호황을 이루게 두자. 법원이 문제를 판단하게 두자. 매일 더 긴급한 문제가 생겨난다. 여성들은 자궁 경부가 약한 딸의 난자와 사위의 정자를 주입받아 자기 손자와 손녀를 임신한다. 얼려둔 배아가 부주의로 녹아버린다. 난자들을 도둑맞는다. 유산된 태아에서 난자를 추출한다. 이혼한 커플들은 냉동 보관해둔 배아의 운명을 두고 싸운다. 캘리포니아 대학교에서 법과 의학을 가르치는 한 교수는 하소연하듯 이렇게 말한다. "우리는 난자와 정자, 배아 같은 유전물질을 더 강력하게 규제해야 합니다. 누가 무엇을 소유할지 법적으로 정할 수 있어야 합니다." (하지만 의사들은 "연구에 방해가 된다"고 주장하며 강력한 규제에 반대한다.)

첨단 기술을 가진 국가들은 우생학적으로 선택지를 개선하고 소송으로 옥신각신하고 있는 반면, 저기술 국가의 거주민들은 평범하게 아기를 낳고 있다. 역사상 가장 빠른 속도의 인구 성장이 한 세대 안에서 이루어질 것이며 그 증가폭은 거의 50억 명에 달한다(모두가 아기에서부터 시작한다). 그중 97퍼센트는 개발도상국에서 발생하며, 아프리카 홀로 35퍼센트를 담당한다(가난한 국가일수록 출생률이 높다. 원래 그런 거다). 이 아기들은 더 "전통적이고" 분명 덜 절박한 방식으로 생겨나며, 마치 패션인 것마냥 사람들의 이목을 끌진 않겠지만 서구 상류층의 아기들만큼(또는 가족당 한 명밖엔 없는 중국의 남자 아기만큼) 사랑받는다. 그리고 이 아이들은 조금 더 자라 자기가 속한 대가족의 공공 재산을 위해 노동할 수 있게 되면 생산이 가능한 자산으로 여겨지기도 한다. 그렇게 아이들이 더 많은 자원을 개척하면 할수록 자원은 더 희소해진다.

서구 국가들은 부유하고 상대적으로 출산율이 낮기 때문에 인구 위기를 부채질하지 않는다는 주장은 물론 틀렸다. 프랑스는 프랑스인을 더 많이 생산하는 프랑스인에게 엄청난 보조금과 특전을 제공하는 국가 정책을 통해 출산을 장려한다. 미국은 다른 18개 선진국보다 더 빠른 속도로 인구가 증가하고 있으며 에너지 소비의 측면에서 봤을 때 미국인 커플이 애 둘을 낳지 않는 것은 일반적인 동인도 커플이 애 66명을 낳지 않는 것과 같으며 에티오피아 커플이 애 1,000명을 낳지 않는 것과 같다.

하지만 우린 계속 새끼를 낳으며 바글거린다. 그리고 우리의 이기심으로 다른 수천 종의 생체들을 멸종시킨다. 우리는 아기 과잉 상태에 있지만 이제야 막 아기들을 발견한, 또는 개발한 것처럼 군다. 생식은 섹시하다. 의학의 도움을 받은 생식은 쿨하다.

유명 영화배우가 아기를 가질 거라고 선언하면 사람들은 말문이 막힌 채 감탄한다. 아기를 낳는다고! 세 번째 결혼을 한 늙은 남자는 새로 태어난 자기 아기들에게 "경외감"을 느낀다며 육아라는 "궁극적 경험"을 자랑한다. 록 가수인 브루스 스프링스틴Bruce Springsteen은 아들의 탄생에서 "구원"을 찾았다. 회의감이 들면 아기를 낳아라. 샴페인과 코카인 등 안 해본 것이 없다면, 아기를 가져라. 10여 년간 찬사를 받으며 사치스러운 생활을 즐긴 팝스타들은 엄마됨에 관해 이렇게 고백한다. 이 아기가 저의 삶을 구했어요. 억만장자인 마이크로소프트의 창립자 빌 게이츠Bill Gates도 곧 아기를 낳는다(너무나도 멋지다). 뉴스 해설자들은 벌써 추측을 시작했다. 아빠가 되면 빌 게이츠의 감각과 추진력은 사라질 것인가? 성공하고, 성공하고, 또 성공하겠다는 그의 의지는 줄어들 것인가? 최근 미국 공영 라디오NPR는 그 섬뜩한 가능성에 대해 다른 정력적인 CEO 아빠들과 인터뷰를 하기도 했다.

이건 마치 이 저물어가고 있는 시대에 우리 모두가 단체로 집 문을 열어놨는데 집 앞에는 우리가 달콤한 봄의 해질녘 아래 함께 먹고 마시며 아름답고 세련된 대화를 나누자고 초대한 친구가 아니라 죽음이, 정원에 심을 징그럽고 검은 작은 씨들을 들고 서 있는 판이다. 우리는 이 죽음과 함께 생태계의 파괴와 이 인구 과잉의 행성에 도래할 무질서를 발견했다. 그리고 모두들 이 달갑지 않은 광경을 부정하며 문을 쾅 닫아버리고 다시 장난감이 있는 곳으로 돌아가 아기를 만들기로 결정했다. 우리의 후계자를, 희망을, 인류의 이기심과 감상벽과 죽음에 대한 전 지구적 동경이 낳은 결과물을 말이다.

메리 겟스킬

여성의 특권

〈여성의 특권A Woman's Prerogative〉(1999)

♦

메리 겟스킬Mary Gaitskill은 소설 《두 소녀*Two Girls*》, 《뚱뚱함과 마름*Fat and Thin*》 및 단편 소설집 《나쁜 행실*Bad Behavior*》과 《그들이 원했기에*Because They Wanted To*》의 저자다.

메리 겟스킬은 엄마가 아니다. 그녀는 이 글에서 아기를 낳고 싶지 않다는 입장을 분명히 하며 아기를 낳지 않는 여성은 "이기적"이라는 진부한 주장을 해체한다. 하지만 어떤 계기를 통해 '생식성'을 대안적으로 경험할 수 있는 능력을 상상하게 되고, 그러한 경험이 오직 출산에만 국한되지 않는다는 일종의 깨달음을 얻는다. 모든 여성이 충만한 "어머니의 자질"을 지닐 수 있다는 겟스킬의 낙관주의는 많은 여성들에게 용기를 주며 자식을 낳지 않은 여성은 불완전하다는 뿌리 깊은 편견을 바로잡는다.

나는 한 번도 아이를 낳고 싶었던 적이 없다. 어렸을 때도 아이를 낳는다는 생각은 조금도 내게 흥미롭지 않았다. 할머니께서 언젠간 생각이 바뀔 거라고 말씀하셨을 때 나는 '아니요, 그렇지 않을 거예요'라고 대답했다. 당시 여덟 살이었던 내 목소리가 너무 단호해서 할머니는 놀라셨던 것 같다. 내가 그 순간을 똑똑하게 기억하는 이유는 저 말이, 어떤 면에서는 당시 내가 이해하고 있었던 것보다 더 깊이 있었던, 진심이었기 때문이다.

20대 때에도 내 생각은 변함이 없었다. 사귄 지 두 달 된 남자 친구에게 이 이야기를 하자 남자 친구는 기분 나빠하며 이렇게 말했다. "너무 이기적이라고 생각하지 않아?" 기분이 나빴던 건 오히려 나였다. 나는 그에게 꺼지라고 하고 등을 돌려 떠나버렸다. 누가 봐도 내가 알아서 할 문제인데 자기에게 판단할 권리가 있는 것처럼 구는 게 미친 듯이 화가 났다. 내게 엄마됨이라는 문제는 아주 단순하고 명백했고 그 뒤로도 쭉 그랬다. 난 작가로서의 커리어나 독립성 같은 것을 위해 출산을 거부한다고 생각하지 않았다. 그보다는 본능적으로 아이 낳기가 싫은 것뿐이었다. 사실 아이를 낳고 싶은 욕망이 얼마나 없었는지 가끔은 그게 역겹기까지 했다. 대학 다닐 때 출산 중인 여성의 슬라이드를 본 적이 있다. 놀랍고 당황스럽게도 나는 존경과 흥미를 느끼는 대신 메스꺼움과 공포를 느꼈다. 그런 기분을 느낀 게 미안했지만 오히려 그 경험으로 내 생각은 더 견고해졌다.

지금 나는 마흔넷이다. 여전히 아이를 낳고 싶진 않지만 내 생각과 감정은 더 복잡해졌다. 최근에는 임신한다는 생각에 더 이상 역겨움을 느끼지 않게 되었고 심지어 고려해보기까지 했다. 하지만 바로 멈칫하면서 근본적인 거부감을 느꼈다. 최근 그 이유가 무엇일지 생각해보았다. 우리 엄마는 임신해서 엄마가 되는 것을 좋아했다. 나보다 엄마를 더 많이 닮은 결혼한 내 자매는 정말 많이 아이를 갖고 싶어 했다. 나는 짧게 만났던 전 남자 친구의 이기심에 관한 질문에 두 사람이 나 몰래 공감했다 해도 놀라지 않을 것이다. 가끔은 나도 스스로에게 같은 질문을 던진다. 내 대답은 여전히 "아니오"이며, 인구가 극단적으로 많아진 이 세상에서 아이를 낳지 않는 것이 이기적인 행동이라고 생각하지 않는다. (실제로 나는 이기적이지 않기 위해 아이를 낳는 것이 정말로 이기적인 행동이라고 생각한다.) 매우 적절하고 합리적인 대답이다. 그리고 저 질문은 너무 단순하다.

30대 중반에 내 주변은 간절히 아이를 낳고 싶어 하는 여성들로 가득했다. 물론 그녀들은 이상적인 짝을 원하고 있었겠지만, 특정한 한 남자의 아이를 낳고 싶다고 말하진 않았다. 그들은 그저 아이가 갖고 싶을 뿐이었다. 나는 그 강렬한 욕망이 당황스러웠고, 솔직히 말하면 짜증났다. 이 보편적인 열망을 가진 여성들은 까놓고 말하면 내가 아는 사람 중 감정적으로 가장 서툰 사람들이었다. 그들 중 한 명은 자기 고양이도 돌보지 못했고, 다른 한 명은 자기 자신조차도 거의 돌보지 않았다. 그녀는 나와 친구로 지내는 동안 보호 시설에 들어갔다 나오길 반복했다. 커리어와 여러 번의 사랑을 좇으며 20대를 보낸, 매우 야심이 큰 여성들이었다. 이들은 사람들이 말하듯 "모든 걸 다 갖고 싶어 했다." 이 말을 입 밖으로 꺼낸 적은 없지만 가끔은 "완전함"을 느끼고자 하는 그들의 의지가 상당히 이기적으로 보이기도 했다. 이들의 욕망이 상당히 평범하다는 건 나도 알았다. 어쩌면 그러한 욕망이 없는 나보다 더 평범할 것이다. 하지만 그 취지에 있는 무언가가 너무나도 광적이어서 사랑이나 삶에 관한 것처럼 보이지 않았다. 그보다는 두려움이나 부족하다는 느낌, 심지어 분노에 관한 것처럼 보였다. 당시 한 남사친이 아이를 낳고 싶어 하는 자기 여자 친구 이야기를 해주었는데, 한번은 자기가 그의 아기를 낳지 못한다면 영원히 그를 미워할 거라고 말했다는 것이다. 수전 팔루디Susan Faludi가 《백래시*Backlash*》에서 이야기했듯, 어느 순간부터 미디어에는 결혼이나 출산에 실패해 인생을 망쳐버린 여성 캐릭터들이 넘쳐나기 시작했다. 나는 이러한 묘사에 대개 여성을 향한 맹렬한 반감이 들어 있으며 이러한 묘사가 너무나도 공격적으로 밀려들어와 일종의 프로파간다가 되었다는 팔루디의 주장이 옳다고 생각한다. 하지만 이 여성 캐릭터들은, 비록 과장되긴 했지만 여성혐오가 만들어낸 발명품은 아니었다. 당시 나는 실제로 내 주변에서 이런 여성들을 많이 목격하고 있었다.

이 여성들을 폄하하고자 하는 건 아니다. 이들은 모든 걸 다 가질 수 있을 거라는 말뿐만 아니라 모든 것, 즉 섹스 여신이자 커리어 우먼이자 엄마가 되어야 한다는 말을 들으며 자랐다. 이들이 자기가 진정으로 원하는 것이 무엇인지 모르거나 이들의 욕망이 비현실적이라고 해도 누가 이들을 욕할 수 있는가? 이들 중 한 명은 결국 결혼을 했고 내게 전화해 임신 소식을 전했다. 행복한 그녀의 목소리를 들으며 처음으로 내 태도에 대해 다시 생각해보게 되었다. 그녀는 마음이 병든 사람이므로 아이를 낳으면 안 된다고 생각했던 내가 옹졸했던 건 아닌지 고민했다. 그녀가 아기를 낳고자 했던 동기는 불분명하고 심지어 이기적이었을 수 있다. 하지만 인간의 동기는 대부분 순수하지 않다. 나 또한 어느 정도는 두려움과 무능감 때문에 작가가 되었으며, 내가 이런 말을 하는 유일한 작가일 거라고는 생각하지 않는다. 분명 20대 시절의 나를 알고 있는 많은 사람들은 내가 작가가 되었다는 사실에 깜짝 놀랄 것이다. 그들은 내가 너무 미성숙하다고 생각했다. 친구가 내게 전화를 걸어 아기를 낳았다는 소식을 알려주었을 때 나는 기뻤다. 대화가 끝나갈 때쯤 친구는 내게 이렇게 말했다. "정말 아이 낳고 싶지 않은 거 맞아? 확실해?" 나는 그렇다고 대답했지만 전화기를 내려놓았을 때 처음으로 내가 스스로를 속이고 있는 건 아닌지 의심했다.

그래서 임신을 하면 어떨지 생각해보았다. 내 마음은 이 문제에서 늘 줄행랑을 치기 때문에 그러지 못하도록 붙잡아두어야 했다. 나는 할 수 있는 한 많은 것을 상상해보았다. 임신을 하고, 출산을 하고, 아이를 품에 안고, 키운다. 놀랍게도 그 과정을 좋아하는, 심지어 사랑하기까지 하는 내 모습을 상상할 수 있었다. 하지만 내 상상 속에서는 함께 아이를 갖기를 바랄 정도로 깊이 사랑하는 파트너가 있는 게 중요했다. 나는 태어나서 한 번도 그런 사람을 만난 적이 없었고, 솔직히 그런 사람을 만나길 진심으로 기대하지도 않았다. 하지만 지금은 20대나 30대 초반에 그런 사람을 만났더라면 아이를 갖고 싶어 했을 수도 있다고 생각한다. 가족의 일원이 되는 건(우리가 계속 가족을 유지한다고 치자. 그렇지 않은 가족도 많다) 심오한 연결을 경험하는 것과 같다. 우리보다 더 크고 우리보다 더 오래 이어질 세상의 일부, 자연의 자애롭고 동물적인 핵심에 생물학적으로 참여하는 것이다. 부모는 무수히 많은 작은 방식들로 이러한 참여를 표현한다. 아기와 의사소통하기 위해서는 소리와 표정, 촉각을 사용해야 한다. 어른들이 (어쨌건 이 문화에서는) 잊기 쉬운 신체의 본질적 요소들이다. 가족은 언어를 넘어서는 깊은 신체적 친밀감을 통해 서로를 이해하게 된다. 이러한 종류의 앎은 긍정적으로도, 부정적으로도 느껴질 수도 있지만 매우 강력하다는 것만은 분명하다. 이걸 내가 아는 건 어렸을 때 직접 경험해보았기 때문이다. 나는 그때를 되돌아보며 어른으로서 그러한 경험을 하지 못한다는 생각에 슬픔과 상실감을 느꼈다.

하지만 내가 20대 때 남편을 만나지 못한 이유는 분명하다. 당시 나는 결혼과 가정이라는 개념을 따분하게 심지어 불쾌하게 여겼다. 나는 모험과 강렬함을 원했고, 그러한 경험이 기분 좋은 것인지 아닌지는 내게 부차적인 문제였다. 나는 즐길 수 있는 감각만을 좇았다. 근본적인 경험, 나를 바로 그 사람의 마음속에 데려다줄, 그 사람을 바로 나의 마음속에 데려다줄 본질적인 충돌을 원했다. 그로부터 수년이 지나 깊은 생각에 빠진 그 순간에야 나는 결혼 또한 강렬한 경험일 수 있다고 생각하게 되었다.

누군가는 "크나큰 비극"이라 할 수도 있다. 하지만 실제로 일어난 일을 이상화된 가능성에 비교하는 건 어리석어 보인다. 만약 내가 결혼해서 엄마가 되었다면 나의 삶은 지금의 내가 상상하기 힘든 방향으로 나아갔을 것이다. 좌절과 분개, 어쩌면 절망의 순간을 대략적인 상황이나 여러 감정의 집합으로서 생각해보는 것은 허구한 날 이를 보고 느끼는 것과 전혀 다르다. 나는 만일 내가 가족을 꾸렸다면 작가가 되지 못했을 것이고, 그 사실이야말로 내게 더욱 큰 상실이었을 거라고 확신한다. 어떤 여성들은 둘 다 해낼 수 있다. 하지만 난 내가 그러지 못하리라는 걸 안다.

그리고 사실 나는 가족을 꾸렸다면 내 삶이 더 깊이 있거나 심오해졌을 것이라고 확신하지 못한다. 내가 아는 건 그렇게 했다면 삶이 지금과는 달랐으리라는 것뿐이다. 결국 엄마됨 그 자체는 깊이 있는 삶의 경험을 보장해주지 않는다. 내가 만났던 한 여성은 아이를 낳으면 자기 삶에 "더 큰 의미"가 생겨 더 훌륭한 예술가가 될 수 있을 거라고 생각하고 딸을 낳았다고 말했다. 하지만 그녀의 삶은 변하지 않았고, 지금 그녀에게는 원치 않는 네 살배기 딸이 있다. 그녀는 이 상황에 너무 화가 난 나머지 거의 나를 만나자마자 분노를 쏟아냈다. 다행스럽게도 이러한 상황은 흔치 않다. 하지만 아기를 낳는 것이 마치 자기 계발 프로그램인 것마냥 이야기하는 사람들이 실제로 있다. 이들은 "출산이 저를 훨씬 더 깊이 있는 사람으로 만들어주었어요"라고 말한다. 마치 어떤 지시에 따라 훈련을 받은 후 그 보상으로 더 훌륭하고 나은 사람이 된 것처럼 말이다. 그렇다고 이들이 아이를 진정으로 사랑하지 않는 건 아니라는 걸 안다. 대부분의 인간 역사에서 사람들은 전혀 고결하지 않은 이유로 아이를 낳아왔고, 이유가 어쨌든 결국 좋은 부모가 되는 사람들도 있다. 하지만 모두가 그런 건 아니다.

그 후로 몇 달 동안은 다시 엄마됨에 대해 생각해보지 않았다. 당시 나는 며칠 동안 잠을 자지 못해 울화가 치밀어서 나를 잠들지 못하게 하는 게 무엇인지에 대해 명상을 했다. 명상을 하며 잠들지 못하는 이유를 스스로에게 거듭 질문했다. 명상에서 타당한 답을 기대한 건 아니었고, 그러한 답을 얻지도 못했다. 내가 얻은 건 대개 무의미하거나 형태 파악이 어려운 일련의 이미지들이었다. 명상을 계속하면서 나는 내 마음의 눈에 단 하나의 강력한 이미지가 보일 때까지 껍질을 계속 벗겨냈다. 그렇게 얻은 이미지는 추상적이어서 말로 설명하기가 어려운데, 확 퍼졌다가 다시 원래대로 돌아가는 운동을 반복했다. 만화경에서 볼 수 있는 패턴과 비슷했지만 그보다는 움직임이 더 자연스러웠다. 군집한 곤충 떼 같은 원시적 존재가 떠올랐다. 이미지는 자비롭지도, 악의적이지도 않았다. 그저 여성일 뿐이었다.

나는 그 이미지가 나를 잠들지 못하게 하는 것이라고 여기고 무엇을 나타내는 것인지 파악하려 했다. 그때 내게 나타난 이미지들은 줄기와 뿌리, 안에 든 것이 터지면서 열리고 있는 꼬투리, 소용돌이치는 매우 추상적인 움직임이었다. 결국 내가 얻은 건 다음과 같은 말이었다. 아이를 낳아. 나는 생각했다. 임신하라고? '그래, 그게 좋아, 하지만 신체적 수태일 필요는 없어'라는 대답이 돌아왔다. 다시 나는 위로 싹을 내미는 줄기와 빠른 속도로 자라며 끝없이 퍼져 나가는 잔디와 식물들의 이미지를 보았다. 나를 넘어서는 무언가를 의미하는 것 같았다. 마치 꿈속에 있는 것처럼 나는 도와달라고, 인간으로서 지금 보이는 것을 해낼 수 있는 능력을 내게 달라고 부탁했다. 그러자 퉁명스러운 대답이 돌아왔다. 그렇겐 안 돼. 너는 너무 작아. 내가 그 능력을 주면 너는 부서져버릴 거야.

그건 출산을 역겨워하는 미성숙한 여성에게 던지는 훈계 같은 것, 성장해야 할 필요를 일깨워주는 신호 같은 것이었다. 처음으로 나는 "성취했다"는 기분을 느끼려면 아이가 필요하다는 여성들의 말을 이해했다. 내 안의 무언가는 분명 성취를 원하고 있었다. 그리고 나는 그것이 엄마가 될 수도 있었던 내 안의 무엇이었다고 생각한다. 하지만 그것은 진짜 아기를 요구한 게 아니었다. 그것은 아기의 탄생이 아닌 다른 무언가에 활용할 수 있는 엄마의 힘에 더 가까웠다. 어쨌든 간에, 그 힘은 자기를 사용해주길 요구하고 있었다.

아이를 낳는 것만이 어른이 되는 유일한 방법이라고 생각하는 사람들은 아마도 나의 직관과 사고를 일축해버릴 것이다. 그런 이야기를 들은 게 한두 번이 아니다. 많은 사람들이 엄마가 되길 원하지 않는 여성들에게 적의와 의심, 심지어는 분노를 느끼는 것 같다. 이따금 이러한 사람들의 적의를 느낀다. 아이 없는 자기 친구들의 삶은 분명 무의미하고 공허할 거라는 이야기를 장황하게 늘어놓을 부모들에 대해 아이가 있는 친구가 내게 이야기할 때. 누군가가 여성이 행복을 느낄 수 있는 유일한 방법은 엄마가 되는 거라고 단언해야 한다는 강박을 느낄 때(최근 갔던 저녁 식사 자리에서 한 시인이 실제로 그랬다). 엄마됨과 창조성에 관해 글을 쓰고 있는 한 여성과 인터뷰를 한 적이 있다. 그녀는 "균형을 맞추기 위해" 엄마가 되지 않기로 결정한 여성들도 인터뷰하고 싶다고 말했다. 내가 인터뷰에 응한 이유는 내가 보기에 정확히 엄마됨과 창조성에 관한 것이었던 나의 명상 체험에 대해 이야기하고 싶어서였다. 인터뷰가 발표되고 보니 나는 여섯 명의 여성 중 엄마가 아닌 유일한 여성이었고, "임신은 나를 역겹게 만들기 때문에" 아이를 낳길 원한 적이 한 번도 없다는 이야기만 실려 있었다. 그보다 복잡한 이야기는 전부 생략되었다. 나는 인위적으로 다른 여성들의 반대편에 놓여 있었고, 그녀들이 한 이야기는 뉘앙스까지 전부 실렸다. 주류 인터넷 잡지에 실린 그 인터뷰는 다음과 같은 말로 끝이 났다. "그게 아이를 낳지 않는 것의 장점이죠. 자기 마음이 닫혔다는 사실조차 알지 못하는 거요."

왜 자기와 다른 선택을 한 다른 여성의 마음을 평가 절하하는 걸까? 그것도 그렇게 생각 없는 경건한 태도로? 독선은 독선으로 받아치기 쉽다. 나 또한 아이가 없는 사람들을 무신경하게 판단하는 사람들을 경멸하곤 했었다. 하지만 아이를 낳으면 어떨지에 대해 명상을 한 이후로는 왜 사람들이 아이를 낳지 않기로 결정한 여성을 난처해하고 심지어는 의심스러워하는지를 어느 정도 이해할 수 있게 되었다. 어린 아이와 친밀한 순간을 보내고 있는 여성을 볼 때, 나는 사람들을 이해한다. 어린 아이와 여성이 느끼는 신체적 사랑과 애정이 너무나도 분명해 보일 때가 있다. 그럴 때 나는 왜 사람들이 의아해하는지를 이해한다. 저런 애정을 누가 거부한단 말인가? 아이를 낳지 않기로 한 여성의 삶이 어떻게 나쁘지 않을 수 있는가?

이 질문은 내가 실제로 듣진 않더라도 언제나 느끼는 것이다. 하지만 나는 지난 십여 년간 이 나라에서 이 같은 질문의 논조가 적대적으로 확산되었고 거기서 일종의 절박함이 드러난다고 생각한다.

내가 성인이 되어 접한 시대는 수백 년 동안 문란하고 비도덕적으로 여겨졌던 성적 행동이 용인되고 심지어는 이상화되기까지 한 시기였다. 여성들은 생식의 목적을 떠나 섹스 그 자체를 즐길 수 있게 되었다. 이전에는 천하고 그리고/또는 위험하다고 인식된 여성들만 갖고 있다고 여겨졌던 태도였다. 아름답고 성적이고 아이가 없는 젊은 여성들은 언제나 낭만적으로 이상화되어왔다. 하지만 과거에는 그 젊고 섹시한 미인이 전통적으로 임신과 엄마됨을 의미하는 성숙으로 향하는 길 위에 서 있다는 의식 또한 존재했다. 그러나 1960년대가 되자 할리우드와 《플레이보이*Playboy*》 같은 공간에서 섹시한 여성과 그들이 가진 엄마로서의 잠재적 미래 사이의 연속성이 사라졌다. 미성숙한 호리호리함에 대한 이상이 나타났다. 성장한 여성 대부분은 부응하기가 어려운, 엄마들은 사실상 부응이 불가능한 이상이었다. (트위기, 에디 세즈윅, 미아 패로. 사람들의 새로운 취향을 대표한 이 세 아이콘들은 엄마들의 축 처진 가슴과 부드러운 뱃살을 음란해 보이게 만드는 사랑스러운 작은 소녀 같았다. 어린 미아 패로는 로만 폴란스키 감독의 공포영화 〈악마의 씨〉에 출연한 1960년대의 완벽한 히로인이었다. 이 영화에서 젊은 여주인공의 임신은 주인공을 해치고 파괴하는 야만적이고 폭력적인 악몽으로 그려진다.) 이러한 섹슈얼리티의 공적 재현은 강렬하고 유아적이었으며, 젊음과 아름다움을 눈부시게 찬양했다. 이러한 분위기 속에서 성적 본능은 언제 어디에서나 고무되었지만 본래의 기능과는 분리되었고, 엄마됨은 평가 절하되었다. 흔히들 이러한 평가 절하의 책임을 페미니즘에 묻곤 하지만 나는 페미니스트들에게 원인이 있다고 생각하지 않는다. 나는 이러한 평가 절하가 복잡했던 시대의 의도치 않은 부작용이었다고 생각한다. 어쨌거나 그 이후, 이처럼 변질되어버린 현대적 삶의 양상은 결국 크게 잘못되었다고 느껴지게 되었다.

나는 이 잘못되었다는 느낌이 우리가 다소 열광적으로 엄마됨을 재발견하게 된 원인이라고 생각한다. 이제 30대 후반이나 40대 초반의 여성이 임신하기 위해 고통스럽고 값비싼 외과 시술을 받는 것은 일반적인 관례가 되었다. 작년에 한 60대 여성이 출산에 성공했을 때 몇몇 여성은 그것이 마치 페미니스트들의 승리인 것처럼, 그 60대 여성이 성취에 대한 자신의 권리를 쟁취한 것처럼 반응했다. 잡지들은 임신한 여배우와 팝스타들의 이야기를 너무나도 애지중지하며 임신한 스타들이 전례 없는 일을 해낸 것처럼 군다. 마치 원래는 자연스러웠던 무언가가 그동안 억눌렸다가 약간 왜곡된 형태로 되돌아온 것 같다. 이런 열정의 분출은 다소 과하다. 하지만 나는 이 감상적인 히스테리 아래에서, 현재 위험에 처해 있는 깊이 있는 삶의 감각을 되찾으려는 시도가 일어나고 있다고 본다. 일상의 존재가 너무나도 격렬하게 미쳐가고 있어서, 진정성이 너무 많이 사라지고 있어서, 사람들은 다시 제자리로 돌아가고 싶은 타당한 욕구를 느끼고 있는 것이다. 하지만 그것이 오직 생물학적으로만 가능하다고 보는 것은 잘못된, 그리고 얄팍한 생각이다.

〈파괴자Vandals〉라는 앨리스 먼로Alice Munro의 단편 소설이 있다. 이 소설은 엄마로서의 역할을 성취하지 않은 여성을 향한 격렬한 분노를 훌륭하게 묘사한 작품이지만 생물학적 엄마됨에 관한 이야기는 아니다. 이 복잡한 이야기는 베아Bea라는 여성의 관점에서 시작된다. 베아는 느긋한 관능주의자로, 연애를 위해 살며 남자들에게 인기가 많다. 베아의 마지막이자 가장 의미 있는 연애 사건은 래드너라는 냉정하고 이상한 남자와의 것이었다. 베아와 래드너는 주변과 동떨어진 한 오두막에서 함께 살았다. 소설의 시작 부분에서 래드너는 막 세상을 떠난 상태이며 베아는 리자Liza라는 이름의 젊은 여성에게 긴 편지를 쓰고 있다. 리자는 어렸을 때 베아, 래드너와 가까운 관계였다. 그리고 이야기는 리자의 관점으로 옮겨간다. 여기서 독자는 리자가 엄마가 없으며, 어렸을 때 온종일 베아, 래드너와 함께 지냈고, 래드너에게 매료되었으며, 베아를 사랑했던 것 같다는 사실을 알게 된다. 다음은 리자의 눈으로 바라본 베아의 모습이다.

> 베아는 기모노를 벗은 후 부드러운 노란색 수영복을 입은 채로 서 있었다. 베아는 체구가 작았다. 군데군데 살짝 센, 짙은 색의 머리칼이 그녀의 어깨 위로 풍성하게 떨어졌다. 베아의 눈썹은 굵고 진했으며 둥글게 휘어서 귀엽게 샐쭉 찡그린 그녀의 입처럼 다정함과 위로를 갈구했다. 태양은 베아에게 주근깨를 남겼고, 베아의 온몸은 지나치게 부드러웠다. 베아가 턱을 살짝 내리면 턱과 눈 밑에 살이 약간 접혔다. 살은 처지고 늘어졌고 피부에는 흉터와 주름이 있었다. 자줏빛 핏줄이 햇살처럼 퍼져 있었고 움푹 파인 부분은 피부가 희미하게 변색되어 있었다. 그리고 이러한 결함들이야말로, 이 희미한 손상이야말로 리자

가 특히 사랑하는 것이었다. … 리자는 다른 사람들처럼 베아를 재단하거나 판단하지 않았다. 하지만 그렇다고 베아를 향한 리자의 사랑이 관대하고 평온하기만 한 것은 아니었다. 리자의 사랑에는 기대가 있었다. 하지만 리자는 자신이 기대하는 게 무엇인지 알지 못했다.

이 문단은 너무 관능적이라 리자가 느끼는 끌림이 처음에는 에로틱하게 보일 수 있다. 어떤 면에서는 에로틱한 게 맞지만 성적인 것은 아니다. 이것은 엄마와 딸의 사랑에 관한 격렬하고 불안정한 에로티시즘이다. 베아의 부드러움, 다정함에 대한 욕구, 여성스러운 외모가 가진 힘과 결합된 결함 있는 신체의 취약함은 엄마 그 자체다. 베아는 결함이 있음에도 불구하고 아름다우며, 실제로 그 결함들은 베아의 아름다움을 더 감동적으로 만들 뿐이다. 리자는 베아가 엄마처럼 행동하기를 기대하고 요구하며, 그러한 기대는 본능적이다.

하지만 베아는 그렇게 해주지 않는다. 베아는 요부처럼 행동한다. 하지만 베아가 그만큼 섹시해도 래드너는 경멸적인 태도로 베아를 대하며, 그런 래드너의 태도는 리자를 겁먹게 하는 동시에 자극한다. 베아는 이 상황을 무시하거나 무시하는 척한다. 래드너가 리자를 대하는 태도에도 경멸이 담겨 있다. 그는 리자를 소중하게 대하다 괴롭히기를 반복한다. 게다가 래드너는 한 번, 어쩌면 그보다 많이 리자를 추행한다.

베아는 원하기만 하면 안전한 환경을 만들 수 있다. 분명히 할 수 있다. 그저 다른 종류의 여성이 되기만 하면 된다. 엄격하고 선을 잘 긋는, 정리를 잘하는, 에너지 넘치고 완고한 여성이 되면 된다. 그만둬.

용납 못해. 얌전하게 굴어. 이런 여성은 모두를 구할 수 있다. 모든 걸 좋게 지킬 수 있다.

베아의 앞에 놓여 있는 일들을, 베아는 보지 못한다.

오직 리자만 그것을 본다.

베아가 평생 리자에게 친절을 베풀었음에도 불구하고(리자를 대학에 보내준 것도 그녀다), 어른이 된 리자는 수동적인 남자 친구를 대동하고 고소해하면서 악의적으로 베아의 오두막집을 부숴버린다. 우리는 그 이유를 안다. "안전한 환경"을 만들지 못하고 자신이 마땅히 가져야 할 힘을 주장하지 못한 베아는 엄마가 되는데 실패했으며, 어린 소녀는 그 실패를 끔찍한 배신으로 느낀 것이다. 이건 아이를 낳지 못한 실패가 아니다. 베아가 리자를 낳은 친엄마였어도 똑같이 실패했을 수 있다. 베아가 리자를 낳지 않았더라도 아이를 보호하며 엄마처럼 행동했을 수 있다.

이 이야기는 베아에 대한 그 어떤 판단도 내리지 않는다. 먼로는 유머와 연민이 담긴 시선으로 베아를 그려낸다. 실제 손해를 입힌 사람은 래드너인데 베아가 리자의 분노를 받아내야 하는 건 공정하지 못하다. 하지만 베아가 리자에게 비난받는 이유는 분명하다. 수영복을 입은 베아의 모습을 묘사한 단락에서 독자들은 알게 된다. 베아가 가진 것은 취약하지만 또한 너무나도 강력해서 그 힘을 사용하지 않는 건 견디기 어려울 정도로 잘못된 것처럼 보인다는 것을. 베아가 그렇게 하지 않은, 또는 그렇게 하지 못한 사회적 상황을 우리가 전부 이해한다 할지라도 말이다. 이 이야기는 엄마됨의 크나큰 중요성에 관한 이야기다. 동시에 엄마가 비유적 형태로 얼마나 강력하게 나타날 수 있는지를 보여주는 이야기다.

내가 처음에 임신을 역겨워했던 것은 임신했을 때 발생하는 극단적 신체 변화를 두려워하는 원초적 반응이었을 수 있다. 역겨움 아래에는 두려움이 있을 때가 많다. 하지만 내가 임신과 엄마됨을 어떠한 감정의 스펙트럼과 연결시켰다는 생각이 들기도 한다. 엄마와 아이 사이에서 예측 불가능하게 발생하는 압도적이고 무질서한 욕구의 파도 같은 것, 때로는 위험하게 느껴질 수도 있는 그 감정의 스펙트럼이 나는 너무나도 불편했다. 학대나 불쾌한 권력의 행사를 말하는 것이 아니다. 평범한 인간들 간의 사랑과 친밀감도 충분히 문제가 많다. 역설적이게도 엄마됨이 가진 힘은 어느 정도 엄마의 취약함에서 나온다. 갓난아이를 안고 있는 여성은 엄청난 애정과 엄청난 감성, 아이가 경험하는 감정들을 절절하게 느낄 것이 분명하다. 그러한 기분은 경이롭지만 한편으로는 상처가 되기도 한다. 상실과 노화, 죽음, 여성적 정서가 가진 고통 또한 암시하기 때문이다.

엄마와의 융합은 많은 여성의 삶에서 핵심적인 사건이다. 여성들은 스스로 엄마가 됨으로써 이를 다시 반복하기를 간절히 바란다. 하지만 나는 엄마와의 공생에서 떨어져 나와 몸을 돌려 아빠에게로 향했다. 진짜 부모님을 말하고 있는 것이 아니다. 내가 생각하는 여성의 원형은 대지이고 남성의 원형은 하늘이다. 나는 하늘과 이어지는 것이 더 편했다. 내게 하늘은 무중력과 모험, 정신적 에너지를 상징했다. 나의 아버지는 지적인 성격이셨고,

그 성격을 내게 물려주셨다. 커다란 선물이었지만 나는 그 선물을 온전히 지니지 못했다. 내겐 대지의 안정적인 성질이 필요했기 때문이다. 그리고 나는 그 안정적인 성질에도 온전히 가닿지 못했다. 나는 여러 관계에 스스로를 묶어두려 열심히 노력했지만 그 시도는 과도하게 격렬했고 꼬여 있기까지 했다. 엄마의 성질이 결여되었기 때문이었다.

나는 내가 아이를 낳은 적이 없더라도 엄마의 특성을 필요로 한다는 사실을 점차 깨달았다. 물론 나는 언제나 그 특성을 지니고 있었지만(모든 여성이 그렇다고 생각한다) 그 특성을 무시하다시피 했다. 그 사실을 인정하기 시작한 후로 나에게 눈에 띄는 몇몇 변화가 생겼다. 예를 들어 결혼 그리고/또는 친밀함은 내게 더 이상 따분해 보이지 않는다. 결혼이 하고 싶다거나 결혼을 못 한다면 미쳐버릴 거라는 말이 아니다. 핵심은 그게 아니다. 중요한 건 내가 애정을 담아 세상과 관계를 맺게 되었다는 점이다. 이 점에서 마침내 나는 엄마에게 감사하게 되었다. 나는 엄마에게서 등을 돌렸던 것일지도 모르지만, 엄마가 내게 주신 것은 여전히 그 자리에 견고하게 남았고, 덕분에 나는 부드러워지고 마음속으로 지지받는다는 느낌을 느낄 수 있게 되었다. 엄마 덕분에, 안심하고 돌아갈 수 있었다.

사실 내가 지금보다 열 살 더 어렸더라면 아이 낳는 것을 고려해봤을 수도 있다. 확신할 수는 없지만. 하지만 현재의 나로서는 새로 발견한 이 에너지의 원천을 창의적인 작업에서든 관계에서든, 어떠한 형태로든 충분히 드러내 보일 수 있다. 어쩌면 아이를 낳고자 하는 신체적 욕구를 한 번도 느껴본 적이 없다고 말하는 게 내게는 쉬울 수도 있다. 하지만 내가 명상을 하면서 직감한 생식의 원천은 한 가지 표현 형식에 국한하기엔 지나치게 역동적이다. 내 안에 그러한 원천이 있음을 아는 게 좋다. 그 원천은 내가 완전하다고 느끼게 해준다. 모든 여성이 완전하다고 여기게 해준다.

미주

1. Sara Ruddick, *Maternal Thinking: Toward a Politics of Peace*(New York: Ballantine Books, 1989), p. 38.
2. 도리스 레싱의 자서전은 1994년에 출간되었지만 이 책에서 발췌한 부분은 1941년 즈음에 쓰였으므로 책의 맨 처음에 두었다.
3. 프램튼 메러디스Frampton Meredith. 1930년대 스마트가 런던에서 만났던 화가.
4. 조지 바커의 어머니.
5. 15년 전 나는 "불임 여성"이라는 말을 숙고하지 않고 쉽게 사용했다. 분명히 하자면, 지금 내게 "불임 여성"이라는 말은 엄마됨이 여성의 유일한 긍정적 의미라고 보는 여성관에 기반을 둔 편협하고 무의미한 말이다.
6. Arthur W. Calhoun, *A Social History of the American Family from Colonial Times to the Present*(Cleveland: 1917). 다음 책을 함께 보라. Gerda Lerner, *Black Women in White America: A Documentary History*(New York: Vintage, 1973), pp. 149~150.
7. 1986년에 스위스의 심리치료사인 앨리스 밀러의 저서를 읽고 이 장의 내용을 더 깊이 생각해보게 되었다. 밀러는 자녀 양육에 "숨겨진 잔혹성"이 이전 세대가 가하던 "유해한 교육법"의 반복이자 권위주의에의 복종과 파시즘이 뿌리 내릴 수 있는 토양을 제공하는 것이라고 본다. 밀러는 이렇게 말한다. "신비성을 없애려는 최근의 그 모든 노력에도 불구하고 살아남은 한 가지 금기가 있다. 바로 모성애의 이상화다."(*The Drama of the Gifted Child: How Narcissistic Parents Form and Deform the Emotional Lives of Their Talented Children*, New York: Harper&Row, 1981, p. 4). 밀러의 저서는 그러한 이상화(부모의 이상화, 특히 엄마의 이상화)가 아이들에게 미친 악영향을 추적한다. 아이들은 자신의 고통에 이름 붙이거나 저항할 수 없으며, 자신이 아닌 부모의 편을 든다. 또한 밀러는 이렇게 말한다. "좋은 엄마가 되어야 한다는 생각에 집착하면 아이의 말에 공감할 수 없으며 아이가 하는 말에 마음을 열 수 없다."(*For Your Own Good: Hidden Cruelty in Child-rearing and the Roots of Violence*, New York: Farrar, Straus&Giroux, 1983, p. 258). 밀러는 전부터 아동학대로 규정되었던 행위(예를 들면 신체적 폭력과 가학적 처벌)의 근원을 파헤치는 동시에 아이가 가진 활력과 감정을 부정하고 억압하는 데 기반을 둔 "조용한 폭력"("반권위주의적"이거나 "대안적인" 양육에서 발생하는 폭력도 포함된다)에도 똑같이 관심을 쏟는다. 밀러는 주 양육자 대부분이 여성이라는 현실, 여성의 섹슈얼리티와 생식력에 대한 남성의 통제를 영구화하

기 위한 권위주의 또는 파시스트 체제의 노력, 부모로서의 아빠와 부모로서의 엄마 간의 구조적 차이는 고려하지 않는다. 밀러는 미국에서 여성이 특히 "자신의 지식이 가진 힘을 발견"했음을 인정한다. "잘못된 정보가 수천 년간 신성불가침과 선의라는 이름 뒤에 잘 감춰져왔음에도 불구하고 여성들은 움츠러들지 않고 잘못된 정보가 가진 유독한 특성을 지적한다."(*For Your Own Good*, p. xii).

8. 《더 이상 어머니는 없다》.

9. 《더 이상 어머니는 없다》.

10. W. E. B. 듀보이스(Du Bois), 〈또 한 번의 여성의 파멸The Damnation of Women Again〉.

11. 1850년 작품으로 1868년 책에 수록되었다. 《애비스 이야기》와 레베카 하딩 데이비스의 〈아내 이야기The Wife's Story〉의 토대가 되었다.

12. 우리에게는 버지니아 울프의 말을 통해 알려졌다.

13. 자신뿐만 아니라 딸을 위해 싸우려는 그 노력과 시도. 하지만 딸의 긴 생애 내내 이어진 그 고군분투는 아직 끝나지 않았다. 관대했고, 많은 작품을 남겼고, 성공을 이룬 엘리자베스 스튜어트 라이언 펠프스는 아이를 한 명도 낳지 않았다.

14. "또다시 옛날과 같은 기분이 든다. 아이들이 아팠을 때, 현실적 불안의 원인이 사라진 후 나는 아이들 가까이 머물며 아이들을 위해 할 수 있는 모든 걸 했다. 내 일에 대한 생각은 감히 하지도 못했고 신체적으로, 또 정신적으로 아이들의 곁에 있는 것에만 신경을 썼다. 아이들을 보살펴 다시 건강하게 만들기. 그 후에 찾아오는 쟁취의 기쁨, 아직 남아 있는 불안의 여운을 뒤덮는 깊은 행복. 이 기분은 오래도록 내게 머물 것이다. 이 기분을 유지할 것이다." 케테 콜비츠(Käthe Kollwitz)가 50대에 쓴 일기.

15. 《더 이상 어머니는 없다》, 라자르가 이 편지를 쓸 때는 출간 전이었다.

16. 여전히 엄마이자 작가 중 극히 일부만 가질 수 있는 환경이다.

17. 일기, 케테 콜비츠, 《예술 속의 삶*Life in Art*》, 통합: "다른"이라는 단어.

18. 《케테 콜비츠의 일기와 편지*Diaries and Letters of Käthe Kollwitz*》.

19. 뮤리엘 루카이저의 날, 사라 로렌스 대학, 1979년 12월 9일. 이 에세이를 쓸 때, 아니 이 에세이 이상으로, 틸리 올슨, 바버라 스미스(Barbara Smith), 글로리아 스타이넘(Gloria Steinem)이라는 용감하고 너그러운 영혼에게 빚을 졌습니다.

20. 이 접시와 북미 원주민 접시의 주제로 사카자웨어(루이스와 클라크를 서부 원정대로 데려간 사람)를 선택한 것을 제외하면 저는 시카고의 예술과 대담함을 좋아합니다.

21. Virginia Woolf, *Jacob's Room*(New York: Harcourt Brace Jovanovich, n.d.), p. 7.

22. 이 글에서 인용한 《작은아씨들》의 판본은 우리 엄마의 것이었다가 지금은 나의 딸의 것이 되었다. 보스턴의 리틀브라운(Little, Brown and Company)에서 대략 1900년쯤에 나온 판본이다. 메릴의 훌륭한 표지 그림은 다른 판에도 쭉 실렸다.

23. Rachel Blau Du Plessis, *Writing Beyond the Ending: Narrative Strategies of*

Twentieth-Century Women Writers(Bloomington: Indiana University Press, 1985).

24. Louisa May Alcott, *Life, Letters, and Journals*(Boston: Roberts Brothers, 1890), pp. 203, 122, 125.

25. Charles Dickens, *Bleak House*(New York: Thomas Y. Crowell, n.d.), p. 41.

26. Harriet Beecher Stowe, 1841, quoted in Tillie Olsen, *Silences*(New York: Dell, Laurel Editions, 1983), p. 227.

27. *Autobiography and Letters of Mrs. Margaret Oliphant*, edited by Mrs. Harry Coghill(Leicester: Leicester University Press, The Victorian Library, 1974), pp. 23~24.

28. Joseph Conrad, quoted in Olsen, p. 30.

29. Alicia Ostriker, *Writing Like a Woman*, Michigan Poets on Poetry Series (Ann Arbor: University of Michigan Press, 1983), p. 126.

30. 이 문제를 특히 흥미진진하게 논의한 글은 다음과 같다. Susan Rubin Suleiman, *The (M)other Tongue: Essays in Feminist Psychoanalytic Interpretation*, edited by Garner, Kahane, and Sprengnether(Ithaca: Cornell University Press, 1985), "Writing and Motherhood". 술레이만은 19세기의 책과 아기 이론의 간략한 역사를 소개한 후 20세기 들어 헬레네 도이치와 같은 심리학자들이 이 이론을 어떻게 다듬었는지를 설명하며 이렇게 말한다. "정신분석은 도덕적 의무를 심리학적 '법칙'으로 탈바꿈시켜 창조적 충동을 생식의 충동과 동일시하고 아이를 낳은 여성은 책을 쓰고자 하는 욕구를 느끼지 않는다고 선언했다." 술레이만은 이 이론을 반전시킨 페미니스트 이론(책을 쓴 여성은 아이를 낳고자 하는 욕구를 느끼지 않는다)에 대한 비평을 소개하고 글쓰기와 여성성/엄마됨 간의 관계에 대한 최근 프랑스의 페미니즘 사상을 분석한다.

31. Käthe Kollwitz, *Diaries and Letters*, quoted in Olsen, pp. 235~236.

32. 울프의 책에 실린 수정본("Professions for Women")으로 더 잘 알려져 있는 이 글은 본래 1931년 1월 21일에 진행된 연설이다(the London national Society for Women's Service). 미첼 리스카(Mitchell Leaska)가 편집한 울프의 책(*The Pargiters*, New York: Harcourt Brace Jovanovich, 1978)에 삭제되지 않은 원본이 실려 있다.

33. Ostriker, p. 131.

34. Margaret Drabble, *The Millstone*(New York: NAL, Plume Books, 1984), pp. 122~123. "Thank You All Very Much"라는 제목으로도 출간되었다.

35. 나는 이 문제를 이해하는 데 캐롤 길리건(Carol Gilligan)의 책(*In a Different Voice*, Cambridge: Harvard University Press, 1982)과 베이커 밀러(Baker Miller)의 차분하면서도 혁명적인 글(*Toward a New Psychology of Women*, Boston: Beacon Press, 1976)의 도움을 많이 받았다. 매우 대략적으로 서술된 길리건의 이론은 우

리 사회가 남성은 자신이 가진 권리 측면에서, 여성은 자신에게 주어진 책임 측면에서 사고하고 말하게끔 길러내며, 종래의 심리학은 암묵적으로 권리의 위계질서라는 "남성적" 이미지를 상호 책임의 그물망이라는 "여성적" 이미지보다 더 "우월한"(물론 위계질서에 따라서) 것으로 평가해왔다는 것이다. 그러므로 남성은 관계나 딸린 식구에서 자유로이 자신의 "권리"를 주장하는 것이 (비교적) 쉬운 반면(고갱처럼), 여성은 그러한 권리를 부여받지도, 서로에게 부여하지도 않는다. 여성은 치밀하고 복잡한 그물망의 일부로 살아가는 것을 선호하며, 그러한 그물망에서의 자유는 설사 도래한다 하더라도 상호적이다. 이러한 관점에서 문제를 바라보면 왜 여성 중에는 "훌륭한 예술가"가 아예 없거나 별로 없는지를 이해할 수 있다. "훌륭한 예술가"의 정의는 다른 사람보다 우월하게 타고났으며 다른 이들에게 어떤 책임도 지지 않는 사람이기 때문이다.

36. Du Plessis, p. 101.

37. Philip Wylie, *Generation of Vipers*(New York: Rinehart, 1955); Edward A. Strecker, *Their Mother's Sons*(Philadelphia: Lippincott, 1946).

38. Strecker, *Their Mother's Sons*, p. 73.

39. Louise Kapp Howe, *Pink Collar Workers*(New York: Avon Books, 1977), pp. 233~242.

40. Howe, *Pink Collar Workers*, p. 237.

41. Monique Plaza, "The Mother/The Same: Hatred of the Mother in Psychoanalysis," *Feminist Issues*, vol. 2, no.1(Spring 1982), pp. 75~100. 페미니스트와 정신분석가들은 "엄마를 향한 증오"를 여러 방식으로 설명해왔다. 다음 책이 대표적인 예다. Dorothy Dinnerstein, *The Mermaid and the Minotaur*(New York: Harper & Row, 1976).
나는 자궁 선망에 대한 다음 책이 유용했고 읽기에도 즐거웠다. Eva Kittay, "Womb Envy: An Explanatory Concept," in *Mothering: Essays in Feminist Theory*, ed. Joyce Trebilcot(Totowa, NJ: Roman and Allenheld, 1984). 라캉의 언어를 비판적으로 각색한 줄리아 크리스테바는 "엄마"가 반드시 증오의 대상이 되어야 하고 엄마의 권위가 반드시 억압되어야 하는 이유를 설명한다. Julia Kristeva, *Powers of the Horror*, trans. L. Roudiez(New York: Columbia University Press, 1985). 하우가 주장했듯, 엄마들을 향한 경멸은 여성을 향한 경멸과 분리될 수 없으며 그중에서도 특히 치명적인 형태의 여성 경멸이다.

42. 어머니의 권력에 대한 아이들의 판타지와 그 결과를 논하는 종합적이고 힘 있는 논의에 관해서는 다음 책을 참고. Dinnerstein, *The Mermaid and the Minotaur*.

43. Adrienne Rich, *Of Woman Born*(New York: Norton, 1976).

44. 아이와 본인 모두에게 알맞은 야심을 선택하려는 부모의 노력에 관해서는 다음 책을 참고. William Ruddick, "Parents and Life Prospects," in *Having*

Children, ed. Onora O'Neill and William Ruddick(New York: Oxford University Press, 1979), pp. 123~137.

45. 잃어버린 어머니의 천국에 관한 향수 젖은 판타지를 논하는 감동적인 에세이는 다음과 같다. 저자에게 원고를 직접 받았다. Elizabeth Abel, "Narrative Structure(s) and Female Development: The Case of Mrs. Dalloway," in *The Voyage In*, ed. Elizabeth Abel, Marianne Hirsch, and Elizabeth Langland(Hanover, NH: University Press of New England, 1983), pp. 161~185; Madelon Sprengnether, "(M)other Eve: Some Revisions of the Fall in Fiction by Women Writers," paper delivered at the Modern Language Association, 1986.

46. 모니크 플라자의 자기 비판적 발언은 본인도 모르게 수많은 페미니스트 정신분석 이론에 반영되었다. 아마도 정신분석 이론 안에서 엄마의 목소리를 듣는 것은 불가능할 것이다. 가능하다 하더라도 정신분석이 엄마들의 자기 이해에 도움을 줄 가능성은 제한적이다. 페미니스트 정신분석 이론에 관해서는 다음 책을 참고. Sara Ruddick, "Maternal Thinking as a Feminist Standpoint", *Maternal Thinking: Toward a Politics of Peace*.

47. 이러한 견해는 몇몇 프랑스 페미니스트(Hélène Cixous, Chantal Chawaf)와 관련이 있다. 하지만 이들은 북미 "문화 페미니스트"들의 연구(아마 나의 작업도 포함된다)에서도 모습을 드러낸다. "여성의 언어" 개념에 관한 탁월한 논의에 관해서는 다음 책을 참조. Andrea Nye, *Feminist Theory and the Philosophies of Man*(London: Croom Helm, 1988).

48. 1983년 봄의 강연(Columbia Seminar on Women and Society). 킹은 모성적 사유에 예민하게 공감하려 애쓰는 비평가다.

49. Mary Helen Washington, *Invented Lives*(Garden City, NY: Doubleday, 1987), p. 352. Alice Walker, "In Search of Our Mother's Gardens: The Creativity of the Black Woman in the South," first published in Ms., May 1974. Marianne Hirsch, "Feminist Discourse/Maternal Discourse: 'Cruel Enough to Stop the Blood,'" a talk given at the Bunting Institute, Cambridge, MA, Spring 1985. 엄마들의 목소리를 분명하게 표현하고자 하는 여러 작가들 중에서는 마리안느 허쉬(Marianne Hirsch)가 특히 주목할 만하며 곧 책이 출간될 예정이다(*Unspeakable Plots: Mothers, Daughters and Narratives*, Indiana University Press) 엄마의 목소리를 존중하는 또 다른 작가들도 있다(Jane Lazarre, Audre Lorde, Tillie Olsen, Grace Paley).

50. Toni Morrison, *Tar Baby*(New York: Knopf, 1981), p. 281. 이 문장뿐 아니라 엄마에 대한 여러 생각들에 대해 다음 책에 빚을 졌다. Maureen T. Reddy, "'Maternal Thinking': Gaskell, Chopin, Lazarre and Walker," paper delivered at the Modern Language Association, Winter 1987. 원고는 저자에

게 직접 받았다. 화가인 메이 스티븐스는 연작 그림(《Ordinary/Extraordinary》)에서 아름다운 방식으로 엄마와 딸의 관계를 탐구했다. 이 연작 그림들은 다음 책에 실려 있다. *Between Women*, ed. Carol Ascher, Louise de Salvo, and Sara Ruddick(Boston: Beacon Press, 1984), pp. 275~310. 이 책은 여러 여성이 자신이 연구하고 있는 여성에 대해 쓴 자기 성찰적 에세이집으로 딸과 엄마의 관계를 새로이 생각해보려고 시도한다.

51. Mary Belenky, Blythe Clichy, Nancy Goldberger, and Jill Tarule, *Women's Ways of Knowing*(New York: Basic Books, 1987), p. 18.

52. Audre Lorde, "The Transformation of Silence into Language and Action," "Poetry is Not a Luxury," in *Sister Outsider*(Trumansburg, NY: Crossing Press, 1984), pp. 36~45. Alicia Ostriker, *Stealing the Language: The Emergence of Women's Poetry in America*(Boston: Beacon Press, 1986), p. 211.

53. Sara Ruddick, *Maternal Thinking: Toward a Politics of Peace*(Boston, 1989), p. 79.

54. Marguerite Duras, "Sublime forcément sublime, Christine V.," *Libération*, 17 July 1985, pp. 4~6.

55. 뒤라스의 첫째 아들은 1942년 출생한 직후 독일의 프랑스 점령으로 인한 궁핍으로 사망했다.

56. Ursula K. Le Guin, "Some Thoughts on Narrative," *Dancing at the Edge of the World*(New York, 1989), p. 39.

57. Mary Wollstonecraft Shelley, *Frankenstein; or, The Modern Prometheus*, ed. James Rieger(1818; Chicago, 1982), p. 229.

58. David Grossman, *See Under: Love*, trans. Betsy Rosenberg(New York, 1989), p. 223.

59. 히브리어 단어인 카직의 슬라브 어원은 이야기라는 뜻의 스카즈카(Skazka)다.

60. Toni Morrison, *Beloved*(New York, 1987), p. 149.

61. Morrison, *Song of Solomon*(New York, 1977), p. 244.

발췌 목록

Chapter 12 of *Under My Skin: Volume One of My Autobiography to 1949* by Doris Lessing. Copyright ©1994 by Doris Lessing. Reprinted by permission of HarperCollins Publishers, Inc.

On the Side of the Angels: The Second Volume of the Journals of Elizabeth Smart, edited by Alice Van Wart. Copyright ©Sebastian Barker 1994. Reprinted by permission of HarperCollinsPublishers, London.

The Unabridged Journals Of Sylvia Plath by Sylvia Plath, edited by Karen V. Kukil. Copyright ©2000 by the Estate of Sylvia Plath. Preface, notes, index Copyright ©2000 by Karen V. Kukil. Reprinted by permission of Anchor Books, a division of Random House, Inc.

Blackberry Winter: My Earlier Years by Margaret Mead. Copyright ©1972 by Margaret Mead. Reprinted by permission of HarperCollins Publishers, Inc.

"Feminism and Motherhood" by Susan Griffin, from *MOMMA* by Alta. Copyright ©Alta 1973, 1977 by Alta. Published by Times Change Press. Reprinted from *Made from This Earth: An Anthology of Writings* by Susan Griffin. Published in Great Britain by the Women's Press Ltd., London, 1982. Copyright ©1982 by Susan Griffin by permission of the author.

Chapter 6 from *The Mother Knot* by Jane Lazarre. Published by Duke University Press in 1997 and in the United Kingdom by Virago in 1986. Copyright ©1976 by Jane Lazarre. Reprinted by permission of The Wendy Weil Agency, Inc.

"Anger and Tenderness," from *Of Woman Born: Motherhood as Experience and Institution* by Adrienne Rich. Copyright ©1976, 1986 by W. W. Norton & Company, Inc. Reprinted by per-mission of the author and W. W. Norton & Company, Inc.

"Writer-Mothers: The Fundamental Situation" from *Silences* by Tillie Olsen, copyright ©1956, 1972, 1978, by Tillie Olsen. Reprinted by permission of Dell Publishing, a division of Random House, Inc. Also from *MOMMA* by Alta: Copyright ©Alta 1973, 1977. Published by Times Change Press. Reprinted by permission of the author.

"One Child of One's Own: A Meaningful Digression within the Work(s)," from

In Search of Our Mothers' Gardens: Womanist Prose. Copyright ©1979 by Alice Walker. Reprinted by permis-sion of Harcourt, Inc.

"A Wild Surmise: Motherhood and Poetry," from *Writing Like a Woman* by Alicia Ostriker. Published by The University of Michigan Press, Ann Arbor. Copyright ©1983 by the University of Michigan. Reprinted by permission of The University of Michigan Press.

"The Fisherwoman's Daughter," from *Dancing at the Edge of the World* by Ursula K. Le Guin. Copyright ©1988 by Ursula K. Le Guin. Reprinted by permission of Grove /Atlantic, Inc.

"Idealization and Maternal Power," from *Maternal Thinking: Toward a Politics of Peace* by Sara Ruddick. Copyright ©1989 by Sara Ruddick. Reprinted by permission of Beacon Press, Boston.

"Novels and Navels" by Nancy Huston, from *Critical Inquiry* Vol. 21, #4 (Summer 1995), published by The University of Chicago Press. Copyright ©1995 by the University of Chicago. Reprinted by permission of The University of Chicago Press and Nancy Huston.

"A Little Bit of Loss" by Ellen McMahon. Reprinted by permission of the author .

"The Case Against Babies" by Joy Williams. Copyright ©1996 by Joy Williams. Reprinted by permission of International Creative Management.

"A Woman's Prerogative" by Mary Gaitskill. Copyright ©by Mary Gaitskill. A version of this essay appeared in Elle. Reprinted with permission of The Wylie Agency, Inc.